THE SECRETS
SHE KEEPS

她和她
的秘密

[澳] 迈克尔·罗伯森（Michael Robotham）———— 著

车家媛　鲁锡华 ———— 译

湖南文艺出版社
HUNAN LITERATURE AND ART PUBLISHING HOUSE

博集天卷
CS-BOOKY

THE SECRETS SHE KEEPS by Michael Robotham
Copyright © Bookwrite Pty 2017
Published in agreement with Bookwrite Pty Ltd c/o Lucas Alexander Whitley Ltd acting in conjunction with Intercontinental Literary Agency Ltd, through The Grayhawk Agency.
First published in Great Britain in 2017 by Sphere

著作权合同登记号：图字 18-2019-012

图书在版编目（CIP）数据

她和她的秘密 /（澳）迈克尔·罗伯森
（Michael Robotham）著；车家媛，鲁锡华译 .—长沙：
湖南文艺出版社，2019.9
　　书名原文：The Secrets She Keeps
　　ISBN 978-7-5404-8909-0

　　Ⅰ.①她…　Ⅱ.①迈…②车…③鲁…　Ⅲ.①长篇小
说—澳大利亚—现代　Ⅳ.①I611.45

中国版本图书馆 CIP 数据核字（2018）第 269526 号

上架建议：畅销·外国文学

TA HE TA DE MIMI
她和她的秘密

作　　者：［澳］迈克尔·罗伯森
译　　者：车家媛　鲁锡华
出 版 人：曾赛丰
责任编辑：薛　健　刘诗哲
监　　制：吴文娟
策划编辑：许韩茹
特约编辑：叶淑君
版权支持：辛　艳
营销编辑：程奕龙
封面设计：梁秋晨
版式设计：潘雪琴
出　　版：湖南文艺出版社
　　　　　（长沙市雨花区东二环一段 508 号　邮编：410014）
网　　址：www.hnwy.net
印　　刷：北京中科印刷有限公司
经　　销：新华书店
开　　本：875mm×1270mm　1/32
字　　数：359 千字
印　　张：13.5
版　　次：2019 年 9 月第 1 版
印　　次：2019 年 9 月第 1 次印刷
书　　号：ISBN 978-7-5404-8909-0
定　　价：49.80 元

若有质量问题，请致电质量监督电话：010-59096394
团购电话：010-59320018

献 给 萨 拉 和 马 克

我受伤了，受伤了，被羞辱得忍无可忍，

看到麦子成熟，

喷泉不停地喷涌，

绵羊产下数百只羔羊，

母狗也一样，

直到仿佛整个国家都起来给我看她温柔的睡着的幼子，

我感到了两次锤击，

而不是我孩子的嘴唇。

——《叶玛》 费德里科·加西亚·洛尔迦

Part One

第一部分

阿加莎

我并不是这个故事的主角。主角是梅格，她和丈夫杰克是两个无可挑剔的孩子的无可挑剔的父母。两个孩子都是金发碧眼，长得比蜜糖蛋糕还要甜美。梅格又有了身孕，我感到异常兴奋，因为我也怀了孩子。

我把额头抵在玻璃上，沿着人行道往两边看，视线扫过蔬果铺、理发店和精品店。梅格比平时晚了些。通常这个时候她已经把露西和拉克伦分别送到小学和日托所，然后跟朋友们去街角的咖啡馆了。她的妈妈群每周五上午碰一次面，坐在室外的桌子边，婴儿车像渡轮的车辆甲板上排列的牵引车一样整齐。一杯脱脂卡布奇诺，一杯印第安拿铁，外加一壶花草茶……

一辆红色巴士经过，挡住了对面的巴恩斯绿地。巴士开走后，我又看到梅格在街对面。她穿着弹力牛仔裤和宽松的毛衣，手里提着个色彩斑斓的三轮踏板车。一定是拉克伦非要踩着踏板车去日托所，这才耽误了她。他还会停下来观察鸭子、锻炼班，以及打太极的老人，他们动作慢得都可以当定格动画人偶了。

从这个角度丝毫看不出梅格怀孕了。只有等她侧过身去，她的肚子才会看起来像个篮球，圆滚滚的，而且一天比一天下垂。上周我听到她抱怨自己脚踝肿了，背也酸疼。我理解她的感受。这额外的体重使得我爬楼梯都像在锻炼一样，而我的膀胱只有胡桃那么大。

　　她左右看了看，穿过教堂路，一边对朋友们说着"抱歉"，一边跟她们行贴面礼，柔声跟孩子们问好。人们都说婴儿很可爱，我猜这话没错。我曾经往婴儿车里瞟过几眼，看过那些咕噜①长相的魔鬼，双眼外突，头发稀少，不过总能发现什么可爱之处，因为他们是那么天真无邪。

　　我本该在第三通道往货架上堆货。超市里这个地方是个安全的藏身之地，因为经理帕特尔先生对女性卫生用品有障碍。他不会使用"卫生棉"或"卫生巾"之类的词汇，而是统一称它们为"女士用品"或者直接指着他想拆开的那些纸箱。

　　我一周工作四天，早班到下午三点，除非另外一个兼职工请病假。我主要是往货架上堆货和贴价格标签。帕特尔先生不让我在收银台工作，他说我总是打坏东西。这种事只发生过一次，而且不是我的错。

　　他姓帕特尔，我本以为他是巴基斯坦人或印度人，谁知道他比水仙花的威尔士血统还要纯正，一头蓬乱的红发，加上修剪过的胡须，像极了阿道夫·希特勒姜黄色的私生子。

　　帕特尔先生不太喜欢我，自从我告诉他我怀孕了以后，他就急不可耐地想甩掉我。

　　"别想有产假——你不是全职人员。"

　　"我没指望。"

　　"检查身体也要在非工作时间。"

　　"可以。"

　　"另外，如果你不能抬箱了了，就别干了。"

　　"我可以抬箱子。"

　　帕特尔先生家里有老婆，四个孩子，可这并没有让他对我的身孕产生一丝同情。我觉得他不怎么喜欢女人。我不是说他是同性恋。我刚来超市

------

① 英国作家J. R. R. 托尔金小说中的虚构角色，出现在《霍比特人》和《魔戒》等作品中。

工作的时候，他像皮疹一样缠着我——我在储藏室或是拖地的时候，他会找各种借口碰我。

"哎哟！"他会说，用他勃起的阴茎顶着我的屁股，"停一下自行车。"

变态！

我回到购物车旁，拿起打价枪，仔细检查各种设置。上周我给桃子罐头打错了价格，被帕特尔先生扣了八英镑。

"你在干吗？"一个声音突然叫道。帕特尔先生偷偷溜到了我身后。

"给卫生棉条补货。"我结结巴巴地回答。

"你在往窗外看，你的额头都在玻璃上留下油印子了。"

"没有，帕特尔先生。"

"我花钱让你来发呆的吗？"

"不是，先生。"我指着货架，"我们没有超大号丹碧丝卫生棉条了——带敷抹器的那种。"

帕特尔先生看上去有点不自在。"好吧，那就去储藏室找找。"他走开了，"第二通道里有东西洒了，去拖干净。"

"好的，帕特尔先生。"

"然后你就可以回家了。"

"可是我三点才下班。"

"德芙雅尼会代你的班，她可以爬梯子。"

他言下之意是她没有怀孕，也不恐高，还会让他"停自行车"，而不是以女权者的姿态指责他。我真该起诉他性骚扰，可我又喜欢这份工作。我有理由待在巴恩斯，这让我更靠近梅格。

在后面的储藏室里，我倒了一桶热肥皂水，挑了一把还未磨到金属架的海绵拖把。第二通道更靠近收银台，我能清楚地看到咖啡馆以及室外的餐桌。帕特尔先生不在旁边，我慢悠悠地拖着地。梅格和她的朋友们要走了。大家彼此亲吻脸颊，看看手机，把孩子放进婴儿车里。梅格最后说了句话，笑了起来，甩了甩她那美丽的长发。几乎是下意识地，我也甩了甩自己的头发，但是不行。这就是鬈发的问题——它们只会弹，没法甩。

梅格的发型师乔纳森警告我，说她的发型不适合我，可我偏不听。

梅格正站在咖啡馆外，用手机给别人发信息，很可能是给杰克。他们在讨论晚上吃什么，或是周末的计划。我喜欢她的孕妇裤。我也需要一条这样的裤子——腰部有松紧带。我想知道她是在哪儿买的。

尽管经常见到梅格，但我只跟她说过一次话。她问我们店里还有没有麦麸片，不过我们卖光了。我真希望我们还有。我希望能穿过那两扇塑料门，特地为她取回一盒麦麸片。

当时是五月初。我那时就猜她已有了身孕。两周后，她从药品区拿了一个验孕棒，证实了我的猜测。现在我们都处在妊娠末期，距离预产期还有六周，而梅格已然成了我的榜样，因为她让婚姻和为人母看起来如此轻松。首先，她极其美丽动人。我打赌她可以轻而易举地做个模特——不是患着贪食症、迈着猫步的那种，也不是夺人眼球的三版女郎，而是健康性感的邻家女孩，在洗衣液或是居家保险广告中跑过开满鲜花的草地或是和一只拉布拉多犬沿着海滩跑动。

我不是其中任何一种。我并不十分漂亮，但也算不得平庸。"不具威胁性"可能最为恰当。我是所有漂亮女孩都需要的那种长相稍逊的朋友，因为我不会抢她们的风头，还很乐意接过她们剩下的东西（包括食物和男友）。

零售行业的悲剧之一就是人们不会注意理货员。我就像睡在门口的流浪汉或是举着一块硬纸板的乞丐一样透明。偶尔会有人问我问题，但是我回答的时候他们从不看我的脸。要是超市遭到炸弹威胁，除了我，所有人都被疏散了，警察会问："你看到里面还有人吗？"

"没有。"他们会说。

"那理货员呢？"

"谁？"

"整理货架的人。"

"我没太注意他。"

"是个女的。"

"是吗？"

这就是我——一个无人注意、微不足道的理货员。

我朝外望去，梅格正朝超市走来。自动门开了，她拿起一个塑料购物篮，沿着通道一逛蔬果区。走到尽头后，她就会转过身朝这边走来。我盯着她，看到她走过意大利面和罐装番茄区。

她转进了我所在的通道。我把水桶推到一边，向后退，心里打鼓：我应该若无其事地拄着拖把，还是应该把它像木枪一样扛在肩上。

"当心，地面是湿的。"我说道，口气像在跟一个两岁的孩子说话。

我的话让她有些意外。她含糊地说了句谢谢，侧身挪了过去，她的肚子几乎擦到了我的肚子。

"你预产期是什么时候？"我问。

梅格停下脚步转过身。"十二月初。"她注意到我也怀孕了，"你呢？"

"跟你一样。"

"哪一天？"她问。

"十二月五日。"

"男孩还是女孩？"

"我不知道。你呢？"

"是个男孩。"

她手里拿着拉克伦的滑板车。"你已经有一个了？"我说。

"是两个。"她回答。

"天哪！"

我目不转睛地盯着她。我告诉自己往别处看。我看了看自己的双脚、水桶、浓缩奶以及蛋黄粉。我应该说点什么，可就是想不出。

梅格的购物篮很沉："那祝你好运。"

"你也是。"我说。

她朝收银台走去。突然，我想到自己该说什么了。我可以问她在哪里生产，哪种分娩方式，我可以评论她的弹力牛仔裤，问她是在哪里买的。

梅格加入了收银台前的队伍，一边等，一边随意地翻着八卦杂志。新一期的《时尚》还没有上市，不过她满足于《闲谈者》和《私家侦探》。

帕特尔先生开始扫描她的商品：鸡蛋、牛奶、土豆、蛋黄酱、芥菜和帕尔马干酪。你能从一个人购物车里的东西得出许多信息：素食主义者，严格的素食主义者，酗酒者，减肥者，轻断食减肥者，爱猫人士，养狗人士，吸毒者，麸质过敏症患者，乳糖不耐症患者，掉头皮屑者，以及糖尿病、维生素缺乏症、便秘或嵌甲症患者。

我就是用这个办法才对梅格了解这么深的。我知道她是个没坚持下来的素食主义者，怀孕之后又开始吃红肉了，这很可能是为了补铁。她喜欢番茄做的酱汁、新鲜的意面、白干酪、黑巧克力以及罐装的奶油酥饼。

我已经跟她正经说过话了。我们建立起了联系。我和梅格，我们将会成为朋友，我也会变成她那样。我会建立一个温馨的家庭，让我的男人幸福快乐。我们会一起上瑜伽课，交换菜谱，每周五和我们的妈妈群一起喝咖啡。

梅　根

又是一个周五。我一直在倒计时，在日历上打叉，在便笺上画记号。这次的孕期似乎比之前的两次都要漫长。仿佛连我的身体都在反抗这种想法，要求知道为什么没有咨询它的意见。

昨天晚上我还以为自己突发心脏病了，结果只是胃灼热。真不该吃椰汁咖喱鸡。我喝了一整瓶盖胃平，那口感像液态的粉笔，弄得我像个卡车司机一样不停地打嗝。这孩子出生后一定像安迪·沃霍尔。

眼下，我要去小便。我应该在咖啡馆上厕所的，但那会儿还没感觉。我的盆底肌一直在超时工作，我快步穿过公园，每次拉克伦的滑板车撞上我的小腿，我就骂上两句。

不要尿出来。不要尿出来。

一个健身班占据了公园的一角。旁边几个私人教练站在顾客身边，让他们再做一个俯卧撑或仰卧起坐。也许等孕期过了，我也会请个私人教练。杰克已经开始挑剔我的身材了。他知道我这次怀孕比之前两次都胖，因为生了拉克伦以后我还没来得及瘦下来。

我不该感到惭愧。怀孕的女人有权吃巧克力，穿实用而舒适的睡衣，在做爱的时候把灯关掉。并不是说那个最近有多频繁。杰克已经几周没有碰过我了。我觉得，对于跟怀着他的孩子的女人睡觉，他怀着一种奇怪的厌恶感，把我看成一个不容玷污的纯洁的圣母。

"并不是因为你胖。"一天晚上他这样说道。

"我并不胖，只是怀孕了。"

"当然，我正是此意。"

我骂他是浑蛋。他称呼我为"梅根"。我们每次吵架他就这样干。我讨厌自己名字的完整形式。我喜欢"梅格"，因为它让我想起肉豆蔻——一种让男人和国家为之打仗的外国香料。

我和杰克只会有小冲突，不会有战争。我们就像冷战时期的外交人员，当面都是好话，却在背地里囤积弹药。我在想，夫妻之间什么时候会无话可说？激情什么时候褪去？对话什么时候会变得愚蠢而无聊？手机什么时候会出现在餐桌上？妈妈群什么时候开始不再讨论孩子，转而抱怨她们的丈夫？什么时候男人的家庭训练变成爱的证据？什么时候每个女人心目中的理想丈夫和每个男人心目中的理想妻子变成了遥不可及的两极？

嗯，这段话真不错。我应该写到博客里去。

不，我不能这样。嫁给杰克的时候，我曾发誓不会试图去改变他。我爱的就是那样的他，现成的，出厂设置，不需要任何定制。我满意于自己的选择，拒绝把时间浪费在琢磨别种生活上。

我们的婚姻没有那么糟。它是一种志趣相投的伙伴关系。只有凑近了，其中的瑕疵才会显现，就如掉落后又被粘起来的精致花瓶。旁人都注意不到，但是我在心里照料着这个花瓶，希望它还盛得住水，并告诉自己，中年危机就像减速带一样，能让我们慢下来，闻一闻玫瑰的芳香。

杰克和我没打算再要一个孩子。这个纯属意外，没有脚本，但并非多余——至少我不觉得。我们好不容易周末出去，参加一个朋友的四十岁生日会。我妈提出来帮我们照顾露西和拉克伦。杰克和我喝多了，跳了舞，瘫倒在了床上，然后第二天早上做爱了。杰克忘了戴套。我们决定冒一次险。为什么不呢？考虑到我们之前无数次冒险速战速决，却总是在事中被打断，"妈妈，我渴了"或是"妈妈，我找不到小兔子了"，又或者是

"妈妈，我尿床了"。

之前两次怀孕都安排得像军事行动一样，但这次则如同黑夜里的一击。

"如果是女孩，我们就叫她鲁莱特①。"震惊过后，杰克说。

"我们不叫她鲁莱特。"

"那好吧。"

这些玩笑话之前，是争吵和互相指责，虽然这会儿平息了，但当杰克生气或是压抑时，可能再次浮现。

他是有线电视频道的一名体育记者，做英超比赛的现场报道和全场进球及球员的简讯。夏季，他还会报道包括环法自行车赛在内的一系列赛事，但从不报道温布尔登网球公开赛和英国高尔夫球公开赛。他是冉冉升起的明星，这意味着更大型的赛事，更多的飞行时间，以及更加高调。

杰克喜欢被人认出来。通常是一些模模糊糊地觉得之前见过他的人。"你不是那个谁吗？"他们会打断我们的对话，然后跟杰克说个没完，把我晾在一边。我看着他们的后脑勺，特想说："喂，我可真多余。"然而相反，我会面带微笑，让他们慢慢聊。

之后杰克会道歉。他有雄心壮志，而且事业有成，我很喜欢，可有时又希望他更多地向我们展示公众面前的"帅哥杰克"，而不是早出晚归的"抑郁杰克"。

"或许你可以重新开始工作。"昨天晚上他说，又在挖苦我。杰克怨恨我"没有工作"。这是他的话，不是我的。

"那谁来照顾孩子？"我问。

"别的女人都去工作。"

---

① Roulette，有赌博用的轮盘的意思。

"她们有保姆或者互惠生①。"

"露西上学了，拉克伦去托儿所。"

"只去半天。"

"现在你又怀上了。"

我们从战壕里互相扔手榴弹，炸来炸去还是那些老地方。

"我有自己的博客。"我说。

"那有什么用？"

"上个月挣了二百英镑。"

"是一百六十八英镑，"他回答道，"我算的账。"

"你看看给我寄来的那些免费商品。衣服、婴儿食品、纸尿裤，那辆新婴儿车非常高端。"

"你要是没怀孕，我们也用不着新的婴儿车。"

我白了他一眼，试着换个思路："如果我回去工作，挣的钱得全花在孩子托管上。我不像你，打卡上下班。你上次因为做噩梦或是小便半夜醒来是什么时候？"

"你说得没错，"他挖苦道，"那是因为我得起床上班，好养这所可爱的房子，还有我们的两辆汽车，还有你衣橱里的衣服……还有度假花销、学费、健身房的会员费……"

我应该闭上嘴的。

杰克瞧不起我的博客——"脏孩子"，但是我有六千多个粉丝，上个月，一份育儿杂志述称它为英国五大育儿博客之一呢。我该用这个回击杰克的，不过那会儿他已经去洗澡了。他下楼了，只穿着短睡袍，每次看到他穿这个，我都要笑。道完歉，他主动提出来给我揉脚。我翘起眉毛："你想在什么上面揉？"

---

① 即参与互惠生计划（Au Pair），以帮做家务、照顾小孩等换取食宿和学习语言的外国年轻人。

　　我们在厨房里坐下来喝茶，讨论要不要雇一个保姆，列举支持和反对的种种理由。理论上我喜欢这个想法——个人的专属时间、更多的睡眠以及更多的精力做爱——但是我立刻就想到一个丰满的波兰女孩弯下腰往洗碗机里放盘子和碗，或是松松地裹着浴巾走出浴室的画面。我想得太多了吗？也许吧。太敏感了？完全正确。

　　我是在北京奥运会上遇到杰克的。我当时负责在媒体中心照顾特派记者。杰克受雇于欧洲体育台。他当时还是个新手，正在学习和观察其中的门道。

　　在北京的时候，我们都太忙了，完全没有注意到对方，等奥运会结束了，主转播方为所有的下属媒体举办了一场派对。那时，我认识了很多记者，有的还很有名，但大部分都很无聊，三句话不离本行。杰克看起来与众不同。他很风趣，帅气而性感。我喜欢他的一切，包括他的名字，它让他听起来就像一个普通人。还有他那迷人的笑容和电影明星式的头发。我注视着房间另一头的他，错误地在六十秒内设想了我们的整段关系。我们会在伦敦结婚，蜜月在巴巴多斯，至少有四个孩子，一只狗，一只猫，在里士满有栋大房子。

　　派对临近尾声了。我想了几句俏皮话，穿过人群朝他走去。可还没等我走到杰克身边，他就被一个意大利天空电视台的女记者截和了。爆炸头，性感撩人，两个人脸贴着脸，大喊着让对方听见自己的声音。二十分钟后，我眼看着他跟那个意大利女人走了，我立刻感觉自己被骗了。我找了一打不喜欢杰克的理由。他傲慢，他往头发上涂增亮剂，他做了牙齿美白。我告诉自己他不是我的菜，因为我不喜欢漂亮的男人。这个可能不是有意识的选择。漂亮的男人通常不喜欢我。

　　我们再见面是两年之后。国际奥委会为来伦敦参观二〇一二年伦敦奥运会场馆的代表举行了一场招待会。我看到杰克在酒店大堂里跟一个女人吵架。他很生气，在坚持着什么。她在哭泣。后来我看到他独自在吧台边，喝着免费的酒水，从经过的服务员手上截下一盘盘点心。

我挤过人群，跟他打了招呼，面露微笑。在他情绪低落的时候乘虚而入是不是不好？

我们边聊边笑，喝着酒。我努力不让自己显得太急切。

"我想出去透透气，"杰克说，他差点从凳子上摔下去，"出去走走怎么样？"

"没问题。"

走到外面，我们步伐一致，紧靠着对方，这种感觉很好。他知道考文特花园有一个很晚才打烊的咖啡馆。我们聊个没完，直到被他们赶出来。杰克陪我回家，把我送到门前。

"你愿意跟我出去吗？"

"去约会？"

"可以吗？"

"当然。"

"那去吃早餐怎么样？"

"现在都凌晨两点半了。"

"那就早午餐。"

"你是想在这儿过夜吗？"

"不，我只是想确认明天还能见到你。"

"你是说今天？"

"是的。"

"我们可以去吃午餐。"

"我不知道自己能不能等那么久。"

"你听起来很急切。"

"是的。"

"今天我看到你跟一个女人吵架，是为了什么？"

"她跟我分手了。"

"为什么？"

"她说我野心太大了。"

"你是这样吗？"

"是。"

"就因为这个？"

"她还说我弄死了她的鱼。"

"她的鱼？"

"她养了一些热带鱼。我应该照顾它们的，可我不小心关掉了加热器。"

"你跟她住在一起？"

"我们其实算不上住在一起。我们有各自的房间。"

"她当时在哭。"

"她演技很好。"

"你爱过她吗？"

"没有。你一直都是这样吗？"

"什么样？"

"打破砂锅问到底。"

"我很感兴趣。"

他笑了。

我们第一次正式约会是在考文特花园吃午餐，那里离我们俩工作的地方都很近。他带我去了歌剧院露台，之后我们欣赏了那些街头艺人和活雕像。杰克很容易相处，好奇而有礼，精彩的故事一个接着一个。

我们第二天晚上又出去了，之后共乘一辆的士回家。当时已是后半夜。我们第二天都要上班。杰克没说要进来，但我抓住他的手，领着他上了楼。

　　我恋爱了。疯狂，深沉，无可救药。每个人都应该体验一次——尽管爱从不应该无可救药。我喜欢杰克的一切——他的笑容，他的笑声，他的相貌，他的吻。他就像一包无穷无尽的巧克力饼干。我知道吃得太多会不舒服，但还是吃个不停。

　　六个月后，我们结婚了。杰克起初事业兴旺，然后停滞了一段时间，但现在又有了起色。我怀了露西，所以拒绝了一次升职，因为升职后的工作地点在纽约。两年后拉克伦出生了，于是我辞职做起了全职妈妈。我的父母帮我们在伦敦郊区的巴恩斯买了套房子。我想再往南一些，这样可以少贷点款。但杰克想要这里的邮编以及这里的生活方式。

　　所以，这就是我们——完美的四口之家，外加一个马上出生的孩子，以及开始浮现的中年时期的怀疑和争吵。我爱我的孩子们，我爱我的丈夫。但有时我又会深挖记忆，去寻找让我真正快乐的瞬间。

　　我爱上的那个男人——他说是他先爱上我的——已经变了。那个无忧无虑、脾气随和的杰克已经变成了一个脆弱的男人，他的情感被带刺的铁丝网紧紧包围，我根本没办法解开。我不是盯着他的失败或是记录他的缺点。我依然爱着他，真的。我只是希望他不要只关注自己，或是一个劲地问为什么我们家不像迪士尼频道综艺节目里的家庭那样——每个成员都幸福、健康、机智，花园里拴着独角兽。

阿加莎

下班了，我在仓库里换衣服，把工作服和胸牌卷成一个球，塞到听装橄榄油和番茄罐头后面。帕特尔先生希望员工把制服拿回家，我才不要帮他洗衣服。

我穿上冬外套，溜出后门，绕过垃圾箱和被丢弃的纸箱。我把帽子拉到头上，想象自己就像电影《法国中尉的女人》中的梅丽尔·斯特里普。她饰演一个被法国海军军官抛弃的妓女，整天盯着大海，等他回来。我的海员就要回家找我了，而我会给他一个孩子。

我在帕特尼公地东边坐上22路双层巴士，车子沿着下里士满路开往帕特尼大桥。我怀孕的早期，人们不知道应该祝贺我还是给我买张健身卡，但现在，在巴士上和拥挤的火车上都有人给我让座。我喜欢怀孕，感受肚子里的孩子伸展、打哈欠、打嗝以及踢腿。仿佛我再也不会孤身一人了。我有人陪伴，有人倾听了。

对面坐着一位商人，穿西服打领带。他四十多岁，头发跟蘑菇汤一个颜色，我注意到他的视线扫过我鼓胀的肚皮。发现我挺有吸引力的，他露出了微笑。能生育，多产。这应该是好词吧？我前几天刚学到的。多——产。读的时候要把重心放在"产"上，音调要拐弯。

这位商人正盯着我深深的乳沟。我在想能不能色诱他，有些男人非常喜欢跟怀孕的女人上床。我可以带他回家，把他绑起来，对他说："让我来爱抚你。"当然，我不会这么做的，可海登已经离开七个月了，女孩也有七情六欲。

我的海员是皇家海军的一名通信技术员，尽管我不知道那是干吗的。跟电脑、情报和向高级军官汇报有关——海登跟我解释的时候，感觉非常重要。现在，他正随皇家海军"萨瑟兰号"护卫舰在印度洋上追捕索马里海盗。此次部署长达十八个月，他要到圣诞节才能回来。

我们是去年新年前夜在索霍区的一个夜店遇上的。那儿又热又吵，酒水贵得离奇，灯光快速地闪烁着，离午夜还早，我就想回家了。大多数男的都喝醉了，打量着那些穿着露裆短裙和轻佻高跟鞋的年轻姑娘。我为现在的妓女感到难过——她们还怎么夺人眼球呢？

时不时会有人鼓起勇气，去邀请女孩跳舞，结果却被女孩轻弹一下头发或是撇一撇红唇拒绝了。我就不一样。我打了招呼，显示出了兴趣。我让海登紧贴着我，对着我的耳朵大喊着说话。我们接吻了。他抓了一把我的臀部。他以为自己是被选中的。

我也许是夜店里最年长的女人，但是档次比其他人高得多。没错，我的屁股没那么翘了，可我的脸很漂亮，如果妆化得好的话。另外，如果穿上合适的衣服，也能遮住腰上的赘肉。重要的是，我的胸很大，十一二岁的时候就很大了，那时候我开始注意到人们不停地盯着我的胸脯看——成年男人、年轻小伙、人夫、老师以及家里的朋友。我一开始没在意——我是说我的胸。后来我就尽力通过节食来瘦胸或是用布条来包裹，可就是没办法压扁、压平，也藏不住。

海登喜欢大胸女。从他看我（或者我的胸）的第一眼我就看出来了。男人都表现得太明显了。我都能看透他的心思：它们是天生的吗？当然是真的，浑蛋！

起初我觉得他年龄太小了。他当时下巴上还有青春痘，瘦得皮包骨，但是他长着一头可爱的黑色鬈发，我一直觉得这样的头发在一个小男孩头上是种浪费。

我把他带回家。我们上床了，就像之后的八个月里都没办法上床一样，这很可能没错，尽管我不知道海员们上了岸以后都干些什么。

和我的很多男友一样，他也喜欢我在上面，好让我的胸脯垂到他的脸上，我一边动一边呻吟。之后，我去浴室冲洗干净，内心有几分希望海登会穿上衣服离开。但是他钻到被子下面，把我抱住。

第二天早上，他还在。我给他做了早饭。然后又上了床。我们一起吃了午饭，之后又回到床上。接下来的两周基本都是这样。最后，我们出去了，他像对女朋友一样待我。我们第一次约会，他带我去了位于格林尼治的国家航海博物馆。我们从河岸码头站登上水上巴士，海登给我一一指出沿途的地标，包括伦敦塔桥旁边的"贝尔法斯特号"巡洋舰博物馆。海登了解她的全部历史——她是如何在二战中被德国水雷炸伤以及后来参加诺曼底登陆战役的。

在航海博物馆，他继续对我普及知识，向我讲述纳尔逊勋爵以及他与拿破仑的多次海战。

有一幅画吸引了我。那幅画叫《再访塔希提》，画的是南太平洋上的一座小岛，岩石山峰，葱郁的森林，棕榈树，以及在河里洗浴的撩人的女子。我盯着那幅画，能感觉到脚下沙子的温热以及鸡蛋花的芬芳，我感觉盐水在皮肤上渐渐干燥。

"你去过塔希提吗？"我问海登。

"没有，"他说，"不过我以后会去的。"

"你会带着我吗？"

他笑着说我在水上巴士上都有点晕船。

第二次约会，我们去了位于南伦敦的帝国战争博物馆，我了解到超过五万名士兵在二战中丧生。这让我为海登感到害怕，但是他说上一次英国有军舰在海上沉没还是马岛战争中的"考文垂号"驱逐舰，那时他都还没出生呢。

我们在一起度过了三个月，直到海登返回军舰。我知道这看起来并不长，但在那段时间，我感觉自己结婚了，我好像是某种大于我和他的事物的一部分。我知道他爱我，他跟我说过。尽管他比我小了九岁，也到了成家的年龄了。我们在一起很不错。我让他大笑，性爱也很棒。

海登不知道我怀孕了。这个傻小子觉得他离开之前我们就分手了。他逮到我浏览他的邮件和短信，然后小题大做，说我是妄想狂和疯子。我们彼此说了一些事后会后悔的话。海登气冲冲地离开我的公寓，直到后半夜才回来，醉醺醺的。我假装睡着了。他摸索着脱掉衣服，扯掉牛仔裤，一屁股坐下。我能感觉出他怒气未消。

早上，我让他睡着，自己去商店里买来培根和鸡蛋做早餐。我给他留下一张字条。爱你，吻你。我回来时，他已经走了。我留的字条被揉成一团扔在了地上。

我给他打电话，他没有接。我去了巴士站和火车站，但我知道他已经走了。我给他留言说我很抱歉，恳求他给我打电话，但他没有回复我的任何邮件和信息，还在脸书上跟我解除了好友关系。

海登没有认识到我是在努力保护我们俩。我认识很多乐于偷别人的男友或丈夫的女人。比如他的前女友，勃朗特·弗林，一个不折不扣的妓女，喜欢不穿内裤。海登还在脸书上和Instagram上关注她，评论她那些淫荡的自拍照。我是因为她才看他的手机的——并非出于爱或忌妒。

不管怎样，现在我怀孕了，我不想在邮件里告诉他这个消息。我要当面告诉他，不过这要他同意跟我说话才有可能。海军人员在海上执行任务时，每周可以打二十分钟的卫星电话，但是打电话的对象必须在一份名单上。海登需要把我当成他的女友或配偶，然后把我的电话交给海军方面。

上周，我联系了皇家海军福利办公室，告诉他们我怀孕了。一位善良的女士记下了我的信息，对我的情况非常同情。现在，他们会让海登给我打电话，舰长会直接给他下达命令。正是出于这个原因，我每天晚上都会回家，在电话旁等待。

梅 根

　　我的父亲马上就要六十五岁了，在一家金融公司工作了四十二年之后，这个月就要退休了。今晚是他的生日晚宴，杰克却迟到了。他答应了五点半到家的，现在都过六点了。我不会给他打电话，否则他又要说我唠叨。

　　他终于到了，抱怨路上太堵了。我们在车上小声吵了一架，露西和拉克伦坐在后排的座位上听《冰雪奇缘》中的歌曲。

　　杰克加速通过一个正要变红的交通信号灯。

　　"你开得太快了。"

　　"是你说的我们迟到了。"

　　"所以现在你想要了我们的命？"

　　"别胡说八道。"

　　"你应该早点下班的。"

　　"你说得没错。我应该中午就回家。这样我们就可以一起涂指甲了。"

　　"丫的！"

　　这句话脱口而出。露西立刻抬起头。杰克看了看我，似乎在说，真的吗？当着孩子们的面？

　　"你说脏话了。"露西说。

　　"不，我没说。我说的是鸭汤。我们晚上可能会喝鸭汤。"

　　她嘟起嘴。

"我不喜欢鸭汤。很恶心。"拉克伦嚷嚷道。

"你都没有喝过。"

"恶心，恶心，鸭子汤。"他唱起来，声音更大了。

"好吧，我们不喝鸭汤了。"我说。

我们默默地坐在车里，缓慢地通过车流，朝奇西克桥驶去。我在心里默默发火，想着那些因为杰克迟到而搞砸的饭局。我讨厌他嘲笑和贬低我的工作。我们七点钟到了我父母家。孩子们跑进了屋。

"有时你真的很浑蛋。"我边说边拿起沙拉，杰克则抓起旅行折叠床。

我妹妹出来帮忙了。格雷丝比我小六岁，单身而快乐，身边总有一个迷人的成功男人，对她所从事的工作总是充满了敬意，即使在她对他态度非常恶劣的时候。

"爸爸怎么样？"我问。

"等着你们呢，"我们拥抱了一下，"他已经点着了烧烤用的火，我们又要吃烧焦的香肠和烤串了。"

我跟格雷丝并不像姐妹。我更漂亮，但她更有个性，我听到别人这么说，我十四岁时觉得这是夸奖，但现在不这么想了。

杰克在一间空卧室里搭好旅行折叠床，然后加入花园里围着烧烤架的人群——烧烤架是传说中伟大的平衡器，任何人只要火钳在手，就是老大。他几分钟内就喝光了两瓶啤酒，又拿了第三瓶。我什么时候开始计数的？

妈妈在厨房里需要帮手。我们一起处理沙拉，在土豆泥里拌上黄油。格雷丝在跟露西和拉克伦玩，吃饭前一直哄他们开心。她说她喜欢孩子，但我怀疑那是因为是别人的孩子，等他们玩累了或是哭闹了，就可以交还回去。

我听到外面的笑声。杰克讲了个故事，把大家都逗乐了。他们爱他。他是每个聚会上的活跃分子——满肚子转会和签约的小道消息的电视明星。很多人都很了解足球，但在这个话题上，他们都尊重杰克的看法，因为他们觉得他有额外的洞察力或是内部消息。

"有他你真幸运。"我妈说道。

"什么？"

"杰克。"

我笑着点点头，依旧看向花园里，火焰从烤肉架上蹿出来。

"我真不知道该拿他怎么办。"我妈说，她是指我爸退休这件事。

"他有计划。"

"打高尔夫和弄花草？不到一个月他就无聊死了。"

"你们可以去旅行呀。"

"他一直想回我们之前去过的地方。就像朝圣一样。"

她让我想起了他们上次重访位于希腊的蜜月之地的情形。他们凌晨三点钟被一个挥舞着钞票、要求性服务的俄国人吵醒了。

"那地方已经变成妓院了。"

"听起来挺刺激的。"

"我已经老了，经不起那种刺激了。"

等肉烤得差不多了，我们都坐下来享用。拉克伦和露西单独一张桌子，不过最后我是跟他们坐在一起，哄着露西吃东西，还要阻止拉克伦把香肠整个蘸进番茄酱。

其间大家不断举杯、讲话。爸爸说到家庭对他的重要意义时，有些伤感，声音也变得沙哑。杰克继续说着俏皮话，但是时间和地点都不对。

十点整，我们俩一人抱着一个孩子回到车上，告别离开。我开车。杰克睡着了。到家后我叫醒他，再每人抱起一个孩子，抱到他们各自的床上。时间还不到十一点，我已经累坏了。

杰克想睡前再喝一杯。

"你还没喝够吗？"我说道，刚说出口就想把话收回。

"你说什么？"

"没什么。"

"有，我都听到了。"

"抱歉。我不是故意的。"

"是的，你是故意的。"

"我们不要吵架。我很累。"

"你总是很累。"

他的意思是累得不能做爱。

"我整周都想做爱，但你一直都没有性趣。"我反击道，不过这并非实话。

"这能怪我吗？"杰克问道。

"这话什么意思？"

他没有回答，但我知道他是说他现在觉得我不够漂亮，而且他没想再要个孩子。两个就够了。一个男孩，一个女孩，圆满了。

"我也不是故意要的，"我说，"那是个意外。"

"但你决定生下来。"

"我们共同决定的。"

"不，是你决定的。"

"真的吗？你就是这样告诉你在酒吧里的朋友的——说你怕老婆，被我强迫着生孩子吗？"

杰克握紧了杯子，闭上眼睛，仿佛在从一数到十。他端着酒杯走进花园，从厨房挂钟边的架子高处拿起一包烟，点着一支。他知道我讨厌他抽烟。他也知道我不会抱怨。

我们之间的吵架就是这样。我们打伏击，而不是扔盘子。我们专找那些痛处、弱点和难堪之处，我们都在婚姻中学会了如何找到这些东西。

我们曾约定绝不会带着怨气入睡。我不知道什么时候变了。我不断地对自己说，等孩子生下来一切都会好起来的。我会有更多精力。他的怀疑也会消失。我们会重新变得幸福。

阿加莎

有时，我感觉我的过去就像身体里的幽灵钟，提醒着我那些必须铭记的日子以及需要抵偿的罪孽。今天就是这样一个日子——十一月一日，算是个周年纪念日，正是出于这个原因，在阴冷的灰色天空下，我乘一辆国家快运公司的长途客车，沿着公路的内车道向北而行。

我额头抵着车窗玻璃，看着一辆辆汽车和卡车从旁边驶过，车轮下水花四溅，雨刷快速摇摆着。这雨最是应景。我的童年记忆与没有尽头的夏日、漫长的黄昏或者草丛中的虫鸣无涉。我幼时记忆里的利兹永远是灰色，阴冷，下着小雨。

我小时候的家已经不复存在，为了给一个散货仓库让位被推倒了。我妈又买了房子，一栋小排屋，离我们的旧房子不远，用的是我继父留给她的钱。他死在高尔夫球场上——突发心脏病，把球车开到了水塘里。谁会知道他有心脏病啊？我妈打电话通知我，问我愿不愿意去参加葬礼，我告诉她我宁愿远远地幸灾乐祸。

我今天不是要见我妈。就像她说的，她在"西班牙越冬"，也就是在马尔韦利亚的泳池边像只鸡一样接受太阳的烘烤，喝着桑格里亚酒，粗鲁地对待当地人。她并不富有，只是种族歧视而已。

我从利兹长途汽车站走到最近的花店，让店员用满天星和绿植做了三个小花冠。她用包装纸包好，放进一个精美的纸盒里，我把纸盒塞到背包里。之后，我买了一份三明治和饮料，然后拦下一辆小型的士，车沿着A65公路行驶，直到郊区的柯克斯托尔，公路在这里与艾尔河相交。的士在布罗德利亚山附近把我放下，我爬过一段台阶，顺着一条泥泞的小路朝森林深处走去。

我能叫出大部分乔木和灌木，还有鸟的名字，这得感谢我的前夫尼基。当他为我指认这些东西的时候，他以为我没在听，但其实我很喜欢听他讲故事，并惊叹于他渊博的知识。

我是过完三十岁生日一个月后碰到的尼基，那正是我觉得再也遇不到我的白马王子、错误先生或是任何"老头"的时候。那时，我的大多数朋友不是已经嫁作人妇，或订了婚快要为人妻，就是已经有了稳定的恋爱关系。有的正怀着第二或第三个孩子，期盼着儿女成群，或是更多的福利补贴，或者根本不做打算。

我住在伦敦，受雇于一家临时工服务中介，做着短期的秘书工作，主要是补那些休产假的女人的空缺。我在卡姆登有个小开间，楼下是个烤肉店，夜里酒吧关门之后，这里提供土耳其烤肉，以及斗殴。

那是万圣节前夜。成群的女巫、小妖精和幽灵敲我的门，手里拿着麻布袋和篮子。再次为英国牙科行业做了捐献之后，我光着脚站在厨房里，像一盒在冰箱里放了太久的牛奶。

开着的笔记本电脑在餐桌上。电脑两侧各有一沓打印纸。三个月来，我一直在帮一位名叫尼古拉斯·戴维·费弗尔的作家誊写录音，他写一些著名士兵的传记和战争史。他把录音带寄给我，我再把誊本寄回给他。除此之外，我们唯一的联系就是他想让我重打部分内容时写在空白处的古怪备注。

我猜他是在跟我调情。我猜测他的长相。我想象着一个安静、备受折磨的艺术家，在阁楼上创作优美的散文，或是头发蓬乱、酗酒无度、过着惊险生活的战地记者。我对他的了解止于他的备注以及录音带上的说话声，他的嗓音温柔而和蔼，偶尔在个别音节上结巴，忘了说到哪儿时会发出紧张的笑声。

我做了个决定。我没有寄誊本，而是亲自送过去，去敲他位于海格特的家门。尼基一脸惊奇，但同时也很高兴。他邀请我进去，沏了茶。他没有我期盼的那样英俊，但长相不差，身材瘦削，比身上的衣服小一圈。

我问及他的书。他让我参观他的图书馆："你读书吗？"

"我小的时候经常读书，"我说，"最近我不知道该读什么好。"

"你喜欢什么样的故事？"

"我喜欢圆满结局。"

"大家都喜欢。"他笑着说。

我提议在他家里誊写录音，这样省去了寄送的费用，还能加快进程。我每天上午九点到，在他的餐厅里工作，偶尔沏茶或是用微波炉热点吃的。数周的调情之后，尼基才第一次吻我。我觉得他还是个处男。他温柔而体贴，殷勤但没什么技巧，做爱时我希望他呻吟或是喊出声，但他总是默不作声。

在朋友身边，他表现得像个典型的公子哥，喝酒赌马，但是跟我在一起，他就变了样。他带我去乡间长久地散步，探访破败的城堡，找寻林中的禽鸟。在一次探险之旅中，尼基向我求婚，我同意了。

"我什么时候见你的父母？"他问道。

"不用见。"

"可他们会来参加婚礼，不是吗？"

"不。"

"他们可是你的父母。"

"我不在乎。我们还会有很多别的客人。"

哪怕是结婚以后，尼基还在极力促成和解。"你不能就这样不理他们。"他说。但是我可以，也是这么做的。就像任何一种感情一样——如果双方都不再为之付出，它就会枯萎凋零。

我沿着一条散布着水洼的骑行小路缓缓上行。我定时往回看，确保没有人跟来。我的大肚子藏在外套下面，但我还是能感觉到婴儿的重量对髋关节及骨盆的压迫。我笨拙地扶着树苗翻过一段路堤。树枝和干枯的树叶在我脚下断裂。我来到一条沟渠前面，像一只跃起的河马一样跳了过去。

太阳的威力渐渐增强，我也暖和了些，外套下面开始出汗了。我沿着曲折的小路来到一片树丛边，这里紧邻一间农舍的废墟。沿着斜坡再往前是个水坝，我能听到水流入坝底的深水池塘的声音。

我跪在潮湿的地上，清走藤蔓和野草，起出成簇的植被和泥块。慢慢地，三个用石头堆成的小金字塔露了出来，彼此之间距离相当。清理得差不多了，我脱掉外套，摊在地上，作为临时的野餐布，背靠着农舍摇摇欲坠的墙坐下来。

我在遇到尼基之前很久就发现这个地方了。我当时十一二岁，骑车沿着纤道经过柯克斯托尔修道院和锻造厂，朝霍斯福斯骑行。我记得自己穿着棉布裙和凉鞋，朝运河中正在通过水闸的船只挥手。我转个弯，瞥见树丛中隐约可见的塌掉的烟囱。我奋力穿过荆棘和藤蔓，找到了这间废弃的农舍，感觉就像童话中一千年前陷入休眠状态的城堡。

很久之后，我带尼基来到这里，他也爱上了它。我说我们应该买下这块地，重建这栋房子；他可以写作，我们生养一大群孩子。尼基笑着让我"耐心点"，不过我当时已经在努力怀孕了。

无保护措施的性爱就像每二十八天买一次刮刮乐彩票一样，等着中大奖。我什么都没中。我们去看了无数的医生，跑遍了生育治疗诊所，尝试了各种替代疗法。我试过荷尔蒙注射、维生素、药物、针灸、催眠、草药以及特殊饮食疗法。当然还有体外受精，我们试了四次，花光了所有的积蓄，然后每次失败都伴随着一次心碎。一段充满希望的婚姻陷入了绝望的境地。

尼基不愿再试了，但为了我还是做了。在这最后一搏后，一个胚胎附着在了我的子宫壁上，像帽贝贴在多礁石的海岸上一样。尼基说这是我们的"奇迹宝宝"。我每天都提心吊胆，因为我不相信奇迹。

时间一周周过去。几个月过去了。我的肚子越来越大。我们终于敢给孩子起名字（女孩叫克洛艾，男孩就叫雅克布）。怀孕三十二周的时候，我感觉不到孩子动了。我立刻去了医院。一位助产士把我连到一台机器上，却找不到心跳。她说孩子可能在某个奇怪的地方，但是我知道情况不妙。来了一名医生，他又帮我做了一次超声检查，还是找不到任何血液流动或心跳的迹象。

他说我肚子里的孩子死了，不再是一条生命，而是一具尸体。

我和尼基悲痛欲绝，哭了很久。那天晚些时候，我进行了引产。我经受了分娩的阵痛，但是没有婴儿的哭声，没有喜悦。我接过那团东西，盯着依然温热的女婴的眼睛，她甚至没来得及呼吸一口这世上的空气，没来得及听到自己的名字。

我们把克洛艾的骨灰带到了这里，葬在了水坝上方这摇摇欲坠的农舍旁，我们的专属之地。我们承诺每年克洛艾的生日会回到这里，也就是今天，但是尼基从未来过。他跟我说我们应该"向前走"，我却从来都不明白这话的意思。斗转星移，时光流逝，我们哪怕站着不动都是在向前走呀。

我们的婚姻没能挺过这次打击。不到一年，我们就分居了——是我的错，不是他的。我对孩子的爱超过了对一个成年人的爱，因为它是一种单恋，并非建立在肉体诱惑、同甘共苦、亲密无间，抑或长相厮守之上。它毫无条件，无法估量，不可动摇。

离婚简单而干脆。五年的婚姻随着手起笔落而结束。尼基搬到了伦敦。我最后一次得到他的消息时，他正跟一个女教师生活在纽卡斯尔——

女教师离婚了，带着两个年幼的儿子——一个速成家庭，只需要加点水搅拌一下。

我拿出烤牛肉三明治和饮料，打开三角形的塑料袋，慢慢地吃起来，一只手在下面接着碎屑。一只知更鸟在灌木丛的细枝间跳跃，然后跳到了克洛艾的石堆顶上，在上面转来转去。我把面包屑撒到草地上。小鸟就跳下来啄食，时不时抬起头来看看我。

今天是克洛艾的生日，但是我为我所有的孩子哀悼——我失去的以及未能挽救的孩子们。我为他们哀悼，因为必须有人为此负责。

离开这片空地之前，我打开背包，拿出那几个小花冠，小心翼翼地不伤及花朵，叫出他们的名字，把花冠放在石堆上。

"我又怀宝宝了，"我告诉他们，"但是这并不意味着我会减少对你们的爱。"

梅 根

我最近在给婴儿房刷漆，往墙上贴墙纸。我在家庭装饰方面没有多大的冒险精神。这都怪我父母，他们不允许孩子自由表达。树必须是绿色的，玫瑰必须是红色的。

我还得一只眼盯着拉克伦，他已经在门上印上了手印，还把一个油漆刷放错了油漆桶。这都是博客的理想素材，我边在洗衣池里给他洗手，边这样想。

对我又要生宝宝这件事，拉克伦并不兴奋。这不是因为同胞相争或是被抢去了家里最小的孩子的地位。他想要一个跟他同龄、可以一起玩的人，或者一只小狗。

"为什么小宝宝不能是四岁，像我一样？"

"因为那样我的肚子就装不下他了呀。"我解释道。

"你不能把他变小吗？"

"不能。"

"你可以再长大点。"

"妈妈已经够大了。"

"爸爸说你很肥。"

"他是说着玩的。"这个浑蛋！

说到杰克，他早些时候打了电话，说他今晚回家，不坐火车去曼彻斯特了。听上去他心情不错。一连几个月，他都在策划一档新的电视节目，邀请大名鼎鼎的明星讨论体育方面的热点问题。杰克想做主播。他已经写好了毛遂自荐的话，但还在等待正确的时机去拜见"当权者"。

"不要睡着了。"他说。

"为什么？"

"我有事告诉你。"

我决定去做顿好吃的——牛排，新鲜的土豆，外加莴苣沙拉。典型的法国菜。我还要开瓶红酒，让它醒着。自从怀孕以后，我就很少下厨了。前三个月，我甚至想到吃的就想吐。

我上楼冲了澡，看了一眼镜子里的自己。我侧过身，查看了臀部和胸脯，没理会那些妊娠纹。我凑近镜子，注意到一根奇怪的鬈发，呈螺旋状从左侧太阳穴处伸出来。我凑近一点再看。

噢，天哪，我长了一根白头发！我拿起一副镊子，拔下这根扎眼的头发，仔细看，希望是染上了白漆。不，是白头发，千真万确。又一件有损尊严的事。我写下一篇博文。

今天我发现了一根白头发，被吓得不轻。这根头发洁白无瑕，发梢呈金属丝状。一直以来，我都为自己一根白头发都（还）没有而沾沾自喜，而我认识的人当中，有人二十一岁就开始拔白头发、染发了。

现在，时间的破坏力开始显现。之后是什么？皱纹？静脉曲张？更年期？我拒绝恐慌。有些同龄的朋友完全拒绝接受现实，拒绝盘算进入四十岁以后的情形，而告诉所有人："这里没什么好看的！快走开！"

过去我总是嘲笑她们，可现在我也有白头发了。我想把它归咎于怀孕带来的压力，但是谷歌说没有证据显示压力会导致白头发。外伤或在太阳下晒太久也都不会导致白发。好在我不用担心拔了这根会再长出来三根。坏消息是还有将近十年，白色就将成为我头发的自然色了。

是的。没错。除非我死了。

发布了这篇博文，我开始读最近的一些评论。大部分评论都很友善，持支持态度，但偶尔也会碰到不喜欢我"心不在焉地唠叨"的评论，或者让我"放下当妈的傲慢态度"。我被人称作讨厌鬼、娼妓、牢骚满腹的家伙，以及荡妇。更糟的是，我是个不称职的妈妈，因为我送拉克伦去托儿所，我还在那些不能生育的女人面前摆架子，此外，我还得为全球的过剩人口负责，因为我马上要生第三个孩子了。

上周，有人写道："我喜欢你闭上臭嘴的声音。"另一个写道："你丈夫肯定喜欢被你的责难声吵醒。"我删除了那些辱骂性的评论，但是没管那些负面评论，因为显然谁都有权发表自己的观点，即使是那些无知和满嘴脏话的人。

杰克九点多才到家。那时我已经在沙发上睡着了。他弯下腰亲了一下我的额头。

"抱歉。"我说着抬起头，吻了他。

他扶我站起来。我给他倒了一杯酒："今天过得怎么样？"

"很棒。再好不过了。"他在厨房里的长椅上坐下来，看上去很得意。

"要我猜吗？"

"我们边吃边说。"

他等不了那么久，在我还在料理沙拉的时候就全部告诉了我。

"我今天提出了新节目的想法。他们都觉得很棒——贝利，特恩布尔，整个团队都兴奋起来了。他们要把它列入春季档期。"

"你来主持吗？"

"我肯定会主持的。我的意思是，这点子毕竟是我提出来的。"

我感到一阵担忧，但不想扫杰克的兴致："你什么时候能知道结果？"

　　"几周之内。"他的鼻子贴着我的脖子，手在我的屁股上捏了一把。我顽皮地推开他，叫他去洗手。我太久没听到他这么乐观了。也许情况开始好转了。一个新工作，更高的收入，还有一个宝宝——向前进的方法太多，而止步不前的方法只有一种。

阿加莎

周六，杰克会早早起来，然后沿着泰晤士河跑步。之后，他会带孩子们去一家位于巴恩斯的餐馆，喝宝宝饮料，吃松饼，跟其他带孩子的爸爸一起，喝喝咖啡，看看报纸，跟那些互惠生和漂亮妈妈眉目传情。

盖尔餐厅最近刚在巴恩斯开张。每逢周末，里面满是带着孩子来的爸爸，以及身穿莱卡骑行服的周末骑行者，他们把自行车锁到栏杆上，进店补充能量，然后准备返程回家。

伦敦的这块区域是一个树木茂盛的乡村，位于帕特尼和奇西克之间的河流弯曲处——一片宁静的绿洲，布满了昂贵的房子、专卖店和餐馆。住的大多是企业老板、股票经纪人、外交官、银行家、演员以及体育明星。有一天我看到史坦利·图奇步行穿过巴恩斯桥。我还曾在农夫市场里看到过加里·莱恩克尔。他曾为英格兰队效力，现在像杰克一样，是一位体育评论员。

你是否注意到，电视节目主持人的脑袋都很大？我不是说他们自大或自以为是，尽管他们中有些人可能的确如此。我说的是字面意思，就是头大。我见过杰里米·克拉克森，他头大无比。它看上去就像一个膨胀的沙滩排球，双下巴，苍白暗淡。八卦杂志上可没有这些——关于大脑袋——你也不能为了得到一份电视台的工作而故意把脑袋胀大。有就有，没有也没办法。杰克的头很大——脑袋大，头发漂亮，皮肤比牙都白。他的下巴有些瘦削，但他在出镜时会抬起下巴。

现在他在喝第二杯咖啡。我喜欢他舔一下食指，然后翻报纸的样子。他很会照看孩子。画笔掉在地上，他就捡起来，并把孩子们画的画带回家给孩子的妈妈看。

我第一次从这个距离梅格不足一百码的地方看她。她跟露西和拉克伦在公园里，两个孩子在玩吹泡泡，追着肥皂水做的魔法球。梅格穿着简单的白衬衫和牛仔裤。我把她想象成某个时尚杂志的摄影师或设计师——事实上也差得不远。我想象她有个当股票经纪人的丈夫，在法国南部有一栋度假别墅，他们在那里度过漫长的周末。他们请来的朋友都是迷人的成功人士，他们吃法国乳酪，喝法国红酒；梅格抱怨那些法国长棍面包是"邪恶的食物"，因为它们让她发胖。

我喜欢编这样的故事。我设想别人的一生，给他们起名字，定职业，设定他们的背景故事，在他们的家里加入败家子和可怕的秘密。也许是因为小时候看了太多书。我是读着《绿山墙的安妮》长大的，跟哈里特[①]一起做侦探，和乔·马奇[②]一起创作剧本，跟露西、彼得、埃德蒙和苏珊一起在纳尼亚探险。

我午饭时间都是一个人坐着，也很少受邀参加聚会，但是没关系。当我晚上打开一本书，我的书上的朋友们一样真实，我知道早上的时候他们还会在。

我依然热爱阅读，但是最近我忙着上网查找有关怀孕、分娩以及育儿方面的信息。我这才发现梅格有一个博客：一个叫"脏孩子"的网页，她在上面写一些当母亲的体会和发生在她日常生活中的有趣而怪异的事情——比如露西给牙仙子写了一封信，说两英镑"对一颗门牙来说太少

---

① 儿童小说《小侦探哈里特》中的角色。
② 小说《小妇人》中的角色。

了"，或者，拉克伦打破了一整瓶蓝色的指甲油，创造了一幅"蓝精灵谋杀场景"。

博客里有梅格的照片，但她没用真实的姓名。杰克被称为"恺撒大帝"，拉克伦叫奥古斯都，露西是朱莉娅（恺撒有一个女儿），当然，梅格就是埃及艳后。

读了她的博文，你会发现她曾经是一名记者。她为一本女性杂志供稿，她的一些文章还能在网上找到，包括对裘德·洛的一次访谈，她称他为"性感美腿"，并承认在萨沃伊酒店与他一边调情一边享用牡蛎和香槟。

马路对面的餐馆里，杰克正在和孩子们收拾东西，他把拉克伦放到手推车里，扣好带子，然后抓着露西的一只手。他们穿过公园的时候，露西非得用手碰每一棵树，树叶像婚礼上的五彩纸屑一样在他们身后落下。

我远远地跟着，穿过绿地，经过池塘，一路上左拐右拐，一直到克利夫兰植物园路。这是一条漂亮的小路，道路两旁布满了维多利亚时期的半独立住房和修剪整齐的树篱。

在伦敦大轰炸期间，一枚德国炸弹把道路另一头的三栋房子夷为平地。取而代之的是一片公寓，当地人都称之为"离婚楼"，因为有很多误入歧途的丈夫（偶尔也有妻子）在婚外情暴露之后住在这里。有的最终回家了。其他的则继续生活在这里。

杰克和梅格的房子后面紧挨着一条铁路——豪恩斯洛环线，周内每小时四趟，周末则少一些。火车没有那么吵，不像飞机，天刚亮就排着队从头上一英里高的地方飞过，往希思罗机场方向降落。

我穿过这条路，抄近道沿着贝弗利街一直走到地下人行通道。铁丝网有一部分倒塌了，我很容易就翻了过去。确认铁路沿线没有人之后，我沿着铁轨往前走，不时被碎石绊到，我边走边数沿路的后花园。一只愤怒的德国牧羊犬在我经过时在栅栏边拼命挣扎。我吓得心怦怦直跳。我也朝它叫。

快到地方了，我缓慢通过低矮的树丛，爬上一棵倒下的树，这是我最喜欢的观察位置。从这里，我能看到一个长五十英尺的狭窄花园、一间儿童游乐室、一架儿童秋千，以及一间屋后小木屋，杰克把它变成了家庭办公室，但他从没有用过。

我听到小女孩的笑声。露西邀请了一个朋友到家里做客。她们在游乐室里，假装在沏茶。拉克伦坐在沙坑里，用推土机移动微型的大山。法式玻璃门打开着，梅格正在厨房里切水果，准备上午的点心。

我靠着一根粗壮的树枝，从外套口袋里拿出一罐饮料，打开封口，用嘴吸溢出来的液体。我还有一块巧克力棒，不过我要晚点再吃。

我可以一连坐上几个钟头，观察梅格、杰克和孩子们。我曾看着他们进行暑期烧烤活动，喝下午茶，或是在花园里玩游戏。一天，我看到梅格和杰克躺在一张毯子上。梅格的头枕着杰克的大腿，她在看书。她看上去就像《诺丁山》里的茱莉娅·罗伯茨，头枕着休·格兰特的腿。我喜欢那部电影。

每十五分钟就有一趟火车隆隆地驶过。我扭头去看亮着灯的车厢，乘客或埋头玩手机，或看报，或头靠车窗。有一两个人经过的时候正看向我。我不担心被人看到。我看上去不像窃贼或者偷窥狂。

天色慢慢暗下来了，我看着梅格把房子里的灯都打开，给孩子们洗澡，刷牙，读睡前故事。

我又冷又饿，不想等到杰克回家，不过我想象着他走进门，脱掉外套，松开领带，揽住梅格的腰。她把他推开，给他倒了一杯酒，听他讲述一天的见闻。吃过饭，他们把盘子、碗放进洗碗机，然后在沙发上坐下来，脸上映着电视屏幕的闪光。之后，他们彼此搀扶着上楼，在他们特大号的床上做爱。

我曾经进过这栋房子，所以很容易想象这些东西。那时候梅格和杰克还没有住进来，房子处于待售状态。找房子也是我的一个爱好，于是我预约了一次看房。房产中介一头金发，一身紧身衣，她领着我看房，向我指出重要的特征，说这栋房子"独具一格"，而且"物有所值"。

我能看出她的伎俩，一边跟丈夫调情，一边迷惑妻子，但绝不让另一方听到。她很像一个同谋，让夫妻的一方相信她会帮着摆平另一方。她也对我故伎重施，问起我的丈夫，问他要不要也来看看。我假装给他打电话。

"是，我觉得挺大的，不过我有点担心火车的吵闹声……夏天开着窗户就能听到。"

我从一个房间走到另一个房间，检查烤箱和自动关闭的抽屉，用手指抚摸那些不锈钢用具和大理石台面。我试了试水压，打开煤气灶又关上。房屋中介记下了我的姓名和个人信息——当然都不是真的。我有许多特别喜欢的名字：杰茜卡、西恩纳、凯拉。

直到我第一次尾随梅格回家，才知道是梅格和杰克买下了这栋房子。现在我能想象每个房间的情形：露西住在后面的卧室，拉克伦的卧室在中间，宝宝房在楼梯正上方。

我走得太晚了，天太黑，看不清路了。我慢慢地往前走，不断被树根和倒下的树枝绊到，荆棘撕扯我的衣服，刮伤裸露的皮肤。铁轨在周围灯光的照射下，发出银色的光，我小心地走过碎石和枕木。蟋蟀们停止了鸣叫，铁轨开始嗡嗡作响：一列火车正在靠近。我跌跌撞撞地躲到一边，转过身被一束强烈的灯光照得盲了眼。车头从我身边呼啸而过，巨大的声响让大地都为之震动，猛烈的气流吹起落叶，在我腿边飞舞。

我护住肚子，保护我的宝宝，告诉他我会保护他的。

梅　根

　　也许我不适合为人母。怀孕的头三个月，我一直害怕会流产。后来，我又担忧早产、并发症、医疗事故，以及其他各种各样的灾难。他出生后，我会担心艾滋病、流感、感染、脑膜炎、碰撞、擦伤、皮疹，还有发烧。他每一次咳嗽、抽鼻子、打喷嚏都会让我坐卧不安。等他学会了走、跑和攀爬，我又担心他会摔倒，摔断骨头，被打开的抽屉碰到，被热盘子烫到，或是在家中毒。这些都不会改变，无论他多大年龄。等他十八岁了，我又会担心他酒后驾车，或是被酒后驾车的人撞到，遇上毒贩、恶霸、失业、学业贷款，以及被女孩子伤了心。

　　我在博客里写下这些疑问和不安，读者都觉得我在开玩笑。我已经有了露西和拉克伦，有了经验，他们希望我是个专家，但我还是会不断犯下新的错误，还会有新的恐惧让我彻夜难眠。

　　我今天去做了B超。一位超声检查技师往我肚子上抹上凝胶，开始对我说个没完，向我指出所有的部位。我的小宝宝有两条手臂，两条腿，心脏腔室的数量足够，小心脏像蜂鸟的翅膀一样跳个不停。

　　医生说一切正常——我的血压、尿液、血液含铁量等。我重了三十八磅，这也没问题，尽管我觉得自己很笨拙，不协调，因为我总是撞上东西。我的肚子就像个气囊。

　　我回到家，看着还未完工的宝宝房。要量窗帘的尺寸，定做；拉克伦的婴儿装还在阁楼上的箱子里。我制定了宏伟的计划，要把房间装饰成一个完美的男孩房，可结果没一样如我所愿。事实是，我只要他健康快乐，好好待我，其他别无所求。

他好像明白了我的心思，偏偏这个时候在我的肚子上狠狠踢了一脚。

"喂！怎么回事？"

他又踢了一脚。

"再踢，就不让你借我的车开。"

有时，我把他——我未出生的儿子——想象成世上最小的刺客；一个胎儿大小的虐待者，因为我背着杰克做的事而惩罚我。每次脚踢、肘击和头撞都是报应；每一次超声检查都让我想起自己永恒的耻辱。另一个记忆提示有个人每周会跟杰克打网球。他叫西蒙·基德，和杰克是挚友。

他们是在埃克塞特大学认识的，那时他们亲密无间，住同一栋房子，一起参加聚会，夜不归宿的时候互相帮着拉皮条，这事他们现在还常常说起。一次，露西问他们拉皮条是干什么，我朝杰克晃了晃小拇指。

我一直都觉得他们是一对奇怪的朋友。西蒙是那种任何毒品和女孩都不愿放过的大学生，而杰克则更勤奋努力，独立而注重健康。

我曾跟西蒙短暂地有过一段，不过杰克不知道（也永远不会知道）。那是在我遇到杰克很多年以前。我当时供职于一家杂志社，西蒙正努力为一个电影项目筹措资金。他邀请我共进午餐，希望我能写篇文章，不到两个小时之后我们就上床了。当时西蒙住在布鲁克绿地的一栋合租房里，里面满是二手的电影设备和二流的跟班。四个月后我终止了这段关系，因为我受不了那些浸透汗水的床单和他那些流动的狐朋毒友。

那时我已经非常了解西蒙对女人的影响力了，她们对他唯命是从，他的一个微笑都能让她们傻笑一番。他英俊吗？当然，但不是那种粗犷的英俊。他那高高的颧骨和锐利的灰色眼睛让他太过漂亮了。我已经学会了如何看他而不受影响，有点像看日偏食——不能直视，否则就有盲眼的危险。

分手之后，我也时不时地会在电影首映式和短片电影节上碰到西蒙。他总是轻浮而殷勤，问我有没有在跟谁约会。后来他搬去了美国，然后又去了中国香港。我们从此断了联系。

我遇到杰克以后，他有时会提起一个叫西蒙的朋友，但我没有把两个人联系到一起，因为他们都给对方起绰号。一直到我们的婚礼，我才意识到。杰克去希思罗机场接西蒙，见到他我突然全明白了。我大吃一惊，当时就决定什么都不跟杰克说。西蒙倒也配合。现在看起来很愚蠢，但我第二天就要结婚了，我知道杰克的忌妒心和好胜心有多么强烈。我不想婚礼的前一天晚上在对我的前男友和我们之间的事迹的询问中度过。

晚些时候，在杰克的公寓厨房里，我低声对西蒙说："你还记得我？"

"当然记得。"

"我以为你都是……"

"迷迷糊糊的？"

"对。"

"我戒了。始终清醒着的感觉很奇怪。虽然无聊，但是我能活得更久些。"

西蒙的神经质都不见了。他依然势利而尖刻，但更有趣了。他身边依然不缺女人——她们大都是煞白的模特模样，高耸的是颧骨，而不是乳房，她们都是他"认真的女朋友"，直到换了其他人。

我嫁给杰克以后，西蒙经常去我们的第一栋房子，现在又经常来这个家。夏季，他和杰克定期在罗汉普顿俱乐部打网球或高尔夫。杰克帮西蒙在电视台谋了个职位，结果他很受观众欢迎，他刚好同时拥有那份庄重和厚脸皮。

除了是杰克的伴郎，西蒙还是露西的教父。这点他觉得很滑稽，因为他自己毫无宗教信仰，他说盼着露西长到十八岁，到时就让她吸毒或醉酒，或者两者都要。我知道他在开玩笑，但不全是。我个人跟他的关系没什么问题，直到八个月前，之后他再也没来过我们家。杰克一直邀请他过来，但西蒙总是找各种各样的借口推辞。

"我不明白发生了什么，"杰克对我说，"你们俩闹翻了？"

"没有。"

"好吧，他看起来在故意躲着你。"

我岔开话题，尽量不提起西蒙。事实上，我一想到他，就想蜷缩在角落里哭泣。一想到他，我就想起三月的一天晚上，我跟杰克为了钱大吵了一架，而这正是事情的导火索。事情的起因是我倒车撞上了路灯，把后备厢盖撞出了一个凹痕。是我的错。我应该承认错误的，但杰克指责我太粗心大意，我就把话咽下去了。我们吵了一架。我妈曾告诉我，婚姻中一定要有温和的一方，否则不会长久。不是我，我当时想。这次不行。

杰克也很倔，每次争吵都得理不饶人，挥舞着刺刀一样的指责大举进攻。我很受伤，不断刺激、挑衅他，近乎求着让他反应过度。他确实反应过度了。他抬起了拳头。我退缩了。他没有打下来，但我从他的眼睛里看到了。杰克也看到了。我觉得他也被自己吓到了。"我不知道自己为什么娶了你！"他咆哮道，"要不是为了孩子，我早走了。"

我默默地把露西和拉克伦放到车里，把他们送到了我父母家。我妈想知道发生了什么事情。我没办法跟她说。我开车去了西蒙的公寓，一路上努力透过被泪水模糊的双眼看清路。我想问他，杰克为什么这么不开心。杰克对他说了什么吗？我的婚姻是不是没救了？

我整个人非常混乱。西蒙给我倒了点酒。我跟他说了。他耐心地听着。很多男人认识不到这对一个女人来说多么迷人：倾听。不去打断。不妄自评判。他让我靠着他的肩膀哭泣。他用拇指替我擦去泪水。他柔声对我说很快就会没事了。

我喝多了，没法开车回家。西蒙提出来帮我叫车。我站起来，又跌倒了。他抱住了我。我们的唇离得很近。我们接吻了。我抱住了他。我们跌坐回沙发上，吻了又吻，脱下衣服，踢掉靴子，崩开扣子。我抬起双腿，他分开我的双膝。我大叫起来，感觉完全不是我。我知道这样不对，但就是不想让他停下。我想感受愤怒和失望之外的东西。我想要热烈、原始而纯粹的性爱，管他什么后果。

完事后，我们躺在西蒙的普什图地毯上喘气。我看到树枝被路灯投射到窗帘上的影子，突然认出了一个跟不久前存在过的世界不同的世界。性欲和愤怒都一扫而空，只剩下可怕的麻木和强烈的空虚感。这感觉来自哪里？我真的那么不开心吗？

我重新穿上内裤，从裙子下面提上去，然后把衬衫弄平整。我吓坏了。我都做了什么？经历了六年幸福（好吧，还算幸福）的婚姻，像晴天霹雳一样，我竟然跟我丈夫最好的朋友上了床。

我在想什么？很显然，我当时根本没用脑子。

没有任何借口。我是个坏人。我就是那种应该被杰里米·凯尔或者菲尔博士羞辱的愚蠢无耻的荡妇。没错，杰克是抬起了手，可他没有打我。他说他不爱我，但是他当时很生气，正在发脾气。

每段感情都会经历坎坷。我们经历过比这更糟的情况，但都挺过来了。正常来说，只要出去度个周末，或是一次美妙的约会，或是片刻的亲密，就能让我们重温当初相爱的缘由。

之后的日子里，我坚信人们能看到我的罪孽。我觉得它像文身一样刻在我的额头上，或是像新衣服上忘记剪掉的吊牌。杰克为吓到我而道歉，并同意去见婚姻咨询师。在我们的心理辅导期间，他对自己的感受并非全然坦白，但他努力了，这点比我做得好。我的秘密让我止步不前。不仅仅是背叛婚姻本身——还有对那次超棒的性爱的耻辱记忆，那么热烈，迫切，不顾一切。每次这些细节涌回脑海，我的大腿都不由自主地打开又合上。我不得不用力把它们并在一起，也因此更加痛恨自己。

那些说诚实才是上策的人都生活在幻想之中，要不就是他们从未结过婚或者生儿育女。父母一直在跟孩子撒谎——性、毒品、死亡，以及其他种种。我们对爱的人撒谎，为的是不伤害他们的感情。我们撒谎，因为这就是爱，而毫无保留的诚实是残酷的，等同于任性。

然后我们就出去过周末，在酒店疯狂而任性地做爱。四月和五月"大姨妈"都没来。我发慌了。我记不清西蒙那次有没有用避孕套了。我给他打电话。我听到电话那头有人在吵闹的酒吧里说笑喝酒。西蒙跟我说他用了。

"为什么问这个？"他大喊着问道。

"不为什么。"

"我还以为我们再也不会谈起那个晚上了。"

"不会了。永远。"

"我会把它带进坟墓。"

"很好。"

阿加莎

今天，我们超市发生了一起抢劫案。一个看起来战战兢兢的蠢货穿着卫衣，戴着墨镜，在冷藏区晃悠，嘴里喃喃自语，不时摇摇头。他没拿购物篮，眼睛不停地看通道上方的闭路电视监控摄像头。

"你有什么东西找不到吗？"我主动伸出援助之手，问道。

他丝毫没有理会我，径直朝门口走去。我正要跟帕特尔先生说，他此时在收银，我还以为这个家伙要走了。正在这时，他转过身，拿出了一把刀。

帕特尔先生的眼睛像装了弹簧一样，一下子瞪得老大。我觉得自己要喊出来了。

这人告诉他："把收银机里的钱都交出来，不然就割断你的喉咙。"他转过身，朝我挥舞刀子："趴下！"

我指着自己，好像在说："谁？我？"然后跪在地上。

"整个趴下，"他说道，"肚子挨着地。"

"真的要吗？"

他注意到我怀孕了，就说我可以手脚着地。

帕特尔先生正在努力打开收银机。他不停地按"非销售"键，可这个按键不对，抽屉就是打不开。

抢劫犯让他麻利点。

"你得买点东西。"帕特尔先生说。

"什么？"

"我打不开抽屉，除非你买点东西。"

抢劫犯怀疑地看着他："我觉得是你不会操作。"

"没错。"帕特尔先生使劲点头说道。

我正朝通道的远端爬，但我看得出帕特尔先生很惊慌。我喊道："扫一下香烟。"

帕特尔先生把视线从刀子上移开，转而看着我。

"香烟——扫一下，"我说，"收银机就开了。"

这下问题解决了，抽屉开了。帕特尔先生把钱给了他。

"剩下的呢？"

"就这么多。"

拿刀子的家伙指着收银机下面的抽屉。那是帕特尔先生存放备用零钱和大额钞票的地方。里面还有一把上了膛的手枪，他会把枪向所有的新员工展示——特别是那些周末兼职的女大学生，以讨她们的欢心。

真是伟大的计划，我想。他可以行使公民逮捕权，如果必要的话，直接将抢劫犯击毙。但帕特尔先生没有去拿枪。他把零钱交给抢劫犯，然后对拿刀子的抢劫犯说："你还需要什么吗？"

为什么不加入我们的忠诚客户计划？来几张刮刮乐彩票如何？

后来，帕特尔先生告诉警方，说他努力保护我，这是胡说，因为是我救了他的命。我们都要来做证，看电脑上的大头照，但我很不擅长记人的长相。那把刀，我倒一眼就能挑出来。

警方想让一名医生为我检查身体，因为我怀孕了，不过我告诉他们我很好，只想回家。他们给了我一张的士券，说我明天应该请假休息，这可不招帕特尔先生喜欢。

的士在公寓外把我放下，我用肩膀顶开前门，从垃圾信件上面跨过去。这会儿肾上腺素已经褪去，我感觉累坏了，楼梯看上去从没有这么陡。

我的公寓在二楼。房东布林德尔太太和她的两个儿子加里和戴夫住在楼下。两个儿子都四十多岁了，一点也不急着搬出去。大儿子加里靠残疾救济金生活，戴夫则是个迷你的士司机。我怀疑布林德尔太太之所以只收我很少的租金，是盼着我能接手她一个儿子。

我身后打开一扇门。

"嘿，我的公主。"

"滚开，戴夫。"

"需要帮忙吗？"

"不需要。"

他站在楼梯底部，好偷看我的裙底。我往墙边靠了靠。

"别这样嘛，"他说，"你的腿很美，阿加莎，它们什么时候打开？"

"去死吧。"

我继续往上走。他在我身后大喊："记住了，我有个安全套，专门为你准备的。"

"什么？杜蕾斯超小号吧。"

"算你狠，"他笑着说，"不过我会好好对你的。"

我一屁股坐到沙发上，踢掉鞋子，用手揉着脚，站了一天，两只脚生疼。肚子上的衬衫扣子胀得马上要飞出去打瞎人眼。我解开扣子，看着身旁的一片狼藉，真希望昨晚或者昨天白天打扫了一下。水池里堆满了没洗的盘子，餐桌上则摆满了关于婴儿装的小册子和商品目录。

沿着走廊再过去一点是一间带浴缸的浴室，然后是卧室，这间卧室很好。不上班的时候，我可以让屋里暗下来，然后一觉睡到中午。我的双人床一副要散架的样子，带一个上过漆的床头和一张能把人陷进去的床垫。晚上，我喜欢关上灯，听火车驶入普特尼大桥站的声音。

　　我最好的朋友朱尔斯和她丈夫凯文住在楼上，还有他们四岁的儿子——小机灵鬼利奥。有时朱尔斯去商店买东西、去洗衣店或是去做头发，我就帮着看孩子。

　　朱尔斯又怀孕了，过去的几个月里我们一直形影不离，一起购物、做美甲、喝巧克力奶昔，而奶昔是有史以来对付晨吐的最佳疗法。

　　我缓过了劲，从门垫上捡起三个信封：一个是煤气账单，一个是电话费账单，还有一封我妈寄来的信。我认出了她的笔迹，还有上面的西班牙邮戳。

　　她想干什么？我应该把信扔了。但有种莫名的感觉让我撕开信封，打开那张带香味的信纸。

亲爱的阿加莎：

　　我又给你写信了，请你不要为此生气。我甚至不知道你的地址对不对。我给你打过电话，可你一定是换了号码。

　　我很想你。我孤独得要命，你是我唯一的亲人。我知道我们之间发生了很多事，但还是希望你能原谅我。

　　马尔韦利亚阳光明媚，但没有去年这时候暖和。我还租着原来的房子，隔壁是霍普古德夫妇（我在之前的信里提过他们）。霍普古德先生有点无趣，但是玛吉人很好。我们一起玩宾戈，在游艇俱乐部喝鸡尾酒。

　　你应该来看看我。我可以给你寄机票钱。我们可以一起过圣诞节。游艇俱乐部会举办一场丰盛的围餐——每张桌子上都有烤火鸡，外加一瓶免费红酒。

　　千万给我回信。

　　我全部的爱。

妈妈
亲亲抱抱

我把信撕个粉碎，扔进了厨房的垃圾桶里，不过里面的垃圾已经满了，纸片都撒到了地上。我妈不知道我怀孕了。她会把事情搞砸的。

有人敲门。

"快滚开，戴夫。"我喊道。

"是我。"朱尔斯回答。

该死！

"好的。等一下。"

我整了整衣服，系上衬衫扣子，又照照镜子，然后才打开门。

"怎么这么久啊？"朱尔斯问。她摇摇晃晃地走过去，咕哝着坐到沙发上："让我在外面等了老半天。"

朱尔斯有一半德国血统和一半苏格兰血统，留着铁丝球似的爆炸头，两条腿粗壮如树桩。她长相很醒目，我羡慕她无瑕的肌肤和棕褐色的眼睛。她怀孕前就算得上肥硕了，却很喜欢炫耀自己的身材，因为凯文喜欢她的胖。他不是像饲养员一样喜欢投喂，或者喜欢胖子，但他绝对喜欢丰满的女人。

我跟她讲了超市发生的抢劫案，她全神贯注地听着，想知道我有没有被吓到。

"他可能是个瘾君子，"她说，"那些人超级可怕。他们会啃人的脸。"

"真的？"

她点点头："那种东西会使你的脑袋长洞，还会造成牙齿脱落。"

"那个抢劫犯的牙都在。"

"暂时没掉而已。"

她突然想起自己下楼的原因了："嘿，你想跟我一起去做针灸吗？我有个买一送一的优惠。"

"谁也不能往我的宝宝身上扎针。"我说。

　　"他们不往宝宝身上扎，"她挥舞着一本小册子回答，"这上面说针灸可以帮助孕妇缓解恶心、水肿、疲劳、痉挛和胃痛。"

　　"那我也不去。"

　　"那去做比基尼除毛怎么样？"

　　"这个我还不急。"

　　"有人真幸运，"她哼了一声，"我下面可已经是茂密的三角洲。凯文要拿着大砍刀才能找到入口。"

　　"你真恶心。"

　　"至少我还有的做，"朱尔斯说，"说到这个——你有水手的消息了吗？"

　　"我还没看。"

　　我的笔记本电脑被杂志盖住了。我打开电脑，等待连上无线网。收件箱跳出两封邮件，一封是垃圾邮件，另一封是海登发来的。我的心不禁颤抖起来。

　　"他今天晚上要给我打电话。"我震惊地眨着眼，小声对她说。

　　"邮件里还说什么？"她兴奋地问道。

　　"就这些。"

梅　根

今天下午，露西的一个朋友来家里玩。她叫马德琳，是个爱发脾气的小姑娘，对我的水果拼盘不闻不问，偏吵着要吃巧克力饼干。

我对她说："我们家没有巧克力饼干。"马德琳嫌弃地看着我，仿佛我是她鞋上的脏东西。这会儿她们在外面玩。我觉得拉克伦可能要感冒，所以我让他洗了澡，吃点扑热息痛，给他看迪士尼频道的动画片。

我看了看钟。马德琳六点会被人接走。我想加快节奏，哄他们睡觉，然后好上床休息。杰克今晚不在家。他整周心情都很好。我得说这算是"恢复正常"了，可我已经不知道什么才算"正常"了。不，这不是真的。我喜欢杰克挑逗我，跟我调情，时不时触碰我的身体，抚摸我的背，两手抱住我的腰，或是在楼梯上相遇时偷偷吻我一下。

拉克伦正对着电视发笑。我挨着他坐在沙发上，一只手抱着他，闻着他刚洗完澡湿漉漉的味道。

"爸爸会回来吗？"

"他明天回来。"

"他在哪儿？"

"在工作。"

"他会上电视吗？"

"嗯哼。"

晚些时候，我给拉克伦煮了个鸡蛋，在蛋杯两侧摆了几个面包士兵。他在各方面都如饥似渴，迫切想要长大；别人玩游戏他专门捣乱；喜欢屯积玩具，霸占父母的关注。露西看上去很大度，但最近我在拉克伦的手臂上看到了抓痕和掐痕。他最喜爱的玩具卡车不见了，让他愤怒地咆哮了好一阵。露西在角落里看着，表示对卡车的下落一无所知。几天后，我在她的床下找到了卡车。

露西和马德琳吃的是芝士意面，露西通常很爱吃的，今天却学着马德琳，努起了鼻子。孩子们为什么都选择那些最不适合的朋友？我很可能会在博客里提到今晚的事——当然会改换名字。我的博客就像一头饥饿的野兽，我需要喂它越来越多的食物。

上大学时，我梦想着成为一名严肃的新闻工作者，做下一个玛丽·科尔文或是凯特·阿迪，从瓦砾遍地的巴格达或者人满为患的北非难民营里发回报道。我不知道这个梦想什么时候死掉了。事实上，我从来都是差强人意，而不是超出期待。

刚开始写博客时，我想写得犀利又风趣，甚至是富有争议。我以为，以我在营销和公关领域的背景，我完全可以影响舆论，建立一个品牌。可实际上，我净花费时间写些关于我并不完美的家庭和自以为幸福的婚姻的古怪故事。

有一天我看到一篇文章，说育儿博客博主平均年龄是三十七岁，有两个孩子，惯用左脑，具有强烈的社会责任感，购买环保产品。说的就是我！我太老套了。博客总结出了我的状态——安安稳稳，与人无争，肤浅。

我收拾好厨房和浴室，然后给自己做晚饭——孩子们的剩饭。杰克从老特拉福德打来电话，曼联在主场对阵热刺。"这是本轮的焦点战之一，"他说，语气里透着兴奋，"我觉得新的脱口秀十拿九稳了。"

"先别急。别高兴得太早。"

他笑了笑，让我帮他个忙。他把一张名片落在外套里了，问我能不能帮他找一下。

我拿着手机上楼，走进他的衣帽间。杰克在衣服上花的钱比我还多。他有三套保罗·史密斯西服，二十多件衬衫。我挨个搜索每个口袋，找到了一张叠着的纸。上面是一个手写的手机号码，但有人在号码旁边印了个口红唇印。没写名字。

我继续搜索，最后找到了一张名片。

"你要的是这个吗？"我把号码读给他，问道。

"谢了，宝贝。"

"我还找到了另外一个手机号码。在一张纸上……边上有个口红印，没有名字。"

"噢，那个啊，"他说，完全没有乱阵脚，"一个女人在酒吧里塞到我口袋里的。她认出了我。我想她以为我是个球星。"

"所以你就留下了她的电话号码？"

"我没有留下她的号码——我压根忘了这码事。你吃醋了？"

"没有。"

他故意挑逗我："你应该吃醋。她可是个二十五岁的大美女。"

"老色鬼。"

"她想进电视台工作。"

"可真会想。"

他大笑起来，腻歪了两句，然后挂了电话。我看着那张纸，将它揉成一团，扔进了废纸篓。

我不介意杰克偶尔像待女朋友一样待我，因为这会很刺激。我们还曾经晚上去约会，然后假装不认识。他是个飞行员，我是天气预报员，我们在酒吧里遇到，其中一个人主动找另一人搭讪。一次，我装作一名疯狂的粉丝。

"噢，天哪，你是杰克·肖内西，对吗？"

"嗯，是的。"他回答。

"你是电视节目主持人。我超爱你的声音。跟我说两句性感的话。"

"比如？"

"就是这样。噢——我整个人都要化了。杰克·肖内西，哎呀。你在这里干吗？"

我们聊了二十来分钟，然后手挽手离开了，教科书式的搭讪。酒吧的工作人员都惊呆了。

我以前很喜欢我们的约会，杰克会给我写爱意浓浓的字条，然后随机放在一些地方，比如微波炉边、外套口袋里，或是塞进我的高筒靴里。亲爱的老婆，你的双峰举世无双，他写道，或是，欠你一次超级特殊的足部按摩。是的，他别有用心，但他本不必如此用心。

这样的往事让我既感激又愤怒。我怎么能怀疑杰克！违背誓言的人是我。

阿加莎

卫星信号传来的画面模模糊糊、断断续续的，但海登的声音还算清晰。他穿着蓝色的工作服，坐在一个墙上挂着各种图标和地图的小房间里。他是蓄了胡须吗？呵！

"你能看到我吗？"我问道，希望他能夸一下我的新裙子，或是费心思化的妆。

"是的，"他回答道，看都没看屏幕，"你说你怀孕了，是怎么回事？"

"这难道不好吗？"

"怎么会怀孕呢？"

"你肯定知道的啊，傻瓜。"

"我是说，你什么时候知道的？"

"我知道现在说有点晚了，可我的经期一向很乱。然后我就用了早孕试纸。你想看吗？我留着呢。"我拿着验孕棒在屏幕前晃了晃，"那条粉色的线表示我怀孕了。"

"怀孕多久了？"

"预产期是十二月初。"

"是我的吗？"

"什么？"

"孩子……是我的吗？"

"当然是你的！我爱你。"

"我已经出海七个月了。"

"我怀孕八个月了。是你在伦敦的时候怀上的。我们俩当时可疯狂着呢。"

"你当时说你在服用避孕药。"

"我还让你用避孕套来着，因为我的经期推迟了几天。你说不喜欢用。"

"你为什么没早点告诉我？"

"我给你发信息了，可你一直没回。我还发了邮件，寄了信。我还在脸书上给你发信息。你都没有回复。"

"你没提孩子的事啊。"

"我是不想随随便便说出来。这是件私密的事。我这儿有超声图像。你想看看吗？"

海登深吸一口气，然后叹了口气，他盯着天花板，仿佛在寻找上天的指示或介入。

"你想让我做什么？"他问道。

"我不指望你娶我之类的。"

"那你告诉我该干什么？"

"我觉得你应该知道。如果你不想跟我有任何干系，我接受，但这孩子是我的，也是你的啊。"

他看着屏幕，摇了摇头："我不想要孩子。"

"好吧，不过现在有点晚了。"我站起来，侧过身，用手抚摸着肚子，"这件事真真切切地发生了。"

他又把视线移开了。

"我知道你觉得这有点突然，"我说，"但我之前真的想告诉你。我几乎每天都给你写信，但你在生我的气，想分开一段时间。"

"我们不是分开一段时间！我们是分手了！"

"我做了蠢事，偷看了你的邮件，可你看不到吗，我当时肯定已经怀孕了。全身上下到处都是荷尔蒙。"

"这是借口。"

"这是事实。"

海登推开屏幕："我的老天，我真的不知道该怎么办。"

"等你回家了，我们可以谈谈。"

"不！我想让你离我远远的。"

"那孩子呢？"

"你想要，你留着！"

"求求你，海登，不要这么残忍。"

"我又没有参与。你本该打掉的。"

"什么？"

"流产。"

"不！"

"不要再跟我联系。明白吗？"

屏幕变成一片空白。我敲打着键盘，却不能把他找回来。

我拒绝哭泣，我告诉自己海登会改变主意的。眼下，他觉得我是个"营地妓女"或者"基地女郎"，专门守在海军军营外，希望拐走个把军人。他错了。我爱他。我要让他看看我能做个多棒的妈妈。用不了多久，他就会单膝跪地求我嫁给他了，三十年后，我们儿孙满堂，会笑着说起这件事。

朱尔斯敲了敲门。她可能一直在外面等着，迫不及待想知道海登都说了什么。我让她进来。她满心期待地看着我，随时准备安慰我。

"所以，怎么样？他兴奋吗？"

"欣喜若狂。"

"我就说他会的。"她在房间里笑啊，跳啊，身上的赘肉也跟着跳动。

"他向我求婚了。"我说。

"少来了！"

"真的。"

"那他为什么不回你信息？"

"他说他怕爱上我。"

"说得真好。那你怎么回答他的？"

"我说我要考虑一下。"

"你这头蠢牛！你怎么不说你愿意？"

"他先让我等了好久，现在我也要让他等着。"

朱尔斯想知道所有的细节——我说了什么，他说了什么。我只好编了一段对话，但她丝毫没有怀疑我的解释。

"海登现在在哪儿？"

"他们正朝开普敦航行。"

"他也许会在南非给你买一枚订婚戒指。那里有最好的钻石。"

"我不想要钻戒。"

"不，你想要。所有的女孩都喜欢钻石。他会回来等孩子出生吗？"

"不会。"

"可他应该陪着你。"

"没关系。我到时在利兹生孩子。"

"可你恨你妈。"

我耸了耸肩："我们的关系确实有起有落，不过我需要个陪护，她刚好主动提出来了。"

　　"可惜我没办法帮你，"朱尔斯说，"我也有个小问题。"她指着自己的大肚子。

　　我抱抱她："我可以找凯文帮忙。"

　　"他帮不上什么忙——相信我。你什么时候北上？"

　　"快了。"

　　朱尔斯很了解我们家的事。不是全部，但足够让她明白我跟我妈之间爱恨交织的复杂关系了。她说我应该主动建立沟通的桥梁，但我觉得有些桥就应该烧掉，只可惜烧毁的时候有些人没在桥上。

梅 根

房子里静悄悄的。孩子们都睡着了。前一个小时，我一直在电视机前熨衣服，一堆亚麻衣服熨好后叠得整整齐齐，还有几件带着清香的衬衫，挂在门把手上。我喜欢熨烫中的方法和技巧，这让我觉得，我在家务方面井井有条，不会陷入混乱。

我时不时往上看向楼梯，留意有没有叫声或是呼唤声。露西睡觉的时候开着灯。她并不是因为做噩梦或是怕黑，只是想半夜醒来的时候知道自己在什么地方。

杰克还没到家。如果晚了，他通常会打电话的。我给他打过电话，他的办公室同事说他几个小时前就走了。那档新节目一直在他的脑海里挥之不去。他们已经给节目起好了名字：射门！可他还是不知道节目的主持人是谁。其他的主持人都试镜了——可不是随便什么人：西蒙·基德，跟我上床的那个男人，我正竭力要忘记的那个人。杰克和西蒙一直都爱跟对方较劲，但都是在网球场、高尔夫球场上或是玩"打破砂锅问到底"的时候，输赢几乎无关痛痒。但这个很重要。如果西蒙被选中了，我不知道杰克会做何反应。

我打他的手机，直接转入留言。我又留言给他：

"杰克，是我。你在哪儿？我很担心。给我回电话。"

他到家时我已经上床了。我听到汽车钥匙落到桌子上以及他踢掉鞋子的声音。冰箱门开了。他拿了一支啤酒。我有点想关上灯假装睡着了。

相反，我走下楼。他在花园里，坐在露西的秋千上，手里拿着啤酒。我坐在他身旁的秋千上，穿着拖鞋荡来荡去。

"你开车回来的吗？"

"没有。"他已经松开了领带，衬衫抽出来一半，"我没有得到那个职位。"

"他们给了西蒙吗？"

"没有。"

"那是谁？"

"贝姬·凯勒曼，她在一个时尚频道工作。"

"她懂足球吗？"

"她在镜头前表现好。"

"这不公平。"

他皱起眉头："整个节目都是我的主意。我想出来的点子，还有名字。连宣传语都是我想出来的：唇枪舌剑。"

"至少不是西蒙。"我说。

"为什么这么说？"

"我知道你们俩是对头。"

"你怎么会觉得我们俩是对头？"

"没什么。当我没说。"

我们默默地坐了一会儿。我想问他在想什么，又怕他说些什么。过去我们经常讨论，分享各自的想法，但现在杰克更多地通过沉默来交流。

"我真希望自己能帮到你。"我握住他的手说，"我知道这算不上安慰，可我觉得你很优秀，没有让你做主持人，是他们犯傻了。"

杰克把我的手翻过来，亲了一下我的掌心："你有过担心吗？"

"比如呢？"

"钱。"

"我们并不穷。"

"我们需要一辆大点的车，还需要一间卧室。"

"这房子够大了。"

"如果三个孩子太多了呢？如果我们没有时间陪伴彼此了呢？"

这句话让我大吃一惊，我突然说不出话来了。

"我任何时候都不想失去你。"他低声说道。

"那就哪儿也别去。"我柔声回答，希望能有说服力。

他用责备的眼神看着我："我忌妒你。"

"为什么？"

"你什么时候都可以随遇而安。你不会感到压抑。你没有疑惑。"

"每个人都有疑惑。"

"你还有这种奇怪的坦诚。你不会掩盖什么。你以自己的真实面目示人——而他们也用爱回馈你。"

我顿了一下，然后岔开话题："你饿不饿？"

杰克摇了摇头。

我站起来，把睡衣裹得更紧了："我要去睡了。你来吗？"

"一会儿吧。"

"不要太晚。"

我钻到被子下面，闭上眼睛，却没有办法入睡。我躺在那里，努力去理解杰克的伤心。我知道他深爱着露西和拉克伦，而且我依然觉得他还深爱着我，但我们的生活态度不同。杰克总是提前预知将会出现的问题，并为最糟糕的情况做准备，安排各种资源来应对。我则是水来土掩，能屈能伸，而不至折断。

失去了一个工作机会，杰克就如此反应，倘若他知道我跟西蒙上床了，又会做何反应呢？他不能知道。永远。

阿加莎

海登的父母住在北伦敦科林代尔的一栋战后小别墅里，房子正面的墙上嵌着鹅卵石，带个屋前小花园。两层高，凸窗。整齐的花圃，玫瑰还未凋谢。

科尔先生和科尔太太知道我要来。我提前打了电话，科尔先生主动提出来车站接我，但我说我可以走路。我穿着最漂亮的裙子——在玛斯凯买的一条可爱的A字群，灯笼袖，圆领口。去见海登的父母，这裙子有些短，也不够修身，但我想让他们把我看成未来的儿媳妇，而不是为阿曼门诺派角色试镜的演员。

我找到了那栋房子。我按了门铃。门立刻就开了。科尔太太面带笑容看着我。她看上去就像五十年代那些做针线活、烘焙、每逢皇家庆典就会组织街头派对的朴素新娘。她的丈夫在她身后，也站在过道里，在一盏微型枝形吊灯的照射下，他光秃秃的头顶闪闪发亮。我从未想过海登会谢顶，这让我有点担心。

科尔先生在英国皇家邮政工作，有个很漂亮的头衔，但我老觉得他的工作就是分拣包裹或是给信件盖邮戳。海登的妈妈是一所聋哑学校的老师，会手语。这是因为海登的弟弟是个聋人。他可能也是个哑巴，不过我觉得现在大家都不用这个词了。海登的姐姐嫁人了，住在诺福克。我不记得她有没有孩子。

一番介绍之后，我被领进了他们称之为"客厅"的房间，我坐在沙发沿上，双膝并拢。房间里的一切看上去都很匹配，窗帘、垫子以及废纸篓上的花卉图案都一个样。他们端来了茶和蛋糕。我饿坏了，但我怕掉碎屑。

"你确定不吃一块吗？"科尔太太问道。

"不吃了，谢谢。"

他们都注意到我怀孕了，但我还没有说明。我们谈论着天气、火车旅行，以及对柠檬蛋糕的喜爱。

"我不知道海登有没有经常跟你们说起我。"等对话有些吃力的时候，我说道。

"不多。"科尔太太看了一眼她丈夫，回答道。

"嗯，他一月份上岸休假的时候，我们恋爱了。你们可能会想为什么那么多天他都没有回家。他当时住在我家。"

他们依然端坐在扶手椅里，没有任何反应。

我该怎么做——给他们画个图？

我从上衣口袋里掏出一张纸巾，擤了擤鼻涕。"这并不容易，"我说，"正常情况下，我不会来麻烦你们，但海登让我没有太多选择。他不回我的邮件。一周前我跟他谈了，可他……他……"我说不出口。

科尔太太一只手放在我的膝盖上："你怀了海登的孩子吗？"

我点点头，哭得更大声了。

先是一阵沉默。科尔先生的样子，就像他宁愿做一次前列腺检查，也不要坐在客厅里跟我谈话。我的哭声小了。我表示了歉意，把睫毛膏抹得满脸都是。

科尔太太坐到我身边，扶着我的肩膀。

"海登说了什么？"

"他说他不想跟我或孩子有任何关系。他说我应该流产，但是已经太迟了，而且这也有悖我的信仰。我不知道该找谁。我的生母死了。"

"死了？"

"对我来说是的，"我赶紧补救道，"对我来说她已经死了。我们很少说话。"

"可怜的孩子，"科尔太太说，"再拿些纸巾，杰拉尔德。"

他突然回过神来，转了一圈，然后才朝厨房走去。找到了纸巾后，我又擤了擤鼻涕，擦了擦眼睛。科尔太太问着一些显而易见的问题，孩子什么时候出生，我有没有去看医生。我给她看了超声图片。

"噢，快看呀，杰拉尔德。什么都能看见，手指，脚趾头。"

"他很健康。"我说。

"是个男孩？"

"是的。"

不到二十分钟，我们就像婆婆和儿媳一样了，讨论着医院、晨吐，以及阵痛。很快，她就拿出了家庭相册，给我看海登婴儿时期的照片。

"他出生时是个小胖子。九磅重，"她说，"我当时都要缝针。"

我浑身一哆嗦，她拍了拍我的膝盖："别担心。你看上去很适合生养。我有点口无遮拦了，不是吗，杰拉尔德？"

科尔先生没作声。

她问我住在哪里，过得如何。我跟她讲了朱尔斯以及每周五上午在巴恩斯绿地对面的咖啡馆的妈妈群。很快我就看到了海登蹒跚学步、开始上学以及脸上长着雀斑的青少年时期的照片。我被领着参观了他的卧室，听他们讲述了他赢得每一个体育奖杯的故事。

天渐渐黑了。科尔太太坚持让我留下吃晚饭，让我坐首席。很显然这是件大事，他们的第一个孙子。海登的姐姐就"没这么幸运"，科尔太太说，她帮我补全了记不清的信息。

他们聋了的儿子里根整个下午都躲在自己的卧室里。吃晚饭的时候他一直盯着我，不停地用手语向他妈妈提问题，她也用手语回答。我感觉他们是在讨论我，这让我有点不安。我听说，失去了一种感官能力的人，比如视力或听力，有时他们其他的感官能力就会得到加强。万一里根能看透我的心思呢？

　　碗盘被收走了，我们又回到客厅，科尔先生点着煤气炉，挨着我坐在沙发上。我觉得他开始喜欢我了，要不就是他趁科尔太太不注意倒的第三杯雪莉酒的缘故。

　　"你打算在哪儿生孩子？"他问道。

　　"我妈妈住在利兹。"

　　"可你说她对你来说已经死了。"

　　"是的，不过我打算跟她重归于好。今天——来这里——对我来说是迈出了一大步，你们对我这么好，这么盛情招待我，让我觉得我也可以和我妈重归于好。"

　　"所以你是要北上了？"

　　"是的。我之前希望海登能陪着我……"

　　我故意不把话说完。科尔先生拍拍我的膝盖："你来见我们，是做对了。你不用担心我们家海登。我会为你主持公道。"

　　我又擦了擦眼泪。它们太容易流出来了。

　　"他觉得我生下这个孩子是想把他拴在我身边，或是让他爱我，我讨厌这样的想法。我也不是要让他娶我。"

　　我握住科尔先生的手，放到我的肚子上："你能感觉到吗？"

　　他犹豫地点点头："他经常动吗？"

　　"一直动个不停。"

　　科尔太太又端来了一些茶和柠檬蛋糕。

　　"海登还没完全长大，"她说着给我切了一块，"不过他是个好孩子。我敢肯定，等我跟他谈过，他就会更加了解了。对了，你有什么需要吗，阿加莎？"

我犹豫地摇摇头。

"你确定？"

"嗯，我最近病了，缺了好多天的班，又快要交房租了……"

"你需要多少？"

"不用，真的。"

"多少？"

"几百镑吧。"

"够吗？"

"如果有五百镑，就可以支付全部的账单——电费和煤气费。"

"我确定我们拿得出，"科尔先生说，"你不用担心我们家海登。我们会纠正他的错误的。"

当天晚上海登给我打来电话。我本以为他会因为我背着他去找他父母而生气，他却异常温柔体贴。我故意装出一丝伤心，不接受他的歉意。卫星传来的画面比上次清晰。他不停地道歉，说他无意伤害我。我慢慢缓和了语气，在想他是不是强忍着对我好的。

"我知道你需要时间适应，"我说，"不过你会成为一个称职的父亲的。"

他眼睛周围的肌肉有些颤抖："听着，阿加莎——"

"叫我阿吉。"

"好的，阿吉。"他向前探探身子，"我可能是孩子的父亲，我接受这一点——"

"你就是。"

"我也尊重你把孩子生下来的决定。"

"谢谢。"

"不过我不会娶你的。"

"我没有让你娶我。我没有让你为我做任何事。"

"我知道。我知道。我跟我爸妈谈了。他们让我认识到我之前说的话多么荒唐。我的意思是,这来得太突然了——这个孩子。"

"我早知道了。"我回答,紧张地咯咯笑着。

"我需要时间思考,并做一些决定。"

"我会很高兴自己抚养孩子,如果这是你的决定的话,不过如果你决定参与进来——我觉得你也有这个权利——我是说,万一你非常想要孩子,我却没有告诉你你做了父亲,这该多糟啊。"

他沮丧地点点头,继续保持沉默。

"你爸妈人很好。"我说。

"他们还没有抱上孙子。"

"我很高兴能让他们帮我。这不是钱的问题,不过等孩子出生了我就很难交房租了。然后还有其他的花费……"

"你需要多少钱?"

"我如果通知政府,他们会让你支付抚养费的。"

"多少?"

"一周一百英镑。"

他闭上了眼睛:"没问题。你什么时候生?"

"十二月初,不过也可能提前。"

"我到圣诞节才能到家。"

"没关系。我妈妈会陪着我。"我举着一张超声图片,"你看到了吗?"海登往屏幕前凑近了些。"这是他的头,还有他的小胳膊小腿。他蜷缩成了一团。"

"是个男孩吗?"

"嗯哼。嘿!你想看看我吗?"我站起来,侧身对着摄像头,把裙子往下拉，双手抚摸着肚子，"肚子很大，对吧？你应该看看我的巨乳。"

"可惜我不能在那里把玩。"海登说。

"不要脸。"我说着又坐下来。我的手往上，托住双乳。

"它们可真大。"

"它们一直都挺大。你想看吗？"

他扭头往后看了一眼："别人可能会看到。"

"就看一眼？"

我把裙子的领口往下拉，同时把文胸的罩杯拉上去。他瞪大了眼睛。

"我的乳头非常敏感。我能感觉到衣服在上面来回摩擦。"

"你最好遮起来。"他的嗓音变得沙哑了。

我把椅子往后推，把裙子拉高了一些。海登看上去要从屏幕里爬出来了。

"我没穿内裤。"

他猛吸一口气，发出了一声呻吟。可怜的孩子。他已经在海上七个月了。他调整了一下裤子。

"你在自慰吗？"我咧着嘴问他，"真希望我在你身边。我会帮你。我太寂寞了。如果我在你身边，我就让手指滑过你的大腿，一点一点，慢慢地。你想这样吗？"

他的呼吸变得不均匀了。

"说出来。"

"想。"

"想什么。"

"想那样。"

我双手伸到裙子下面："噢，我真希望你现在在我身边。我能感觉到你。我想让你触碰我。求求你，求求你，海登，充满我。"

我听到一声不太一样的呻吟，像一个将死的人发出的。

海登的眼睛呆滞无神，眼皮沉重。他看着自己的腿，一脸惊恐。

"我们回头再聊，我的情人。"我说。

他没有回答。

梅　根

　　我在楼上的阁楼里翻腾旧婴儿装，真希望当时在箱子上贴了标签，而不是把什么东西都一股脑扔到里面。

　　我应该把其中一些东西放到易贝上卖掉。我这里有《欲望都市》和《白宫风云》的全套DVD，可能值点钱。人们还会买DVD吗？那二手的滑雪靴呢？

　　门铃响了。为什么总是挑我在楼上的时候按门铃？我绕过楼梯上成堆的培乐多黏土玩具和零散的乐高积木，走到门前。最好不要是个推销的。

　　我打开门闩。西蒙·基德笑眯眯地看着我，手里捧着一大束玫瑰花，一路上已经掉了不少花瓣。

　　"你好，梅格。"

　　我没有回答，但我的心像日本太鼓一样怦怦直跳。

　　"我给你带了这个。"他含混不清地说。

　　"你喝多了？"

　　"我吃了一顿大餐。"

　　"杰克不在家。"

　　"我知道。我们需要谈谈。"

　　"不！我们没什么好说的。"

　　"是关于那个孩子的。"

我心头一颤。我试图关上门，但是他向前一步，用手掌抵住了门。

"你给我打电话，问我那天晚上有没有用避孕套。"

"没关系了。"

"避孕套破了。"

"什么？"

"它破了。我没有告诉你，是因为……我觉得它无……"他看着我的眼睛，仿佛希望我把话头接下去。

我吓坏了，但绝不能让他看出来："你说得对——确实无关紧要。请你离开。"

"我一直在想你。"

"什么？"

"想着那天晚上。"

"天哪，西蒙！就是一场性爱，一夜情，甚至连这个都不算。是个错误。一次难堪。"

他看上去很痛苦："对我来说不止这些。"

"什么意思？"

西蒙垂下了眼睛，看着花，低声说："如果孩子是我的呢？"

"不是你的。"

"你不知道孩子是不是杰克的。"

"不，我知道。"

"如果你知道，就不会问我有没有用避孕套了。"

"这就是杰克的孩子，好吗？我不想再提起这件事。我们说好了的。"

"我要知道孩子是不是我的。"

"什么？"

"我要知道。"西蒙看着我，像个失去了宠物狗的孩子。

我的喉咙里发出奇怪的咯咯声："你为什么要冒着破坏我的婚姻，还有你跟杰克的友谊的危险……"

"我想……我想让你……"他没有说完，"我想做父亲。"

"那好。你让吉娜嫁给你，把她的肚子搞大。别把我扯进去。"

"你不明白。"

我的声音更大了："不！是你不明白！这是我家。这是我的家庭。我怀的是杰克的孩子。你没有权利来这里问我这些问题。"

我哭了起来——受挫和愤怒的泪水。我想打西蒙。我想伤害他。但我更想让他离开。他退回去，我砰的一声关上门，用钥匙锁死，然后背靠着那扇沉重的木门。我靠着门滑到地面上，坐在门内的垫子上，双肩颤抖着，为自己的所作所为感到害怕。我的家族从未有过婚外情。我们没有一夜情或是扯不清的关系。我紧靠着冰冷的木门，抱着双膝，盯着门廊里锃亮的地板。

万一杰克发现了怎么办？万一孩子是西蒙的呢？

我是犯傻了，可我不应该遭受这样的不幸。我一直是个贤妻。我爱杰克。我不该因为一个错误而受到惩罚。

阿加莎

我将近一周没看到梅格了。她今天上午没有参加妈妈群的聚会，也没有来超市。她最近的一篇博客还是十天前发布的，评论也没有回复。

我今天下午想在拉克伦的托儿所外面等她，但帕特尔先生没能让我如愿，因为要卸货。我要挨个核对每个箱子的清单，因为他非常确定我们的供货商没有给够。

最后，他让我走了。我取下姓名牌，脱下工作服，把它们塞到老地方，然后匆匆穿过巴恩斯绿地，路过池塘和教堂，一路上左拐右拐，最后到了克利夫兰植物园。

梅格的车停在房子外面。房子正面的窗帘没拉上，但我看不到里面的人。我绕到贝弗利街上，一直走到火车地下通道处，然后翻过栅栏，沿着铁轨往前走。到了地方之后，我爬过树下的灌木丛，爬上我最喜欢的那棵倒了的树。游乐室外面散落着玩具，但落地门紧闭着，一楼看上去没人。

我想拨打她家里的座机。我该说什么？如果梅格接了我就挂断。至少我能知道她在家。我拿出手机，找那个电话。我的大拇指停在绿色的按键上方。我又朝房子看了一眼，注意到楼上的窗帘后面有人影在动。我等着，注视着，期待着她露面。

她露面了！我长舒一口气。她很健康。怀着孕。完美。她在厨房里，她打开冰箱门，拿出食材。我放松下来，靠在树干上，我又高兴起来了，又能畅快地呼吸和做梦了。

我最大的缺点是容易被别人吸引。我碰到一个新人，就依恋上了，渴望和别人做朋友。正因为如此，我才在梅格身边如此小心，远远地看着，而不靠得太近。我了解她的时间表、她的朋友、她的习惯，以及生活节奏。我知道她在哪里买生活用品。我知道她最喜欢的咖啡馆、她的家庭医生、她的理发师、她妹妹以及她父母的住处——她生活中的所有关系和地点。

我觉得自己很适合做间谍，因为我平淡无奇，像水一样应变自如，既能钻入各种各样的空气和裂缝，也能平静如镜，映出周围的一切。还是个孩子的时候我就学会了，那时我少有人注意，更少有人倾听。我告诉人们我是在孤儿院长大的，但这不完全是事实。对于我的过去，人们只能得到部分时间的部分事实。

我的生父在我出生那天就消失了。他把我妈扔在医院，回家收拾东西，把她账户上的钱一扫而光。谁说骑士精神已经灭亡？

此后便只剩我和我妈相依为命，一直到我四岁。那时，她开始参加《圣经》学习会，并成了一名耶和华见证人。我也被迫成为其中的一员。从此没有了假期，没有了生日，也没有了圣诞节和复活节。我并不在意。什么宗教不重要，反正我日后都会反对，但我妈全身心地投入其中了，因为它让她有了归属感。

我们每周都会参加天国会堂的"集会"，唱天国颂歌，赞颂耶和华。《圣经》课教导我"真理"，以及为什么社会上除此之外的地方都道德败坏，都受到了撒旦的影响。

不到一年，我妈就嫁给了教会中的一位长老。她成了一个花瓶，围着爱马仕围巾自在地生活着，无可挑剔地迷人，在社会上越爬越高。我毫不怀疑她对继父的爱，他在利兹的一间家具商店上方的小办公室里做纳税申报工作。她对他寄予厚望，不断地刺激、勾引、联络，直到他的事业有了起色，我们搬进了一栋更大的房子。

我六岁的时候伊莱贾出生了。我爱他，他也爱我。我成了他的二妈，用婴儿车推着他到处走，让他坐在高脚凳上喂他吃东西。后来，我还把他打扮起来，我们在后院里的柳树下"结婚"了。

他三岁那年生病了，在医院里住了两个月。我妈和继父白天夜里轮流睡在他的床边，所以很少见面。伊莱贾好些了。生活继续。但从那以后，我的父母就更加细致地照顾他了，细枝末节上都透着不安和焦虑。

我又长大了些。伊莱贾也是。他像个影子，到处跟着我，没完没了地问一些我回答不上来的问题。"要是鲸鱼会说话会怎么样？""天堂里有恐龙吗？""你关了灯以后，灯光去哪儿了？"

我常常编造一些答案，他就会以为学到了新东西而露出高兴的笑容，即使我是胡说八道的。他偶尔也会惹我生气，我就会朝他大吼大叫。伊莱贾就会嘴角下拉，噘起嘴，泪水在眼眶里打转。我痛恨这样的自己。

他五岁了，开始上学了。我每天都要跟他一块走，在路口抓着他的手，他穿着新鞋子，一个劲地跳上跳下，迫不及待地往前冲。我的朋友们都觉得他很可爱。我却觉得他让我很难堪。

做展示讲述那天，伊莱贾带了一个他用鞋盒和卷纸做的城堡。他用两只手抱着，视线被塔尖遮挡，几乎看不到前面的路。

"快点，快点。"他说道，兴冲冲地往学校赶。

他在路口等着，他知道我应该抓着他的手。过了马路，他就在前面跑起来，塔尖在他头上摇晃。谁都没看真切之后发生的事。我听到轮胎摩擦地面的刺耳声音，扭过头，看到伊莱贾身子弓在汽车引擎盖上，然后被弹开。他在半空中转过身，有那么片刻仿佛直勾勾地看着我。纸板做的城堡被汽车的风挡玻璃撞得粉碎。伊莱贾落到地上，头歪向一边。他躺在地上，一条腿别扭地压在身子下面。我看到一根骨头刺破裤子伸了出来。

就像倒放的爆炸画面一样，人们从附近的建筑和汽车里拥出来，被吸向中心。我用臂弯托着伊莱贾的头。他躺在那里，看着我，鼻梁和脸颊上分布着雀斑，双眼蒙了一层冰冷的雾。

"他的鞋去哪儿了？"我问道，"他不能弄丢一只鞋。是刚买的新鞋。我妈会生气的。"

开车的是麦克尼尔夫人，她的女儿跟我是同学。我们后来得知那天是她的生日。她以三十五英里的时速撞上了伊莱贾——超出学校区域的限速十五英里，却没有被起诉。

医务人员来了，但他们没有把伊莱贾接走。他们在他身边挂上帘子，只顾着拍照、询问目击者，却让他在那里躺了几个钟头。人们告诉我这不是我的错，是伊莱贾自己跑到了路上。

我的父母来了。我的继父摘掉眼镜，双手捂着脸哭泣。妈妈则一个劲地问我："你干吗去了，阿吉？你怎么没有抓着他的手？"

"他当时正抱着城堡。"我说，但这不能成为借口。

后来，任何一位心理治疗师问我最想从治疗中得到什么，我都告诉他们："做个正常人。"

"你为什么觉得自己不正常？"

"我杀了我弟弟。"

"那是个意外。"

"我应该握着他的手的。"

从伊莱贾死去的那天起，我就明白了，是上天或是命运选错了人。如果我妈和继父非要失去一个孩子，为什么不是我？这听起来或许有些夸张或自我厌弃，但事实往往比谎言来得深刻。伊莱贾的死抽走了家里的空气，无论我做什么都无法再让父母自由呼吸。哪怕我轻松拿下考试，帮助老奶奶过马路，从树上救下猫咪，抑或是治好了癌症，也无济于事。无论生死，我同母异父的弟弟做什么事都是对的，而我永远是错的。

　　我可以理解继父爱伊莱贾甚于爱我，却不能理解我妈。她为什么哀悼伊莱贾，却对我置若罔闻？我想朝她大吼大叫。我想咬她，挠她，掐她，以激起她的情绪，至少让她意识到我并非无足轻重。

　　我当时没有意识到，早在我抛弃耶和华之前很久，他就抛弃了我。

梅 根

我猛地惊醒，急促的心跳和恐慌让我觉得仿佛有一团棉花堵住了喉咙。我梦到宝宝出生了，跟西蒙长得一模一样，烟青色的眼睛、棱角分明的颧骨、黑色的头发，梳着左偏分头。他穿着皱巴巴的亚麻布外套和粗革皮鞋——婴儿的码数——下巴蓄着短须。

什么样的妻子才会跟丈夫最要好的朋友上床呢？我不是摇滚音乐会上十六岁的小迷妹，因为主唱已经有人了，就委身于鼓手；也不是一个性饥渴的家庭主妇，跟推销员调情或是家居服下面一丝不挂。我甚至都没有家居服。

杰克翻过身，一只手放到我的胸脯上。他的手盖住我的右胸。我的心跳慢下来了。我深吸一口气，闭上眼睛，迷迷糊糊地睡着了。他的手向下滑，滑过我鼓胀的肚皮，滑到我两腿之间。他的脸凑得更近了些。我感觉到了他的勃起。这才像样。

我抬起臀部，他扯卜我的内裤。他的四角内裤旋转着从空中滑过。

"爸爸在干吗？"露西问道，她一手扶着门把手，一手抱着一只兔子。

"没什么。"杰克边说边盖上被子。

"回去睡觉。"我对她说。

"我不困。"

"下楼去看动画片。"

"拉克伦尿床了。"

"你怎么知道？"

"有味道。"她皱起鼻子，等着我做些什么。我把睡裙拉下来，抬腿下床。杰克发出抱怨声。我凑过去吻了他的脸颊，小声对他说："在这里等我。"

"我等不了，"他说，"七点钟就有车接我。"

"那你什么时候到家？"

"很晚。"

等我回到卧室，他已经冲了澡，剃了须，在用手机回复邮件。车到了。他吻了孩子。他也吻了我一下，但没有鼓励的话，也没有偷偷地捏我一把。我忌妒他可以去工作，跟成年人讨论成年人的话题。好吧，我并不觉得体育是成年人的话题，但也比跟一群暗地里你争我斗的妈妈在一起强多了，她们只会讨论发脾气、幼儿食谱和萌牙困难，抱怨孩子早熟，说他们"聪明得过了头"，其实她们的意思是自己的孩子比其他孩子都聪明。

我的两个孩子都不是成为爱因斯坦的料。拉克伦有一次往鼻孔里塞了一颗葡萄干，结果我们在急诊室里待了四个小时；露西吞下了一枚一英镑硬币，我们戳她的屎戳了一周，以确保硬币排出来了。

今天早上他们格外调皮，不想穿衣服，不吃早餐，要跟他们谈判，把争吵扼杀在萌芽状态。拉克伦想穿高筒靴，露西非说她的双包子头歪了，让她看上去也长歪了。我就抱怨杰克让她看《星球大战》了。

由于出发晚了，我拉着他们跑过绿地，他们一个劲地抱怨斗嘴。快到池塘的时候，我注意到树林里站着一个人。我记得在哪里见过她，但想不起来地点和缘由了。

我在校门口跟露西吻别，并把拉克伦送到托儿所。今天他非要抱着我的腿，求我不要走。托儿所的老师引开他的注意力，我才趁机溜走了。

我收起推车的时候，看到两个妈妈正小声说话，还时不时拿眼睛偷瞄我。她们鬼鬼祟祟地扭过头去。

"有什么问题吗？"我问。

"没，没什么。"其中一个人皱起上嘴唇说道。我走开的时候听到她们在笑。我想知道她们在议论什么，但不值得费那份力气。我还有整整五个小时要忙活，做饭、打扫、购物、洗衣服、熨衣服，然后才能得到一些休闲时光。

首先，我要去见产科医师菲利普斯先生，他在一栋巨大的临河的维多利亚式房子的低层设有咨询室。我的医生推荐我去见他，因为我生露西和拉克伦的时候出现了一些问题。不是什么大问题。他们的头都太大了，我的骨盆太小了，得付出一些代价。

菲利普斯先生的候诊室里贴满了满意的病人寄来的奖状、照片和卡片，对他帮她们诞下"珍贵的礼物"表示感谢，仿佛是他一个人包办了受孕、怀孕和分娩的全过程。他已到中年，戴着一副镜片很厚的眼镜，还有点龅牙，这让他的嘴成了他脸上最有趣的特征。我在想他是否结婚了。如果结了，那他老婆会如何看待他的这部分工作——看女人的阴部？我能想象他回到家时，一点都不想再看女人的阴道。想到这里，我咯咯地笑了，即使在他检查我的子宫的时候也停不下来。

"他快要露顶了，"他对我说，"不会很久了。"

"谢天谢地。"我含糊地说道。

他回到办公桌前，在电脑上做了一些记录。我把裙子拉下来，坐到对面的座位上。

"我们需要谈一下分娩的问题，"他说，手放在他那小小的啤酒肚上，"我知道你还想顺产，但是你之前两次分娩时都撕裂了阴道。"

"也许这次不会撕裂了。"

"这个可能性非常小，而且也更难缝针。我觉得你应该认真考虑一下剖宫产。"

　　我对此有些排斥——并不是因为政治正确或是怕被别的妈妈评判"华而不实"。我之前两次都用传统的分娩方式，尽管痛彻心扉，却给了我巨大的满足感。

　　"那样的话我要在医院待多久？"我问。

　　"如果一切顺利，三四天吧。"

　　"你建议这样？"

　　"没错。"菲利普斯先生在屏幕上打开日记簿，"我们可以安排你十二月七日一早入院，然后立刻手术。"

　　我还想争，但我知道他是对的。

　　"跟你丈夫谈谈。如果对日期有异议，就给我的办公室打电话。没有的话，我们就到时见。"

阿加莎

十三岁时，我受洗成为一名耶和华见证人。这意味着我可以挨家挨户去帮别人忏悔罪过，然后平静地生活在世上。在受洗前的几个月里，我参加了《圣经》课程。我的老师鲍勒先生是一名教会长老，月亮一样的大脸盘，留着蘑菇头，让他的姓氏看上去非常贴切。他经常谈到"上帝的天国"和"善恶决战"，我猜他一定是个使徒，因为经文上不停地说"善恶决战在即"。

鲍勒先生有四个女儿，在利兹拥有一家服装店。他最小的女儿伯尼斯在学校比我高一级，我们算不上朋友。

受洗之后，我继续去天国会堂，一周两次，在那里，鲍勒先生辅导我做数学和科学作业。他还会提前读我的英文课文，并辅导我写作文。

一天，他问我要不要跟他一起挨家挨户去派发《守望台》，这是教会的杂志。我想尽力成为最好的耶和华见证人，所以我们就走街串巷，站在人家门前的台阶上，告诉他们如果幡然悔悟，就能在天堂永生。大部分人都会恼羞成怒，但没有说什么难听的话，因为我年龄太小了。

天渐渐黑了，还开始下雨。我们跑起来。我开怀大笑。鲍勒先生买了炸鱼薯条。我们在天国会堂的地下室里享用，舔着手指上的盐和醋。

我浑身发抖。

"你很冷，"他说，"你应该把湿衣服脱下来。"

他试图解开我的上衣扣子。我告诉他不要。他胳肢我,把我压在身下。他吻了我的嘴唇。他说他爱我。我说我也爱他。这是真的。我真的爱他。他是我认识的人中对我最好的一个。我想让他当我的爸爸,但他有自己的女儿。

我至今记得沙发的霉味,粗糙的衬物硌得我发痒。我的裙子被拉到大腿上。他的指甲在摸索我的内裤。我推开他的手。

他说当两个人恋爱,他们就不会只接吻。他们会脱掉衣服,触碰彼此。他又吻了我。我不喜欢他那肥厚湿润的舌头,一股鳕鱼和醋的味道。

我知道他想要什么。我听别的女孩说过。他抓着我的手,让它上下移动。他一声叹息,然后身子一颤。我用他的手帕擦干净。这是我们的秘密,他说。其他人不会理解的。

为什么总是秘密?

我们第二次去挨家挨户敲门的时候,他给我一个手镯,上面刻着:无可救药。

"什么无可救药?"我问。

"爱。"他回答。

之后,我们回到天国会堂的地下室里,坐在沙发上。他又把肥厚湿润的舌头伸到我嘴里,用两膝撑开我的大腿。我不喜欢这样接吻,也不喜欢他的重压、疼痛以及那份差耻,所以我钻入心底,藏在阴影里。

"睁开眼睛,我的公主,"他说,"我希望你看着我。"

不要这样。

"这不好吗?"

不,你弄疼我了。

"你现在是个完整的女人了。"

我们不能回到从前的样子吗?

我把鱼和薯条全吐了出来。他像被烫到了一样向后撤开,因为被弄脏了衣服而破口大骂。他把我押到那间简陋的小浴室里，让我脱掉衣服。我光着身子站在冰冷刺骨的地面上，注意到了大腿上的精液和血迹。我哭了起来。他向我道歉。我为他感到悲哀。

之后的几个月里，我们又敲了无数的门，却没有拯救一个灵魂。然后我们在地下室里做爱，鲍勒先生说等我到了十七岁，我们就一起私奔，住在一所海边的房子里。他给我看了紫藤或常春藤覆盖的漂亮房子的照片。与此同时，我们不得不为我们的爱保密，因为他结婚了。

那个夏天，鲍勒先生带着全家去康沃尔度假了。我本以为自己可以松口气了，但我整天想他，迫不及待地希望他早点回家。他又给我带了一件礼物——一个长达数百万年的蜗牛化石，他说我们的爱也能如此长久。我知道这不可能。

时间一周一周过去，我变得越发沉默。"那美丽的微笑去哪里了？"他会问，然后我会努力微笑。"你喜欢这样，不是吗？"他边说边往我脸上呼热气，"告诉我你喜欢。"

一天，他问我他最小的女儿伯尼斯有没有男朋友或者有没有男孩对她有兴趣。我并不知道。他一想到"某个肮脏的男孩抚摸她"就变得焦虑不安，于是让我暗中侦察，并向他报告。我意识到了他的伪善。他觉得跟我做爱没问题，但他的女儿就要保持冰清玉洁。我在操场上看着伯尼斯跟朋友有说有笑。她漂亮，人气旺，也很活泼。我知道我再也不会这样了，再也没有清白和幸福。

鲍勒先生又跟我保持了一年的性爱关系，他从不用避孕套，总在最后一秒钟抽出来。完事之后，他系好腰带，让我清理干净，然后送我回家。

一天晚上，当他在我体内抽插的时候，我感到自己的思想脱离身体向上飘，从上面俯视房间。我看到鲍勒先生的白屁股、退到脚踝的灯芯绒裤子，以及他老婆为他织的无袖毛衣。我张开嘴大喊，但发不出任何声音。相反，我感到有个东西顺着脊柱，划过我的五脏六腑，最后包住了我的心脏，防止它破裂。

我被鲍勒先生用巴掌抽醒了，他边抽边叫我的名字。我不想醒过来。

"你一定是晕过去了，"他边拉上裤子拉链边说，"你发出了奇怪的声音，仿佛在跟谁说话，但又不像你的声音。我希望你在家不会说梦话。"

鲍勒先生不再帮我做功课了，也不再让我去敲人家的门。时间一周一周过去，他发现了我越来越多可供批判的地方。我的皮肤。我的体重。我的体味。他不再亲吻我了，也不再说他爱我。

那东西醒来又睡去，滑到我内心深处，向我小声提出建议，在我的日记本上乱写一些细长的文字，又嘲笑我无力表达自己的感受。

没人在乎你的想法。

鲍勒先生在乎。

他并不爱你。他觉得你越来越肥了。

不是这样的。

所以他才会捏你腰上的游泳圈。他觉得你很恶心。

他爱我。

他不吻你了。他不再给你买礼物了。他不再带你去敲门了。

我十五岁了。没有生日聚会。我妈妈问我上次例假是什么时候。当医生确诊我怀孕了的时候，她不禁倒吸一口气。我继父要求我说出孩子的父亲是谁，我只是摇头。他紧握拳头，揪住我的头发，把我提离地面。

我依然记得他们当时的表情，震惊、难以置信。我回到房间，坐在床上，听他们争吵。我妈想报警，但继父说长老们知道了该怎么办。我抠着床头上的小美人鱼主题印花纸，慢慢地把它揭掉了。我怀了孩子，这太荒唐了。我还有娃娃屋和扮装箱。

第二天，我父母接到了一个电话，我听到继父问："是司法委员会听证会吗？"

我没有听到对方的回答。

我被带到天国会堂，并接受了三位我从小就认识的长老的询问。修士温德尔做地毯清洁生意，修士沃森给人装百叶窗，修士布鲁克菲尔德则是地方议会的园艺工。

他们问我一些问题。例如，我都是什么时候做爱？在哪里？多久一次？鲍勒先生割了包皮吗（我当时并不知道这是什么意思）？

"你的双腿分开到什么程度？"长着一张番茄脸的修士布鲁克菲尔德问道。

"什么？"

"你给我们看看你的腿分开到什么程度。"

我坐在一张坚硬的木椅上，穿着及膝的裙子。长老们则并排坐在一张长桌后面。我打开两膝。他们探身向前。

"她一定是在撒谎，"修士温德尔说，"她的腿分到这个程度，怎么可能被强奸？"

"你为什么没有告诉你父母？"修士沃森问道。

"因为鲍勒先生说他爱我。"

修士温德尔嘲笑地说："所以，你是自愿跟他做爱的了？"

"不。是的。我并不喜欢，不喜欢做爱。"

"你告诉过其他人吗？"修士沃森问道。

"没有。"

"有人看到过吗？"

"我们一直保密。鲍勒先生说，等我十七岁了，我们就私奔，住到一所海边的房子里去。他还给我看了照片。"

我觉得他们快要笑出声了。

"第一次是什么时候？"修士布鲁克菲尔德问道。

"我不记得具体的日期了。"

"你当时是处女吗？"

"是的。"

"那你肯定会记得日期的，"修士温德尔说，"哪一周……月份？"

我使劲回想，最后猜了一个日期。"复活节前后。"我小声说道。

"你听上去并不十分肯定。"

"我觉得是那前后。"

长老们离开了。我想上洗手间，可我害怕得不敢说。我只好叉着腿，把尿憋回去。很快，我就听到鲍勒先生在另外一个房间里咆哮，说我在撒谎。一点尿液流了出来。

长老们返回时，我父母也跟着他们。鲍勒先生从另一个门进来了。门关上之前，我看到了他女儿伯尼斯站在他身后。她正握着她妈妈的手。

司法委员会在长桌后坐下。继父坐在我后面，我妈紧挨着大门坐下，一副困惑的表情。

修士温德尔先开了口。

"修士鲍勒，我们的一位资深成员，受到了严重的指控。修女阿加莎怀孕了。她声称修士鲍勒不止一次与她私通，并让她进行其他性行为。修士鲍勒否认一切过错，并指责修女阿加莎诽谤中伤。他请求质问原告。"

我感觉自己要吐出来了。

鲍勒先生穿过房间，站到我面前。他穿着那条熟悉的灯芯绒裤子和无袖毛衣。他面带温和的笑容，跟我问了好，还说很遗憾看到我处于此种情境。

"你有男友吗？"

"没有。"

"所以你没有跟你们学校的世俗男孩做过爱？"

"没有。"

"你在撒谎，修女。"

"我没有。"

"六周前，你来找我，并向我忏悔。我跟你说《守望台》禁止这样的行为。我劝告了你。我提醒你远离那个男孩，但你没有听进去。"

"没有！"我看着我妈，"不是这样的。"

"我女儿伯尼斯确认了这一点，"鲍勒先生说，"你向她承认过。"

我摇着头，努力理清思路。伯尼斯为什么要说我有男朋友？

"你知道什么是撒谎吗，阿加莎？"鲍勒先生问。

"知道。"

"你告诉你父母，你跟我去挨家挨户敲门了，这是撒谎吗？"

"是的。"

"所以只要对你有利，你就撒谎？"

"不。是。我不知道。"

"你告诉司法委员会，说我在两年前的复活节期间跟你发生了性关系。我这里有日记，上面标明我在复活节那一周都在参加一场贸易展览会。"

我的嘴张开又闭上："我不记得具体的日期了。"

"所以你在日期上撒谎了？"

"不是。我的意思是，我并不确定。"

"所以当你对一件事不确定的时候，就会撒谎。"

"不是。"

"你是对委员会撒了谎，还是对我撒了谎？"

"够了！"一个人在房间后面大喊。妈妈沿着中间的走廊走过来，手里抓着手提包。平日里低声下气的她瞪着几位长老，大声说："阿加莎已经回答了你们的问题。做出决定，我好带她回家。"

谁都没有反对，包括鲍勒先生。

委员会离开房间去考虑裁决。我去洗手间，把内裤洗了，放在烘手机下方。

一小时过去了，委员会回来了。他们让我站起来，但我觉得我的腿支撑不住我的身体。我妈和继父坐在他们的座位上。

修士温德尔手里拿着一本《圣经》。他没有看我。

"《提摩太前书》第五章第十九条说：'控告长老的呈子，非有两三个见证就不要收。'至于我们面前的案子，修女阿加莎是对修士鲍勒唯一的见证。这并不是说她在撒谎，或是修士鲍勒在撒谎，但《守望台》方针规定，要两个见证或者一个忏悔才能证明此类控告。鉴于此案不满足任何一条证据规定，司法委员会将不再采取措施，而把它交给耶和华裁决。"

鲍勒先生站起来，声称自己并不满意。

"我是教会受人尊敬的长老，修女阿加莎却可悲地诬蔑我。她是个诬告者，她跟一个世俗的男孩发生了婚外性关系。她执迷不悟。我要求修女阿加莎向我道歉并将她驱逐出教会。"

一听到这几个字，妈妈倒吸一口气，我感觉她身体都僵硬了。我知道这意味着什么。我见过其他的耶和华见证人因比"诬告"小得多的罪过而被驱逐出教会。

"你要向修士鲍勒道歉吗？"修士温德尔问。

我摇了摇头。

"你会悔改吗？"

"不。"

我妈紧握住我的胳膊："按他们说的做，阿加莎。跟他说对不起。"

"我没有撒谎。"

"这不重要。"

"我要报警。"

"那你就会被上帝责罚，"修士温德尔用低沉的声音说道，"你也就永远败给撒旦了。"

继父把手放在我的肩膀上。我感觉到他的手指深深地陷入我锁骨两侧的肌肉里。

"向那个人说对不起，阿加莎。"

疼痛顺着胳膊往下传，我的手指都能感到刺痛。

"不。"

司法委员会互相看了看，点点头。

听证会到此结束。一周后，我收到了一封信，上面有我的姓名、出生日期和圣会号码。上面并没有写具体的过错，但意思清楚明了。我被驱逐出教会了。我再不能参加《圣经》学习和群祷会，也不能跟其他教会成员自由来往。因为还未成年，我可以继续跟父母住在同一个屋檐下，他们会满足我的物质需求，但仅此而已。我哭泣的时候，妈妈不能安慰我，也不能给我指导和情感上的支持。

继父对我说："我爱你，阿加莎，你回来的那天，我会等着你。我会张开双臂欢迎你，我会说，就像那位父亲说他回头的浪子一样，'我的女儿死了，但现在她复活了。她以前迷失了，如今又找到了'。但是在那天之前，你是只身一人，因为你选择了背弃上帝。"

梅 根

　　杰克请了一天假，因为他觉得自己有点不舒服。他说是"流感"，但我坚持说是感冒。整个上午，我都在楼上楼下跑个不停。

　　"梅格？"他在病床上大叫。

　　"怎么了？"

　　"抱歉给你添麻烦了。"

　　"你不是麻烦。"

　　"我能喝杯茶吗？"

　　"我去烧水。"

　　我上来下去，为他煮了茶，加了一些饼干，预测着他下一个要求是什么。

　　"你在干什么？"当我把茶端上楼时，他问道。

　　"吸尘。"

　　"你看到报纸了吗？"

　　"没有送来。"

　　"你能帮我买一份吗？"

　　"当然。"

　　"还要一些止咳糖——要柠檬味的，不要樱桃味的，那吃起来像药。"

　　"那就是药。"

"你知道我的意思。午饭我能喝点汤吗？"

"什么样的汤？"

"豌豆火腿汤……加油炸面包丁。"

你昨天的奴隶是谁？

今天的风像刀子一样，拉拽着我的上衣后摆，落叶被吹得蹦蹦跳跳地掠过巴恩斯绿地的草地。我从托儿所接了拉克伦，因为他周二只去半天。他在我前面跑，手套从上衣袖子里垂下来，每迈一步，运动鞋鞋跟都会发亮。

超市门开了，拉克伦停下脚步看那些填色书。我找到了药品区，研究着各种止咳药和止咳糖。一个穿着棕色工作服的雇员出现在通道的尽头。我几周前跟她说过话。她怀孕了。我看着她的姓名牌。

"你了解止咳药吗？"

阿加莎紧张地看了看我，又看向别处："是给你吃的吗？"

"不是，是我丈夫。"

"他发烧吗？"

"说实话，我觉得没这么严重。"

阿加莎移开一些药，看着货架的里面。

"他想要柠檬味的，"我说，"你什么时候生？你跟我说过，我给忘了。"

"十二月初。"

"我们的孩子都是射手座。不用担心吧？"

"我不太了解射手座。"阿加莎说。

"按我丈夫的说法，他们往往意志坚定，性欲旺盛，且精力充沛。"

"我猜他是射手座的吧？"

"没错。"

我们都笑了。她的笑很美。

"你丈夫是做什么的？"阿加莎问道。

"他是个电视台记者。"

"我有可能认识他吗？"

"除非你喜欢体育。他供职于一个卫星频道。"

超市经理打断了我们的对话。"没什么事吧？"他用两根手指捋着自己的短胡须问道。

"再好不过。"我说。

"有什么我能效劳的吗？"

"不，我已经有人帮忙了，谢谢。"

他犹豫了一下。我也盯着他看。他移开视线，走了。

"那是你的老板吗？"我问。

"嗯哼。他就是个马屁精。"阿加莎捂住嘴，"对不起。我不该说这个的。"

"每个女人都有一个这样的老板。"我说，同时在她手上寻找结婚戒指。

她注意到了，把手遮住了："我订婚了。"

"我不是故意窥探的。"

"我知道。我的未婚夫在海军服役。他现在部署在印度洋上，等到了开普敦，他会给我买戒指的。那是购买钻石的最佳地点。"

"他会回来等待孩子出生吗？"

"除非部队准了他的假。"

我往身后瞥了一眼，看拉克伦在哪儿。他没在看填色书了。他可能在收银台附近看漫画书。我请求离开去找他，叫着他的名字。我又喊了一声，声音也更大了。没有回答。

"不要跟我玩捉迷藏，拉克伦。这一点都不好玩。"

我沿着通道快速移动，喊着他的名字，突然感到像有人在我的胃里开了个排水口。

阿加莎也帮着我找。我们分别从通道一端开始搜索，扫过整个超市。拉克伦不在这里。我又跑回到大门口，问购物的人有没有见到一个小男孩。经理建议我冷静，因为我已经让顾客们有些不安了。收银的女孩看起来被我吓着了。

"你看到他离开了吗？"

她摇摇头。

"噢，上帝。拉克伦！拉克伦！"

我站在人行道上，往道路两头张望，又往公园里看。我全身发抖，头脑发晕。一个人从我面前走过。

"你看到过一个小男孩吗？大概这么高，金色头发，穿一件蓝色的大衣，走路的时候鞋子会发亮。"

那人摇了摇头。我无意识地抓住他的胳膊，用力捏。他抽出胳膊，匆忙跑开了。

一辆巴士停在了路对面，车门开了。万一拉克伦上车了呢？他喜欢巴士。我朝司机大喊，挥舞双臂，看都不看就穿过马路。一辆汽车刹住了，按响了喇叭。巴士司机摇下车窗。

"我儿子上车了吗？"

他摇摇头。

"你确定吗？你能查看一下吗？"

司机沿着过道往后走，连座位底下都看了。与此同时，我努力抑制内心的慌乱，扫视整个公园。有两个人在遛狗。一个疲惫的母亲坐在一张野餐垫上，身边放着一辆婴儿推车。一个老人拖着脚沿小路行走。我头脑中成熟稳重的部分不起作用了。我跑着，呼喊着拉克伦的名字，心里非常确定他是被人拐走了。我可爱的儿子，找不到了。拉克伦·肖内西。四岁。下垂的刘海，完美的小白牙。玩游戏或是假装自己是骑士、士兵或牛仔时，一副专心致志的神情。

　　我的视线掠过草地，移向池塘。万一拉克伦去水边看鸭子了呢？他可能掉下水了。我又跑了起来，喊着他的名字，害怕看到他小小的身体面朝下浮在水面上。

　　我挣扎着穿过飘移的落叶，走到池塘边。鸭子一下四散开来，翅膀扑打着空气。拉克伦不在那里。棕色的池水在微风中泛起涟漪。他可能回托儿所了或是自己走回家了。他在超市里说想吃巧克力，但我告诉他等等。他可能去了咖啡馆，去看橱窗里的蛋糕了。我跑回去，但拉克伦不在咖啡馆。他会不会去了露西的学校？他一直说不愿再等一年，想现在就开始上学。我又跑了起来，仔细查看每一辆过往的车辆，努力克制越发严重的慌乱。许多名字涌入我的脑海，丢失的孩子，遇害的孩子。我该怎么跟杰克说？我要怎么跟露西解释？我的视野支离破碎，又被泪水模糊了。我找不到他。我一定要找到他。

　　有人在叫我。

　　"肖内西太太！"

　　我转了两圈才看到阿加莎。她正握着拉克伦的手。我朝他们跑去，把拉克伦揽入怀中，我用力过大，他都抱怨起来了。

　　"你弄疼我了，妈妈。"

　　我紧绷的心像打开了的阀门或泄气的气球般松弛下来。

　　"他在储藏室里，"阿加莎解释道，"我不知道他是怎么进去的。"

　　"太谢谢你了。"我说，也想抱一抱她。

　　拉克伦从我怀中挣脱："你怎么哭了，妈妈？"

　　"再也不要这样跑开了。"我对他说。

　　"我没有跑开。是门关上了。"

　　"什么门？"

　　"一定是储藏室的门把他锁在里面了。"阿加莎说。

　　"嗯，你不应该走开，"我对拉克伦说，"我吓坏了。我以为把你弄丢了。"

"我没有丢。我在这里呢。"

我买的东西还在超市里。拉克伦抓着我跟阿加莎的手荡秋千。此刻，恐惧退去，我感到疲惫不堪，只想躺下睡觉。

阿加莎帮我打包好，我们聊了聊怀孕和抚养孩子的职责。之前我觉得她比我年轻，但现在我看到我们年纪差不多。她身材稍胖一些——她十四码（我十二码），一双灰蓝色的眼睛，有些拘谨的笑容。我喜欢她古典的北方口音，她没有一丝傲慢和风雅——不像这边的女人，拉帮结派，对人爱理不理。她拿自己说笑。她大笑。她让我感觉好多了。

我应该邀请阿加莎加入我的妈妈群。她会像一股清流。同时，我又想到我的那帮朋友是多么势利。她们中大多数都上了私立中学，然后去读大学，说话的语调一模一样。她们自信，迷人，在任何一个乡间别墅的周末或花园聚会上都不会落了下风。阿加莎也能这样吗？我该怎么介绍她呢？

"我们改天要喝杯咖啡。"我真诚地建议道。

"真的吗？"

"你电话是多少？"我拿出手机，"对了，我叫梅根。你可以叫我梅格。"

"我叫阿加莎。"

"我知道。"我指着她的姓名牌，"我们几周前说过话——你提醒我地面湿滑。"

她一脸惊讶："你还记得？"

"当然，怎么了？"

"没什么。"

阿加莎

"通常是助产士安排参观。"助产士说道，她穿着深蓝色的裤子和领口有白边的海军蓝衬衫。她身高不足五英尺，两条浓密的眉毛几乎连在了一起，看起来像意大利人。

"你什么时候生？"她问道。

"十二月初。"

"你来得很晚。"

"我还有其他选择，"我一边抚摸着肚子一边说，"我妹妹是在家分娩的，对此非常信赖。"

"如果你身体健康且没有异常情况，那会是个很好的经历，"她说，她穿着精致的橡胶底鞋子，领着我沿走廊向前，"这是你的第一胎吗？"

"是的。"

我留意到她用一根简单的黑色头绳扎的马尾，她别在胸前口袋里的小手表，以及别在右耳上的廉价圆珠笔。

"如果我们没办法接收，我可以推荐一些社区医院和诊所。你会让私人医生接生吗？"

"很有可能。"

"你的产科医师是谁？"

"菲利普斯先生。"

她在一扇门前停下脚步，透过一个小观察窗往里看："我可能没办法让你看所有的产房。有些产房被占用了。你可以在我们的网站上进行虚拟参观。"

走廊里雪白、干净又明亮。色彩柔和，使人平静。我们经过一个穿着拖鞋和住院服的女人，由丈夫搀扶着。

"丘吉尔医院每年接生五千个宝宝。亲朋好友有固定的探视时间，但陪同人员可以来去自如。"护士说着，给我看一间带水中分娩池的产房。

"这是一间产后护理病房。我们的单间有限，先到先得，装饰一流。"

参观在接待处结束了，我得到一张转诊表。"你的医生也可以提出申请，"她说，"但不要等太久。"

我谢过她，然后在病人休息室里坐下来，看着临产的孕妇和紧张的丈夫不断走出电梯。其他人则要回家——宝宝躺在汽车安全座椅或婴儿车里，妈妈抱着成束的鲜花和毛绒玩具。

我准备走了，于是跟着出口指示，记下走廊和楼梯的位置。人们经过时都对我点头微笑，因为怀孕的女人可爱而且容光焕发，走起路来像企鹅。有什么不可爱的吗？

我回到家时，发现门下有张字条：到楼上来！

我敲了敲朱尔斯的门。她兴奋地打开门。我看到海登的母亲站在她身后，她穿着花呢两件套，满脸笑容，好像彩票中了大奖。

"我希望你不介意。"她说着抱了抱我。她身上的味道和她家里的一模一样——衣物柔软剂和柠檬蛋糕的味道。我必须努力克制才能不在她怀里变僵。

"你是怎么知道我的住处的？"我紧张地问道。

"海登告诉我的。你跟他聊了吗？"

"周六之后没再聊。"

"他告诉了我大好消息。"

她松开手。朱尔斯一定已经知道了，因为她像个宫廷小丑一样咧着嘴看我。我看了看她的脸，又看了看海登妈妈的脸，不知道自己该不该猜。

"海登要回来看孩子出生了。"科尔太太宣布。

我张大了嘴盯着她。

"他联系了家庭联络部门，解释了这个情况。海军通常不允许海员中断任务，但他们还是给了他许可。真是太好了。"

我双腿打战。朱尔斯抓住我的手臂，让我坐下来。

"噢，亲爱的，我很抱歉，"科尔太太说，"这太突然了。我应该想到的。"

"什么时候？"我问。

"什么？"

"他什么时候回来？"

"他两周后在开普敦靠岸。然后他就乘坐飞往希思罗机场的航班，时间应该刚刚来得及。"

我的胃一沉，感觉嘴里有呕吐物的味道，使劲往下咽。朱尔斯提议喝杯茶，就去把茶壶烧上。她儿子利奥正在看电视，电视声音调小了，他不时看看我们，仿佛我们入侵了他的领地。

"海登高兴坏了，"科尔太太笑容满面，手舞足蹈地说，"我知道他要点时间才会明白过来，但他已经完全跟我们一条战线了。他想陪着你，如果可以的话。"

我感觉自己像掉进了兔子洞的爱丽丝，努力阻止自己掉入一个平行世界。

"他不可以。"我说。

科尔太太话说了一半停住了。朱尔斯的视线从茶壶上移开。她们在等着我解释。

"我的意思是，他的工作非常重要……抓捕强盗。万一强盗又劫持了一条船呢？我看过那部电影，你们知道的，汤姆·汉克斯演的那部，船上的人被劫持为人质。"

科尔太太笑了。"没有海登，他们也能阻止海盗。"她指着自己的购物袋，"我给你带了点东西。我们晚点再看。"我不想还有"晚点"。

"我希望你不要介意我来这里。我不知道海登已经向你求婚了。"

"谁跟你说的？"

"你的朋友朱尔斯——她真的太可爱了。你们能拥有彼此真是太好了。"

"拥有彼此？"

"一块怀孕。"

我点点头，努力接受她带来的消息。

朱尔斯端着一个托盘来到客厅。她递给我一杯茶："两份糖。"我喝了一小口，深吸一口气。我必须阻止这件事。我不能让海登回来陪我生孩子。

"你确定没关系吗？我不想给海军带来任何麻烦。"

"一点问题都没有。"

"我妈妈会陪着我的。"

"我明白，"科尔太太说，"不过现在有两个人陪你了。我不奢望海登能帮上多大的忙，但我从未见过他对什么事这么上心。"

她并不明白。我没办法解释。我确实想做海登的妻子，想让他照顾我。一个月后他可以乘船开进朴次茅斯港，像攻城略地归来的维京勇士一样，但不是现在，现在还不行。

"你没事吧，阿吉？"朱尔斯问道，"你脸色很苍白。"

"是被吓到了，"科尔太太说，"你应该躺下。"

科尔太太跟着我下楼去我的公寓，等着我打开门。房子里乱糟糟的。我向她表示了歉意。

"不用道歉。谁让你一个人住呢。"

　　她让我坐下，把我的脚放到沙发上，然后开始打扫。洗碗机里的东西被拿出来，然后又放进去碗碟。工作台被擦干净了，垃圾篓被清空了，过期的食物也被扔掉。她问我有没有桶和拖把。

　　"不用打扫地面了。"

　　"只是厨房。"

　　我在沙发上看着她忙活。

　　"你应该多吃些新鲜的水果和蔬菜，"她对冰箱里的东西评论道，"你饭做得好吗？"

　　"不好。"

　　"我可以教你做一些海登最爱的饭菜。"

　　"太好了。"

　　接下来她又去处理洗手间，大声问我问题，比如我的家庭——我的家在哪儿，我在哪儿上的学。我努力回忆上次是怎么跟她说的。

　　"你妈妈要做外祖母了，她感到兴奋吗？"

　　"并非如此。"

　　"为什么不呢？"

　　"我觉得'姥姥'这个标签让她不舒服吧。"

　　"这确实让人听起来很老。"

　　科尔太太直到全部打扫完毕才让我看她给我带来的东西。她脱下橡胶手套，拂去盖在眼睛上的头发，在沙发上坐下来，然后挨个打开袋子。第一个袋子里是一件晨衣睡裙。"可以穿着这个去医院。"她解释道。下一个袋子里装着一条婴儿毛毯、开襟羊毛衫、袜子和针织帽。"我不确定你会不会给男孩搭配蓝色，所以就用了中性颜色。男孩很可爱。女孩也是，不过头胎生男孩总是好的。"

　　科尔太太夸了我的公寓，并问我孩子到时睡在哪里。

　　"我打算买个婴儿睡篮。"

"好主意，"她大声说道，"我可以带你去购物。买辆婴儿车怎么样？"她问道。

"我打算借一辆。"

"我可以给你买辆新的。"

"不能总让你花钱。"

"当然可以。我们乐意帮忙。"

她完全适应了这里，继续跟我聊孩子出生的事，让我不要担心钱。我希望她离开。我需要考虑海登以及自己的应对措施。他到家之前，我还有十四天时间。他会想见我。他会让我证明他是孩子的父亲。

有时候，不知道孩子是哪儿来的最好。

梅　根

格雷丝想为我举办一次宝宝派对，这都第三次了，我觉得很俗气。我们坐在厨房里，看着拉克伦在花园里努力放飞一只自制的风筝。风筝是用比萨盒做的，飞起来的概率比我们草坪上的火烈鸟还小。

“不要扫人家的兴嘛，”格雷丝说，“每个宝宝都值得庆祝。”

“如果我不想参加派对呢？”

“那你就是个爱发牢骚的人。”

有那么一瞬，可能是出于渴求她的同情，我想把西蒙的事告诉她，但立刻打消了这个念头。

“不要礼物。”我提出要求。

“婴儿装怎么样？”

“阁楼上有成箱的衣服。”

“二手货！”她噘着嘴说，“拜托不要让他穿二手衣服。不要像我一样。二手校服、二手鞋子、网球拍、滑雪服……我记得有一年圣诞节，我当时九岁，爸妈给我买了一双靴子。那是我的第一双新鞋。”

我想笑，并且说了几句关于那些微不足道的“第一世界问题”的俏皮话，不过我看到她是认真的。格雷丝一直对自己是第二个孩子不满。她觉得做家里最小的孩子没有任何好处。也许她说得有些道理。每个人都会庆祝第一个孩子的出生。露西出生时，我收到了来自朋友、家人和同事的卡片、鲜花和毛绒玩具。生拉克伦时得到的连一半都不到。而且，我看相册的时候，发现露西的照片比拉克伦的多得多。

"爸妈的心思全在你身上，"格雷丝说，"等我出生了，我只得到了他们一半的时间。"

"你有三个人的爱。你还有我。"

"你对我不太好。还记得那次你把我从花园里的箱子上推下去，结果我摔断了胳膊吗？"

"噢，上帝，就那一次！"

"对我真是照顾有加。"

"我标记了你掉落的痕迹。"

"真了不起。"

格雷丝知道我在故意逗她。

"如果你这么想举办宝宝派对，何不自己生一个。"我说。

"那得有一个丈夫。"

"达西怎么样？"她的新男友。

"他快要成过去时了。"

"可你才向家里人介绍他。"

"我觉得这是我的问题——一旦家里人喜欢一个男人，我就立刻对他失去了兴趣。"

"达西很好。"

"他老让我想起爸爸。"

"这是坏事吗？"

"是的！"她拉下脸，"一想到结婚生子，我就害怕。万一当母亲这件事并不能让我长大呢？它可能就是个廉价的伪装。"

"并不廉价。"

"的确。"

阿加莎

　　我的记忆无情地记录着生活的点滴。我没办法编辑、替换或删除那些经历，也无法重写结局。我看见了我的孩子们——我失去或放弃的孩子们，我想象不一样的生活和更美好的时光，但无法改变过去发生的事情。

　　眼下我还有另外一个问题。海登两周后就要到家了。那个东西箍着我的肺，让我难以呼吸。它一直在刺激我——有时如耳语，有时是尖叫。我捂住双耳，让它走开。

　　愚蠢！愚蠢！

　　不是我的错。

　　你永远也做不了妈妈。

　　我会的。

　　我下床，拖着脚走到衣橱边，穿上昨天的衣服。黎明的第一缕光照亮了东方的天空，经过了一个湿漉漉的夜，天空还在下雨。我今天不用上班。通常我都会躺在床上，但那个东西让我不得安宁。

　　我打开电视，看头条新闻，之后是天气预报，一个活泼的女预报员被雇来在这样一个痛苦的早晨寻找彩虹。九点钟，有人敲门。

　　"是谁？"我问。

　　"是我。"朱尔斯说。

她打扮好了打算外出，牵着利奥的手。

"你哭了吗？"她问。

"没有。"

"你的眼睛红了。"

"一定是枯草热害的。"

"一年中的这个时候？"

她领着利奥进入公寓。他穿着宽大的牛仔裤和一件印着"小火车托马斯"图案的运动衫。

"你说过今天上午帮我照看他的，"朱尔斯说，"我今天上午约好了去看医生。你忘了吗？"

"没有，没问题。你去吧。"

利奥躲在她的大肚子后面，抱着她的腿。朱尔斯给了我一个装满了填色书、彩笔和DVD的袋子。

"过来，小帅哥，"我说，"我们去看动画片吧。"

朱尔斯趁利奥着急之前赶紧走了。我们坐在沙发上看电视，直到他觉得没意思了。"你给我画幅画怎么样？"我说着去拿彩笔和纸。二十分钟后，他就在公寓里跑来跑去了，头上顶着个硬纸箱，假装自己是个宇航员。他撞到了墙，哭了。我亲了他好多次安慰他。

"我可以把你吃了。"我说。

他吓了一跳："你不能吃我！"

"为什么不能？"

"因为我是个男孩。"

"可男孩很好吃。"我把他追到卧室里，在床上逮到了他，对着他柔软的白肚皮咂舌头。

然后，我给他拿了饼干，他在沙发上靠着我。

"你想再要点牛奶吗？"

他点点头。

我站起来，利奥指着我牛仔裙的后面："你尿裤子了。"

我扭过头，看到了那块血迹。沙发上有个小点的污迹。我内心某种细小易碎的东西破碎了——仿佛我一直在顺着仅有的一根蜘蛛丝奔跑。我全身都在抽搐。我盯着那片血迹，双腿发抖。

我跟跟跄跄地走进洗手间，脱下裙子和内裤。我站在洗手池边，打上肥皂，用手使劲揉搓衣服上的血渍，边骂边洗。水变成了粉红色。我两手发酸。

我的孩子没了！

你根本就没有怀孕。

闭嘴！闭嘴！

我早就跟你说过。

我哭着撕扯自己的头发，享受那份疼痛。我抱怨上帝的不公，痛恨自己，想付诸暴力。我想把拳头插进身体，让血液停止流动。我坐在浴缸沿上抽泣，任由裙子上的水滴到穿着袜子的双脚上。

我听到咯吱一声，抬起头。利奥正透过狭窄的门缝看着我。我赶紧抓起浴巾，把自己遮起来，但他已经推门进来了。

"那是什么？"他指着我的肚子问。

"那是宝宝出生的地方。"

"我妈妈就没有这个。"

"她的宝宝是从其他地方来的。"

我透过镜子，看到一个伤心的半裸小丑，肚子上缠着一个可笑的硅胶肚皮。我真是个可怜虫。对一个人来说，这是一个多么可悲可怜的借口。我就是个笑话、应声虫、失败者。

那个东西说得对。一个无法生育的女人有什么意思？

利奥伸手摸了摸假体："里面有宝宝吗？"

"没错。"

"他是怎么进去的？"

"上帝把他放进去的。"

利奥皱起眉头。

"怎么了？"我问。

"我爸爸在妈妈的肚子里放了个宝宝，"利奥说，"他也在你的肚子里放了宝宝吗？"

我摇摇头，擦了擦眼睛："回去看电视吧。"

"我渴了。"

"我很快就好。"

他走了以后，我洗干净大腿，从浴室柜里拿出一个卫生棉条。我穿上干净的衣服，慢慢走动，像一个车祸的受害者检查是否有擦伤或骨折一样。

我给利奥倒了一杯牛奶，跟他坐到沙发上。他把手放到我的肚子上，依然半信半疑。

这孩子知道了。

他没有做错什么。

他可能会告诉其他人。

没人会相信他的话。

愚蠢的姑娘。

中午，朱尔斯回来了，合了伞在外面抖了抖。"外面真是糟透了。"她边说边抱了抱利奥。

"医生那边一切顺利吗？"

"很好。"

她转向利奥："你该说什么？"

这孩子害羞地看着我："谢谢你照看我，阿加莎阿姨。"

"任何时候都可以。"我回答。

我听到他们爬上楼梯，打开门，利奥跑着穿过客厅。朱尔斯去了洗手间。马桶冲了水。水箱又充满水。墙里的水管发出哗哗、咯咯的声音。我忌妒朱尔斯，她能感觉到宝宝在她身体里长大，能听到孩子的心跳，看到扫描图像。

我并非天生鲁莽冲动，也不是恶魔，但有时候我会在夜里躺在床上，盯着天花板，琢磨如何下药迷昏我最好的朋友，然后剖开她的肚皮取出孩子。

我不会这么干，也不能这么干。但是我确实想这么干。

我感觉自己患上了幽闭恐惧症。我无法呼吸。我穿上上衣，下楼，在淋漓的雨中戴上帽子。我的肚子在绞痛。我的心阵阵疼痛。我的身体在嘲笑我。那个东西喋喋不休地说着。

我早跟你说过。我早跟你说过。我早跟你说过。

我唱起歌来，淹没那个声音，然后继续往前走，经过国王路上的商店和斯隆广场，向北朝肯辛顿和大理石拱门走去。伦敦有种不祥的引力，使我每走一步都显得越发沉重，如同在爬往绞刑架。

在一个路口，我看到一队穿着同样雨衣的幼儿园学生，两个人一排，手牵着手，等着交通灯变色。他们的陪护老师站在队首和队尾。我想起了伊莱贾，我的小弟弟——我的第一次失去。

在天国会堂，我知道了忌妒是七宗罪之一，但我每天都在犯这份罪孽。我忌妒长相好看的人，有钱的，幸福的，成功的，交际广泛的，以及结了婚的。但最重要的，我忌妒新妈妈。我跟着她们进入商店。我在公园里观察她们。我用渴望的眼神盯着她们的婴儿车。

我的生物钟坏了，修不好了。过去的四年里，先后有十二家不孕不育诊所拒绝了我。他们说我已经失去了机会。哈默史密斯医院的一位专家告诉我不要放弃希望。我真想给他一耳光，对他大喊："希望？希望不能让人怀孕。希望只会小声说'再试一次'，然后还是失望。希望是美好的早餐，却是糟糕的晚餐，我奶奶曾经说过。"

一位心理治疗师说我对孩子的渴望象征着我生活中缺失的某种东西。

"什么意思？"我问。

"分娩具有象征意义。有种东西想出生，但不是个孩子。"

"不是孩子？"

"没错。"

这是胡说八道，我想。孩子不是象征。孩子是我生而为女人的原因所在。否则我为什么要有个子宫，还要每月流血？否则我为什么会觉得肚子里空荡荡的？否则我怎么会为我失去和放弃的孩子哀悼？

有孩子的人似乎觉得不孕不育像天花和瘟疫一样过时了。他们觉得它早就被试管受精技术和代孕治好了，而接受了无儿无女就是软弱和可耻的。他们错了。科学并非万能药。只有四分之一的治疗能带来生育，而女人一旦过了三十五岁，概率就更低了。

我直接没有概率。我骗过男友，跟陌生人上过床，偷过精子，还进行了五次试管授精，但我的子宫就是不变大。我曾经登广告征求捐献卵子，调查过领养程序，放弃过跨国代孕，因为我支付不起中间人、律师和代孕机构要求的费用。

我一直努力回避宝宝派对、孩子的生日聚会、操场和学校大门。并不是看到婴儿和孩子会让我不高兴。我喜欢看他们。让我伤心的是听身边的妈妈们讲各自的故事，抱怨晚上睡不着、孩子的长牙问题、各种花销、细菌，或者发脾气。她们怎么敢抱怨？她们是幸福的，是受上帝垂爱的，是幸运的。

我对孩子的渴望如同丢失了的一块拼图，无可替代。这种空荡荡的感觉，这空洞的子宫，这孩子大小的空洞，让我心痛。看一眼别人的孩子，或读杂志，或看电视，我都会感到心痛。我想要幸福的婚姻，一栋房子，还有一条狗，但我愿意放弃这一切，只要让我有机会生下并怀抱一个孩子，爱他，珍惜他，拥有他，抚养他，属于他。

午后的时光刚刚过半，天色已经开始变暗。我不知怎的到了威斯敏斯特附近的河边，不记得自己走了什么路，拐了多少弯。大本钟敲响了整点。我坐在刷了油漆、有着铸铁底座的木制长椅上，能够闻到身上湿漉漉的味道。天空依然下着小雨。教堂的钟声响了。一辆巴士驶过。一台手持式电钻震动起来。海鸥在我头上盘旋。伦敦一刻都不得清净。它不会回首自己的过往。

一艘驳船缓慢地从我面前驶过，逆流而上。一个男学生停下脚步向我借火。他嘴里叼着一支湿漉漉的烟。他离开了。我站起身。我被冻得全身麻木，继续往前走，时不时朝河的方向看，河水在桥礅周围不断地翻腾，吐着白沫。世界浩瀚无比，我只是其中微不足道、不值得记忆的一粒微尘，轻易地逝去，很快被忘却。

那个东西在我身体里伸展开来。

你可以跳下去。

我很可能死不了。

你可以沉到水下，然后就消失不见了。

我的假体会让我像救生圈一样漂浮着。我会在水面上漂荡，直到有人把我拉上去。

你可以脱掉假体。

我陷入了迷茫。我双手抓着石栏杆，踮着脚把身子探到外面。我盯着打着漩涡的河水，想象着水有多冷。这时，一只拉布拉多犬抬起前爪趴在我身边，它后腿站立，也看着那片水域。它摇着尾巴，身体兴高采烈地抖动着，它兴奋地扭头看我，仿佛问我在看什么。

"你好，"我说，"你是从哪儿来的？"

"很抱歉。"一个声音说。一位老人拖着脚走进我的视线。他拿着一条狗缰绳，大口喘着气："它从我身边跑开了。下来，贝蒂，不要打扰这位漂亮的女士。"

贝蒂舔了舔我的手。

"它不咬人，"他说，"你没什么事吧？"

我没有回答他。

"你看上去很低落。我能做些什么吗？"

"不，拜托你走吧。"

他把狗绳扣到贝蒂的项圈上，转过身去。他没有走太远。我看到他在打电话，眼睛看着我。这时，一只海鸥落在了栏杆上。这是一只又臭又肥的鸟，亮晶晶的小眼睛，脚上带蹼，长着带钩的嘴。

我盯着这只长相凶恶的鸟，我知道那位老人和他的狗依然在看我。一辆警车停在了他们身后。车里走下一名警察，他戴上警帽，朝这边走来。

"下午好。"他愉快地对我说。我原以为他会加上一句："真是美好的一天。"

"那只鸟很邪恶。"我指着那只海鸥说。

"什么？"

"它在盯着我看。"

他看了看那只海鸥，没有明白我的意思。

贝蒂叫了一声。"是我报的警，"老人说，"我有点担心她。"

警察走近了些，他把戴着手套的手放在我的手上："你叫什么名字？"

"阿加莎。"

"你冷吗，阿加莎？"

"是的。"

"我们去喝杯茶怎么样？"

"没关系。我得回家了。"

"你家在哪儿？"

我顺着河往西指。

"你在哭吗？"

"是雨水。"

"你的孩子什么时候出生？"警察问。

"两周后。"

警察点点头。他比我起初认为的年轻。他左手无名指上的婚戒闪闪发光。

"你在这里干什么？"他问。

"我出来散步。"

"天在下雨。"

"我喜欢下雨。"

我看上去一定糟透了，听上去一定是疯了。

"你有什么身份证明吗？"

"我把钱包落在车上了。"

"你的车在哪儿？"

"就在附近。"

"好的，那我们去你的车那里。"

这个桥段在我想出来的时候就漏洞百出。"对不起，我弄错了。我没有车。我走路过来的。"我看了看周围，"我得走了。我该回家了。"

"也许你该让我带你一程。"他说着用手擦去外套肩部的雨水。

"不用！"

他等着我往下说，可我没法开口讲今天的痛苦。他转过身去，对着肩部的对讲机说话。我听到他提到了"焦虑"和"医生"。

我变得不安起来，沿着人行道往两边看，但没地方跑。我真是个可悲的弱者，这么容易就陷入混乱，这么快就变得恐惧和慌乱。那个东西在大笑。

你有麻烦了现在。

"闭嘴!"

警察转过身:"你说了什么吗?"

"没有。"

"我觉得你应该跟我走。"

"去哪儿?"

"去医院。"

"我没有病。"

"我想让医生检查一下你的孩子。"

他领着我往警车走:"小心头。"

我上次坐警车还是伊莱贾死去的时候。我妈当时坐在我身边,我们等着验尸官查看完他的遗体。

"我是霍布森警官。"他从后视镜里看着我说。他问我的全名叫什么。我瞎编了一个:"阿加莎·贝克。"听上去很假,我应该选个其他的。

"你住在哪里,阿加莎?"他问。

"在利兹。"我又撒谎了,"我来看我的妹妹。"

"她住在哪里?"

"里士满。"

"你在河边做什么?"

"没什么。"

"有什么伤心事吗?"

"没有。我很好。"

警车在切尔西和威斯敏斯特医院的急救车停靠点停住了。急诊中心在一楼。候诊室刚装修过,锃亮的木制长椅和明亮的绿漆。椅子上坐满了受伤后仍能走路、缠着绷带、断手断脚以及烧伤的人。

"他们看起来很忙,"我说,"我可以晚点再来。"

"我们来都来了。"霍布森警官说着领我来到接待处。

我填了一张表格，用的是假名和假地址。一位分诊护士用一支笔灯照了照我的眼睛。

"怀孕多少周了？"

"三十八周。"

"你的全科医生是谁？"

"希金斯医生……他在利兹。"

"你的肚子很靠下。"护士说着就伸手去摸我的肚子，我躲开了。她皱起眉头，让我去隔壁的房间换上长袍。医生很快就到。

霍布森警官看上去松了一口气："我能给谁打电话吗——比如你丈夫？"

"他出海了。他是皇家海军。"

"那你妹妹呢？"

"她在上班。我会给她打电话的。你不用留在这里等了。"

我走到帘子后面。检查室里有张可移动的床，架子上放满了一次性手套、消毒纸巾和绷带。我不能待在这里。我不能让他们给我检查身体。

我还没来得及走，医生就进来了。他看上去很年轻很聪明，但有些疲惫。

"你还没脱掉衣服。"他说。

"抱歉，我理解错了。"

他戴上一副手术用的手套，看了看笔记："阿加莎？"

我点点头。

"你知道怀的是男孩还是女孩吗？"

"男孩。"

"你上次感觉到他动是什么时候？"

"刚刚——他非常健康。"

"有出血或污渍吗？"

我缩了缩身子："没有。"

"宫缩呢？"

"有阵痛。"

撒谎的关键在于不要增加不必要的细节，简单明了，不要阐释或修饰："你要摸我吗？"

"我是要检查一下胎儿的位置，然后我会把你连接到胎儿监护仪上，我们来听他的心跳。"

"有这个必要吗？"

"当然。"

"我要上厕所。"

他不耐烦地叹了口气："沿着走廊往里走，左边第三个门。"

"很快就好。"

我拿着外套，从他身边溜过，沿着走廊走。我走到女厕所里，走进一个隔间，努力平复呼吸。我不能回去。我不能让他碰到我或是看到我光着身子。

我轻轻地推开门，探身出去查看繁忙的走廊。我背朝急救中心，果断地从随处可见的护士和穿白大褂的医生身边走过，他们看上去并没有注意到我。来到走廊的一个交叉口后，我右转然后左转。我经过一位清洁工和一个坐轮椅的病人，后者由两名看护人员推着。

一名看护问："你迷路了吗？"

我被吓了一跳："我在找产科病房。"

"你走错楼层了。"

"当然。我的方向感简直无可救药。"

她把我领到电梯边，我按下按键，等着，然后扭头确定她已经走了。电梯门开了。

"你要进来吗？"一位中年妇女问道。

"不。抱歉。"

门又关上了，我转身离开，按安全出口的指示走到大门口。我穿过大厅，一直等着有人喊："站住！"

那个东西在我身体里扭动，很享受的样子。

快跑！

我没做什么错事。

你假装怀孕了。

这又没有违法。

他们会调查的。他们会发现其他的孩子的。

我走到大门边，注意到一个穿灰色制服的超重的保安人员。他正把对讲机往嘴边送。我低着头，不跟他有目光接触。自动门打开了。我拐到富勒姆路上，因为惊吓、汗水和被雨淋湿的衣服而全身发抖。

那东西还在说话。

他们会来找你的。

我给他们的是假名、假地址。

他们无论如何会找到你的。

利兹没有希金斯医生，我在里士满也没有妹妹。

那监控录像呢？

一辆巴士驶来。我抬起手臂，走上车，坐到车窗边的座位上。我稍稍抬起头，瞥见警车还停在医院外面。

愚蠢！愚蠢！愚蠢！

梅　根

西蒙又给我送来一束花，这次是郁金香，还附带了一张卡片，为他的行为道歉。

请原谅我，梅格，你是我在这个世界上最不愿伤害的人。我希望你考虑一下我说的话。我爱你，梅格，我也爱杰克，但是有些东西比友谊重要。

我跟杰克说花是一个公关公司送的，他们想让我在博客上评论一位客户的婴儿产品。我应该把花扔掉的，因为这些花老让我想起西蒙以及他说的话。我心情不好，故意找碴跟杰克吵架，这对他一点都不公平，因为他没什么错。我抱怨婴儿房还没有装修好。

"你说过会帮忙的。"

"我一直都在忙。"

"你上周刚说过。"

"我那时很忙。"

"好吧，那我要不要把孩子憋回去，让他等等，等到你不那么忙了？"

"我周末会做。"

"你这个周末不在家。"

"周日做。"

他怎么这么理智？我想对他大叫，别把我的废话当回事。直起腰板。

最后，我加了些对西蒙的评论："至少他还有骨气。"

"这是什么意思？"杰克问道。

"没什么。我不想提西蒙。"

"西蒙做了什么？你们过去是挺好的朋友。"

"他让我觉得不舒服。"

"怎么不舒服？"

"算了。"

"他碰你了？"

"没有。"我感觉我的身体背叛了自己，它从头红到了脚踝，"是他看我的眼神。"

"他看你的什么眼神？"

"我把话收回。我不该提这个的。"

"你不能就这样把话收回。他是露西的教父，也是我最长久的朋友。"

我不说话了，这终于惹怒了杰克。他走进花园，从灌木丛上扯下叶子，扔向空中，仿佛希望它们是石头一样。

我感到很惭愧，因为我才是那个该受惩罚的人。我应该戴上枷锁或像《圣经》里的娼妓一样被乱石砸死。

杰克去上班以后，我沉浸在自怨自艾中，听《女性时间》上的一段采访。一位母亲正在讲述五年前她还在襁褓中的女儿丢失的经过，声音干涩，透着悲伤：

我睡觉前还去看了埃米莉，她正睡在她的小床上。杰里米比平时到家晚，他也去看了一下。她当时还在。那是八月一个炎热的夜晚。我们开着窗户，好让外面的风吹进来。我醒来时快六点了。我还觉得埃米莉终于能一觉睡到天亮了。我去看她，但床上空了。

我们从未放弃过希望，她还活着，我们会找到她的。但我们也得接受一个事实，那就是随着时间一年年过去，可能性越来越小了。不过我再次向大家征求信息。希望有人能跟我们联系。有了你的帮助，我们可以结束这不确定的痛苦折磨。

拉克伦走进了厨房："你怎么哭了，妈妈？"

"我没哭。"

"你在流泪。"

我摸了摸湿润的脸颊。

"是肚子里的宝宝惹你哭了吗？"他问。

"不是。"

我抱住他，把脸埋入他的脖子。他也使劲抱住了我。

"小心，别伤着宝宝。"我说。

"他能感觉到我吗？"

"他还能听到你说话。你想跟他说什么吗？"

拉克伦皱起眉头想了想，然后低下头，把脸贴住我肿胀的肚子。

"不要惹妈妈掉眼泪。"

阿加莎

我肚子里没有宝宝。我怀的是个念想。我在培养一个梦。很多东西都能偷来，比如想法、精彩瞬间、香吻和爱心。我要偷个孩子。我是取得我应得的那份，因为其他人拥有的绰绰有余。我将过上我应当过上的生活——为人妻，为人母。

我不记得是具体哪一刻下定决心假装怀孕了。这个想法似乎在黑暗中发芽，然后慢慢地朝亮处生长。我在一本杂志上读到一篇关于代孕的文章，新妈妈戴了一个假体肚皮，希望能跟孩子的生母"感同身受"。我把一个枕头塞到睡衣里面，站在镜子前面转来转去，用手抚摸着大肚子，想象自己怀孕了。这已经不是我第一次这么干了。

我很喜欢这种幻想，开始不断地重复，每次都增加细节。我在网上发现了一个叫作"我的假怀孕"的网站，上面出售三种大小的假体肚皮，分别对应孕期的三个阶段。网站声称那些肚皮是用"优质医用硅胶"做成的，外观和触感跟真的皮肤无异。我看了用过假体的夫妇的留言，他们因为要领养孩子，但想让人们相信孩子是他们自己生的。

我订购的东西一周之后才送到。我开始在公寓里穿戴假体，但从不穿出去。我买了孕妇装，把自己打扮起来，往幻想中添加越来越多的真实细节，还去看婴儿房家具和婴儿用品目录。起初，我只是想体验怀孕的感觉，想象着一个宝宝在我身体内成长。后来，我想让人们换个眼光看我。

我想要被祝福，被关注，被溺爱。

当我遇到海登的时候，我把假体藏了起来，并希望他能爱上我。他善良，体贴，但又没有英俊到招蜂引蝶的地步。我想象着成为他的妻子，怀上他的孩子。

朱尔斯怀孕了，我内心在哭泣，但也跟着她进行了庆祝。我忌妒她肿胀的脚踝、凸起的肚脐，以及她的好福气。海登又回到军舰上了。我在衣橱最里面找到了假肚皮，穿戴上最大号的那个。我就是那个时候下定决心的吗？或许吧。并非所有的想法都完全成形或是有单一的来源。通常，想法出现的时候不是灵光乍现、电闪雷鸣的时刻。

假装怀孕并不难。朱尔斯住这么近，对我帮助很大。我先排干马桶里的水，然后弄坏水箱，这样马桶就不能冲水了。然后，我邀朱尔斯来楼下，给她灌了好几杯茶，一直到她在我家上洗手间。

"你的马桶坏了，"她说，"冲不了水。"

"它一直喜怒无常。"

"你想让凯文帮你看看吗？"

"不用，布林德尔太太会叫水管工的。"

朱尔斯走后，我把一个瓶子伸进马桶——有点恶心，我知道，但形势所迫。第二天，我去看一名外地医生，我坐在候诊室里，脑子里演练着一套说辞，周围都是咳嗽的婴儿和摇摇欲坠的老人。

贝利医生领着我进入一间问诊室，里面一股酒精消毒片和洗手液的味道。他的头发十分稀疏，眉毛却很浓密，这让他的脑袋看上去硕大无比。我在想他的脑子是胀满了里面的空间，还是像炖锅里的核桃一样在里头哐当作响。

"这是你第一次来这里，"他看着自己的笔记本说道，"你的姓怎么读？"

"费弗尔。"

"我能为你做些什么吗，费弗尔小姐？"

"我觉得我怀孕了。"

"你的经期推迟多久了？"

"四周。"

"你做过测试了吗？"

"我不知道有多准。"

"非常准。"他坐着转椅，滑到一排抽屉前，拿出一个用塑料袋密封的注射器，"你可以验血。"

"不，不，不要扎针，"我捂住胳膊说，"我晕针，打小就这样。"

他又从另一个抽屉里拿出一个瓶子递给我："女洗手间就在走廊尽头。把瓶子装满，我给你做孕检。"

我在洗手间的隔间里，从包里拿出装着朱尔斯的尿样的瓶子。调换好之后，我洗了手，回到贝利医生的办公室。

"嗯，你确定无疑怀孕了，"他把试纸递给我说，"没有比这个更红的红线了。"

"你确定？"

"这种测试从不会错。"

他在一张确认我怀孕的信上签上名，让我去看自己的全科医生，他会给我安排做超声检查并确定我的怀孕周数和预产期。我把信带回家，贴到冰箱上。后来，我把信拿给超市的同事看，她们都为我感到兴奋，可能还有些忌妒，不过我能理解。

从那以后我便非常勤快。不喝酒，不吃软干酪，也不吃寿司和蛋黄酱，把蹦极和跳伞也延期了。如果有人在附近抽烟，我就拿眼瞪他们，同时用手抱住隆起的肚皮。

头三个月里，我不停地抱怨晨吐，直到反胃能以假乱真了，我溜到员工洗手间，对着马桶干呕。阿比盖尔帮我拢着头发，给我拿水，让我慢慢喝。

帕特尔先生抱怨我在逃避重活，一有活干，就往洗手间跑。我努力跟他解释，是盆腔区域供血增加，以及对膀胱的压力造成的尿频，但他捂着耳朵走开了。

第一次戴着假体外出时——最小号的——我感觉很不自在，但现在它已经成为我身体的一部分了。我穿着紧身长裙，走在街上，骄傲地弯着腰，让全世界都知道我怀了孩子。

第二十周，我从网上下载了超声检查照片。我伪造上姓名和国家社会保险号，好让它们看上去很真实。我把照片拿到超市，贴到冰箱上，紧挨着我最喜欢的那张海登的照片。这个时候，我已经非常自信，敢在假体外面穿夏季连衣裙和丝绸上衣了。时间一周一周过去，我完全陷入了这个梦。我感觉宝宝在我的身体里成长。当我摸着肚子跟他说话时，他就乱踢、打嗝，还会打滚。

我现在穿的是最大号，用来应对孕期最后三个月。我喜欢陌生人看我的表情，他们对我微笑，仿佛我是他们最疼爱的侄女或儿媳。

几个月里，我不断地告诉自己，我随时可以停下来。我可以"流产"或是搬离伦敦，在其他地方重新开始生活。但内心一小部分不理智的地方希望我把骗局延续到永远。我知道，这不可能。我的身体里设定了一个时钟，一个细细地往下流沙的沙漏。我还有两周的时间。到那时，我将失去我的孩子……或者找到一个。

梅 根

我在上孕妇瑜伽课，练习室在巴恩斯大桥站下面。课上的大部分人我都认识，尽管每周都会有人因为孩子出生而不来了。教练也怀孕了，她穿的紧身连衣裙又透又紧，我都能看到她突起的肚脐了。她的无袖背心上印着一个闷闷不乐的孕妇的卡通画，下面是一行字：你需要的是光芒四射。

她以极大的热情鼓励我们："吸——气。呼——气。吸——气。呼——气。找到你的呼吸节奏，慢慢感受它。吸——气。呼——气。跟着我的指示……"

我的视线越过她，看着镜子里的自己。我只能在这样的瑜伽课上看到自己的脚趾。

"现在，一只手放在你的宝贝身上，另一只手放在你的心上。让你的肺部扩张，慢慢地把宝贝拉向自己，就像你在拥抱他或她一样。"

我喜欢这样的课程——拉伸和冥想，而不是新时代的喋喋不休，关于自我探索、情绪平衡或是臣服于一个更高级的存在。我觉得，其中的关键在于加入科学的东西，抽去精神的东西。

"吸——气。呼——气。还有两次……很好……现在回到中间，四肢着地，做产前拜日式。"

我跪在地上，四肢着地，感觉自己更像一头母牛了。我从肚子下面看过去，注意到阿加莎在最后一排。我朝她微微挥了挥手。她不自然地笑了笑。

"一只手放到腿上，另一只手放在背后。吸气呼气，保持呼吸。你的身体为宝宝铺好了床，筑起了一个美丽的家园。"

我翻了白眼，阿加莎也一样。

下课后，我去找她。她正在梳头发，扎成一个马尾。

"我之前没在这儿见过你。"我说。

"我都是躲在后面。"她回答。

我们穿着同一个品牌的紧身裤和运动上衣。"我们可以做双胞胎了。"我说。

"除了我做瑜伽的时候像只河马。"

她很风趣。

"去喝杯咖啡怎么样？"我问。

"我？"

"当然。我请客。你找到了拉克伦，这是最起码的酬谢。"

"他又没有丢，"阿加莎说，"他一直好好地……待在储藏室里。"

"我知道，不过我还是不明白那扇门怎么会把他锁在里面。"

"是啊，"阿加莎说，转换了话题，"我们去盖尔餐厅吧——除非你想去其他地方。"她期待地看着我。

"不，我喜欢盖尔餐厅。"

我们拿起包，走出转门。三五成群的女人在人行道上聊天，指甲修剪整齐的手指上挂着钥匙。路对面的河里散发出退潮后的味道，宽底的船只斜着身子，孤零零地陷在河泥里。我们拐到巴恩斯人街上，走过成排的专卖店、时装店和地产中介。肉铺老板向我招手。一位孩子的妈妈朝我点头微笑。

"你看起来认识所有人。"阿加莎说。

"这是个村子，"我说，"不过也没有太多隐私。"

室外寒风凛冽，我们决定坐在餐厅内。谈话自动转到孩子上面。我们两个都马上要生了，其他还有什么好谈的呢？怀孕、产前课程、产科医生、止痛。

"我预定了剖宫产，"我说，"不然我又要撕裂了。"

"撕裂？"

"下面。"我朝大腿指了指，"露西和拉克伦的头都很大，而我的骨盆很小。"

阿加莎一脸痛苦。

"你会没事的。女人能够伸展的程度让人惊奇。"

"疼吗？"

"上帝，疼啊！不过之后你就全忘了。就因为这个我们才会一而再再而三地生孩子。"

"所以，你知道是哪天了？"

"十二月七日。"

"你会在医院待几天？"

"四五天吧，"我喝了一大口薄荷茶，"你在哪里生？等等！你跟我说过，利兹。"

"我妈住在那里。她会陪着我。"

"所以你的未婚夫是没办法回来了吗？"

阿加莎摇摇头："我一定会拍很多照片。"

"不过这不一样，不是吗？"我说，"我生露西的时候，杰克说他想站在床头，握着我的手，因为他不想看到'关键部位'，但是当推变成挤的时候——我是说真的——他就跑到了床尾，向我一点一点地描述。他大声喊叫着，仿佛世界杯上的点球大战。"

阿加莎哈哈大笑。她的面容很美，笑容腼腆，好像是害怕犯错一样。她问我是如何遇到杰克的，以及我们结婚多久了。跟其他人一样，她也觉得他在电视台工作很了不起。

"没你想象的那么光鲜，"我说，"他大部分周末都不在家，而且因为要报道欧洲杯淘汰赛连续两年错过我们的结婚纪念日了。我的生日在环法自行车赛期间，所以他也错过了。"

"他会离开多久？"

"环法自行车赛期间他会离开三周。我每天晚上都接到他醉醺醺地从法国的酒吧或小酒馆打来的电话。"

"男人却对此一无所知，"阿加莎说，她的毛衣上落满了糕点碎屑，"你会担心他长时间不在家吗？那些诱惑？"

"我担心过，"我说，"但他是个信守承诺的人。"

我听上去很自信，但偶尔也会想象着杰克跟一群衣着暴露的模特狂欢，她们穿着弹力短裤和赞助商T恤，跟赛段冠军站在领奖台上。我不会跟阿加莎说这话（也没跟杰克说过），我知道他爱我。

"他为要出生的孩子感到兴奋吗？"阿加莎问。

"他适应了一段时间。"

"为什么？"

"这个孩子是个意外。我们没打算再要一个孩子。"

"真的吗？"

这让阿加莎非常意外。我们又点了饮料，然后继续聊天。

"你呢？"我问，"你中学在哪里上的？"

"主要在利兹，"她说，"不过其实是满世界跑。我十五岁的时候离家出走了。"

"为什么？"

"我跟我继父合不来。"

"你后来回去了吗？"

"我进了孤儿院。"

　　"可你妈妈……"

　　"我们现在和好了。"

　　"那中学毕业之后呢？"

　　"我去上了秘书专科学校，"阿加莎说，她让它听起来非常平庸，"不过我上过一个化妆师培训课程，大部分时候是做婚礼和聚会。"

　　"有什么名人吗？"

　　"上帝，没有！我从未见过什么名人——不像你。"

　　"你怎么会觉得我见过名人？"

　　阿加莎的嘴张得大大的，可没有发出声音，接着是一段尴尬的停顿。

　　"杰克在电视台工作……我猜的。"她含糊地说。

　　我笑了，希望她能放松下来："我曾在一家杂志社工作，采访过裘德·洛。"

　　"他人怎么样？"阿加莎问。

　　"很帅，脸皮很厚。"

　　"他跟你调情了吗？"

　　"算是有吧。"

　　"他喜欢你吗？"

　　"现在他不会多看我一眼了。"

阿加莎

梅格从一个穿着紧身裤的健身达人摇身一变成了一个成熟、现代的人妻和人母，这让我叹服不已。在她身边，我感觉自己像一匹哑剧马，笨拙又老土。梅格点的是薄荷茶和水果沙拉——健康的选择。我选的却是大杯卡布奇诺和巧克力泡芙，吃得毛衣上落满了碎屑，毛衣毛茸茸的，碎屑落到上面掸都掸不掉。

"看到有人这么喜欢她的食物真好。"梅格说道，她完全没有取笑的意思。

"我可真笨。"

"我也一样。"

"不，你才不是。"

"我头发上会弄得全是婴儿食品，你要是看到会大吃一惊的。"

"是的，可那不是你的错。"

三个中学生从餐厅外面走过，她们涂着润唇膏，画了眼线，裙子往上卷了一两英寸，露出下面的大腿。

"我也有过这样的好身材。"梅格悲伤地说。

"你真幸运。"

"嘘。我觉得你挺适合怀孕的。"她说。

"那是因为我身材肥硕，"我回答，"现在我感觉自己毫不性感，没人渴望。"

"没人渴望都不是个词。"

"你懂我的意思。"

梅格不停地问我问题，我则在真话和谎言间摇摆，很少直接回答她的问题。撒谎对我来说再自然不过，说真话则既尴尬又不舒服，就像不合脚的鞋子。我并非故意奸诈狡猾，我向别人撒的谎跟我对自己撒的谎比起来简直不值一提。

梅格说她在富勒姆长大，在哈默史密斯的一间私立女校上学。

"有兄弟姐妹吗？"我问。

"有一个妹妹，叫格雷丝。你呢？"

"我有一个同母异父的弟弟，但他五岁的时候死了。"

"发生了什么？"

"他死于一场交通事故。"

"太可怕了。你当时多大？"

"十一岁。"

梅格继续向我介绍格雷丝，把她描述成一个反叛者。相对地，我也要分享一些成长过程中的私密故事。为什么随意闲聊总会转向童年呢？我知道朋友之间会分享这样的往事，但我为什么一定要揭露我们姐弟间的细节呢？还有受过的惩罚、宠物、假日、狂欢、摔断的骨头，或伤透的心，或谁的妈妈最疯狂。

"你呢，阿加莎？"她问，"你空闲的时候都做些什么？"

我紧张地笑了笑："我的生活无聊透了。"

"说这话的人通常都有最精彩的故事。"

"不包括我。"

我又试着转移话题。梅格注意到了。我不想让她觉得我神秘兮兮的。

"我结过一次婚，"我说，然后开始跟她讲尼基，"那段婚姻持续了五年，不过没能继续下去。"

"你们现在还是朋友吗？"

"他每年会给我寄一张圣诞贺卡。"

"你们没有孩子吗？"

我的眼珠在眼眶里打转，餐厅模糊了。我低下头，说不出话来。

"我惹你伤心了，"梅格说，"对不起。"

"不，是我的错，"我说，"我以为过了这么久……"我没有说完。然后又说道："我们失去了一个孩子，一个女儿，我怀孕七个多月的时候流产了。"

"太糟糕了。"

"这不该对我有什么影响了，可它依然影响着我。"

"你们没有再试着要孩子？"她问。我体内有东西立刻警醒起来。我说得太多了。有别人知道的事，就更难撒谎。

梅格仿佛感觉到了我的不安。"好了，都过去了。你现在有未婚夫，还有快要出生的孩子。"她露出笑容，"你们选好婚礼的日期了吗？"

"还没呢。可能明年夏天吧。"

"很好。"

"我们打算去塔希提度蜜月。"我补充道，希望能让她觉得了不起。

"我听说南太平洋很美。"

"我们要在海滩上租一间小屋，像当地人一样生活。"

"真浪漫，"梅格说，"你命真好。"她突然面露喜色，好像想到了一个好主意："你接下来要做什么？"

"什么？"

"接下来。"

"没事可做。"

"你应该跟我回家。我有成箱的婴儿服要整理——很多都用不到了。

拜托你拿走一些。"

"我不需要衣服。"

"至少去看一眼,其中一些还是全新的。我因为自己的博客,能得到一些免费的样品。"

"什么博客?"

"我有一个育儿方面的小博客。跟我回家吧。我来做午饭。你可以帮我决定留下哪些衣服。"

外面天空暗下来了,风渐渐大起来,吹打着遮阳篷和窗户。豆粒大的雨滴开始落到人行道上。

"我没带伞。"梅格说。

"我也没带。"

"那我们得跑了。"

我大笑:"你当真?我们可不能跑。"

"那就慢慢走吧。"

梅格走在前面,把她的健身袋放到头顶,雨越下越大,像幕布一样垂下来。购物的人都躲在门口,打开雨伞。

她笑着跑过地上汇成的水洼,大喊:"没有多远。"

我担心如果跑得太快,假体会掉下来或者背后的松紧带会失去弹性。

等我到的时候,梅格已经打开房门,踢掉了鞋子。她从亚麻色的衣橱里拿出两条大毛巾。我们边擦干头发,边像中学生一样咯咯地笑着。梅格看上去就像《四个婚礼和一个葬礼》中的安迪·麦克道尔。我则像《惊魂记》中匕首割破浴帘前的珍妮特·利。

我脱掉湿透了的毛衣,发现里面的长袖上衣像一张皮一样贴在身上,可以看到假体肚皮从背后束在我身上。我倒吸一口气,用毛巾遮住身体。

"我能借你一身干衣服吗?"

"当然。跟我上楼。"

我让梅格先走。我不想让她从背后看到我。

我知道房子的布局。主卧在二楼，对着克利夫兰植物园。梅格打开衣橱，拿出打底裤和毛衣。她毫不犹豫地脱掉健身上衣。从窗户射进来的光勾勒出她的大肚子的轮廓。她解开运动胸衣，转向我。我注意到了她肚子上的黑线，一道黑色的痕迹，从肚脐一直延伸到耻骨。她的乳头也是这个颜色。

"快换衣服，不然要冻死了。"她说。

"我能用一下洗手间吗？"

她朝洗手间指了指。我捧着干衣服，把门关上。

梅格大喊："对不起，阿加莎，我应该先问一下你的。在健身馆，我经常当着其他女人的面脱衣服。"

"没关系。"我回答。

"就好像我在炫耀一样，"她说，"天知道是为什么。"

"我刚好相反。"我在里面说。我脱下湿衣服，尽量不看镜子里的自己。我迅速穿好衣服，确保假体系好了。我花的时间有点长了。

"没什么事吧？"梅格问。

"没事。"

"你要用吹风机吗？"她大喊。

"不。不用了。"

"好，我要去阁楼拿婴儿服了。待会儿楼下见。"

她走了以后，我打开浴室壁橱，看了一遍梅格的乳液和晚霜，在心里记下产品的品牌。她和杰克用的是情侣电动牙刷。我回到主卧里，打开抽屉，看梅格的内衣。在她的内裤抽屉里面，我发现了一个用绒布袋装着的粉红色小震动器，可爱，性感，时髦。

我晃晃悠悠地沿着楼梯平台走到婴儿房，房间里一股新刷的油漆的味道。我坐在摇椅里，前后摇晃着，欣赏着房间里的装饰和漏印的图案，想象自己在照顾宝宝。

梅格喊我下楼。她正在用烤箱热馅饼，而且已经做好了一盘沙拉。吃完以后，我们花了两个小时来整理成箱的衣服，还有它们的搭配，然后在心里想象孩子穿上以后的效果。梅格谈到交友以及选择正确的日托和小学。

"露西喜欢圣奥斯蒙德学校吗？"我问。

"你怎么知道她在那里上学？"

"我见过她穿的校服。"

"你见过露西？"梅格皱起眉头。

"我在超市上班，记得吗？我见过你带着露西和拉克伦来超市。当然，我那时候不知道他们的名字。如果我没记错的话，拉克伦有一辆颜色鲜艳的踏板车，露西喜欢把头发扎成一对圆髻。"

"她想成为莱娅公主。"

"谁？"

"你没看过《星球大战》吗？"

"很久之前看过。"

梅格看看手机："说到这两个小魔鬼，我得去接他们了。"

雨已经停了。我的湿衣服也被烘干了。婴儿服叠得整整齐齐的，装在漂亮的纸袋里。梅格把我送到门口。

"你什么时候北上？"

"下周。"

"在那之前还能再见到你吗？"

"我不知道。"

"你已经有了我的电话。这是我的邮箱。"她把邮箱地址写在一张字条上。

我们拥抱了。大肚子碰在一起。

"如果见不到你——祝你好运。"梅格说。

"你也是。"

"给我发照片。"

"好的。"

她站在门口，朝我挥手。我沿着路往前走，没有回头，虽然我想回头。我知道我和梅格可以成为朋友的。我不断地想象我们一起打网球、组织野餐、讨论孩子们应该上什么学校。

同时，我必须小心谨慎，因为没什么事会肯定成功，板上钉钉或者轻而易举。胖女人有了孩子，事情才算结束。

梅 根

"我今天交了个朋友。"我说。

杰克正坐在床上系网球鞋鞋带。他和西蒙在罗汉普顿俱乐部定了场地。

"是跟我一块上瑜伽课的。"

"所以她也怀孕了。"

"显而易见。"

"你就像个妈咪耳语者,"杰克笑着说,"你用自己的博客吸引她们。"

"那些不是朋友,是粉丝。"

"你是说信徒。"

杰克对社交媒体一无所知,也不知道好友、粉丝、赞和订阅者之间的区别。他检查了一下网球拍的握把,练习了一下正手击球。

"所以,她是谁?"

"她在超市上班。"

他一脸惊讶。

"有什么问题吗?"

"通常你的朋友可不在超市上班。"

"阿加莎非常接地气,而且很幽默。我觉得我会把她拉进我的妈妈群。"

"女巫集会？"

"真好笑。这是她的第一胎，她未婚夫在海上。"

"他是个渔夫吗？"

"是皇家海军。"

"噢，是个水手。"

"你怎么用这种语气？"

"你知道他们都怎么说水手吗？"

"说什么？"

"曾经有个水手，在海上漂了六个月。他一上岸，就去了一家妓院，放下两百英镑，说道：'给我上你们这里最丑的女人，还有烤芝士三明治。'老鸨回答：'先生，这么多钱，你可以拥有我们最漂亮的女孩，以及三道菜的大餐了。'水手说：'听着，女士，我不是好色——只是想家了。'"

杰克哈哈大笑。

"真讨厌。"我说。

"还有比这更讨厌的。"他在我屁股上捏了一把，"我想邀请西蒙到家里吃晚饭。吉娜不在家，所以家里就他自己。"

我感觉心里一震，仿佛触发了报警器，声音在我耳畔轰鸣。

"是他提出来的吗？"我问道，努力透过内心的"噪声"听到自己说的话。

"不是，不过他一直问起你。"

"我？"

"关于你的孕期——也许他又想做孩子的教父了。他可以做吗？"

我没有回答。杰克已经快到门口了。

"我们晚上吃的是剩饭。你们应该在俱乐部吃。"我说。

"胡说。西蒙想见你。我们叫外卖。无论你们俩之前发生了什么，必须得解决。"

我什么都没说。门关上了。我的心像爆了轮胎一样扑通扑通地跳着。我告诉过西蒙他不受欢迎。他为什么要这么做？我打开冰箱，看到了半瓶白葡萄酒。我想给自己倒上一杯，一大杯。我想灌醉自己。我想离开家。更多的是想避开西蒙。

之后的两小时里，我一直烦躁不安。拉克伦打翻了喝的，我就朝他大吼大叫，给露西梳开打结的头发时我还把她弄哭了。这对他们不公平，对我也不公平。

我听到杰克和西蒙到家了。他们在一块的时候总是说话很大声，就像朝着手机大声打电话一样。他们没有喝醉，但每个人都拿着一瓶打开的啤酒，另一只手还拎着六瓶。

我不看西蒙。他想拥抱我，但我转过脸去，弓起了背。

"怎么了？"他问，"我冲过澡了。"

"晚饭很快就好。"我说，岔开了话题。

杰克就开始给我讲他们打球的情况，说他决胜盘从五局落后到反败为胜。我看了看西蒙，意识到是他故意让杰克赢的。其他人看不出来，但我太了解他了。

这让杰克心情大好，因为他并不经常赢——自从"结婚发福"之后就没赢过，他拍着自己的肚子说——这话更多是针对我说的，因为杰克的体重跟我第一次见到他时一个样。

西蒙喝完了手里的啤酒，杰克又给他拿了一瓶。他们坐在厨房柜台边的凳子上，看我做沙拉、布置餐桌。

"你看起来很棒。"西蒙说。

"容光焕发。"我回答，毫不掩饰自己的挖苦。

"你的预产期是什么时候？"

"十二月七日。"杰克说。

也许是我想多了，但我感觉西蒙正在脑子里往回计算受孕的时间。

杰克还在说个不停："西蒙跟我说他想当父亲。我跟他说他应该让吉娜怀孕，可他得先在她的手指上戴上戒指。"

我没有回答。他们都感觉到了气氛的紧张，但杰克不知道其中的缘由。

"所以，你们是什么时候决定要第三个孩子的？"西蒙对着我问。

"这并非我们的计划。"杰克说。

"你们没有做防护措施吗？"

"你记得赫斯顿的四十岁生日吗？"

"在汉普郡。"

"我们早上找了点乐子，冒了个险。"

我觉得西蒙又在心里做算数了。沉默继续拉长。

"孩子们好吗？"他问，"我还以为会见到他们。"

"拉克伦睡觉了。露西在我们房间里看电视。"我回答。我碰了碰杰克的肩膀："她想让你跟她道晚安。"

"我现在就去。"

杰克喝光啤酒，把舌头伸进酒瓶，仿佛在找最后一滴酒。

就剩我跟西蒙了，我开始擦拭已经干净了的工作台。西蒙用大拇指指甲抠酒瓶上的商标。

"你不能一直排斥我，梅格。我是杰克的好朋友。我也是你的朋友。"

"你为什么要这样？"

"我们打了网球。我喝了一些啤酒。我在这栋房子里一直很受欢迎。你们就像我的第二个家庭。"

"我们才不是。"

他站起身，朝我走来。我往后退，始终让工作台隔在我们中间。

"你为什么要问我的预产期？"

"大家都会这样啊——他们会这样问。想象一下，假如我不来了，杰克会想知道为什么的。那我怎么跟他说？"

"什么都不说。"

"你在用你的错误惩罚我。"

"是我们的错误。"

"我的确欺骗了吉娜，但我们没有结婚。所以如果我们要分配罪责的话，我觉得我知道谁的罪责更大。"

当然，他说得对，这更让我愤怒了。

"所以，为了你——也为了杰克——我建议你冷静一下，好好待我。"

我开始清理空酒瓶。西蒙靠得更近了些："你应该注意保持健康，照顾好宝宝。"

"你关心这个干吗？"

他笑了："你知道答案。"

"这不是你的孩子。"

"拿出证据来。"

阿加莎

我妈又给我写了一封信。这封信上有一块红色的酒渍，那是她放酒杯的地方。

亲爱的阿加莎：

你考虑过来西班牙过圣诞吗？我们可以租辆汽车，沿着海岸线行驶，我可以把你介绍给我所有的新朋友。他们并不全像我一样垂垂老矣，而且西班牙男人非常帅气。游艇俱乐部有一位救生员，你会迫不及待地想见他的。

如果你不想见我，我也理解。我一辈子都依靠陌生人，现在我的时日已经不多，所以也没什么区别了。

我妈就喜欢跟我打死亡牌，可她健康得像头牛；她也不能让我心存愧疚，然后做她顺从的女儿。继父过世时，她曾经试着跟我"重新连接"——她用的就是这个字眼，就好像我们中的一个不小心踢掉了墙上的插头。

我继续往下读。

我之前忘了跟你说了，鲍勒先生最近过世了。我知道你们观点相左，不过我还是希望你能在心里原谅他。我也祈祷你能原谅我。

她在信封里装了一张《约克郡晚报》的剪报。

鲍勒 查尔斯·斯图尔特

十月十八日在圣安妮护理医院安详地离开了，享年六十八岁。鲍勒先生与他的妻子伊丽莎白以及他们的孩子海伦、南希、玛格丽特和伯尼斯一道，非常愉悦地尽到了耶和华见证人的职责。

他通过将业已建立的天国的"福音"传给"凡预定得永生的人"（《使徒行传》13:48；《马太福音》24:14）来赞美上帝的道，学习上帝非凡的创造，并从中获得巨大的欢喜。

耶和华见证人的天国会堂将于周一举行仪式，时间是十月二十三日上午十一时四十分，地点在利兹的西尔弗米尔路103号。

伊丽莎白恳请所有的宾客穿着鲜艳的颜色，并且只带家养的鲜花。捐赠物品将转交圣安妮护理医院。

我想象着葬礼的情形——棺材被放下，他的妻子和孩子们哭着，穿着鲜艳的衣服，赞扬一个给我带来了巨大痛苦的生命。我看到长老们排着队为他唱赞歌，诉说修士鲍勒的善良和虔诚。

我双手颤抖着打开电脑，搜索更多的证据，为的是确认此事。我找到了伯尼斯的脸书页面，想起来她曾经在司法委员听证会上对我做伪证。她上传了一张她爸的照片，称他为"我的基石和守护者"。她的很多朋友都做了评论，表达他们的哀悼之情。我想加上一条评论，说他是个邪恶的变态，不过我不敢。

你大概觉得过了二十多年，我应该已经摆脱鲍勒先生了，但我仍然会半夜醒来，感觉鼻孔里一股鱼和薯条的味道，听到一个声音让我睁开眼睛。我一直闭着眼睛。我不想看到他的脸。

我从来都没办法跟我的治疗师或者社工解释这个社会如何滥用了"恐

惧"和"怪物"之类的词汇。对我来说，恐惧如传染病，而我的"怪物"用薯条上的醋酸味就能召唤。

我不想成为一个受害者，所以尽量对过去的事轻描淡写，告诉自己，我只跟虐待我的人睡过几次，而且鲍勒先生是真心爱我的，但这是在跟我的记忆唱反调，排除细节，努力让自己相信事情没那么糟糕，或者自己并未受到过去的事的影响，虽然事实上它已经毒害了我的一切。

我怀孕了，才十五岁，可我的教会和家人抛弃了我。那天晚上我们从天国会堂开车回家，我妈一路上都在默默地抽泣，继父则紧紧地抓着方向盘，指关节都发白了。后来，我躺在床上，听着他们争吵，而我体内的魔鬼低声对我说：

我早说过不让你说。我早说过不让你说。

第二天早上，太阳出乎意料地升起了，因为我当时觉得不会再有明天了。继父告诉我，我不能去上学了。相反，他载我去了一栋巨大的维多利亚式房子，它位于纽卡斯尔郊区一条安静的街上。我看着那些凸窗和被烟熏成黑色的墙壁，心想这会不会是孤儿院或者教养所。

"这是什么地方？"

"这是个诊所。"他说。

"我没有病。"

路对面站着一群抗议者，举着旗帜和海报。其中一张海报上写着：生命就是生命，无论多么渺小。他们还唱着小调：《奇异恩典》。

"我想留下孩子。"我说。

继父握着我的手，温柔地说："也许等你再大些吧。"

"我快十六了。"

"你还不到十五岁。这样你就能上完高中，去上大学，然后有份职业。将来有一天你会嫁人，成立一个家庭。"

"我没有向长老们撒谎。"

"我知道。"

"鲍勒先生是孩子的父亲。"

"我们让耶和华裁决这些事情吧。"

打开两扇安全门，我们才到了接待区。我的双手抖个不停，只能由继父填写表格。一名护士来找我，她面带微笑，皮肤黝黑，在日光灯的照射下几乎发出紫光了。她编成小辫的头发上穿着颜色鲜艳的珠子，走起路来噼里啪啦响个不停。

"我要单独跟阿加莎聊一下。"她对继父说。

他想争辩。但她让他安静，坐下。我从来没见过哪个女人这样跟他说话。

"记得我们的决定。"他说。护士领着我走开了。她把我带到一间检查室里，里面有一张矮床、一张桌子和一台超声检查仪。我心想是不是就在这里终止妊娠。耶和华并不谴责堕胎。这是鲍勒先生在天国会堂的《圣经》课上教我的。如果不是因为我当时吓坏了，我会认识到这是多么讽刺。

"你好，阿加莎，我叫珍妮丝，"护士说，"你今天怎么会在这里？"

"我怀孕了。"

"我明白了。那你为什么来这里呢？"

"我还太小，不能生孩子。"

"你多大了，阿加莎？"

"十五岁。"

"你的性生活开始多久了？"

"从十三岁开始。"

"你被强奸了吗？"

"不，我是说，不是强奸。我们你情我愿，你知道。我们共同决定的。"

我不安地朝门口看了看。

"候诊室里的那个人，是你父亲吗？"

"是我继父。"

"他是孩子的父亲吗？"

"不是。"

珍妮丝让我在床上躺下："我要给你做个超声检查，以确诊怀孕，并且看一下怀孕多久了。然后我会给你验个血，看一下你的病史。"

她拉起我的上衣，在我的肚子上抹了一些胶："抱歉，会有点凉。"

"没关系。"

"你想看看胎儿吗？"

"不。"我顿了顿，"谢谢你。"

"看起来有十二周了。时间上对吗？"

我点点头。

她用纸给我擦了擦肚子，让我扣好衣扣。

"你跟孩子的父亲说了吗？"

"是的。"

"他多大了？"

"我不知道。"

"他跟你同龄吗？"

我摇摇头。

"他比你大很多吗？"

我没有回答。

"你考虑过报警吗？"

"我不能这么做。"

"为什么？"

我再一次沉默了。

珍妮丝并没有生气或是让我觉得羞耻。她给了我一盒苹果汁，插上吸管，然后握着我的手，温柔地跟我说话。我差点要把鲍勒先生的事告诉她了。我差点说出口，帮帮我。

"阿加莎，我需要确定你并没有因为受到他人的压力或者操之过急才做出这个决定。重要的是你要确定。你在这里很安全，没有人能伤害你。来这里是你的决定吗？"

"我父母想要这样。"

"你想要什么？"

"我不知道。"

"阿加莎，终止妊娠是有规定的。除非你能给出合理的原因，否则不能进行。"

"什么原因？"

"我不能把那些话告诉你。"

"我不知道该怎么办。"

"你想过把孩子交给别人领养吗？"

"可以这样吗？"

"是的。我建议你跟你的父母谈一谈。他们可能会失望，但我确定他们是爱你的，也会支持你的决定。"

我们默默地回到继父的车边。他把门打开。我从他身边走过，他给了我一耳光。疼痛在我眼睛里回荡。他又举起手，但没有再打我。

怀孕期间，我的体重增加了四十八磅，从那之后我再也没有穿过比基尼。在学校，我像个会传染的麻风病人一样一个人坐着。其他的女孩在做爱，没关系——我可是怀了孩子。

一天午饭期间，我来到餐厅，发现所有的女生都在衬衫下塞了件衣服，站在队伍里，弓着背，弯着腿，像企鹅一样往前移动，去拿餐盘。男孩子笑着嚷着，很是享受这样的情景。我低着头，吃自己的饭，下定决心不哭出来。之后，我在纷飞的大雪中走回家，这让我想起了伊莱贾，因为他喜欢下雪。他不在这个世上了，真幸运，我想，因为他不用经历这样的残酷。

最后两个月，我不再去学校了，就待在家里，看电视，吃很多东西，等着孩子降生。我不去参加天国会堂的集会，也不跟继父说话。妈妈就好像什么事都没发生过一样，毫不理会我怀孕这件事，还把我当个孩子。

我的羊水在半夜时破了，于是我被送到一家妇产医院。肚子里的孩子努力出来，我的身体却奋力让它留在里面，一连十二个小时，我咆哮，呻吟，呜咽，声音冷漠得有些怪异。

她是在三月二十四日下午两点二十四分出生的，体重五磅九盎司。助产士把她放在我的肚子上给她剪脐带。这么小的婴儿，带着皱纹的脏兮兮的小脸，浓密的成束的头发。她皱着眉头，紧闭双眼，仿佛在许愿。

我看着她身体的每一个细节、每一道皱纹、每一条曲线、每一个起伏和色彩变化。她胸部的起伏、她的气味、她的触摸、她的温度、她的美，我把她刻到了脑海里，创造了一个至今依然鲜活的样板。

孩子的养父母正在外面等着。几分钟前我跟他们见过了。他们显得笨拙而紧张，但看起来人很不错。一名社工来到我床边。"我来抱孩子。"她说，尽量不跟我有眼神接触。

整个孕期，我都拒绝预想这一刻，把它赶出脑海，告诉自己我做得没错。现在，一切都变了。我创造了一个脆弱而完美的小生命——一个属于我的人，我的血肉，我的宝贝，她会爱我，我也会爱她。

"我不要放弃她。"我低声说道。

我妈回答："你不能这样，阿吉。"

"为什么？她是我的。"

"你签了文件的。"

"那就撕掉。"

社工伸手来抱我的孩子。我抓得更紧了。

"我改变主意了。不要抱走她！她是我的！"

"我不想动粗。"社工抓着我的手腕说。我踢她。她咒骂我。

两名医院保安按住我，掰开我的手指，摁住我的手臂，抢走了我的孩子。我妈抱着我。我打她。我放声大哭。我哀求道："求求你，求求你，把她还给我！"社工抱着孩子走了，我还在喊。我的叫喊声吵醒了睡着的人，震荡了空气，惊起了树上的鸟儿。我喊着求人——求人帮帮我，但是没人来帮我，没有人听我的。一根针扎进我的手臂，我的意识变得模糊了。

我永远都不会原谅我妈的所作所为。鲍勒先生也许抢走了我的童年，但我妈和继父抢走了我的未来。两周后，我从家里跑了出来。他们把我带回去。我又跑了。之后是一系列的教养院。

到了十八岁，我向领养机构询问女儿的下落。也就是那时我发现了我妈对我的终极背叛。她骗我签署了一份文件，上面说我将永远不会寻求跟孩子接触。我用稚嫩的笔迹写下潦草的字，让自己陷入了一辈子的疑问，不知道自己是否做对了，不知道她是否开心，不知道她是否会想起我。

每一个放弃了孩子的母亲都会有这些疑问，但它们在我身上产生的回响最为强烈，因为我没有其他的孩子来减轻痛苦。我的女儿现在该有二十三岁了。她该上大学了。她可能就住在几条街之外的地方。她可能在切尔西的国王路上漫步，扭着屁股，拎着包，对着店铺橱窗玻璃检查自己的形象。

我没有权利寻找我女儿，但既然她过了十八岁了，她可以找我了。这是我的希望，我的梦想，我对曾经抛弃我的上帝的祈祷。我希望有一天，我打开门，她就站在台阶上。我会跟她说我没有抛弃她，我爱她、珍惜她二十二年了。我的女儿……我的第一个孩子……唯一活下来的孩子……

梅　根

西蒙给我发了十几条信息，都一个样。他想见我。我把手机关机，选择不理会他。与此同时，我也通过购物来让自己高兴起来。

约翰路易斯商场三楼有母婴专区，还有孕妇区和礼品服务。我的"时尚顾问"凯特琳自信得让人讨厌，她从未有过赘肉，更不要说孩子了。我让她给我展示衣服，向我介绍温泉疗法。有条裙子吸引了我的注意。那是一条优雅的黑裙子，我衣橱的衣服都不及它一半漂亮。

"很遗憾，我们没有你的码数了。"凯特琳说。

我不喜欢她说话的语气。我不喜欢她的小细腰、平滑的小腹和高耸的颧骨。我拿起那条裙子，直奔试衣间，我把衣服脱掉，只剩下胸罩和孕妇内裤。我拉开黑裙子的拉链，把裙子举到头顶。那丝滑的裙子就开始往下滑过我的肩膀，然后就卡住了。我用力拽，扭动身体，使劲拉，慢慢地把裙子拉过胸脯，拉到肚子下面。

我看着镜子里的自己。太糟糕了！之前纤细的裙子在我的胸部下方扩大开来，像一件高腰舞会袍。头上戴顶软帽，我就能为《傲慢与偏见——服丧期》试镜了。

我抓住衣服的边缘，从头上往下扯衣服，结果忘了拉开拉链了。裙子拉到一半，我的胳膊被卡住了。我被困住了。我既不能把胳膊重新放下来，也没办法把衣服从头上脱掉。

　　我透过心形领口看到一个怪异的、身材走形的黑白两色生物，大肚子突在一条奶奶级的内裤上面。我看起来不像怀孕，倒像是馅饼吃多了。

　　"没什么事吧？"凯特琳在门外问道。

　　"我穿这条裙子遇到了点小麻烦。"

　　"我去找经理。"

　　"不，不用了。"

　　我恼怒地用力拉着裙子。经理来了，站在门外说："是有什么问题吗？"

　　"没什么。"

　　我又骂了几句。锁发出响声，门开了。我没法放下手臂来遮挡私密部位。

　　经理和凯特琳以及三名顾客都见证了我的购物惨状，看到了我紫色的血管、妊娠纹和成团的脂肪。

　　"你被卡住了，"凯特琳说着废话，"我说了这不是你的码数。"

　　臭女人！

　　"衣服很合适。我就是忘了拉开拉链了。"

　　经理和凯特琳把裙子从我身上扯下来，差点扯掉我一只耳朵。

　　"您想再试试其他的衣服吗？"经理问道。

　　"不了。谢谢。这件就挺好。"

　　我穿上衣服，脸上火辣辣的，衣服引起的静电让我的头发乱蓬蓬的。我付了裙子的钱，走出约翰路易斯商场，想象着里面的工作人员在嘲笑我。我再也不能来这里了。这都怪西蒙。如果不是我太焦虑了，也不会试穿那件裙子。

　　到家后，我发现答录机上又有了信息。万一杰克先接了电话可怎么办？我必须让他停下来。电话又响了，我不认识这个号码。

　　"如果你挂断电话，我就去找你。"西蒙说。

我的手指停在了"挂断"键的上方："请你不要再来打搅我。"

"我们必须把这个问题弄清楚。"

"不！不要再给我发信息。不要再打电话。我不想再见到你。"

"你别无选择。"

"我会报警。"

"好的。报吧。"

我想杀了这个傲慢的浑蛋，但我什么都做不了。我不能让警察牵扯进来，也不能弄出一个限制令，那样杰克就全知道了。西蒙知道我会想尽一切办法来保护婚姻和家庭的。

"我不想伤害任何人，"他平静地说，"跟我见个面。我会解释的。"

涨潮了，邱园附近的泰晤士河河道上，河水已经没过了不少地方的河岸，流过纤道，汇成水洼和泥泞的水坑。我坐在一张长椅上等着，看着一条八人划艇从河面上划过，激起羽毛箭一般的波纹。

"抱歉，我迟到了。"西蒙说。

"是我们都来早了。"我站起来说道，毫不掩饰内心的愤怒。

他是从办公室直接过来的，穿着一件发皱的西服，领带松开了，一副故作若无其事的样子。太阳镜架在头顶。他欠身向前，好像是等着拥抱，但我后退一步躲开了。

"是什么事，西蒙？我还要回家。"

我们开始沿着树荫下的小路散步，树上剩下的树叶也已经变黄了，但依然固执地挂在树枝上。

西蒙清了清嗓子："等孩子出生了，我想做个亲子鉴定。"

我倒吸了一口气，声音却像是从我身后发出的："什么？"

"你听到我说的话了。"

我停下脚步，站到路边。一个慢跑的人从身边经过，向我点头问好。

我的指甲深深地嵌入紧握的拳头。

"你不能这样做。杰克是你最好的朋友。他是我的丈夫。我们之间发生的事是个错误。我们都承认过，而且我们承诺过不再提起。"

"那是以前。"

"以前？"

"我想做个父亲。"

"这个孩子有父亲。"

"你不明白。"

"那你跟我解释。"

他深吸一口气，仿佛那故事像个气球，需要充气。

"我没有父亲。我对他只有模糊的记忆。他是一个活在照片里的人，照片里，他站在一所房子前面的车道上的大众甲壳虫汽车旁边。他是一个大声敲门的家伙，求我妈让他进去，他的声音越来越大。他越来越愤怒。我和弟弟畏缩在黑暗里。我妈威胁说要报警，但等警察到的时候他早就离开了。

"之后的很多年，我一直告诉自己我不想有个爸爸。无数的孩子都来自破碎的家庭。如果父亲在身边，有些人会生活得更好。到了十四岁，我开始问起爸爸。我妈就是不回答。我就去她的物品里找，找到了那张照片——他站在一辆大众汽车旁边的照片。我问她是不是他，她一把抢过照片，指责我偷东西。我再也没有见过那张照片。"

我不明白西蒙为什么要跟我说这个。我想让他直奔主题，因为我的脚很痛，而且很想小便。

"中学毕业一年后，我去苏格兰看望祖母，她的头脑已经开始有些混乱。她告诉我，我父亲总是提起一堆一夜暴富的计划，但总是失败，结果破产了，警察上门了。就在她跟我讲故事的时候，我想起我妈眼含泪水，看着我们的家具被抬出房子，装上一辆卡车的样子。

　　"毕业以后，我先是跟我妈住。主水管爆裂了，大水淹了她的地下室，她把旧信件和明信片都保存在那里。结果大部分都被水泡坏了。我开始把一些东西扔掉。我在一个箱子里发现了一沓没有打开的信件，它们都是寄给我和弟弟的。有我们小时候的生日和圣诞节卡片……都是我爸寄来的。他并没有抛弃我们。他一直努力与我们保持联系。"

　　"如果他真的想……"

　　"请让我说完，"西蒙说，然后做了鬼脸，为自己的语气道歉，"我开始寻找我爸。我尝试了那些常见的渠道——电话簿和选民名册。我还雇了一位私人侦探。这用了六个月，还花了我大部分的积蓄。他寄来了一个邮包，里面有两份文件：一份死亡证明和验尸报告。我父亲在摩洛哥死于毒品摄入过量。他死时四十七岁。"

　　西蒙看着我，痛苦刻入他的额头，我突然对他燃起一阵同情。

　　"我知道你在想什么，"他说，"这家伙是个失败者，没有他，我们会过得更好。但我一生都在为他的缺失而忧伤。思念一位我几乎素未谋面的人可能有些可笑，但我一直在想，他的缺失是不是我跟女人相处有问题的缘由所在。是不是因为这个我才无法忠于一段感情？我还在想，对那些在成长过程中失去了挚爱的父亲的孩子，这是不是更容易点？他们可以为了这份缺失哀伤，或是努力填补这份空白。我没有空白需要填补，但依然觉得很空虚。也许这一分别对他的影响不及对我的影响大。他会担心我吗？他会为我哀伤吗？这就是他开始吸毒的原因吗？"

　　"这是一个巨大的飞跃。"我说。

　　"也许吧，"他耸耸肩，"可我不想像他那样，梅兹①。我不想浪费生命中的任何一部分，而这就包括当一个父亲。"

　　他说最后一句话时，仿佛在乞求我。我努力克制想要刺破他的自大的

---

① 梅根的昵称。

冲动。我见过西蒙嗑的毒品比查利·希恩都多，更换女人的频率比换领带都勤。我默不作声，保持镇定。

"这里有个区别，西蒙，"我轻声说道，"你长大的过程中身边没有父亲。我的孩子们有父亲。"

"可杰克是孩子真正的父亲吗？"

"他是唯一的父亲。"

"我想出现在我儿子的生命中。"

"他不是你的儿子。他跟你没有任何关系。"

"我有权知道他是不是我儿子。"

"你没有权利。"

"我跟律师谈过了。他说我可以起诉。他说法官可能要求进行亲子鉴定。"

我仰面看向天空："上帝，西蒙，你知不知道……这会毁了我的家庭。"

他沉默了，吸气，然后低声说："请你理解我，我不想让你难过，但我已经想过了。我想到了你……"

"这是什么意思？"

西蒙的脸似乎正在斑驳的光线下变形："你曾经想过我们在一起的日子吗？那时你还没有遇到杰克。"

"没有。"

这一回答似乎刺痛了他。

"你离开我时，我整个人都崩溃了。"

"你大部分时间都醉醺醺的。"

"我是爱你的。"

"胡说！"

"我对你说过。"

"你对每个女孩都说你爱她——这是前戏的一部分。"

"你错了。"他碰了碰我的手臂，让我转身面对着他，"我只对我生命中的两个女人说过这句话，一个是我的母亲，另一个就是你。"

我看着他的脸，寻找他在撒谎的迹象。

"你是说……"

"是的。"

"你依然……"

"爱着你。"

他屏住呼吸，好像在等我回答。我没法回答。他打破了沉默——给我上了一节历史课，讲我们的第一次约会、第一次外出度周末，以及去巴黎过复活节的情形。他什么都记得，连他第一次见到我时我穿什么衣服都记得。

"我曾经努力忘记你。我去了美国，然后是中国香港。我跟数不清的女人约会，希望其中一个能让我忘了你。当我回到伦敦参加杰克的婚礼，发现他要娶的是你的时候，我说不出是什么滋味。我为他感到高兴。我继续自己的生活。我假装没事。我告诉自己我会遇到一个人，恋爱，然后忘记自己曾经的感受。"他犹豫了一下，"那晚，你跟杰克吵了架，过来找我……我痛恨自己这样说，但是我内心的一小部分还是希望、想要、期盼我能告诉你我当时的感受。我知道我们做的事不对，但我再也不能否认自己的感情了。如果那晚的事导致了这个……"他指着我的大肚子，"如果你肚子里是我们的孩子，我想参与其中。我爱你，梅兹。一直都爱，直到永远。"

他用双臂抱住我，但我并没有温和下来。我的身体变得如人体模型一样僵硬，我推开他。我的思绪飞速奔跑。这么多年来……晚饭……烧烤……打网球和高尔夫……圣诞节和受洗。是我给了西蒙错误的暗示吗？我是个糟糕的人吗？

"我得走了。"我含糊地说。我看看四周,突然迷失了。我怎么会错过这个呢?我已经认识西蒙很多年了。我知道他容易自怨自艾和酒后做些承诺,但不会轻易爱上别人。他想让我在他和杰克之间做选择吗?

"我很抱歉,梅兹,"西蒙说,"我希望自己不必伤害任何人,但我不能忍受一个孩子来到这个世上却不知道他真正的父亲是谁。"

"这种事时常会发生。"

"这样不对。"

"这是关于我还是关于孩子?"

"跟你们两个都有关系。"

他的花言巧语激起了我内心的某种东西。我转过身,使劲给了他一耳光,打得我手心疼。我之前从未打过谁。

"你真是一个自私的家伙。"

"我爱你。"

"不!你没有资格说这句话!如果你爱我,你就永远不会告诉我;如果你爱我,那晚你就会送我走,而不是把我灌醉。"

西蒙开始抗议。我打断了他。

"如果你想过了——如果你坚持要做亲子鉴定——我保证你再也见不到这个孩子。你永远不能把他抱在怀里。你再也不能进我们家的门。对我来说你就已经死了。"

阿加莎

这是我在超市上的最后一天班。我问帕特尔先生能不能给我写封推荐信，但他说他对我的了解并不深。

真是个大浑蛋！

所以，我溜出去休息的时候，偷了一块巧克力和一罐可乐，我并不为此感到惭愧。阿比盖尔也过来了，她点着一支烟，把烟雾从我身边赶走。我们坐在垃圾箱后面的一段矮砖墙上，在一段爬满常春藤的花栅栏下面。

"我不会在这里待很久了，"她说，"我申请了摄政街上苹果商店的工作。他们会提供免费的T恤衫。"

"有折扣吗？"

"是的。我需要一台新手机。"

她给我看了看她屏幕破碎的手机。

我喜欢阿比盖尔，因为她嗓门大而且不为此感到抱歉，也比我更有冒险精神。她曾经一路搭便车走遍了欧洲，还独自在土耳其旅行了一个月。除此之外，她会骑摩托车，且对结婚毫无兴趣，但后者可能是因为她的男友有老婆和两个孩子。

帕特尔先生在后门口吹了声口哨。我们的十五分钟休息时间过了。他想让我去拖农产品区的地，那里总是最脏。我往桶里装满热水，从储藏室里拎出来。

　　"打扰一下。"一个男人说。

　　我站到过道一边，含糊地道了声歉。他走过了之后我才意识到他是谁。杰克在药品区的货架上搜寻。他没拿购物篮也没有推购物车。大概是快速购物，或是忘了买什么东西。他拿起一盒盒避孕套，看看包装，努力决定买什么牌子和尺寸的。他做了决定，就朝收银台走去。阿比盖尔收银的时候嘴角露出一丝假笑。

　　这一幕让我觉得有些不舒服。杰克为什么要买避孕套？我放下拖把，走到超市正面的窗户边。外面临时停着一辆汽车——一辆黑色宝马敞篷跑车，驾车的是个女人。我认识她。她是那个带我去看克利夫兰花园的房子的房产中介，最后是杰克和梅格买下了那栋房子。我看着杰克坐到了副驾驶座上。

　　"怎么了？"阿比盖尔问。

　　"没什么。"

　　"你认识他吗？"

　　"不认识。"

　　我又回去拖地，愤怒地把水溅得到处都是。这太明显不过了。杰克在背着梅格偷腥。他在和那个穿着细跟高跟鞋、注射肉毒杆菌、涂脂抹粉的房产中介荡妇偷情。她怎么敢破坏我眼中的完美家庭？万一杰克离开了梅格怎么办？万一她把他赶出家门呢？

　　下午三点，我收起自己最后一份工资条，跟阿比盖尔和其他的女孩道了别。我穿上冬外套，沿着背街的小巷朝巴恩斯村走去。我在房产中介的窗户外面停下脚步，看了看那些待售的房屋反射着光泽的照片。每处房产的说明下面都有联系方式和中介的照片。雷亚·鲍登，这是她的名字。我想起来看房子的时候她对我的奉承，还问我丈夫是否想单独过来看房。

　　酒吧外面有个付费电话。我给中介商打了电话，一名接待员接了电话，他的声音年轻而做作。

　　"我找雷亚·鲍登。"我说。

"她今天下午不在办公室。我能捎个话吗？"

"我是美好家园公司的。我们的一名送货员要给她送浴室瓷砖，但找不到她家的位置。我们一定是搞错了她家的住址。"

"浴室瓷砖？"

"我打了她的手机，但是没有人接听。我觉得她的瓷砖工正等着用瓷砖。"

我听到他在敲键盘："地址是巴恩斯米尔加斯大街34号。"

"街道没错，房号错了，"我说，"感谢你的帮助。"

这个地方离这里不到半英里。我稍微绕了些路，在巴恩斯鱼类商店买了两磅熟对虾。那个鱼贩不停地说吃鱼对孕妇好处多多。

"你知道鱼为什么这么聪明吗？"他快活地说。

"它们在学校里游泳。"[1]我回答。

"你听过这个？"

"诺厄听过。"

雷亚·鲍登住在一栋漂亮的独栋别墅里，街道两旁种满了树，沿街停放了许多建筑商的翻斗车。这种地方通常只有两类汽车——股票经纪人的汽车，例如奔驰、宝马或者奥迪，以及像宝马迷你、阿斯顿·马丁或是甲壳虫老爷车之类的酷车。杰克的车停在路对面，在那辆宝马敞篷车后面。

我溜进大门，沿着一条狭窄的侧道往前走，经过了一辆锁在柱子上的生锈的自行车。经过每扇窗户时，我都蹲下来，一面影子投到了窗帘上。

到了房子后面，我听到了音乐和说话声。我踏入一块花圃，踮着脚透过窗户往里看，我看到一个床角、地上乱扔的裤子、一只鞋、一件男士衬衫、一件女士衬衫。

我抓着窗台，挣扎着往上探，把下巴抬得更高些。这次，我看到雷亚·鲍登穿着黑色的内衣，跨坐在杰克身上，双手抚摸着他的胸脯，同时

---

[1] 原文为They swim in schools，也可译作：它们成群结队地游动。此处为双关。

快速地抖动臀部。她的腹部微微摇动，杰克伸出手，在她的吊带背心下面抚摸着她的胸脯。她拿话挑逗他，快速地挪动臀部，像个色情明星一样淫声不断。

我感到一阵恶心，又想继续看下去。我思忖着如何打断他们。我可以去按雷亚的门铃，或是弄响她的汽车的警报。不，这太幼稚了。

我又沿着那条小路走到杰克的汽车边，从包里的记事本上撕下一张纸。我想象着杰克在房子里面抽着事后烟，雷亚则在浴盆里冲洗身子。她是那种家里会有浴盆的女人，因为这会让她感觉更有欧洲范儿，更加老练。

亲爱的杰克：

我知道你在搞婚外情，地点和时间我都一清二楚。我手上有你和雷亚在一起的照片。我还知道你老婆怀孕了。现在就结束这段婚外情，否则我就告诉梅格。你配不上她！你这个浑蛋！

你诚实的

朋友

我把那张纸对折，塞到了杰克的汽车雨刷下面。

我又查看了一下那条街，然后走到雷亚的宝马车旁，在左侧的轮胎边蹲下。我打开买的对虾，把它们塞到轮毂里，先是四个轮子，然后是排气管和散热器格栅。有些虾头掉了，但我也把它们都从缝隙里塞了进去。

要好几天对虾才会臭。起初，雷亚会奇怪臭味是哪里来的，就怪罪邻居，但她慢慢地就会缩小范围，因为这臭味会如影随形地跟着她。

感觉差不多了，我在附近的一个水龙头边洗了手。我希望这够让杰克长个记性了。如果不行，我会把第二封信寄到他家里。我需要他维持和梅格的婚姻，对她忠诚，养育露西和拉克伦。我可能算不上最有道德的人，但我绝不允许他们分开。很快，他们就会需要彼此了。

梅 根

我该拿西蒙怎么办？我被他的要求困住了，在我的不忠和他误入歧途的爱的宣言之间进退两难，岩石和硬地，煎锅和火焰。那晚我们在一起的情景不断地涌入脑海，激起阵阵羞愧和那摇摆于凶残的愤怒和彻底的屈服之间的情感。

如果我告诉杰克并请求他的原谅呢？

"就是单纯的性爱，"我会说，"它毫无意义。"老套得可怜。每一个不忠的配偶都会说"只是性爱"，仿佛在前面加上"只是"就能把背叛的意味降到最小。

我还要告诉杰克西蒙爱着我，而且我还跟他有过一段感情吗？这肯定只会让事情变得更糟，因为我之前一直瞒着。我应该一开始就告诉杰克的，但那可是我们的婚礼前夜。

这都是西蒙的错。他声称爱我，但我不信他除了自己还能爱其他人。他是个机会主义者和半吊子。你可以从他选择的那些女朋友上看出来，她们都愚蠢而热切，在智力上都不是他的对手。在他的魅力和过分好看的面孔之下，是一个缺少情感信念和深度的家伙。他根本不知道如何维系一个家庭或者一段感情。他之所以想要孩子，只是因为这会让他看起来更有趣。

格雷丝想带我出去玩玩，因为我拒绝了她举办宝宝派对的提议。她在斯隆广场边上的一间日间水疗馆订了位置，而且坚持由她开车。

"希望他们有鲸鱼洗。"我说，但她毫不理会，并说自怨自艾就是我需要护理的证明。

水疗馆藏在一扇厚重的木门后面。里面的装饰有点南亚风，柚木雕刻，大理石地面，檀香木的味道，宛如一个田园派的马来西亚绿洲。格雷丝不让我看价格表。

"这次我请，"她说着喝了一小口香槟，"三小时后，我们将觉得自己像重生了一样。"

她说得没错。很快，我就开始被连续击打，揉搓，轻抚，拉伸，撒上香料，然后我就在浴巾上淌着口水睡着了。两个男按摩师争着按摩格雷丝，她对所有的男人都有这个效果，无论是成熟男性还是小男孩，直男抑或是男同。

我们从小就不一样。格雷丝叛逆而任性，我则胆怯而且讨好心切。每次我因为自己的成熟赢得新的自由，格雷斯也会得到同样的自由。"这孩子就爱得寸进尺。"我爸爸总是这么说。

我在爱丁堡学习英文——选择的大学尽量离家远些。我通过了考试，以优等生的身份毕业，同时眼看着格雷丝十六岁就进出夜店，喝得醉醺醺的，一支接一支地抽烟，穿迷你裙，跑到欧洲其他地方待了两天，假装自己是个嬉皮士。最后，她回家了，去上了大学，不知怎么通过了考试。我怀疑她跟某个指导老师上床了，但这是我的忌妒心在作怪。

那时，我大多数时候都觉得我们毫无相似之处，但现在我们更亲近了。有她在身边总是很轻松，她从不会故作姿态或是试图逗我发笑。

"去吃午饭怎么样？"我们离开的时候她问。

"除非你让我买单。"

她的车停在一条小巷里。我们手挽手往前走，因为水疗还有些昏昏欲睡。

"你一上午都没怎么说话。没什么事吧？"她问道，"是因为杰克吗？"

"不是。"

"因为孩子们？"

"他们很听话。"我深吸一口气，声音有些颤抖，"我有了点麻烦。"

"现在有点晚了。"她看着我的大肚子笑着说。看到我没有笑，她的笑容就消失了。

"我不能告诉任何人。我也不能跟你说。"

"你当然可以。我们之间无话不谈。"

"这件事不行。"

眼泪在眼眶里打转，我生气地擦掉眼泪。

我看到街对面停着一辆搬家卡车，后门打开着。两个男人正在从一栋房子里搬出沙发，沿着坡道往上拉。我想象着这是我家，杰克要跟我离婚。

"拜托，梅兹，别哭，事情没那么糟。"

"我搞砸了。我做了大蠢事。"我声音颤抖着说，"就只有一次。我喝醉了。当时很生气。"我住了嘴，叹了口气，让自己坚强起来。

格雷丝皱起眉头："你在说什么？"

"我跟西蒙上床了。"

格雷丝毫无反应。她几乎说不出话来。

"我和杰克吵了一架。他说了一些伤人的话……他说……他说他想结束这段婚姻。我就跑去了西蒙家。我想知道杰克有没有跟他说过什么。他是否还爱我？西蒙给我倒了杯酒。我们聊了很久。我哭了，他用手揽着我。简直太愚蠢了。"

"你出轨了！"

"就那一次。"

"你？自命清高的小姐。"

"别这样。"

"我是说，我知道这种事经常发生，但是不会发生在你身上。"

"我知道，我知道。"

"你不是跟他有过一段吗——遇到杰克之前？"

"是的。"

她从牙齿间吸气，发出口哨般的声音。我们到了她的车边。她开了车门，我们默默地坐到车里，眼睛直勾勾地盯着风挡玻璃。

我咬着下嘴唇："说话啊。"

"我惊呆了。"

"就这么多？"

"我感觉自己有点洗脱罪名了。"

"为什么？"

"你一直都是完美小姐，家里最受宠爱的女儿。你不会做任何错事。"

"我不是最受宠爱的。跟你相比，我只是更加理智。"

"直到现在。"

我们为什么争论这个？

格雷丝双手握着方向盘。我在想她得喝多少酒。她的声音里带着些许优越："攻克难关，姐姐。"

"什么？"

"你只是有些内疚。克服掉它，继续前进。"

"不止这个。还有呢。西蒙觉得孩子是他的。"

这次，她的嘴张开又合上，没发出任何声音。她再次尝试。

"是他的吗？"

"不是。肯定不是。"我固执地摇着头，尽力表现得自信。

"那他怎么会觉得是他的？"

"他有这个愚蠢的想法……因为……你看，我问过他有没有用避孕套，所以他觉得……"

"所以孩子可能是西蒙的了？"

"他说他用了避孕套的。"

"你不记得了？"

我摇摇头。格雷丝大笑。

"这并不好笑。"

"这是紧张的笑，好吗？但是这有什么关系吗？只要你们两个都保持沉默，别人永远不会知道的。"

"西蒙想知道。他要求我在孩子出生后做一个亲子鉴定。"

"告诉他不行。"

"我跟他说了。"

最后，格雷丝完全介入并了解我的问题了。她很愤怒，这是好事。她有一流的头脑和三流的道德，而要阻止西蒙，这些正是我此刻需要的。

"我来跟他谈谈。"格雷丝说。

"没有任何用处。"

"我会非常有说服力的。"

"你不会……"

"什么？"

"没什么。"

她眯起眼睛，额头上起了两道皱纹："不，梅格，我不会跟他上床。跟你对我的看法相反，这并非我对一切事情的解决之道。"

"对不起。"

"我们要抓住他的什么把柄。"

"比如呢？"

"污点。"

"这没用的。"

"他过去不是吸过很多毒吗？"

"很多人都这样过。"

"那他交易过吗？"

"是的……一点吧。"

"也许我们可以对这个敲诈者进行敲诈，好确保他闭上嘴。我肯定他的上司不会乐意雇用一个前贩毒分子。"

格雷丝超常发挥，有些飘飘然了。

"不！我们不能敲诈他。我不想伤害任何人。"

"嘿！这是战争，大姐。我们必须以毒攻毒——在这件事上，以污点攻污点。"她捏了捏我的手，"如果这个方法不行，你可能就要告诉杰克。"

"我知道。"

"他会怎么做？"

"我要是知道就好了。"

阿加莎

朱尔斯昨天去了医院，凌晨生下了孩子。这是凯文今天上午回家洗澡换衣服的时候告诉我的。

"是个女孩。"我跟他在楼梯上碰着时，他喘着气说。

"朱尔斯怎么样？"

"非常好，一切顺利。按照助产士的说法，就像教科书一样。他们今天晚些时候就会到家了。"

"这么快呀？"

"朱尔斯不想待在医院里。我要去她妈妈那里接利奥，这样他就能见到自己的小妹妹了。"

"如果你需要帮助的话。"我说，但凯文已经跳着下楼了。我想象着海登当上父亲时也会这样。他会像只红毛的爱尔兰塞特犬一样在地上跳个不停。当然，他会很笨拙。我会教他如何抱孩子，如何换尿片，他很快就会掌握的。

那天下午晚些时候，我听到朱尔斯回到家了。凯文抱着安全座椅里的婴儿，朱尔斯费力地拿着她的小旅行袋和两束鲜花——其中一束是我送的。

"我有妹妹了。"从我身边上楼时，利奥炫耀地说道。

我接过朱尔斯手里的鲜花，给了她一个拥抱，跟着她上楼，然后我泡了一杯茶，往花瓶里倒入水，把花摆到桌子上。

凯文想跟他的朋友们出去喝啤酒抽雪茄，用这种传统的方式庆祝。"庆祝孩子出世，"他说，"不过如果你想让我留下……"

"不，你去吧，"朱尔斯说，"替我向他们问好。不要喝太醉了。"

"不会的。"他往婴儿床里看了一眼，"一个小女孩。"

"你们起好名字了吗？"我问。

"我们想叫她维奥莱特。"朱尔斯说。

"真好。"

凯文抓起外套，在她的额头上吻了一下，夸她是个聪明的女孩。我听到他小步跑下楼梯，一步两级台阶，转动着经过楼梯平台。

"所以，到底怎么样？"我问道，"我要听所有的细节。"

她露出疲惫的笑容："比上次容易多了。"

"太好了。"

"你会没事的。"

我听着朱尔斯描述分娩的过程。她的手机里有照片。有些是维奥莱特出生几分钟后拍的，那时她已经被助产士擦洗干净，称了体重。

"凯文真的很好。海登能陪着你，你会很高兴的。"她疲惫地说。她说话的声音开始走形了。

利奥走过来往小床上看。他看着我："你的宝宝什么时候出来？"

"快了。"

"你还在流血吗？"

"不。"我不安地笑笑，摩挲着他的头发。

"你说什么，亲爱的？"朱尔斯问道。她正看着利奥。

"没什么，"我说，我的心怦怦地跳个不停，"我裙子上洒上了东西，利奥以为是血。"

利奥还想开口，我打断了他，说他妈妈需要休息。

"我会照顾利奥。你睡一下吧。"

"真的可以吗？"

"当然。"

我帮助朱尔斯睡下，她很快就睡着了。利奥去客厅看电视了。我坐在他身边，让他看着我。

"我没有流血。"

"可我都看见了。"

"是我洒上了东西。"

他点点头，显然更对电视有兴趣。

"听我说，"我捏着他的上臂说，"你不应该撒谎。"

他努力想挣脱。

他知道了。他知道了。

他还是个孩子。

万一他告诉了其他人呢？

没人会相信他的话。

愚蠢！愚蠢！

我从利奥身边走开，回到卧室，悄悄地打开门，确定朱尔斯还在睡。我蹑手蹑脚地穿过房间，从梳妆台抽屉里拿出一件睡衣，然后走到那张刷了漆的小床边，轻轻地抱起维奥莱特。我抱着她走出房间，利奥转过头责备地看着我，我用手挡着不让他看到孩子。他又转过去看电视了。

我溜进利奥的卧室，把维奥莱特放到地上，下面垫着两个枕头，然后迅速地重新铺一下床。我掀起那床海绵宝宝羽绒被，从柜子里拿出颜色素朴的床单。我从厨房里把那两束花拿过来，放到床的两侧。房间里仅有的另一件家具就是一个有抽屉的柜子，上面斜立着一面镜子。我利用书和毛绒玩具，把手机立在镜子旁边，打开相机功能，调整好角度，把床置于镜头的中央。几张利奥画的画贴在床上方的墙上。我轻轻地撕下来，尽量不撕破四个角。

弄好之后，我脱掉衣服和假体，然后从头上套上睡衣。我用利奥的水瓶把头发打湿，弄几绺头发贴在额头上，还在脸上洒了点水，然后我抱起维奥莱特，她还裹在针织羊毛毯里。我半坐在床上，把她抱在臂弯里，这样就只能看到她的半张脸。她身上的味道真好，那么干净清新。

我用定时拍照功能拍了很多照片，然后一张张地检查构图。满意之后，我解开胸罩，让维奥莱特的脸贴着我的乳房，然后带着疲惫的笑容看着镜头。这次，我是在录像。

"嘿，大家好，这是罗里。我很想让大家看看他的脸，可他现在饿坏了。我累坏了，但也非常非常幸福。"

维奥莱特醒了。她抽着鼻子张开嘴，寻找我的乳头。我把她放下，停止录像，然后迅速把房间恢复成之前的样子。维奥莱特现在完全醒了，哭声越来越大。我扯下睡衣，开始重新系上假体。我听到主卧里有响声。朱尔斯醒了。

"维奥莱特呢？"她问道，声音里透着恐慌。

"她在我这儿。"我边费力地穿着衣服，边回答。朱尔斯走到过道里了……到门口了。

我上气不接下气。"你在干什么？"朱尔斯问道。

"维奥莱特有点闹。我怕她把你吵醒。"

"我睡了多久？"

"没多久。我想她可能是饿了。"

朱尔斯从床上抱起维奥莱特，然后指着我的上衣："你的扣子没扣好。"

"哦，我真傻……我一定是忘带脑袋了。"

"你没事吧？"

"没事。"

我让朱尔斯回到卧室，在她背后垫上枕头。等她开始哺乳了，我就去把利奥的画重新贴到墙上，不过我记不得它们的顺序了。希望朱尔斯也不记得了。

把花放回到厨房里的时候，我看到了维奥莱特的儿童健康记录本。每个新生儿都会得到一本个人健康记录本，上面罗列着出生时的具体信息——体重、身长、头围，以及助产士和家庭医生的姓名。我将需要一个这样的小册子。

我开始逐页给小册子拍照。这时朱尔斯出现了："你在干什么？"

"没什么。我是说，看看而已。维奥莱特怎么样了？"

"喝得饱饱的了。"

"要喝茶吗？"

"不用。"

"来片吐司怎么样？"

"两片。"

我从冰箱里拿出面包，塞到烤面包机里。"我没有维奥莱特的照片，"我说，"你能发给我一张吗？"

"当然可以。"

朱尔斯解开手机锁，把手机递给我。我浏览照片，找到了我想要的一张。是助产护士给维奥莱特称重时的照片。我把照片发过来，手机在口袋里叮咚一声。

"还需要我做什么吗？"我问道，"我可以给利奥做晚饭。"

"不用，你做很多了。我自己可以的。"

"好的，那我下楼去告诉海登。他今晚要给我打电话。"

"他现在在哪儿？"

"离开开普敦八天了。他周三过后一周到家。"

"好吧，那让他快点。他可不想错过这个。"

梅 根

　　今天我给一位在律师事务所工作的老朋友打了个电话。乔斯林如今成为合伙人了。我不太清楚这意味着什么，但她在萨沃伊烧烤店开了派对以示庆祝，所以我猜这意味着会赚更多钱吧。

　　她给我回了电话，大喊着好让声音盖过交通的嘈杂声："抱歉，梅兹，我刚从法庭出来。你的宝宝生了吗？"

　　"还没呢。"

　　"我要看照片。"

　　"你会看到的。"

　　她吹着口哨叫了辆的士。我把手机从耳边拿开。

　　我和乔斯林是同学，从十岁起就形影不离，一起做各种事情，从跳房子、跳绳到画黑眼圈妆、盯梢绿洲乐队。后来她的爱好成了贪吃，我则迷上了自助书籍。我们都挺过来了。

　　她找到了一辆黑色的士，沉默了片刻："那条神秘的短信是怎么回事？"

　　"我需要一些法律方面的建议。"

　　"你有麻烦了吗？"

　　"不，我是替一个朋友问的。"

　　"嗯。"乔斯林说，然后又谨慎地说道，"因为如果是关于你的，梅

兹，我将有责任提醒你不要对我自首或认罪，因为我不能误导法庭。与此
同时，我有义务为你说的任何话保守秘密。"

"哦，老天，我又没杀人！"

她笑了，我意识到她是在开玩笑。

"我给你一个假设的情景。"

"假设。"

"是的。"

这是个坏主意。我应该挂了电话。

"法庭可以命令一个女人为她的新生儿做亲子鉴定吗？"

"那要看情况而定。"乔斯林说。

"如果她婚姻幸福呢？"

"是她的丈夫提出的要求吗？"

"不是。"

"那是谁？"

"第三方。"

"一个觉得自己可能是孩子父亲的人？"

"是的。"

"该死，梅兹，你干了什么？"

"没什么。说的不是我。"

我怎么还在说？

乔斯林开始自言自语："我从事的是商法，所以并不是这方面的专
家。大部分生父起诉的案件都是为了确立经济或者道德责任。孩子的母亲
想要钱，或者孩子的父亲想要获得探视权。如果夫妇双方都确认他们是孩
子的父母，我觉得不会有法庭要求进行鉴定。"

"如果丈夫的生父身份存疑呢？"

"那就要告诉他。"

"即使这样会置他们的婚姻于危险之中？"

"妻子在跟其他人上床的那一刻就把婚姻置于危险的境地了。"

"如果她知道孩子的父亲是她丈夫呢？"

"你是说第三方提出的是毫无根据的控诉？"

"是的。"

"没有婚外情？"

我犹豫了一下："没有。"

"那他为什么要这么做？"

"我不知道——怨恨，忌妒，残忍。"

"你被人敲诈了吗？"

"说的不是我。"

"对，当然。好了，我给你朋友的建议是向她丈夫老实交代。"

"就没有其他的办法——比如限制令或者写信？"

"没有。"

我听到乔斯林在电话那头的呼吸声："你没事吧，梅兹？"

"我没事。就当我没打过电话。"

我挂了电话，深吸一口气，咬着下嘴唇不让自己喊出来。我被困住了。这个过失在我体内扎了根，像一颗定时炸弹，除非我阻止西蒙，不然炸弹就会爆炸。

杰克对我那么好，这更让我烦心了。他周五给我买了花——是我最爱的马蹄莲——而且整个周末都待在家里。

周一上午，我写了篇博客：

几点思考

刚过了一个平凡的周日。我说它平凡，并不是说它无聊，而是说正常。早晨，我被两个小家伙的说话声和笑声吵醒了，他们爬到对方的床上看书。他们开心地玩了近一小时，我则靠着恺撒大帝睡着了。

周日上午意味着BBC广播二台、按压咖啡、培根和鸡蛋，当然还有报纸。紧接着是游泳课——我更喜欢称之为"受控的不溺水"——然后去餐馆吃午饭，再之后是沿着泰晤士河的长途漫步，冲澡，两人相拥着看电影（又是《冰雪奇缘》）。

周日晚上是吃咖喱的时间，不论我打开多少扇窗户，房子里还是一股咖喱鸡的味道。恺撒自己喝了半瓶酒。我看着BBC的古装剧睡着了。结果，我半夜爬起来熨校服，因为我早些时候忘记了。

这是个平凡的周日，除了恺撒说他比以前更爱我了。一个更加多疑的妻子也许会怀疑他申辩得太多了，但我不是那种多疑的女人。

在理解女人方面，男人总是很滑稽。恺撒觉得我梦想的浪漫情节就是五星级酒店、按摩、香槟、大餐、美妙的性爱，以及在听他连说了一个钟头的甜言蜜语之后沉沉睡去。事实上，我更喜欢像昨天那样的周日——睡个懒觉，起来有人做好了早餐，陪伴孩子，笨拙的性爱，以及许多情不自禁的拥抱和赞美。

再美好的生活也不过如此了。

阿加莎

在尤斯顿火车站，我穿过山洞似的车站广场，排队等待买去往利兹的车票。我穿着最漂亮的孕妇装和黑色的中跟鞋，肩上挎着一个品牌皮包。我故意说错乘车要求，结果车票重新打印了。我想让别人看到我。我想让他们记住。

我那趟车准点到达了。我拉着行李箱沿着站台往前走，让一个搬运工帮我把箱子提上台阶，放到行李舱里。我找到座位。旁边坐着一个商务人士，正在笔记本电脑上敲字。我为占用了这么大空间向他致歉，用的是郑重其事的"我们"，同时指着我的大肚子。

"您什么时候生？"

"随时都有可能，所以我才回家。"

"回家？"

"利兹。"我注意到了他的结婚戒指，"您有孩子吗？"

"有两个女儿。一个六岁，另一个四岁。"

"您真幸运。"

"是的，没错。"

他在寻找我的婚戒。因为没找到，也就没再问。当列车员走过来检查我的车票时，我故意找了一通，着急且抱歉。

"不着急，"他说，"我等会儿再来。"

我在手提包和上衣口袋里翻找，找到车票时才放心地舒了一口气。

那位商务人士也放了心。列车员也对这一耽搁不以为意。两个人都会对我留下记忆。

火车隆隆地驶过中部地区，进入英格兰北部，经过耕好的田地和点缀着装满了干草、盖着塑料薄膜的农车的牧场。夹着雪花的雨水倾斜着滑过雾蒙蒙的车窗。我的肚子咕咕叫了。离开尤斯顿之前我应该买点吃的。

到了利兹以后，我拉着行李箱走到的士停靠点，给了司机一个位于霍尔贝克的地址。他沿着新站街、惠灵顿和白厅路行驶，绕过仿佛被遗弃在昏暗中的仓库和火车调车场。

的士在英格勒姆路小学外面把我放下，学校里灯火通明。窗户上垂下圣诞节的装饰，一个个弓着背的小脑袋看着教室前面。铃声响起，孩子们拥向门口，过道里顿时充满了欢笑声和响亮的道别声。

我长大的地方离这里五个街区。我从七岁到十二岁一直是走路上学，躲开路面的裂缝，在人行道上玩跳房子。伊莱贾出车祸死去的路口就在前面几条街的地方，但我走了另一条路线，因为我不愿想起那起事故。

我加快了脚步，拉着行李箱蹚过水洼。在科伦索格罗夫，每一个红砖阳台都一模一样，墙上都钉着圆形的卫星天线，院门都被漆成了各种颜色——蓝色、红色、黄色或者绿色——这可能是一种自我表达或是郊区混乱状态的标志。

到了我妈的房子，我从台阶旁一块松动的砖块下取出钥匙。我走进房子，打开窗户，扯下家具上的布。床上光秃秃的，衣橱里全是我妈的衣服。我从未在这栋房子里住过，之前也只来过一次，但我妈似乎占据了所有的房间。她的壁炉架或是墙上都没有我的照片，没有任何东西显示我的存在。

我看了看手表。快递公司说是四点，可现在已经过了四点。我换上工作服，开始打扫房子，除尘，擦拭，拖地。

　　五点刚过，卡车到了，因为是冬天，天已经黑了。这是蓄着胡须的司机的最后一单。他搬进来一个大箱子，里面装着分娩池、充气泵、泳池衬垫、软管、水龙头接口、踏板、潜水泵和温度计。

　　我是要生孩子还是要切割孩子？

　　这套水中分娩设备是租来的，因为我觉得没必要为一套新的花上一笔钱。我在想曾有多少个宝宝是在这个池子中出生的，想象着他们之后又给它消毒的样子。

　　司机回到他的货车上。这次他带来了我的超级柔软的床垫、卫生巾、唇膏、薰衣草油、法兰绒衣裤以及覆盆子叶茶。

　　"要帮忙支起池子吗？"他问。

　　"不，我自己能行。"

　　他环顾四周寻找我丈夫的踪迹。

　　"我妈很快就到家了，"我解释道，"她在上班。"

　　他碰了碰额头，然后慢跑着回到卡车上。我翻看着随快递一同寄来的文件。有一份生育证需要在册的助产士或医生签署，还要填上病人的姓名以及分娩的详细信息。

　　这是计划的缺口之一。我可以伪造签名和注册号码，但一查记录或者一通电话就能戳穿。在英国，每天有两千个孩子出生——也就是每四十秒一个——离开母体，呼吸，号啕大哭。肯定会有记录偶尔丢失或是放错了地方。家长忘记了、孩子夭折了，他们的出生就不会被记录下来。我的孩子不会被查到的。时间会把他隐藏起来的。

　　我走进屋后花园，点燃焚烧炉，逐步往里加个头更大的木头，直到热气逼得我后退。我烧了假体，看着硅胶起泡融化，升腾起滚滚浓烟，黑烟让夜色看起来更深了。

　　一个好计划的关键在于做好研究。我一直在收集信息，研究各种选择，直到我确信已经考虑到了未知或者无法预知的情况之外的所有偶发事件。我可能会失败，但我会降低风险。无论发生什么，我都不想伤害梅格，但是我保留使用任何手段的权利……

我走进我妈的卧室，打开行李箱。里面有一套男士工装裤、工作靴和一顶棒球帽，还有几顶假发，这些都是我过去几个月里从易贝上一家军用品商店里买来的。我把这些东西装进一个格子呢小推车里。

再三检查后，我又看了一遍时间表，牢记在心里。最后，我站在淋浴喷头下，洗去尘土、汗水和焦虑，然后躺在光秃秃的床垫上，等待睡眠盗走我的思绪。

梅 根

站在台阶上的女人很眼熟，但我费了一点时间才确定她的身份。她是卖房子给我们的房产中介。我后来见过她，开着一辆宝马敞篷跑车在巴恩斯穿梭，戴着硕大的太阳镜，系着丝巾。

她递给我一张名片，脸上露出惯常的笑容，露齿不露牙龈，称呼我为"肖内西太太"。她的皮肤上腾起香水的味道——熟过了的杏子和青柠的味道。

我看了看名片。雷亚·鲍登。

"很抱歉打搅你，"她说，"我刚好在附近，就想着顺道来看看。"

她的头发乱蓬蓬的，昂贵且不可否认地性感，让人想起一位年华已逝的前选美皇后。这样说残忍吗？可能吧。

"我来看一下，确保你们对房子完全满意。"

"这是某种售后服务吗？"

她又露出了笑容："没错。我通常会在顾客搬进房子满一年的时候跟他们联系。这会帮助保持渠道畅通。"

"渠道？"

"就是生意好的意思。房价一直在涨。你们可能没打算卖掉，但是如果你们想要估值，我可以给你们做。"

"我们没打算卖。"

"好的。所以你很满意？"

"是的。"

"杰克好吗？我是说您丈夫。我之前尝试跟他联系说我要过来。"

"他在上班。"

"他也对房子满意吗？"

"我们都很满意。"

"很好。"她犹豫着，看着我身后的走廊，仿佛想被邀请进去，"好的，如果你们想卖，我希望你们能把房子交给我。"

"好的。"

"那好。很好。"

我看着她慢悠悠地朝前门走去，费力地弄开门闩。她咒骂着，看着自己的指甲，把手指头放到嘴里吸。我在想这是怎么回事。也许没什么，但雷亚·鲍登是那种让我拉响防御警报的女人。几乎就在同一瞬间，我抛掉了这个想法，因为自己之前的所作所为，我没有权利怀疑杰克。

我把名片揉成一团，扔进垃圾篓，然后继续收拾去医院要带的行李箱。我已经整理了三次，因为老是改变主意。

阿加莎

醒来时，我全身发抖，瑟缩在一张单薄的毯子下面。打开中央供暖系统，呼气时我都能看到自己的气息。我迅速穿上好几层衣服，下楼去厨房，把手放到沸腾的水壶的壶嘴上方。

壁橱里什么吃的都没有，所以我给自己泡了一杯红茶，放了很多糖，然后双手握着杯子取暖。我现在不穿假体了，所以身体感觉轻便了些，但我又想念它给我带来的那种安全感和价值感……仿佛我有了目标。

我走出房子，戴上连帽衫上的帽子，朝最近的公交站走去。两个满脸皱纹的老太太在等车，嘴里抱怨着严寒的天气。车辆在环形路上走走停停，路况一点都不通畅。我看到路对面一个小男孩抓着妈妈的手，立刻心痛起来。

我搭上去往布拉姆利的49路巴士，在柯克斯托尔大桥酒店下车，然后穿过艾尔河和火车轨道。又走了四分之一英里，我走下台阶，上了利兹–布拉德福德运河沿岸的纤道。

现在那个魔鬼完全苏醒了，轻轻地哼唱，感应着我前进的方向，告诉我在哪里离开纤道，什么时候躲起来。我来到一个三层水闸处，穿过长着翠绿色青草的开阔田野，走到运河的另一侧。我从一个男人身边经过，他扔了一根棍子，让两只狗去追。大点的狗总是赢，但那只小点的狗似乎并不在意。一位农民开着一辆红色的拖拉机，后面拉着犁，把地犁得整整齐齐的。

到了第二个水闸时，我已经处在森林深处了，周围湿漉漉的，透着古老秘密的气息。那间损毁的农舍几乎完全被藤蔓遮住了，除了那根被苔藓染成深色的用砖垒的烟囱。快到了。

我到了空地上。我看见那几个石头金字塔了，上面盖了厚厚的落叶。花冠已经变得干枯易碎。我应该带点鲜花的。我解开外套，在每个石冢边蹲下，把指尖放到石头上，让每个孩子知道我没有忘记她。克洛艾，莉齐，还有埃米莉。

我为她们每个人哀悼，夭折的、未出生的以及我放弃了的。莉齐是我的第二个孩子，是我十八岁的时候在布拉德福德的一家赌马店外面抱来的。她爸爸就进去几分钟，对唐克斯特体育场里三点三十分比赛的一匹马投注。那匹马叫"小莉齐"，他觉得这是个好兆头，就一下投了十英镑。我是从新闻报道里知道这些细节的，之后几天的新闻一直对他加以责备。专栏作者问道，什么样的人会把一个婴儿留在赌马店外面？这种家长会把一个五岁的孩子独自锁在家里，或者锁在闷热的汽车里，把全部的工资都塞进老虎机，或者在吸食可卡因或做爱的时候任凭孩子裹着肮脏的尿布。按照《每日邮报》的说法，这种人不配做父母。

莉齐很小，才几周大，眼睛黑洞洞的，仿佛是早产儿或者就像我妈常说的，"不太熟"。一张皱缩的笑脸，微红的皮肤，瘦小的手脚，活像一只黑猩猩。

我爱莉齐，但她就是不喝奶粉。她吮吸的力量太小。我把奶瓶嘴的眼弄大，可她咽得太多又咳出来了。但至少她很安静。她的哭声极为轻柔。

我让她睡在我的床上。我躺在床上，脸靠着她的小脑袋，感受她柔软的囟门，因为颅骨还在发育之中。第三天夜里，我醒来发现她全身发烫。我用湿毛巾给她擦身子，给她服用一些扑热息痛，并向耶稣的母亲马利亚祷告，询问她我该怎么做。

夜里她烧退了。我睡着了，筋疲力尽。

我醒来时，太阳透过窗户射进来，在地毯上投下图案。我感觉到莉齐躺在我身边。她全身苍白，安静，冰凉。我哭了，把她抱在怀里摇晃她，对她说我很抱歉。是我的错。

我把莉齐的尸体装进厚厚的棉质购物袋里，然后坐上从布拉德福德开往利兹的巴士。我赤着手给她挖了坟墓，因为忘记带工具了。我收集石块，垒了一个小小的石冢。此刻，我伸出手，抚摸着它，听着这神圣之地的寂静，雨水降落，青草生长，四季往复，我的孩子们长眠于此。

"我又快有新宝宝了，"我小声说，"我这次会更加努力。"

梅　根

收件箱里收到一条邮件信息。我看着邮件主题："是个男孩。"

附件里有两张照片，一个多媒体文件。一张照片上显示阿加莎坐在床上，怀里抱着孩子，看上去疲惫而幸福。第二张显示的是一个助产士在为新生儿清洁和称重，孩子的眼睛微微睁开。

我点击了媒体文件，接着阿加莎出现在屏幕上。她坐在床上，正在给孩子喂奶。

"嘿，大家好，这是罗里。我很想让大家看看他的脸，可他现在饿坏了。我累坏了，但也非常非常幸福。"

我回复道：

恭喜呀。他很漂亮。我想知道所有的细节。分娩过程顺利吗？海登赶到家了吗？有时间了打电话给我。

阿加莎

　　我想立刻给梅格打电话，但这里太吵了，除了腹泻似的咖啡机的声音，什么都听不到。咖啡馆的每张桌子都被学生占住了，他们或是坐在笔记本电脑前，或是用手机发信息。我之所以选择这个地方是因为这里提供免费的无线网，而且没人认识我。

　　到现在为止，我已经给上学时的老朋友和前同事发了邮件和照片（有些我已经许多年没见了），把这条美妙的消息告诉他们。住在伦敦的人被我告知我是在北方生的，而住在北方的则被我告知我是在伦敦生的。他们中很少有人彼此认识或是进入相同的圈子，因此撒谎才能奏效。唯一的意外是朱尔斯，就怕她认出了助产士给维奥莱特称重的照片。

　　回复的邮件涌入收件箱，祝贺的话语，赞美之词。我在超市的同事阿比盖尔和在临时工中介公司的老上司克莱尔都发来了邮件。我想给尼基发条信息，但是他会想知道我在那么多次失败之后是如何怀上的。

　　我离开了咖啡馆，穿过阿尔比恩街商场。我左转进入海德柔路，一直走到利兹中央图书馆，这是一栋宏伟的老建筑，用的是约克郡石，拱形的窗户，铺着大理石的前厅。我走进图书馆，看了看手机上的信息。过去的四十八小时里，我一直把它调成静音状态，因为不想被其他事分心。我看着未接电话记录。海登昨天上午到伦敦了。我想象着他快步穿过机场，行李袋挂在肩膀上。他的父母去接他。他坚持要直接开车去我的公寓，按响门铃，疑惑着我可能在哪里。

我听着他的留言。"你在哪儿？"他问，"我在公寓外面，可是没人应门。你楼上的朋友说你去了利兹。我可以坐火车过去。给我打电话。"

第二条信息更加尖锐："你没事吧？我们有点担心。爸妈在给利兹的医院打电话，但是我告诉他们你要在家里分娩。收到信息后拜托你尽快给我回电话。"

下一条更加急迫："我不知道该怎么办，阿吉。妈妈有些失控了，想要报警。如果收不到你的信息，我就坐火车去利兹，这样能离你近点。"

能听到他的声音感觉很好，尽管有些狂乱和受挫。我就知道有了孩子就不一样了。现在他爱上我了。他会原谅我的，因为他想做个父亲。

关机之前，我给他发了一条信息，说不用报警，也不用担心我。

我生下孩子了——是个男孩，名字叫罗里。另外，我很快就回家了。见到你之后我会给你解释清楚的。现在，我需要休息。让我睡会儿。

中午，我坐上一辆从利兹开往伦敦维多利亚汽车站的长途汽车，用现金买了车票，并朝司机上方的闭路电视摄像头微微一笑。

没了大肚子，我拉着格子呢小推车，上面放着一个婴儿座椅，弯曲的塑料握把向下折叠平了。我在婴儿座椅上盖了一块布，把它放在我身旁的座位上，定时掀起盖布朝里面说一些安慰的话。

"是男孩还是女孩？"坐在我对面的女人问道。

"男孩。"

"我能看一眼吗？"

"他睡着了。"

"我保证不会弄醒他。"

"还是不要了。"我说。

　　她皱起眉头，耸了耸肩。

　　在维多利亚汽车站，我上了一趟开往阿克顿镇的区域铁路火车，住进了一家窗户上用闪烁的灯光写着"有空房"的廉价宾馆。接待员擦掉腿上的烟灰，踮起脚从伤痕累累的木头桌子后面探出头。

　　"那里面有人吗？"她指着用布盖着的婴儿座椅问。

　　"是的，"我笑着说，"我要为他多付钱吗？"

　　"除非他也需要床位。"

　　"不，他不需要。"

　　她要看我的驾驶证。我告诉她我没有驾驶证。

　　"那护照呢？"

　　"也没有。"

　　"我需要身份证明。"

　　"我用现金支付。"

　　她犹豫着看了一眼婴儿座椅："你是在躲避什么人吗？"

　　"我的男友。"

　　"他经常打你吗？"

　　"常有的事。"

　　我的房间在二楼。我从过道里的儿童玩具和自行车边经过，还有写着"禁止做饭"的牌子。不过我还是能闻到味道——小豆蔻、肉桂、辣椒粉和丁香。

　　我打开房门，查看了窗户和安全出口。一张信息表上说前台晚七点到早六点没人，住客可以用自己的钥匙开外面的门。这意味着我可以来去自由，而且不会引起别人的注意。

　　我已经离开伦敦两个晚上了，足以构成不在场证据，并构成一半的故事了。他们已经看过了照片和视频。过去，我抱走一个孩子，都是出于一时冲动，所以才会失败。这次，我假装了怀孕和孩子的出生。我出现时身边必须有孩子。要么成功，要么羞愧而死。

七点整，我从大门离开宾馆，朝古纳斯伯里公园走去，然后在北环线坐上一辆小的士，的士在奇西克的人行道上将我放下了。我呼吸着冰凉的空气，从人行道上穿过巴恩斯大桥，一轮半月在水面上泛着微光。到了克利夫兰花园后，我一直躲在街道的另外一侧，直到看到梅格的车停在房子前面。

我没在那儿逗留。我沿着一条熟悉的小路朝火车轨道走去，翻过倒塌的篱笆，小心翼翼地跨过被压碎的花岗岩和石英石，听着火车的动静。在梅格和杰克家的后面，我找到了那一小块空地和那棵倒下的树。我爬到树干上，拨开树枝，看向花园后面的房子。

房子里黑漆漆的，只有炉子上方和楼上露西的卧室里有亮光。我心中害怕起来。万一梅格早产了呢？万一她已经生下了孩子呢？有个人影在窗帘后面移动。有人在安抚露西睡觉，给她读故事或是倒水喝。可能是梅格，也可能是杰克。

我攀到砖墙上，迈腿过去，身子降到墙的另一侧。我松开手，落到花园里，然后立刻蹲下身子，尽量不造成任何声响。我朝厨房看去，看到灶台上用锅炖着什么。水池里放着盘子。冰箱上有手指画。

我侧着身子，像螃蟹一样，紧挨着篱笆往前移动，到了房子的一角，我背靠着墙。一只狗叫了起来，另一只也叫起来。我在这里暴露无遗，从周围房子的窗户上看得一清二楚。如果有人从窗户往外看，就能看到我。我之前答应过自己不会冒这样的险。我会按计划行事，只在发生意外的时候才会临场应变。

我顺着房子的一侧看，能看到空荡荡的客厅。咖啡桌上一台笔记本电脑闪着光。那是梅格的。她会把电脑带到医院去吗？

我听到身后有说话声，是邻居房子里发出的。有人打开了灯，影子投到了墙上。我低下身子，朝篱笆爬去，结果撞翻了什么重东西，那东西缓慢坠落，我伸出手去接，结果没接住。鸟盆撞到了花圃的石头边缘，伴随着枪声一样响亮的声音摔碎了。

一扇门开了。邻居们走进花园来查看情况。

"可能是个引爆器，"一个男的说，"可能是有人在铁轨上工作。"

"在这大晚上的？"一个女人回答。

我紧靠着湿漉漉的砖墙，尽量把自己藏在阴影里。我头顶上方开了一扇窗户。梅格的头露了出来。

"怎么回事，布赖恩？"她喊道。

"不知道。"他回答。

梅格又往外探了探身子，直勾勾地朝我看过来："我知道是怎么回事了。鸟盆翻倒了。"

布赖恩从邻近的墙上探头看过来。他的手指碰到了我的头发："一定是只流浪猫……一只大号的猫。要帮忙清理吗？"他迈腿过来。我低下头。他的鞋擦着我的头过去了。

"杰克明天会清理的。"梅格说。

"不用麻烦他了。"

"真的，布赖恩，别担心。还是谢谢你。"

布赖恩停了片刻。他穿着裤子的双腿在我的头两边摇晃着。一只鞋的鞋跟蹭到了我的耳朵。

他挪动身体，两条腿摆走了。他落到了自家的花园里。

"你什么时候去医院？"

"明天一早。"梅格回答。

"祝你好运。"

他们又进屋去了。梅格关上窗户，拉上窗帘。我的心脏似乎停止跳动了。这会儿，随着一股空气涌入肺部，它又开始跳动了，我有点想干呕，心里咒骂着自己的愚蠢。

等平复了呼吸，我重新穿过花园，挤进游乐室的小门，然后在一张小凳子上坐下来，膝盖贴着胸口。我拿出手机，拨通了梅格的电话。她出现在厨房里，去找手机。她接了电话。

"喂？"

"你听起来在大口喘气？"

"阿加莎？"

"是的。"

"我刚刚在楼上安抚孩子们睡觉。"

"但愿你没有跑着来接电话。"

"我没事。你现在在哪儿？为什么说话声这么小？"

"孩子睡着了。"

我透过玻璃门看着梅格。她靠着厨房中央的工作台，弓着腰，承受着孕肚的重量。

"祝贺你。"她说。

"谢谢。"

"孩子怎么样？"

"很漂亮。"

"他吃奶顺利吗？"

"嗯哼。"

她背对着我，咔嗒一声打开水壶，然后打开一盒茶包。梅格想知道所有的细节。我回忆着朱尔斯跟我讲的生维奥莱特的经历，跟她讲述着分娩的过程。

"我喜欢孩子的名字罗里，"她说，"海登及时赶回来了吗？"

"不，他今天早上到希思罗机场。"

"太遗憾了。他要去利兹吗？"

　　"不。我妈这里没有空余的房间给他住，而且我过一两天就回伦敦了。"

　　水蒸气从壶嘴里升腾起来。她往一个水杯里倒满开水，轻轻摇动茶包，并加入牛奶。她端着杯子走到玻璃门边，朝花园里看。有那么一瞬间，我觉得她看到我了，但她只是在看镜子里的自己。

　　"你比我早了两天。我明天去医院。"

　　"你紧张吗？"我问。

　　"有一点。"

　　一列火车从花园的尽头驶过。我盖住手机话筒，但为时已晚。

　　"你挨着火车轨道吗？"她问。

　　"是的。"

　　"听上去你就在外面。"

　　"不。我在利兹。"

　　我看到她打了个哈欠。

　　"你看起来很疲惫。"我说。

　　她笑了："你在暗中监视我吗？"

　　"我是说你听上去很累。"

　　"是筋疲力尽。"

　　"上床休息吧。祝你明天好运。"

梅　根

我的小宝贝：

　　我凌晨四点半就醒了。你要过几小时才会出生，但我想给你写封信，告诉你即将面临的是什么样的生活。

　　过去的四十周里，我时常会担心你，但我知道从超声检查来看，你强壮而健康。这段时间发生了很多事，我们有过起起伏伏，但我想让你知道，你将要加入的是一个极好的家庭。

　　你的爸爸是一个我爱、敬仰、崇拜和需要的男人。他是我的靠山，也会是你的靠山。你有个极好的姐姐，她将来会拯救世界，还有一个讨厌看到痛苦和苦难的哥哥。你只有外祖父母，不过他们非常活跃，他们对你的爱会超乎你的想象。除此之外，你还有一个非常酷的小姨，叫格雷丝，她会竭力把你往邪路上带，但是没关系，因为生活就应该是一次冒险。

　　现在，我来告诉你一些事，有关这个带着你到处走了九个月的女人。首先，我的手不巧，所以，如果你要找一个能点缀蛋糕、制作万圣节服装或是把三明治切成令人兴奋的形状的妈妈，那你很不走运。

　　我不会唱歌，不会跳舞，也没有运动天赋。手眼协调性很差。那是你爸爸擅长的领域。我也不是很酷，我更多的是酷的反面。我学过吹双簧管，还曾经是曲棍球队的守门员。

　　我知道很多妈妈会列出她们想给孩子的东西，或是她们对事情的期望，但我不喜欢列表。你很快就会发现，我经常依赖猜测，但幸好我的猜测相当准确。

我向你做如下保证。

我可能会说一些并非真心的话，可能会在不应该提高嗓门的时候提高嗓门，在应该承认的时候否认，但我发誓，犯了错误，我一定会道歉。

我保证，在你需要我的时候，我会在你身边，有时当你不需要的时候，我也会在，因为这是我的职责所在。更重要的是，我保证我会无条件地爱你，直到永远，哪怕你投票给保守党，支持曼联，或是我生日的时候忘了给我打电话。

保重，我的小宝贝。我们晚些时候再见，好吗？

爱你，

妈妈

PS：如果你能挪过去一点点，并且停止踢我的肾，我就给你买只小狗。

早上六点整，我已经在浴室里了，最后一次冲洗我的孕肚。我穿衣服的时候，露西穿着睡衣坐在床上，问我关于宝宝的问题，问我会不会痛。

七点钟，我的父母到了，我和杰克跟他们道了别，亲吻，拥抱，再次亲吻，拥抱，直到我提醒大家我是去生孩子，不是要移民去澳大利亚。

杰克开车载我去医院。我在脑子里不停地检查种种事情。我应该列个单子的。两个孩子？打钩。房子？打钩。饭菜？打钩。

"我们应该更新我们的遗愿。"我突然想到。

"现在你有点病态了。"他回答说。

"万一出了什么事——"

"别担心。我会再婚的。"

"我不是指这个。"

他在嘲笑我。

我说不出自己的感受，就像是一种虚假的镇定。在医院，我填写了各种表格，换上手术袜和背后有个洞的长袍——这肯定是有史以来最不好看的衣服。

当我躺在床上被推着穿过走廊的时候，杰克握着我的手。他穿着蓝色的医护工作服，戴着手术口罩和与之匹配的棉帽子。我只能看到他的眼睛。

"我们又要有孩子了。"他说着捏了捏我的手指。

"嗯哼。"

菲利普斯先生走在我们前面，快活地吹着口哨。他是个活泼的、喜欢早起的人，我想这比脾气暴躁或是不喝咖啡的妇产科医生好。

手术室里白净明亮，充满了技术人员。一张白板上标示出了手术团队的每个成员。麻醉师问我要不要放点音乐。杰克建议放《虚情假意的瘾君子》，接着就开始唱起来："你伸出右臂，你收回右臂，你伸出右臂，你全身颤抖……"

"他说着玩的。"我说。

麻醉师迟疑地笑了笑，然后开始配药。

"你不用待在这里。"我对杰克说。

"我哪儿也不去。"

"可你见不得血。"

"我已经见证了两个孩子的出生，这一个我也绝不会错过。"

阿加莎

我戴着一顶黑色的假发，染了眉毛，穿着一件难看的大衣，拉着格子呢小推车穿过医院的大厅。前面一大家子召来了电梯，他们拿着氦气球和鲜花。电梯门开了，我挤了进去。一个粉色的气球弹到了我的脸上。"是个女孩！"气球上面写着。

产科病房在五楼。我按了六楼：管理层。那家人出电梯了，我独自上行，我知道大部分管理人员已经下班了。

门开了，我走出电梯，不去看闭路电视摄像头。被感应器触发之后，电灯在我头上闪烁。一间没人的办公室的电话响了。我左转沿着走廊往前走，找到了女卫生间。我拉开推车上的口袋，抽出一个黄色的"暂停使用"指示牌，放在铺着地毯的地面上。

确定所有的隔间里都没人以后，我锁上门，开始换衣服。产科支持人员都穿深蓝色的裤子和海军蓝衬衫，袖口和领口绣着白边。我的裤子超长，遮住了两英寸高的鞋底，这样会让我看上去更高更瘦。我凑近镜子，拉开上眼皮，戴上了隐形眼镜，把虹膜的颜色从蓝色变成棕色。接下来，我整了整假发，让长长的刘海从右眼上方垂下，打破了脸部的对称性，这将使面部识别软件更难匹配我的容貌。

我又打开一个小化妆包，用黑色眼线笔把眉毛画得更浓，用唇线笔把嘴唇画得更薄，然后又在左侧脸颊上画了颗美人痣。最后，我戴上一副黑色的宽框眼镜，这让我有点斜视。我站直身子，看着镜子里的自己，惊异于自己的巨大变化。过去的阿加莎不见了踪影。

那个魔鬼完全无动于衷。

这样行不通的。

会的，行得通。

你应该偷个身份凭证。

怎么偷？

你可以尾随一个护士回家，然后顺走她的包。

我可不是小偷。

这样行不通的。

会的，行得通。

小推车前面的口袋里装着一把六英寸长的刀子，套在皮革刀鞘里。我本不想带过来，但又害怕万一走投无路了会发生什么。我把刀子绑到脚踝上，放下裤管，确保从外面看不出来。

我准备好了。我做好了能做的一切准备，但现在我还需要点运气。大家都说，命运总是眷顾勇者。那孤注一掷的人呢？

我走出女洗手间，沿着走廊走到楼梯间，走下发出回响的水泥台阶。我进入产科病房对面的走廊，看了看表。探视时间是六点到八点。人们开始陆续离开，在排队等电梯了，这让我更不容易被注意到。

一道玻璃墙把我和产科病房区隔离开来。那扇门必须在里面的前台才能打开。来了一台电梯，里面出来一位孕妇。她坐在轮椅上，由她丈夫推着。

"有什么需要帮忙的吗？"我问。

"我提前打了电话。"女人说道，因为疼痛而弓着腰，"他们让我直接进来。"

"没错，好的。你叫什么名字？"

"索菲·布鲁恩。"

她丈夫开口了："我的车是违章停的。"

"你去停车吧。我来照顾索菲。"

他进了电梯。我按铃呼叫前台。值班的护士正在打电话。她抬起头来，看到了我的制服，然后自动打开了门。我推着索菲进入等待区。

"你可以在这儿等你丈夫。我去告诉他们你到了。"

我沿着走廊走开了，回忆着上次来时医院的布局。我左边有十间产房，右边有两间产后病房。两个小时前，我给医院打电话问了能不能探视梅根·肖内西。工作人员确认她上午分娩了，并告诉了我梅格的病房房号。

我按照指示，转过一个拐角，绕过清洁工推车，在一间长长的房间外停住了，房间中央是一条走道，两侧是床。多数的床都被帘子围起来了，让新妈妈们拥有一些表面上的隐私。其中一张床的帘子是拉开着的，一个女人正在跟她丈夫说话。她的宝宝正睡在床边的小婴儿床里。我朝他们微微一笑，床分列两侧，我沿中间向深处走去。

我几乎立刻就听到了杰克的声音。他离我很近，就在帘子后面跟谁打电话。

"他会是你见过的世上最漂亮的小男孩……现在他睡着了……你明天就能见到他了……不，他还不会说话，他还是个婴儿。"

他们隔壁的床铺上没人。我溜到里面，拉上帘子，把自己藏起来。

杰克道了别，挂了电话。

"他们现在怎么样？"梅格问。

"非常兴奋。"

"我想他们了。"

"没见他们还不到一天呢。你应该借着这个机会好好休息，睡觉，看看书。"

"那你要干什么？"她问。

"庆祝。"

"我刚做了大手术，为你生了个儿子，你却要去参加派对。"

"一点没错。"

梅格想责备他，可听起来并不是认真的。电话响了，是她妹妹格雷丝打来的。

有人拉开了帘子，让我大吃一惊。我被吓了一跳，心脏怦怦响。一个男人在找他的妻子。他向我道了歉。我假装在整理床单。我重新拉上帘子，平复自己的呼吸。

梅格想起来去冲个澡。"你得帮帮我。"她对杰克说。

床上的弹簧动了。她轻轻地呻吟了一声。随着她从我身边走过，帘子也动了起来。我等了一会儿，然后拉开帘子。杰克一只手揽着梅格的腰，她拖着穿了袜子的双脚慢吞吞地朝浴室走去。

"你确定自己能行吗？"

"没问题。浴室里有坐的地方。"

"你想让我过来陪你吗？"

"我觉得这里不允许我们一起洗澡。"

"你愿意我就愿意。"

她疲惫地笑了笑，吻了他的脸颊。我抓住机会，从帘子后面走出来，来到他们的床边。有那么一瞬，我觉得婴儿床上是空的，因为毯子和床单是一个颜色。他被裹在襁褓中，一张圆圆的小脸，两只手收在下巴下面。

我把他抱起来，走出米，拉上帘子，然后转身朝走廊走去。我虽然加快了脚步，周围的一切却好像慢了下来。我比这些动作缓慢的人更快、更聪明、更有能力。

"抱歉，你在干什么？"一个声音问道。

杰克突然回来了。

"干什么？"我问道，感觉脸上的皮肤都绷紧了。

"这是我们的孩子。"

"当然是你们的，"我脸上挤出一丝微笑，说道，"你一定是杰克。"

"是的。"

"这个小家伙今天上午出生的。他非常漂亮。你妻子在哪儿？"

"她在冲澡。"

"好的。嗯，这个完美的小家伙得验个血。不会很久的。"

杰克朝浴室看了一眼。

"你可以跟我一起去。"我说。

"梅格可能需要我的帮助。"

"好的。我很快就回来。"

我转身离开了他，屏住呼吸，吓得一身冷汗。成败在此一举，我现在不能回头。到了接待区，我注意到了那扇玻璃安全门，于是停下脚步。按钮在前台桌子下面。我之前推的轮椅上没人了。我把孩子放到轮椅里，推着轮椅朝玻璃门走去。前台的护士触发了解锁装置，门开了。我挥手表示感谢，推着轮椅走进空无一人的电梯。我按了上行键。电梯门关上了，我这才松了口气。走出电梯进入六楼之前，我按亮了所有的按键，让空电梯在每一层都会停下。我把罗里像夹一捆衣服一样夹到胳膊下面，带着他沿走廊走到女洗手间，跨过"暂停使用"指示牌。进了洗手间，我把他小心地放到水槽中，然后开始脱掉护士服和平底鞋，换上工作靴和一套难看的男士工装服，上面绣着一家水管公司的标志。我卸了妆，迅速换上另一种妆，用棕色的粉在眼睛下方画出颜色更深的眼袋，在额头和嘴角画出皱纹。假发换成了棒球帽，后面缝着一条花白的马尾。我把自己的头发塞到帽子里面，把帽檐拉低，然后在左耳戴上一个银色的耳钉。最后一步是往手背和脖子上涂上一些油污。从镜子里，我看到一个上了年纪的送货员，年龄五十岁上下。

罗里还在睡。他饿了的时候就会醒，但希望他现在还不饿。大多数新生儿一天要睡十六小时，所以胜算在我这边。

我把小推车收拾得一干二净，然后小心地把他放到里面，他依然被毯子裹得严严实实的。我剪了一块相应尺寸的塑料板，塞到推车里面一半的地方，好让他有空间呼吸。我把护士服、假发、平底鞋和眼镜放在塑料板的上面。

我的头脑里有座钟嘀嗒作响。我花了太多时间了。他们马上就要拉响警报，封锁医院了。

我内心的魔鬼大声地对我发号施令。

快点！

不要慌。

他们快来了。

还没呢。

我打开一个黑色的塑料防雨罩，挂在格子呢小推车上方，遮盖了它之前的颜色。

现在我准备好了。我打开门，看了看走廊里的情况。

"你修好了吗？"一个人问。

这个女清洁工正站在旁边一扇门的门口，双手抱着一个废纸篓。她是个波兰人。身材高大。

"堵塞修好了。"我用最沙哑的声音说道，不跟她有目光接触。

"不要忘了你的指示牌。"她说。

我拿起"暂停使用"三角指示牌，拉着推车朝土电梯走去，路上我有意把双脚叉得更开，低着头。模仿男人走路的时候，我还想加上跛足的效果，但是身体有残疾会引起别人的注意。

我不能冒险走医院大厅，内部员工用的楼梯里有防火门，还可能有摄像头。上次来的时候，我发现大楼的东端有个货梯，上面写着"员工专用"。货梯通到一楼的装卸区。我按了按钮，看着它从地下室慢慢上行。1……2……3……4……

快点！快点！

正要进入电梯时，警报响了，我顿时心头一沉。刺耳的警报声传遍了走廊，顺着电梯井往上。我别无选择，只能继续。下行，看着数字以相同的速率缓慢变小：4……3……2……1……

我不知道下面等着我的将是什么。全副武装的警察？保安？一个愤怒的父亲？电梯停住了，门开了。我走进一条漆黑的走廊，水泥地面，天花板上铺设着管道。警报声还在，但在这里声音小了一些。头顶上的灯亮起，我拉着推车往前走。我的脚步声太大了，推车轮子的声音也太大了。

拐过下一个拐角，我看到一扇沉重的防火门上方有个安全出口的标志。我用上全身的重量，用肩膀顶开门。我低着头，鼓起勇气应对即将面临的一切。外面的警报声更大了。

"等等，伙计。"一个人说。一个保安穿着绿色荧光服，站在装卸区对着别在肩膀上的对讲机讲话。他三十多岁，中东人，留着短须。

他举着手，让我等一下。我刚好站在阴影里，就问他什么事。他没有回答。他还在用对讲机说话。我听到了几个词语：婴儿、护士。我从胸前的口袋里拿出一盒烟，用牙齿叼出一支，然后在手背上敲了几下。我把烟叼在嘴角，拍了拍下方的口袋，拿出一个打火机，用大拇指转动转轮，眯着眼对着冒出的烟。我蹲下来，假装在系工作靴的鞋带，拔出刀子，藏在小臂内侧。

那个魔鬼小声说道：

割断他的喉咙，然后快跑！

不。

他不能喊出声的。

再等等看。

我重新站直身子，若无其事地看着一根水泥柱子，右臂背在身后。我手里握着刀子，刀刃朝下。保安转过身对着我。阴影是我的朋友。

"你在这儿干什么？"

"六楼有马桶堵了。"

"你不是医院里的维修工。"

"私人承包商。我们在上班以外的时间工作。"

他抓着推车的把手，提起来前后推了推，仿佛在估摸它的重量："你看到过一个抱孩子的护士吗？"

"没有。怎么了？"

他松开推车。对讲机又响了。他回答。我等着。一滴汗水从额头上流下来，流进我的眼角，眼睛刺痛。我努力眨眼睛，把汗水挤出去。保安最后看了我一眼，挥挥手放我走了。

我拉着推车穿过装卸区，爬上机动车斜坡，刀子紧贴着肚子。外面的街道上满是行人，外出用餐的人，饮酒狂欢的人，以及下班回家的人。我汇入他们中间，与医院渐行渐远。

快跑！

正常地走。

他们就在你后面。

不要回头。

教堂的钟声响了。有人在叫的士。我跨过人行道上一幅被弄脏了的粉笔画，经过一个装着毛玻璃窗户的酒吧。到了下一个路口，我才敢停下来，回头看看医院的灯光。没有什么变化。我把刀了放进衣服口袋，继续往前走。一辆警车快速地从我身边驶过……第二辆……第三辆。

前面就是格洛斯特路站。我穿过检票口，提着推车走下楼梯。站台差不多是空无一人。刚开走了一趟车，下一趟四分钟后到。可真是漫长的四分钟。

我盯着电子显示屏，人们都在我周围如慢镜头一样缓慢移动，转过头，眨着眼，说着话。我记得看过一个电视节目，说在某种神经状态下，大脑会改变对时间的感觉，这样周围的事物仿佛放慢了速度或是一闪而过。这就是我此刻的感受，仿佛上帝拉了手刹，整个地球都在减速。

我把手伸到防雨罩下面，拉开小推车的拉链，把手伸进去，直到碰到了毯子。我弯下腰，把手伸得更深，碰到了罗里的小脑袋，温暖，柔软。他还在睡。我确定没什么东西掉到他的脸上。他有足够的空气。

一股热风预示着地铁来了。地铁的隆隆声传来，列车接踵而至。刹车。刺耳的声音。车停住了。我找座位坐下，把推车放在两膝之间。门关上了，列车开始移动。列车驶入隧道，但突然停了下来，车厢里的灯闪烁着。我的心也随之怦怦直跳。

广播中传来一个声音："由于之前马诺豪斯站出现信号错误，向东行驶的皮卡迪利线列车将晚点约十一分钟。伦敦交通局为给您带来的不便表示歉意。"

灯又闪了一下，列车启动了，慢慢地加速，仿佛是由噪声而不是载电轨道驱动的。每一站，我都看着车厢里各种面孔、民族的人进进出出——波兰人，德国人，巴基斯坦人，塞内加尔人，孟加拉人，俄罗斯人，中国人，威尔士人，苏格兰人，爱尔兰人，英格兰人。我并不经常对伦敦产生什么感情，但很乐意为这幅民族的马赛克增添一块瓷片。

在皮卡迪利广场站，一群十几岁的小女孩拥入了车厢，尖着嗓子大笑，穿着可笑的鞋子跟跟跄跄地走路。其中一个女孩撞上了我的推车。

"小心点。"我说。

她撇了撇嘴。她朝朋友们做了个鬼脸，逗得她们哈哈大笑。我探身向前，把耳朵贴在推车上面，听到里面微弱的哭声。罗里醒了，但列车的噪声盖过了他的哭声，没人能听到。

在国王十字站，成百上千的人乘坐扶梯，交错着穿过车站大厅。我溜进一间母婴室，锁上门，并且确认了两次。我拿出推车里的东西，把罗里抱在怀中，轻轻地摇晃，我的脸颊贴着他的额头，我轻声地说我爱他。

我把他放在桌子上，他看着我换衣服，我脱下工作服和棒球帽，换上自己的衣服。我把伪装用的衣物塞到垃圾箱里肮脏的尿片下面。

我把一条围巾搭在右肩上，抓着两头，系成一个可以控制松紧的活结。我把结推到肩膀上，然后把罗里放到围巾里，并调整好松紧，让他的小身体紧贴着我的。心连心。

没有了假发或伪装，现在我们就是母亲和儿子了。我是阿加莎，这是我的小宝贝罗里：这是个爱尔兰名字，意思是"红王"。

明天，我将带罗里回家给海登看，他会看到我是个多么称职的母亲，多么称职的妻子。我现在有个家了。

Part Two

第二部分

梅 根

渐渐恢复意识就像从一个黑暗的深井中朝亮处游动，我的肺里空了，尖叫着想要呼吸空气。突然，我的身体一弓，猛地睁开眼睛，吸了一口气，仿佛在尖叫。

一个陌生人探到我上方，一只手放在我的胸口。不是护士，她穿着警察制服——黑色的裤子，蓝色的长袖衬衫，袖口在手腕处扣着。她叫了我的名字。

记忆的片段闪过脑海，仿佛在观看一段剪辑得非常错乱的音乐影片。我在医院里。我听到了警报声。人们在大喊大叫，奔跑。我看到自己在冲澡，坐在一张塑料椅子上，一股热水从上方流下。杰克帮我穿好衣服。我们一起回到床边。我看到一张空荡荡的婴儿床。

"孩子哪儿去了？"

"一个护士带他去验血了。"

"验什么血？"

"她说就是例行检查。"

一位护士从我们身边走过。

"我们的孩子被带去验血了，"我说，"他什么时候回来？"

她一脸茫然地看着我。

"谁带他去的？"我问。

她制服的肩部升起又落下。

"他为什么要验血？你能查一下吗？"

几分钟过去了，护士长来了。她问杰克那个护士长什么模样。我变得不安且愤怒。

"没有安排你们的孩子验血。"护士长说。

"可那个护士说……"

"我们的孩子在哪里？"我问道，因为恐慌而提高了嗓门。

"我确定此事能有个解释。"一颗痣在护士长的上唇上跳动。

"什么解释？"

很快我就听到了警报声。人们四处奔跑，尽量不大喊大叫。我真希望自己能记得更多，可没办法抓住那些半成形的画面和断断续续的只言片语。我觉得自己晕了过去。我一定哭过。一位医生来了。他一头红发，额头上有些雀斑，他把一个针头刺入我的手臂。世界渐渐变黑，越来越小，变成一个白色的点，最后这颗仅剩的星星也熄灭了。

那位女警察依然在我的床边。她很年轻，肉肉的脸蛋，让人觉得她嘴里好像塞着泡泡糖。

"杰克去哪儿了？"

"你丈夫不在这里。"

"我想见杰克。"

"我确信他很快就会回来。"

我挣扎着想起来，可疼痛让我没法呼吸。

"你不能乱动。"她说。

"我想回家。"

"你刚做了手术。"

女警察走到门口，跟走廊上的人说了几句——是个护士。她们在低声耳语。警察回到床边。

"你跟她说了什么？"

"我让她去找医生。"

"你是谁？"

"我是警员希普韦尔，你可以叫我安妮。你饿不饿？"

"不饿。"

"渴吗？"

"我要上厕所。"

"我来帮你。"

安妮掀开被单，我把腿伸到床沿外，试了试地板稳不稳。她一只手揽着我的腰，扶着我走过去卫生间的那一小段路。我什么时候住进单人病房了？我不记得自己是怎么来的。杰克去哪儿了？

我坐在马桶上，看着腹部的绷带，又想起了分娩时的情形。我当时有意识，但是当菲利普斯医生切开我的肚皮时，我却没有任何感觉。杰克站在他身边，戴着医用口罩，像在解说全国狩猎赛马比赛一样向我解说。

"进入最后一次转身，梅格·肖内西领先三个身位，看起来能够轻松获胜。她接近了最后一个障碍，起跳跃过，冲刺。她领先五个身位——六个身位。观众都站了起来。听听他们山呼海啸般的呐喊声！"

我想杀了他，因为他逗得我想笑。

"是个男孩，"他说，"肖内西之子，未来的冠军。"

我冲了马桶，安妮帮着我回到床上。又有人敲门，还是之前的那个护士。她又在和安妮耳语了——在说我。她们在隐瞒什么？

安妮回到了床边："你确定不饿吗？"

"我要见杰克。"

"我们正在找他。"

我的声音变得更加刺耳了："他去哪儿了？你们对他做了什么？"

"你要冷静，肖内西太太。不然他们会给你注射镇静剂。你不想这样，对吗？"

她的声音令人厌烦，就像幼儿园老师告诉一个孩子她辜负了大家时一样。

"喝杯茶你就会感觉好些了。"

"我不想喝茶。我只想见杰克。"

安妮举起双手，说她去问一下。她留我独自待在房间里。我不顾疼痛，下了床，打开衣橱和抽屉找衣服。我找到了一件便袍和一双拖鞋。我的手机呢？

我推开门，沿着走廊往左右看了看，想搞清楚自己的位置。我要找到一部电话。杰克知道该做什么。我向左转，朝一道双扇门慢吞吞地走去。一个护士出现了。我改变了方向，经过一个产科病房。我认出了这个地方。

从附近的什么地方传来了婴儿的哭泣声。我的心猛地一跳。他们找到他了！我循着哭声走去，拨开一个帘子。一个女人正抱着一个新生儿。

"这是我的孩子！"我喊道。

她睁大了眼睛，被突然出现的我吓到了。

"把他还给我！他是我的！"

她把他抱得更紧了。我努力想把他从她怀里抢过来。跑来了几个护士，那个女警察也跟着来了，她因为愤怒或难堪而脸红了。

"放开手，肖内西太太，"一个护士说，"这不是你的孩子。"

我在她的肩头啜泣。"不是我的。"我重复着说，这时记忆的片段连起来了，我记起发生什么了。

我的孩子不见了。被人偷走了。被抢走了。为什么？谁会做这样的事？万一他被人丢弃在了什么地方呢？万一他被丢在了台阶上或是垃圾桶里呢？他可能被埋在叶子下面或被锁在汽车后备厢里。人们可能从他身边经过却不知道他在里面。他们可能听不到他的哭声。

随时都有幼儿被人偷走。他们走散了，掉进了泳池，坐到了陌生人的汽车里，或是走进了树林。但婴儿不会自己消失。婴儿不会跟着小猫咪跑，不会在花园的棚屋里睡着，也不会在商场里迷路。婴儿不会打信号让过往的汽车停下，不会按着指示牌走，也不会去敲人家的门、给家里打电话或是向陌生人求助。婴儿没法告诉别人自己丢了，也不能像迷路的狗一样找到回家的路。

杰克在哪儿？他应该在这儿的。我能听到自己在呼喊他的名字。

几只有力的手按着我。注射器刺破了我的皮肤，我的思绪滑倒了，跌进了一片化学药品的虚无之中。

我反抗着针头。我睡着了，做起了梦。

阿加莎

罗里昨晚睡得很好。他挨着我睡在双人床上。我每过半小时都会醒来一次，把手放在他的胸口，确定他还在。我并不觉得有罪或是羞耻。爱取代了悔悟。我对自我的感觉不复存在了，罗里是唯一重要的。我可以一辈子躺在他身边，看着他漂亮的脸蛋，把手指放在他的小拳头里，用嘴唇轻抚他的额头，或是听着他的心脏的跳动。

我小声对他说："你是我的第五个孩子，第五次幸运。五是我最喜欢的数字。"

太阳升起来了。我把罗里抱在臂弯里，照着镜子，想象着别人眼中的自己。他的头形状有点奇怪——头的一侧有点被挤扁了，像一个可爱的外星人，但可能过几天就好了。

我一只手举起手机，微笑着自拍，幸福得合不拢嘴。我把照片发给了朱尔斯、海登、帕特尔先生、我的女房东，还有其他所有的朋友。我告诉他们他出生以来的情形，编造一个故事，在大家的头脑和记忆中建立一个时间线。

我昨晚回来的时候，前台空无一人。有两个十几岁的小女孩在楼梯上交谈，她们也没太在意一个用围巾抱婴儿的女人。我从她们身边绕过，打开房门。冲了澡换了衣服，我喂了罗里，然后打开BBC新闻频道。新闻上没提到有孩子被人抱走的事。现在为时尚早。

今天早上完全是另一种情形。屏幕上，一名记者站在医院外面，对着镜头说话。我调大了音量。

"现阶段事件信息不足，但警方已经确认，昨天晚上，一名女子化装成护士，从伦敦中心的丘吉尔医院拐走了一个刚出生的男婴。男婴被一个穿着护士制服的女子从产科病房里抱走时刚出生十个钟头，该女子声称男婴需要验血。孩子的父亲拉响了警报，丘吉尔医院随之封闭，但该女子已经离开了医院。"

镜头切换到街道上停放的警车以及警员进门的画面。

"孩子的姓氏并未透露，但警方呼吁绑架者把孩子交给警方或是医疗服务机构。有消息暗示男婴可能需要医疗救护。"

"胡说！"我对罗里说，"你非常健康，对吧？他们真是杞人忧天。"

我让电视开着，在装满热水的水槽里温了一个奶瓶。罗里看起来并不喜欢喝配方奶粉，要不就是他吸奶的力量不够大。他吸我的小指时知道用力，可一换成奶瓶，吸了一两口就别过脸去。我试了差不多半个小时，直到他睡着了。他晚些时候就会饿的，我这样告诉自己。

我查看手机里的信息。大部分都是海登发来的。我昨晚给他打了电话，告诉他我今天到家。我为没有跟他联系而道歉，说我的手机没电了，而且忘了带充电器。现在我又给他发了条信息，说我尚在火车上，中午就到家了。他立刻就给我打回来了，但我没有接，让它转到语音信箱。

"我可以去车站接你，"他说，"我现在在你的公寓里。你朋友让我进来的，我希望你不介意。我等不及要见你了。"

我暗自微笑。父亲的角色已经完全改变了他。他想见到自己的儿子。他想见到我。

今天上午很冷。我给罗里穿上厚衣服，给他戴上一顶毛线小帽。我给他换尿片的时候，他睁大了眼睛。他的胳膊和腿在空中挥舞着，仿佛害怕光着身子一样。

前台接待回到了桌子后面。这次我把宝宝背袋放在前台上，让她看到罗里。她看上去没有多大兴致。我评论了一下天气，说他到外面以后会大吃一惊的。

"谁？"

"罗里。"

"哦。"

"他才出生三天。"我说。

"那还太小，不适合旅行。"

"我们要回家了。"

"那你男友呢？"

"我已经原谅他了。"

我请她帮我叫辆的士，然后在温暖的室内等着，直到看到车停在了外面。司机不得不帮助我把宝宝背袋在后排座位上扣好。我应该先练习一下的，我的笨拙让我看上去像个外行。

"去哪儿，姑娘？"他用伦敦东区的口音问道，听上去更像是装模作样，而非地地道道。他很健谈，挺快活。谈话从天气转到圣诞节的人群，又转到他的孩子——三个孩子：六岁、八岁和十一岁。"我更喜欢他们婴儿的时候，因为那时候他们不会说话，"他从后视镜里看着我说，"你的孩子看上去才刚出炉啊。"

"差不多吧。"

"你不应该在医院里吗？"

"不用。"

他问我为什么会待在旅馆里。

"我父母拥有那家旅馆。"

"那很不错。"

现在他觉得我很有钱："我是说，他们管理着那个地方——旅馆的拥有者是个俄罗斯人。"

　　"俄罗斯人什么都买，"他说，"那帮寡头。"他说的"寡头"听上去像"袜套"。

　　我们正绕过哈默史密斯环岛，驶上了富勒姆宫路。这时我的手机响了。还是海登。

　　"你在哪儿？"

　　"快到家了。我在的士里。"

　　"我去楼下接你。"

　　司机又看了看后视镜："你听到新闻上说有个婴儿在医院被偷走了吗？"

　　"没有。"

　　"是的，就在昨晚。有人从他们的眼皮子底下偷走了一个男婴。"

　　"他们知道是谁干的吗？"

　　"一个打扮成护士的人。"

　　"太可怕了。那个可怜的母亲。她还有其他孩子吗？"

　　"新闻里没说，"我们的视线在镜子里相遇，"我没想让你不安，姑娘。"

　　我意识到自己在哭泣。我带着歉意擦了擦脸颊："抱歉。一定是荷尔蒙惹的祸。怀孕期间我一直哭个不停。"

　　"我也是个软心肠，"他说，"自从有了妻儿之后，我就看不得小孩子被拐走或是被虐待的新闻。每次都要落泪。如果有人伤害了我的孩子，我就杀了他。管他警察或是法庭，他们永远找不到他的尸体——你知道我在说什么吗？"

　　我既没有表示同意也没有辩驳。他谈得更起劲了："所以我们这个国家需要死刑。并非针对所有人，而是针对恋童癖和恐怖分子。"

　　我们转入了我家所在的街道。我看到海登正在台阶上等候。我刚下车他就把我拥入怀中。

"小心点，"我退缩着说，"我刚生了孩子。"

"抱歉。我忘了，真是太傻了。"

他不知道该把手放在哪里，先是把手插在口袋里，身前，背后。然后他往车里看。看到了罗里，他惊讶得张大了嘴。

"给儿子问个好吧。"我对他说。

海登伸出手，碰了碰罗里的脸颊。他的手比罗里的头还要大。

"你摸吧，他又坏不了。"我说。

"可他是那么小。"

"所有的婴儿都很小，"我笑了，"你可以把他抱进去。"

他把罗里从车里提出来，我付了司机钱，并祝他圣诞快乐。我把一个袋子挂到肩膀上，跟着海登上了楼梯。他用两只手抱着婴儿座椅，仿佛那是一个中国明代的花瓶。进了公寓，我脱掉外套，并注意到了那些花——壁炉台的两端放着两大束鲜花。

"这些花是一个钟头前到的，"海登说，他看起来没法安静地坐着，"一束是爸妈送的，另一束是朱尔斯送的。"

"朱尔斯在哪儿？"我问，"我以为她会在这儿的。"

"她和凯文去格拉斯哥见她父母了。"

"她什么时候回来？"

"要过几周。她给你打过电话。"

"我知道，抱歉。我的手机没电了，我又没有带充电器。"

"你就不能借个手机用吗？"

"我没你的电话，也没有朱尔斯的。我说了，我的手机没电了。"

罗里的座椅放在咖啡桌上。海登正盯着他看："你为什么这样突然跑了？"

"我没有跑。我预感孩子会提前出生，所以我才北上。我不想生孩子的时候是自己一个人。"

"可我想看着孩子出生，"他有些受伤地说，"我大老远跑回来。"

"我知道，可我当时很害怕。"

"害怕？"

"并不只是生孩子这一点，也害怕你在现场。我觉得你看到我生孩子的过程就再也不想碰我了。画面很恶心的。我坐在一个戏水池里，摇头晃脑地放声大叫。"

他双手抱住我，我靠着他的胸膛，感受着他的力量，呼吸着他的味道。

"我知道这听起来很蠢，"我说，"可我从三月底之后就再也没有见过你。我们只在卫星电话上聊过几次。我担心你看到我那个样子——四肢着地，把一个婴儿从身体里挤出来——会有其他的想法。"

"不可能。"他吻着我的嘴唇说，饱含爱意。

罗里发出低声的哭泣，仿佛觉得自己错过了什么。

"他是不是饿了？"海登问道。

"不，他就是睡醒了。你想抱他吗？"

"我可能会摔着他。"

"你不会的。"

我松开座椅的卡扣，把罗里从里面抱起来。海登坐在沙发沿上，两只脚着地，背挺得直直的。"抱起来的时候，你得托着他的头，"我说，"现在他的脖子还不够强壮，不足以支撑头部，但他会变得强壮起来的。现在，一只手放在他的屁股下面，让他躺在你的臂弯里。看到了吗？没那么难。"

海登看起来全身僵硬而且不自在，但他脸上带着笑容，嘴里像是横着塞了根香蕉。

"你可以呼吸。"我说。

"抱歉。我有点紧张。也许你应该把他抱回去。"

"你才刚刚认识他。"

"我晚点再抱他。"他把罗里抱给我，然后在牛仔裤上擦了擦手心。

"你喜欢这个名字吗？"我问。

他点点头："你是怎么知道的？"

"你爸告诉我的。他说罗里是你祖父、你爸和你的中间名。"

"现在我们又有了一个罗里。"

"你喜欢他吗？"

"他很好。"

梅　根

　　"梅根……梅根……你醒了吗？"

　　这个声音越来越近，塞满了我的脑袋。我努力想睁开眼睛，但眼皮仿佛被粘在了一起。我一路冲过药物的阴霾，努力抓住现实，让它变得真实坚固。种种画面连在一起，人声，灯光。我的眼睛湿了。我在梦里哭了。

　　此刻坐在我床边的换成了另外一个警察。她探身向前，仿佛我刚刚说了什么，她没有听清楚。我张开嘴，但嘴唇很干燥。我再次尝试："我的孩子呢？"

　　她递给我一个杯子，杯上盖着盖子，插着一根吸管，是水。我一口气喝光了。

　　我的嗓子能用了："有什么消息吗？"

　　"还没有。"女警察说。

　　"你是谁？"

　　"我是警员索萨，请叫我莉萨-杰恩。"

　　她有一双绿色的眼睛，一头金发，刘海老是盖住额头；她把刘海拢到左耳后面。

　　"你来这里做什么？"我问。

　　"我是家庭联络官员。"

"什么？"

"我奉命过来照看你。"

"我想跟你的上司谈谈。"

"迈克提尔总警司现在不在医院。"

我挣扎着要坐起来。莉萨-杰恩在我背后放了一个枕头。我还穿着医院的病号服，还能感觉到纱布和胶带下面伤口上的线紧绷着。

"我的手机在哪里？"

"我收着呢，"莉萨-杰恩说，"我们检查了你的短信。"

"为什么？"

"以防你接到绑架者打来的电话。"

"真的是这样吗？是有人绑架了他吗？他们是想要赎金吗？我们可不是富人。"

"我们得把所有的可能性都考虑在内。"

她从口袋里掏出我的手机递给我。我双手捧在手心里，感觉到了上面残存的她的体温。有几十个未接电话，大部分是我父母、格雷丝和其他朋友打来的，但没有一个是杰克的。我拨通了他的电话，让它响着。电话进了语音信箱。

"你在哪儿？"我哽咽了，"我需要你。"

我想不到其他可说的话。我挂了电话，盯着手机。他能去哪儿呢？他为什么不在这里？我想让他抱着我。我想听到他说一切都会好起来的。

"谁抱走了我的孩子？"我小声说道。

"我们还不知道。"莉萨-杰恩说，在我床边的椅子上坐下。

"她穿着护士服。"

"我们觉得她并不在这里工作。"

"可那件制服——"

"可能是偷来的。"

有人轻轻地敲了敲门。莉萨-杰恩走过去开门，但没有完全打开。她转过身："你父母来了。你想见他们吗？"

"能等几分钟吗？我需要梳子和镜子。"

莉萨-杰恩从隔壁的浴室里替我把东西拿过来。我倾斜镜面，看着脸的各个部分，但没有看整个脸。眼睛有些肿，好像是用眼过度，或是睡眠不足。我稍稍收拾了一下头发，然后拧了拧脸颊，好让脸上有点血色。

我父母被领了进来，眼神里流露着无助和震惊。我妈叫着我的名字，快步走到我床边，像抱一个耳朵疼的孩子一样把我揽入怀中。我看到爸爸站在她后面，沉默不语，一副无助的样子。他已经六十多岁了，一直以自己供养并守护的家人为荣。这件事深深震动了他。这是他不曾预料到的。

我离开我妈的怀抱，用同样的方式抱着他，任由他把我揽入怀中，我的脸贴着他的胸口，闻到了老香料须后水和帝王肌肤沐浴皂的味道。我像小时候一样哭了起来，身体随着抽泣而颤动。现在轮到我妈感觉受到冷落了。

"孩子们呢？"我擦着眼泪问道。

"格雷丝在照顾他们。"我妈说。

"你跟他们说什么了吗？"

"什么都没说。露西一直问个不停。"

"你见到杰克了吗？"

"没有。"

"他不接我的电话。"

"我想他是在帮着寻找孩子的下落吧。"我爸说。

恰好这个时候，我们听到走廊里一阵骚动。杰克出现了。他还穿着昨天的衣服，也可能是前天的，蓬头垢面，胡子拉碴，筋疲力尽。他跪在床边，头放在我的腿上。

"对不起！对不起！"他伤心地说道。

他两眼通红，浑身散发着汗臭、污垢和恐惧的味道。

"你去哪儿了？"我问。

"在开车，走路。我以为……我想……我希望……"他哽住又开口，但始终没法说完，"我一直在到处寻找，但是开始之后我才意识到伦敦有那么多街道……那么多房子。"

我轻抚着他没洗的头发："你该去睡会儿。"

"我必须找到他。"

"让警察去找吧。"

"是我的错。我应该看看她的证件的。我应该跟她一起去的。"他浑身发抖地说，"对不起。我当时不知道，我以为她……她说……她说我可以跟她一起去……我应该去的。"

"不是你的错。"我茫然地说道，却在心底大叫：你把我们的孩子交给了一个陌生人！她可能是个恋童癖或是女魔头。你不想再要孩子，所以就把孩子送给了别人。

我既想安慰他，又想惩罚他，两边犯难——原谅他或者怪罪他。我想扮演受害者，但杰克似乎已经霸占了这个角色。所有人都同情他——我妈、我爸、那个女警察……我在脑海中对他吼叫，看在上帝的分上，杰克，这事的主角不是你。我压抑着心中的怒火，轻抚着他的头发，让他回家睡觉。

"警方想跟我们谈谈。"他说。

莉萨-杰恩纠正道："他们已经跟你谈过了，肖内西先生。他们想单独跟你妻子谈谈。"

"为什么？"

"就是正常走程序。"

"正常？这件事没什么是正常的。我想知道警方都在做什么。"

我转身面对着父母，让他们带杰克回家。我跟他说我们晚点再谈，可他们领他出去的时候他还在抱怨个不停。

两名警察在等着见我。他们找来两张椅子，放在我的床边，一边一个。这更像是床边的提讯，而不是谈话。领头的警察把名片递给我。我仔细地看了又看，给自己一些时间来整理思绪。

总警司布伦丹·迈克提尔有双蓝色的眼睛，灰白的睫毛，面部轮廓如此分明，皮肤都被拉扯得紧贴颧骨。他脸上的雀斑已经变淡，但每到夏天肯定又会在鼻子和脸颊上起来造反。我在想，他小时候该被嘲笑成什么样——他都有什么绰号呢？

另一名警察有点胖，看上去有点呆，一双小眼睛，与他的大脑壳不太协调。我没听清楚他的名字，不过他很少开口，更喜欢做记录，时不时跟迈克提尔交换眼色。两个人坐在那里，肩膀前倾。能听到的只有椅子的吱吱声和衣服的摩挲声。

首先，他们告诉我他们正采取一切手段寻找我的孩子。迈克提尔总警司说话的时候嘴唇几乎不动，同时却用奇怪的锐利目光不停扫视我，好像要把我像个拼图一样拼起来。

他打开一张医院的平面图，分别指出产科病房、各条走廊、楼梯和电梯的位置。

"那名假护士推着一辆轮椅，从这些门离开了产科康复病房。她乘电梯去了六楼。一位医院清洁工看到一个与绑架者的外貌相符的护士，时间大约是晚上八点十五分。她右胳膊下面夹着什么东西。清洁工没看清那个女人的脸，不过我们希望能跟在那层楼工作的水管工谈谈。"

他拿出一张监控录像拍下的模糊照片。拍摄角度在她的后上方。

"我们对图像做了增强，但所有录像都不能提供一张清晰的脸部画面。技术人员依然在尝试，看是否能有所改善。你记得在哪里见过她吗？"

"没有。那人脸识别软件呢？"

"只有当我们找到了嫌犯的清晰图像，这项技术才能起效。同样地，我们可能会发现这个女人从未有过被捕记录，也没有进入过我们的视线，也就是说，她不在我们的数据库里。此外，我已经安排了一名素描师去跟你丈夫和清洁工坐下聊聊，希望我们能得到一张不错的画像。与此同时，我们已经发布了一份对她的描述：白人，年龄在三十到四十五岁，身高五英尺八英寸到五英尺十英寸，面色苍白，中等身材，黑头发。

"到目前为止，我们没有找到任何符合此项描述的人进入或离开医院，这意味着她可能还有其他的伪装身份。"

"她可能还在医院吗？"我问。

"这不太可能。事件发生十分钟后警报就拉响了，医院也随之封闭。保安禁止任何人离开。医院工作人员逐个搜查了房间。警方暂停了外面的交通，并询问了路上的行人。"

迈克提尔探身向前，双手按在膝盖上。

"她也可能有共犯，这也能解释她为什么能够突破安保。现在，我们正集中对绑架发生前后数小时内进出医院的人员进行身份确认。"

"她穿着护士服。"

"这意味着高度的计划性，而非一时兴起的行动。"

"这是个好事吗？"

"这很可能意味着她非常想要一个孩子，并且会好好照顾他。同样，这样会更难找到她，因为她会掩盖自己的行踪。"

在之后的二十分钟里，我又重新回顾了事情的始末——孩子出生，之后我去冲澡，回来后发现婴儿床空了。

"你跟你丈夫谈过那天晚上的事吗？"总警司问道。

"谈过。怎么了？"

"他跟你说过他离开医院后去哪儿了吗？"

我踌躇了片刻："他说他在找那个护士？"

迈克提尔看了一眼他的同事，他们之间传递了某种无言的信号。

"你们想好孩子的名字了吗？"他问。

"我们还没决定。"

"这已然是个大新闻，公众会有很高的关注度，如果孩子能有个名字会有所帮助。这能让媒体把新闻报道具体化，具体到一个实实在在的婴儿，而不是一个无名的孩子。"

"你想让我们现在就给孩子起名字？"

"你们以后可以改，给他起个新名字。"

我理解他的理论，但给一个我不能抱在怀里的孩子起名字感觉怪怪的。

"我们之前想叫他本杰明，简称本。"

"很好。"一直坐在角落里的莉萨–杰恩说。

"所以他是本宝宝，"迈克提尔说，"媒体会喜欢的。照片呢？"

"杰克拍了一些。"

"如果得到你的允许，我想立刻发布一张照片，并保留其他的。"

我翻看手机里的照片，我们选了一张，本裹在一条棉毯里，小脸皱成一团，眼睛半睁，抗拒着突如其来的亮光。我也在照片里。剖官产替代了艰辛的顺产，我还有力气微笑。

"我们还需要你说几句话。"

"我不想跟任何人说话。"我说。

"我理解你的心情。我会让一个新闻官为你起草几句。"

迈克提尔站起身来。

"结束了吗？"我问道。

他露出笑容，尽力安慰我："这类案件通常很快就会告破。一个新生儿不会没人注意。会有人联系我们的——朋友、家人或是邻居——我对此抱有信心。"

"我不想待在医院里。"

"医生坚持让你住院。"

"我不想再注射镇静剂了。"

"它能帮助你休息。"

"它会影响我的乳汁。我想等你们找到本的时候能够为他哺乳。"

"跟你的医生谈吧。该由医生拿主意。"

阿加莎

五点钟，天微微亮，罗里就醒了，抽着鼻子，喉咙里发出咯咯声。雨水流过窗户，光线在他的脸上和白色的床单上投下花纹。我没有叫醒海登，而是去热了一瓶奶，抱着罗里坐在沙发上，摩挲着他的脸颊，看着他的眼睛。我喜欢每天的这个时候，因为此时罗里只属于我一个人。

此时此刻，在这片屋檐之下，我拥有了自己曾经想要的一切，但我依然时而痛苦时而兴奋，仿佛同时过着两种不同的生活，两者都在彼此听力所及的范围之内。

到目前为止，海登还没有质疑我不当着他的面给罗里哺乳的原因。我只是说因为乳头皲裂和乳腺炎，现在没法分泌足够的乳汁，所以一个助产士建议我用奶粉作为补充。"我还得靠手挤，"我对海登说，给他看我高耸的乳房，"不要告诉你妈我的问题。"

"为什么不能？"他问。

"我觉得丢人。"

"她不会在意的。"

"其他的妈妈会对这种事大惊小怪，挑剔。"

他胆怯地看着我："我可能已经提过了。她问事情进展如何。"

"然后你就告诉她了？"

"我说你在喂他喝奶粉。"

"现在她会觉得我是个糟糕的妈妈。"

"不，她不会的。"

海登整个被罗里迷住了。神奇的是，在婴儿身边，男人就开心地变成了小丑，趴在孩子的肚子上吹气，做鬼脸，编造各种新词汇，拼命想得到一些反馈。

他现在更自信了，也知道怎么抱罗里了，我还教了他如何冲调奶粉，以及通过往手腕内侧滴几滴来测试温度。最重要的是，他对我关怀备至，为我泡茶，替我跑腿。

"你还没换过尿片呢。"我昨天对他说。

"下一个我来换。"他回答道。

晚些时候我喊他："嘿，该你了，水手。"

"我说的是下一个孩子。"他哈哈大笑，我感到胸中一股暖流涌过。

我们拍了大量的照片：罗里和海登，罗里和我，罗里和科尔夫妇，海登跟我和罗里。我要挑最好的几张镶上框，放在壁炉架上。

罗里几乎喝下了一整瓶奶，我把他放在肩上帮他打嗝。海登挠着肚脐眼从卧室里出来。他剃掉了胡须，我喜欢这样。亲吻他的时候更舒服了，而且能够看到他棱角分明的下颌。

一看到罗里，他就两眼发亮。"嘿，看这个。"他说着凑近罗里，伸出舌头。然后罗里立刻模仿他，伸出了舌头。

"我教会他了，"他说，"这孩子真是个天才。"

他打开电视。所有新闻简报的头条都是本宝宝失踪的消息。电视台记者正站在丘吉尔医院外面直播，采访医院的患者、过往的行人以及医院工作人员，但工作人员说他们不被允许对此发表评论。

"这些可怜的人，他们一定担心坏了。"海登说，他站在我身后给我按摩肩膀。

我嘟囔着表示同意。

屏幕上，一名警察在读一份援助请求："十二月七日周四晚上约七点五十分，一名女子潜入位于伦敦市中心的丘吉尔医院的单人病房，化装成护士，抱走了当天早些时候出生的本·肖内西。该女子年龄在三十到四十五岁之间，身高五英尺八英寸到五英尺十英寸之间，中等身材，棕色眼睛，白皮肤，黑头发，可能戴了假发。"

画面一转，我看到自己低着头走在一条走廊里的模糊录像。第二段录像上显示我在等电梯，我抬起手遮住了脸。画面效果被增强了，但画质太差，我的脸看上去像打了马赛克。

"你认识她吗？"那个警察问道，"她是你的朋友或者邻居吗？你知道有人突然带着个婴儿回家吗？如果你能提供帮助，请拨打协助防止犯罪热线。所有的信息都将严格保密。"

警察顿了顿，然后拿起一张纸。

"肖内西先生和太太委托我向公众提供的众多信息表示感谢。他们提供了如下评论：'被抱走时本刚出生十小时。我们刚刚把他抱入怀中，但他的遗失已经让我们心碎。请把他还给我们。带他去一个教堂或者学校，或是把他放到警局，把他交给官方人士。求求你，求求你，把他还给我们。'"

屏幕上出现了一张照片，梅格靠在枕头上，胸前抱着一个婴儿。这应该是孩子刚出生时拍的。

"我认识她。"我小声说。

海登犹豫了一下："什么？"

"孩子的妈妈，她跟我一块上瑜伽课。几周前我还去过她家，她给了我一些多余的婴儿衣服。"

海登绕到沙发前面坐下来："她什么情况？"

"她还有两个孩子，露西和拉克伦。我在超市上班时经常看到她。"

"你之前怎么没说过？"

"他们没有立刻公布她的姓名。"我拿起手机，找到梅格发来的那份邮件，"你看，我把罗里的照片发给了她，她还回复了。"

"什么时候的事？"

"她去医院之前。"

"你应该再给她发条信息。"海登说。

"那我说什么？"

"我不知道。说你在为她祈祷。"

"那样不会太残忍了吗？这只会提醒她，我的孩子安然无恙，她的孩子却不知所终。"

海登考虑着："也许你是对的。"

"她还有两个孩子，"我说，"他们也够她忙活的。我打赌她会起诉医院索要数百万英镑的赔偿。"

"这不是事情的重点，对吗？"海登说。

我头靠着他的肩膀，和他十指相扣，用大拇指抚摸着他手背上的汗毛："你说得对。等她出院回家了，我就给她打个电话。"

梅 根

四十八小时过去了。关键的窗口时间。如果在两天之内，失踪人员没有找到，或者罪案没有解决，或者嫌犯没有被起诉，那么成功的机会将开始减小。我确定之前在哪里读到过或是在电视上看到过这种说法。

本失踪的时间已经超过这个时限了。我的两位警务联络官安妮和莉萨-杰恩轮流陪我坐着。她们在保护我，不让记者靠近我，替我接电话，读短信，审查探视者。

医院把我转到了一个远离产科病房的房间，以免影响其他待产的产妇。我就像一具必须被迅速从事故现场移走的尸体，或是一个必须掩盖的错误。

我假装睡着了，听着护士鞋底摩擦地面的刺耳声音，还有外面走廊里推车的咔嗒声、手机的铃声以及对讲机的嗡嗡声。想象力在我闭着的眼皮上投下种种画面。我不停地看到别人给本喂奶的画面，或是本像俄狄浦斯一样被人遗弃在山腰上，或者像摩西一样躺在摇篮里被放到了水上。

有时，我又感觉和他有心灵感应。不是因为我们有共同的DNA，而是因为我怀了他九个月。我们血肉相连。我们能听到彼此的心跳。他能听到我的声音。仅仅剪断脐带或把孩子从母亲身边偷走，是无法切断这种联系的。

她们每次换班，我都会问："有什么消息吗？"

"没消息就是好消息。"安妮回答。

"没消息怎么就是好消息呢?"

"这意味着抱走孩子的人并没有惊慌,没有丢弃他。她把他抱回家了。她会保护他,照顾他。"

我想到了马德琳·麦卡恩,那个在葡萄牙失踪后再也没有找到的小女孩。万一这也发生在我们身上呢?万一他们找不到本呢?我们也会一辈子生活在期盼中,等着有人敲门或者打电话告知他是死是活吗?

安妮不断地提醒我婴儿都很顽强。医生们也这么说。昨天一位医生跟我说了一个婴儿在地震后的碎石堆里被困十天后幸存的故事。"你为什么要说地震?"我想说,"这跟地震有什么关系?"

安妮和莉萨-杰恩理应设法从我嘴里得到尽可能多的信息。实际上,这意味着她们不停地问我相同的问题,直到把我问得不耐烦了。我有仇人吗?我注意到谁老在医院的走廊里转悠吗?

与此同时,在这些墙壁之外,本已经不仅仅是个名字了。现在他是个品牌了,一个可以销售报纸和提高收视率的产品。新闻标题起得十分抓人眼球:

本宝宝——所有母亲的噩梦

本宝宝——又有三次目击

白色货车被截停以寻找本宝宝

本宝宝——他是如何消失的?

杰克和我一样心里没底,但我们都装作不是这样。他坐在我床边,或者我们下楼去咖啡馆。案件进展缓慢让他灰心丧气,不停地问警察为什么不挨家挨户登记人名。他想看到所有的商店橱窗上都贴着海报,听到他们在房顶上呼喊本的名字。

我竭力不去责怪他。我努力克制这个想法，我知道它的错误和不合理，但就是控制不住自己。他把我们的孩子交给了一个陌生人。他看着别人把本带走了。

安妮正坐在旁边的桌子边，给我们一些私人空间。她时刻注意着那些偷偷溜进医院来要求采访或是拍照的记者。他们在外面安营扎寨，有好几十个，不停地通过护士和护理员给我送信和字条，出钱请我们接受独家采访。一名清洁工被逮到试图溜进我的房间，他的口袋里装着一台一次性摄像机。

我和杰克坐在一个小隔间里，什么都没说。他撕开糖包，把糖倒到塑料桌上，然后用食指分成小堆。我希望自己能安慰他。我也希望他能安慰我。

两个身穿深灰色西服、白衬衫，系着丝绸领带的男人走了过来。

"我是帕特里克·卡莫迪，"年轻点的男人说，"医院服务部经理。"

"托马斯·格莱内尔格。"另一个人说，同时把名片递给了杰克。

"我无法表达我们对这件事的深切歉意，"卡莫迪先生说，"这所医院的安保系统如此先进，一个新生儿竟被人偷走，我个人感到无比震惊和难过。请接受我个人的歉意。"

我们俩都没说话。

卡莫迪先生看了一眼另一个人，继续说道："丘吉尔医院现在正跟警方全力合作，允许他们接触我们的视频监控、员工和记录。如果你们觉得还有什么需要，请告知我们。"

"你可以辞职。"杰克面无表情地说。

卡莫迪先生不自在地笑了，然后重新恢复了镇静："在协助警方之外，我们也在审查安保系统。医院董事会已经迅速做出反应，同意采用身份手环和运动传感器，杜绝此类事件的发生。"

"此类事件，"杰克模仿着卡莫迪的口音说，"我更愿意相信是马脱缰了，你不觉得吗？它扔下了骑手，踢倒谷仓门，跑得没影了。"

经理再次尝试："我知道你很难过，肖内西先生。你有权这样。丘吉尔医院有令人骄傲的历史。数以千计的婴儿在这里出生，而之前从未发生过一例此类事件。我们有可靠的安保系统，但没有哪个系统是万无一失的。"

"你错了，"杰克打断了他，"一所产科医院就应该万无一失，这样才不会有人抱着别人的孩子从这里走出去。"

另一个人终于开口了："丘吉尔医院不是你的敌人，肖内西先生。"

杰克看了一眼手里的名片："你是个律师。"

"我的公司是医院的代理方。"

"你们害怕我们会起诉。"

"这不是我们——"

"你们担心这会花掉一大笔钱。"

"我们是想表达悲伤和同情。"卡莫迪先生说。

杰克指着律师："他事先跟你说过要说什么了吗？"

"我觉得这有什么帮助——"

杰克把椅子往后一推："出去！"

"请不要提高嗓门。"律师说。

"你想让我保持安静？"杰克故意大声说，"我们的孩子被一个穿着你们的护士服的人从你们医院抱走了，你们的保安和监控探头视而不见，而你还想让我保持安静。去你的！"

有那么一刻，我觉得杰克都要打他了。相反，他把名片扔到了地上："不要再来找我们。从现在开始，你们去跟我们的律师谈。"

迈克提尔总警司也回来看我了。我已经不用卧床，动起来也不疼了，医生说我明天就可以回家了。我们在病人休息室谈话，里面有台电视、几张沙发，还有一排售卖各种零食和饮料的售卖机。

迈克提尔数出零钱，给我买了一罐柠檬水，咣当一声，柠檬水掉到了金属托盘里。

"抱歉，我没有杯子。"

"没关系。"

我们坐下来。我小口地喝着。总警司说话了。

"我们已经查看完监控录像，并已经确定绑架者是如何进出医院的了。"他打开一个信封，拿出一张照片，上面是一个穿着大号外套、拉着一个带轮子的格子呢推车的女人正穿过大厅。第二张照片是一个留着灰白色长马尾的男人，穿着工装服，戴着鸭舌帽。

"还记得我说过我们在找一个本被偷走的时候在医院六楼工作的水管工吗？"

"你们找到他了吗？"

"没有。"

"我不明白。"

"我们知道一个女人拉着一辆格子呢推车进了医院，但找不到她离开的证据。这一切都引起一个问题：她是如何把本带出医院的？"迈克提尔把两张照片并排放在一起，"根据监控录像，我们得到一个没有离开的女绑架者和一个没有来过的身份不明的水管工。这很可能意味着这是同一个人伪装成了不同的模样。"

我又仔细看了看照片。乍一看——无论怎么看，他们都像是两个完全不同的人。

"高明之处在于细节，"迈克提尔说，"我们在六楼的洗手池里发现了化妆品的痕迹，还在地上找到了一只隐形眼镜。"

"可本在哪儿呢？"

"我们相信他被放到了推车里。"

我用手捂住了嘴："他会窒息的。"

"不，空气是充足的。"

迈克提尔给我看了另一张监控图像，地点是医院的装卸区。照片显示水管工正背着摄像头朝街上走去，手里依然拉着那辆深色的推车。

"我们增强了监控画面，但也只能做到这样。"

"这些照片是没办法辨认的。"

"没错，不过现在我们知道了第二个伪装，我们可以在那片区域的视频监控中寻找更加清晰的画面，并重新询问目击者。与此同时，你可以帮我做件事。我想为你和杰克安排一次媒体会议，我们需要你们发出进一步的呼吁。"

"杰克怎么说？"

"他同意了。"

我点点头。

"在那之前，我想让你跟一位心理专家谈谈，他之前跟警方合作过。我请他起草一份心理简况，以帮助我们更好地了解我们的对手。"

"一份简况？"

"他可以帮助我们理解这个女人心里的想法，或者她将对新闻报道做何反应。他叫赛勒斯·黑文，是这方面的高手。"

阿加莎

"我们出去走走，"海登说。

"去哪儿？"

"我们带罗里去散散步。"

"可外面很冷。"

"新鲜空气对他有好处。来吧。我在家里都快得幽闭症了。"

"你可是个水手。"

"你懂我的意思。"

我把罗里放到推车里束好，用一条舒适的毯子盖好，然后推着他沿新国王路朝帕森斯公园走去。海登点了一品脱白马威士忌，我们坐在室外的桌子旁，享受着冬日微弱的阳光。

海登遇到了一个相识的人，把我介绍为他的未婚妻。我内心感到一阵温暖和激动，好像刚喝下了双份蔓越莓伏特加，尽管我还一滴未碰。

有人在桌子上留下了一份《地铁报》。海登把报纸摊开在酒杯下面。前四页都是本宝宝的新闻，各路报纸都比着看谁能激起公众最大的兴趣。《每日快报》悬赏五万英镑，《每日镜报》的赏金达到十万英镑，而《太阳报》的悬赏金额则超过了二者之和，达到二十五万英镑。

"他们在浪费金钱。"海登说。

"为什么这么说？"

"本宝宝早就不见了。"

"你觉得他死了？"

"我可没这么说。"

"那是什么？"

"我猜很可能是有人受雇偷走了他。某对富裕的夫妇或者阿拉伯酋长想要个儿子，所以他就让人偷了一个。"

"那他们为什么不直接买一个？"

"你不能直接买一个婴儿。"海登嘲笑着说，口气像个专家，"我打赌偷走本的人已经把他走私出国了——可能贿赂了某个移民局官员，或是用私人飞机把他带出去了。"他又看起报纸，对着赏金吹起了口哨："我们能用这笔钱做什么呢？"

"我们挺好的。"

"我们可以买栋房子。"

"我的公寓也够用。"

"很快就不够了，"他捏了一把我的屁股，"那其他孩子呢？"

我笑了："一个一个来，水手。"

帕森斯公园里，马路对面一群妈妈或保姆正坐在公园长椅上，看着年龄各异的孩子或蹒跚学步，或在地上爬，或沿着小路骑滑板车。那些女人很多都穿着相同的运动衫。我仔细看了看。衣服正面都是一幅婴儿照片，上面是一行字："本宝宝在哪儿呢？"背后是赞助商的名字——《每日邮报》。

"你注意到人们在盯着我们看吗？"我说。

海登放下酒杯："什么意思？"

"他们看着罗里，我可以看出他们心里在想，你知道……在想他是不是我们偷来的。"

"可他不是我们偷来的。"

"我知道，可是你看看那边的那个妈妈，树下那个。就好像在说，那是她的孩子吗？那可能是本宝宝。"

"我跟你说了，本宝宝早就不见了，现在他已经不在这个国家了。"

"万一没有呢？"

"想想吧，"他说，"他被人抱走多久——三天了？如果他还在这个国家，肯定有人发现了。你没办法带一个陌生的婴儿回家。邻居们会听到他的哭声，或者注意到你去买尿片。要把一个婴儿藏起来没那么容易。"他把手伸进推车，手掌整个放在罗里的胸口，"不过我们要密切留意我们的小家伙，防止有人想把他偷走。"

"你不会真觉得会有人来偷吧？"

"我开玩笑的。"他喝光了酒杯里的酒，打了个嗝，"再喝一杯就走。"

他进了酒吧。我把手伸进推车，抚摸着罗里的脸颊。随着时间一天天过去，我越发确信了他在这世上的地位。他已在我心里扎了根，把锚沉入了我心底。现在我是他的妈妈。他朝我伸出双手。他渴望我的触碰。

海登肯定也是这种感觉。有些男人对孩子有些可笑的想法，因为他们认为女人能给予的爱是有限的，而这与分配、减少或者将就无关。我们的心会扩大。我们的爱翻倍了，甚至更多。

海登回来了，手里端着一品脱酒。为了找话聊，他就问我在哪里出生长大的，还想了解一下我妈妈。我本该为他的关心感到高兴，但不想让他打破砂锅问到底。同时，我又不想表现得闪烁其词或是神神秘秘。我必须告诉他一些事，于是就提到伊莱贾在去学校的路上被撞身亡了。海登想知道所有的细节。我亲眼看到的吗？我责怪自己了吗？

"我为什么要责怪自己？"我厉声说道，"又不是我的错。"

"好了，好了，"海登举起双手说道，"天哪！我就是问问而已。"

我道了歉。他沉默不语了。我问他是不是一直就想加入海军。

"才不是！我只是为了信守承诺。"

"怎么回事？"

"我有个朋友，叫迈克尔·穆里，一天，我们割破了右手大拇指，把血混在一起，然后发誓长大后要加入海军。"

"就像结拜兄弟一样。"

"是的。"

"他也参军了吗？"

"当然没有。他帮他老爸卖吸尘器。"

"可你信守了承诺。"

"算是迫不得已吧。"

"为什么？"

"我十六岁的时候跟警察有些过节，还上了法庭。我的律师告诉法官说我希望加入皇家海军。如果被刑事定罪，这将变得非常困难。法官就对我进行了警告，然后放我走了。之后，我觉得自己只能参军了。"

"你被起诉了什么罪名？"

"刑事破坏。"

"你破坏了什么？"

"我放火烧了一个老师的汽车。他是个浑蛋。"

"我惊呆了。"

海登羞怯地看着我："你以前肯定也干过坏事。"

"没有。"

"我打赌你干过。我打赌你只是保密不说。我要跟你妈妈取得联系，看看你当时真实的模样。"

这句话让我内心一阵慌乱，我感觉那个魔鬼又开始搅动我的内脏了。

"我惹你伤心了，"海登说，"我说错什么话了吗？"

"没关系。"

　　"是我问的问题吗？我只是好奇。"

　　"要给罗里喂奶了。"

　　"你可以给他哺乳。"

　　"我还是觉得疼。"

　　我系好外套的扣子，松开车闸，推着婴儿车绕过桌子走到人行道上。海登赶紧喝完了酒，跑过来跟上我。我们默默地往前走。

　　"你应该也穿一件那样的运动衫。"他说。

　　"嗯？"

　　"本宝宝运动衫。那样就没人盯着你看了。"

梅　根

　　心理医生比我预想的要年轻，三十多岁，穿着一件扣子扣到领口的长袖棉衬衫和一条宽松的牛仔裤。他又高又瘦，颧骨突出，还有大多数女人梦寐以求的长睫毛，看上去就像一个毫不在意理发费的大学生。

　　赛勒斯·黑文跟我握了手，他握手的时间稍长，仿佛在观察我，让我有些不自在。我听说人的眼睛是面部唯一不会衰老的器官。它们始终明亮如初。医生的眼睛是浅蓝色的，瞳孔比炭黑色还要深。

　　"我可以坐下吗？"他问道。

　　"只有这把椅子。"我说。

　　他笑着表示同意。我在想他是否也有点紧张。

　　我们是在医院里我的单人间里进行的谈话，窗帘开着，外面天空阴沉沉的。我的行李打包了一半，行李箱打开着放在床上。几个小时后杰克就来接我回家了。

　　赛勒斯从挂在肩头的挎包里拿出一个笔记本。他打开很多口袋找笔，最后终于找到了一支，高兴地拿起来。他在纸上画了几下，可是笔不能用。他甩了几下，又试了试。还是不行。

　　"我可以叫护士来。"

　　"不用，没关系。"他说着把笔记本收起来。他拿出一张叠好的白色手帕，甩开，开始擦拭他的金丝边眼镜。我在想这整个过程是不是有表演的成分。他在假装健忘和心事重重，好让我放松戒备。

沉默还在继续。

"你要喝杯茶吗？"我问。

"不了，谢谢。"

赛勒斯把眼镜架在鼻子上，调好位置。他有一种凌乱而明显的英式英俊，让我想起了大学时的一位导师。他当时就是赛勒斯现在的年纪，而我比现在年轻许多，但就像很多学生一样，我也迷上了他。出于某种原因，那位导师好像叫我的次数比叫其他人多。我当时有些受宠若惊。我甚至对他产生了性幻想，因为他聪明而有涵养，一头不受管束的黑发，下巴中间有道颏裂，我想用舌头试试它有多深。

一天，他邀请我去他的房间。我接受了。我原想他会跟我调情，这个念头让我既害怕又兴奋，但他只是给了我一本他最新小说的未装订的校样，问我能不能帮他读一读，因为我有"好眼光"。

"好眼光？"我问道。

"你很擅长语法和拼写。"

这段回忆让我感到一阵尴尬。

赛勒斯一直在观察我："你睡得怎么样？"

"他们给了我药。"

"你在吃吗？"

"你跟护士谈过了。"

"她们是担心你。"

他看到我的行李箱里有一张裱起来的露西和拉克伦的合照，就问他们的名字。半个小时后，我发觉自己还在说。不知不觉间，他已经把我拽入了单边对话之中，听我讲述出生和上学的地方，我的父母、妹妹，还有杰克。很快，我就跟他说在巴恩斯买房并再次怀孕的事了。我没有提及我和杰克之间的争吵、怀疑，以及和西蒙的一夜情。

他的声音很柔和，穿插在我们的讨论中，把它引向不同的方向或者探寻未曾涉及的角落。我不记得上次对一个男人透露这么多信息是什么时候了——还是个陌生人。

最后，我们终于谈到了现在。赛勒斯知道绑架的大致细节，也看过监控视频，但他还是想让我再复述一遍。他向我解释了认知访谈的本质，以及它如何帮助人们回忆起事件的更多细节。

"不要有压力。放松。躺下来。闭上眼睛。跟我讲一下分娩的过程。把自己想象成一名导演，你要重现那一刻，告诉人们该站在哪里，该说什么。"

我按他说的做，向他描述剖官产的经过。杰克是如何逗我笑的："有很长一段时间他都不想再要孩子，但一看到本，他整个人都融化了。"

我告诉赛勒斯，到了十一点，我们就回到了多人共用的病房。我睡了几小时，醒了，吃了午饭，然后又睡了。杰克给我父母和格雷丝打了电话，把好消息告诉他们。我父母在探视时间来看了我。格雷丝在照看露西和拉克伦。

"你去冲澡的时候，注意到病房里有什么人吗？"

"没有。"

"想象那个画面。"

"杰克扶着我走到浴室。他用手揽着我。我们从床中间的过道里经过。"

"你听到了什么说话声吗？"

"临床的女人正在跟她丈夫聊天。"

"还有其他人吗？"

"一名护士。"

"在哪里？"

"在一张床边。我没有看到她的脸，她在整理床铺。"

"她的头发是什么样的？"

"黑色，长发。"

"是什么发型？"

"头发扎在后面。"

"再往她身后看，你看到了什么？"

"一个窗帘。"

"打开还是拉上的？"

"打开了一部分。"

"还有什么？"

"一个女人。我觉得她刚生了孩子。她的家人来看望她，带着鲜花和气球。他们大概是意大利人。很吵闹。"

"他们中有人面对着你在空床边看到的那个护士吗？"

我集中精力，努力回想着。

"孩子的奶奶。她当时正往我这边看。她为那阵喧闹向我道了歉。"

我睁开了眼睛："她一定看到了那个护士。"

"有可能，"赛勒斯说，"有必要跟她谈谈。"

"如果你给我催眠，我能记起更多细节吗？"我问。

"也许没有别的细节了。"

就在这时，我想到了西蒙，就突然改变了主意。赛勒斯似乎注意到了我的大转变，但什么都没说。我讨厌他把沉默当成杠杆和支点，逼着我开口说话。

"你结婚了吗？"我想转移话题，就问道。

"没有。"他露出遗憾的笑容。

"你为什么是这样的表情？"

"我觉得自己不是结婚的料。"

"你是说……"

"我不是同性恋，如果这是你的问题的话。我跟女友生活在一起。她是名律师。"

"可你觉得自己不会跟她结婚？"

"我父母在婚姻方面不是个好榜样。"

"他们离婚了吗？"

"他们都过世了。"

"我很抱歉。"

"都是很久之前的事了。"

赛勒斯站起身，走到床边，凝视着天空，仿佛什么东西擦到了他记忆的边缘。

"她为什么要偷走本？"我问道。

他用手指擦了擦眼镜下面："什么原因都有可能。恋童癖都喜欢固定年龄段的孩子，但通常不会针对婴儿。我们更可能是在寻找一个无法受孕、曾经流产或者失去过孩子的女人。她可能在努力维持一段婚姻或是阻止感情破裂。一个孩子就能解决她的问题——可以掩饰裂痕，并留住一个男人，不让他离开。"

"很多女人都流产过。"

"你说得没错。她们中的大多数都学会了应付悲痛。有时，这种人曾被父母忽视，可能是离异家庭或者家暴。她可能极度缺少关爱，在找一个会无条件地爱她的孩子。"

"你听上去很同情她。"

"我是理解她。她很脆弱，很受伤。"

"她会伤害本吗？"

"除非把她逼急了。"

"那现在怎么办？"

"我起草一份心理简况和一份媒体策略。"

"你说的'策略'是什么意思？"

"不论是谁抱走了本，都会看新闻看报纸。她在听，这意味着我们可以跟她交流。我们可以向她传递信息。我们可以让她保持镇定。"

"怎么做？"

"不把她当成罪犯，不贬低她，不惊吓她。"

"这对找回本有什么帮助？"

"我们让她看到你的痛苦。如果她曾失去孩子，就会知道你所经历的苦痛。我们可以利用这一点。"

赛勒斯站起身，拿起挎包挂到肩上。他看了看椅子周围，仿佛掉了什么东西，然后好像不太确定该不该跟我握手。

"尽力保持乐观。"他说，听起来丝毫没有优越感。

我想跟他说同样的话，但是不知道为什么。然后我突然明白过来。赛勒斯让我想起了《绿野仙踪》里的锡人。他并没有损坏到需要上油的地步。他的生活中发生过什么事，加重了他的脚步，让他的每个动作伴随着吱吱声和叹息声。也许这就是一个把毕生精力都花在钻研他人思想的人的命运——倾听他们最大的恐惧，揭开他们的缺点，发现他们的动机。也许这样的人早就开始生锈或失灵了——被机器内太多的鬼魂纠缠。

阿加莎

我在学着下厨。到目前为止，我的厨艺仅限于煮鸡蛋和加热焗豆，但我想让海登看到我能够成为一名合格的妻子，有能力照顾他。今晚，我们要吃基辅鸡配青豆和蜜糖胡萝卜。

"土豆条在哪儿？"他问。

"菜谱上没有土豆条。"

"我喜欢土豆条。"

"不是什么菜都可以配土豆。"

他用叉子拨弄着鸡肉，可等他吃了一口后，就狼吞虎咽起来，嚷嚷着还要。

我收拾好厨房之后，我们在沙发上坐下来，换着频道看电视。罗里睡了，但他半夜还会醒来。

"你不应该在挤奶吗？"海登抚摸着我的头发问道。

"你什么时候变成喂奶警察了？"我戳了一下他的肋骨，回答道。

"我能看你挤奶吗？"

"我会不好意思的。"

"为什么？"

"这让我觉得自己像头挤奶器上的母牛。"

"我想看。"

"也许以后吧。"

我拿起遥控器，按下静音，跨坐在海登的大腿上，亲吻他，同时臀部打着小小的圈，直到感觉他下面变硬了。我拉着他走进卧室，小声说我们要小点声。罗里在小床上睡着呢。

"万一他看到了呢？"海登问。

"他还是个婴儿。"我又开始亲他，同时把手伸进了他的牛仔裤，"我喜欢你立正的样子。"

我们自从他出海以后第一次做了爱。他用双臂支撑着自己，不想把身体压在我身上。

"你确定我们可以这样吗？"他问。

"没关系的。"

"我不想弄伤你。"

"你不会弄伤我的。"

他比我们第一次见面时温柔多了。那时，他就像一头发情的公牛，把我按在床垫上，仿佛要为其他女人的过错而惩罚我——那些不愿跟他上床或是甩了他或是他够不着的女人。

"我们不应该用避孕套吗？"他问。

"嘘——"

他开始动起来，既急切又努力控制自己，但我抬起臀部迎合每一次插入，直到感觉到他缴械投降了。他身体一抖，一声叹息，亲吻着我的耳垂，对我耳语道："我爱你。"我的心扩大开来，充满了身体的每一个角落，不给身体里的魔鬼和它赖以生存的怀疑留下一丝空间。

我在海登的臂弯里睡着了，体验到真正的幸福。

我知道做妈妈不容易，但我爱这份新工作。我不在意凌晨四点钟就醒来喂罗里或是在给他换尿片的时候被尿了一身，也不在乎他经常胡闹或吐在我的衣服上。没什么繁重的活计。我昨天洗了三堆衣服。我把衣服叠好，熨好，吸尘，给奶瓶消毒，冲奶粉。其间时不时把自己锁到洗手间里，假装在用吸奶器挤奶。

父亲的角色已经改变了海登。他更加温柔体贴了。他不但做家务，还主动去采购，经常把罗里系在胸前，带着他一起去。没有比带孩子的男人更性感的了。这并不会使他有女人气或是变弱，反而让他看起来像个称职的养家者和榜样，一个守护家庭的人。

海军给了他两周的带薪陪产假。之后他开始休假，所以直到一月中旬我们会一直待在一起，到时他将在朴次茅斯港重新上舰。

我希望他能待得再久些。我一方面想永远抓住这种感觉——新鲜和兴奋——但另一方面又害怕暴露自己和太过相信他人。我不习惯有人跟我在一起。通常情况下，我会准备面对失望，预期被拒绝，或是想到最坏的结果。

我依然小心提防海登的父母。我知道科尔先生是喜欢我的，科尔太太也会是个着迷的祖母，她会围着罗里转，找各种借口抱起他来向人炫耀。她已经在计划到春天海登下次休假回家的时候为罗里洗礼了。她想把海登的七大姑八大姨、叔伯姨舅和堂兄弟表姐妹都请来。我从未有过一大家子团聚一堂过圣诞或周年庆的经历，所以有时候感觉自己好像闯入了一部迪士尼电影或是家庭情景喜剧，其中最糟糕的事情也不过是有人烤煳了火鸡或是动起了拳头。

我们周日去科尔太太家吃午饭，烤牛肉加配菜、约克郡布丁、辣根、烤土豆、肉汤。海登的姐姐奈婕拉从诺福克赶来，没有带她的丈夫，却奇怪地带着一种对我的敌意。每次我提到怀孕或是分娩，她就发出嗤之以鼻的声音，仿佛是不同意我的看法，但之后又不发表评论。

当我努力和她聊婴儿的时候，她刻毒地说新做父母的人都很无聊，因为他们就知道谈论他们的孩子。我把海登拉到厨房，低声问道："她有什么故事吗？"

"这不是你的错，"他对我耳语道，"她一直想要个孩子，已经小产两次了。"

"你为什么之前没告诉我？"

"谁都不能知道。我妈只跟我说过。"

"你爸呢？"

"完全不知情，所以什么都不要说。"

吃午饭的时候，科尔太太问海登他打算什么时候让我做"真正的女人"。

"阿加莎是真正的女人。"

"我的意思是，你什么时候娶她？孩子要有个名正言顺的名字。"

"他有名字。"海登说。

"在上帝的眼里不是，"科尔太太说，"否则，大家会觉得他是个……"

她没有把话说完。

"大家已经不在乎那种东西了。"海登不自在地说道。

我插话进来："如果我们结婚太快，大家会觉得仅仅是因为罗里。过段时间再结婚，我们就可以向他们表明，我们是真的相爱。"我捏了捏海登的手。

奈婕拉用手捂住了嘴，好像要呕吐了一样。我顿时感觉气不打一处来。

收拾了桌子，我们回到客厅。海登打开电视要看足球比赛。电视上在播新闻——又是关于本宝宝的报道。

"噢，我忘了告诉你们，"海登说，"阿加莎认识梅格·肖内西。"

科尔太太正在倒茶："谁？"

"本宝宝的妈妈。"

全家人都在盯着我。

"我怀孕时跟她一块上过瑜伽课。"我解释道。

"你还去过她家。"海登补充道。

"她人怎么样？"科尔先生问。

"她真的很好。"

"她丈夫挺帅气的。"奈婕拉抠着指甲上的指甲油说道。

"他们有两个孩子，露西和拉克伦。我记得一个六岁，一个四岁。"

"可怜的女人，"科尔太太说，"他们的房子漂亮吗？"

"这有什么关系吗？"科尔先生不屑地说。

这让她立刻冷淡了些："嗯，他在电视台工作，我就是觉得他们应该会有所漂亮的房子。"

"很漂亮，有四间卧室。是在巴恩斯，离泰晤士河不远，"我说，"房子离我以前工作的地方不远。"

"你以前在哪儿工作？"奈婕拉问。

"在超市里。"

"超市！"她的语气仿佛那儿是麻风病人隔离区。

电视上在播放医院里的监控录像。一个穿着护士服的模糊身影正背对摄像头走开，转身进了电梯。画面定住，镜头拉近。

"她看起来很像你，阿加莎。"奈婕拉说。

"我？"

"对呀。"

"阿加莎跟她一点都不像。"海登反抗道。

科尔先生从扶手椅上凑近了些："确实有点像。"

我感觉胸口一紧，但还是努力笑出声来："你说得没错。"

"你的头发短一些。"海登说。

"我可能是戴了假发。"我说。

"你们的脸型一样。"奈婕拉说。

"我的脸并不一直这么圆。我是因为怀孕变胖了。"

"你没胖。"海登说。

"对，可我也能减轻几磅。"

我感觉奈婕拉正在另一张沙发上假笑。

电视上出现一张梅格和杰克离开医院的照片。

"那你觉得可能是谁抱走了本宝宝？"科尔先生问。

"可能是个自己没办法生孩子的人，"我说，看到奈婕拉身体僵硬了，"有时，一个女人流了产或是无法怀孕时，就会失去理智。"

"也许我们该换个话题。"科尔太太说。

"我不是说所有的女人——只是其中一部分。她们会变得尖刻忌妒。我替她们难过。"

奈婕拉说了声抱歉，捂着嘴离开了客厅。

"她没事吧？"我问，"我说了什么让她不高兴的话吗？"

梅　根

几十个记者在房子外面转悠，他们的广播车和卫星信号车占满了人行道和停车场。我们的垃圾桶里装满了他们扔的咖啡杯和速食包装。

杰克不得不把车停到街角，然后我们从电视台的长枪短炮、闪光灯和悬挂式麦克风中间挤过。莉萨-杰恩朝记者们大喊让他们后退，努力在人群中清出一条路。

"肖内西先生和太太无可奉告。如果你继续堵在这儿，我就拘捕你……我不会说第二遍。"

录音设备伸到我的面前。他们喊出各种问题。有人碰了我的手臂。我仿佛被烫到了一样抽开手臂。一个女记者往我手里塞了一封信。我想也没想就接了过来。

"我们可以给你更多。"另一个人喊道。

"不要相信她。"第三个人回应。

莉萨-杰恩在用肩膀上的对讲机请求增援。我们离前门越来越近。杰克一只手揽着我。我能感觉到他想对某个人大发雷霆，或是大放厥词，把他们臭骂一顿，但他是在电视台工作，了解媒体是如何运作的。

我们到了前门，躲进了门厅。最后又有一封信从信箱里塞进来，接着嘈杂声小了。莉萨-杰恩向我们保证这种事不会再发生。杰克厌恶地咕哝了一句，然后躲进了后花园。

我上楼，打开从医院拿回来的包裹。在睡袍和睡衣中间，我发现了本原本要穿着回家的婴儿服。我把那件小小的衣服放在床上，努力想象本就在我身边，看着我收拾包裹。露西和拉克伦在我父母那里。我想他们……他们的声音，他们制造的脏乱，他们的争吵，还有他们的拥抱。我从一个房间走到另一个房间，全都很熟悉，但又都不一样了。它们都变得更灰暗，更冷淡，全都没有了色彩。

在刚刚粉刷过的婴儿房里，我抚摸着童谣的歌词板，转着小床上方的风铃，看着那些手绘的非洲动物在床垫上方打转。

角落里的摇椅是露西出生时父母送的礼物。拉克伦最爱的襁褓洗过并在那张光滑的木椅子上熨过。我跟他说他大了用不到了，他就把它赠给了新宝宝。我拿起那张旧毯子，贴着脸颊，想着拉克伦曾经到哪儿都带着它。片刻之后，浑然不觉间，我跪在了地上，用毯子捂着脸，像个孩子一样泣不成声。

莉萨–杰恩在楼下大喊："我煮了茶。"

"我马上下来。"我擦着脸颊说道。

我在洗手间洗了脸。在水池上方的镜子里，我看到一个红着眼圈、头发稀疏的陌生人。我努力寻找失去孩子后身体上的迹象——额头上多了一道皱纹，或是皮肤上的伤疤，或是少了条胳膊。失去了一个孩子是那么沉重，那么可怕，肯定会有触摸得到的证据。我能感觉到心头有个窟窿。

我从镜中看到浴缸沿上有一群小动物，它们排成一排，仿佛在等待挪亚的到来。奶牛，鸭子，绵羊，马。拉克伦的一辆卡车停在排水孔上。浴缸上方的架子上放满了婴儿洗发液、泡沫剂、沐浴气泡弹和其他玩具。

有人敲了下门。是莉萨–杰恩："你没事吧？"

"没事。"

她一直在门外听。我能听到她的呼吸声。过了一会儿，她走开了，我又独自一人了。我坐在浴缸沿上，努力计算本被抱走了多少分钟。我跟他在一起多久？他不见多久了？我还能认出他的哭声或是气味吗？我还认得他吗？我不记得他眼睛的颜色、脚的大小和睫毛的长度了。

我到楼下的时候杰克早已离开了。

"他说他要去办点事，"莉萨-杰恩说，她像个体操运动员一样把金发别在脑后，"你们之间没事吧？"

"我们没事。"

事实上，杰克不在的时候我倒感觉没那么焦急了。过去几天里我们几乎没说过话，我一看他的脸，就能看到他眼中映出的我自己的恐惧。

莉萨-杰恩将确保我们不被记者打扰，没有陌生人敲门。她会睡在拉克伦的房间里。迈克提尔总警司建议我们住到宾馆去，以远离媒体，但我想待在家里，清醒地躺在自己的床上。我知道这很荒唐，但我总觉得本会给我打电话，或者自己找到回家的路，所以我得在这里，万一他回来了呢？

我打开电脑，开始读收件箱里的几十封邮件。有表示支持和同情的，他们为我送上祈祷和祝福。很多都是我认识的人。有的是露西和拉克伦学校的老师发来的，还有的来自我的妈妈群里的朋友和大学时期以及杂志社的老朋友。

我读了其中的一部分。似乎没人知道该写些什么。阿加莎的名字也在上面。

嘿，梅格，我听说了。我非常震惊和害怕。我无法相信这真的发生了。我为自己的幸福感到内疚，因为我知道这对你有多么艰难。但凡有我力所能及的事，如果你需要一个肩膀，或是一张友善的面孔……

想着你的
阿加莎

她几乎立刻就发了第二条信息。

梅格，还是我。我就是想说，我确定本会没事的。不论是谁抱走了
他，都会好好照顾他的。

问题都会解决的。

抱抱

我想宽容对待这些支持、祈祷和衷心的同情，但相反，我觉得它们令
人恼火，自私自利，仿佛这些人因为联系了我就心安理得了。我知道这样
想不公平。如果处在他们的位置我会怎么做呢？一个样。

我看着自己的博客。有份报纸曝光了我的博客，引用了我的一些博
文。现在我的粉丝都知道"克利欧佩特拉"就是梅根·肖内西，杰克就是
"恺撒大帝"。新闻引来了数百条评论，大部分都表达了同情和震惊。

这些人是谁？他们甚至都不了解我。他们读了几篇关于我家人的癖好
和日常磨难的博文，就感觉和我有了什么关系，但我非但没有感受到安慰
和鼓励，反倒感到愤怒。他们无权声称拥有我的感受和痛苦。

一个来自诺福克的女人声称她梦到了本，他还活着，跟一家吉卜赛人
住在多塞特。另一个名叫卡拉的女人拥有透视眼，说如果我给她寄一份本
的胎盘血样本，她就做一场通灵法事来找到他。一个来自布赖顿的叫彼得
的男人发邮件描述了他看到的景象。本在一个水边的地方，挨着一间老旧
的谷仓。他还看到了猪、一辆雪铁龙汽车和一辆奶罐车。

我开始删除邮件，但又阻止了自己。我不相信超能力、塔罗牌和任何
通灵现象，但我不能排除任何可能性。

门铃响了。莉萨–杰恩去开了门。她在跟谁说话，让他们离开。很可能
是个记者。过了一会儿，她来到卧室门外。

"一个叫西蒙的家伙坚持要跟你谈谈。他说是你的朋友。"

我的胃翻腾起来："我不想见他。"

"好的。"

她下楼下到一半时，我改变了主意。我想知道他为什么来这里，他打算干什么。我在她身后喊道："让他进来。我几分钟后下去。"

我梳了梳头发，滴了几滴眼药水，以驱散眼里的红色。我不知道这为什么重要，但我拒绝在西蒙面前屈服或是表现出软弱。

他在客厅里，站在窗边，透过窗帘看外面的记者。他穿着皱了的亚麻外套和紧身牛仔裤，两天未刮的胡须有了些许花白，但他还没有到在意它的年纪。

"你想要什么？"我问道，毫不掩饰话中的冷漠。

"我很担心你，"他回头看了一眼窗户，"外面就像个动物园。"

"你也是其中的一员吗？"

"对我好一点，梅兹。"

"你不用上班吗？"

"不。"他用手指抚过壁炉台，"杰克呢？"

"出去了。"

"你没必要让他经历这些。"

"什么？"

"杰克——他不该经受这样的痛苦。我们两个都不该。"

我疑惑的表情仿佛印证了他的怀疑。

"你演得真不错，梅格。演技很好。"

"你在说什么？"

"你可以现在就结束这一切——这出马戏——只要告诉警方你对孩子做了什么。"

我难以置信地盯着他，意识到我张开了嘴，因为我的舌头已经变得干燥了。

"我还记得上次你对我说的话，"他拿起露西和拉克伦的合照说道，"你以孩子的生命发誓，说我永远见不到孩子，无法把他抱入怀中。"

"你觉得是我干的？"

"让我相信你没有干。"

我气得眼泪在眼眶中打转："你觉得是我精心策划绑架了我自己的孩子？"

"警方可以以阻碍破案进度的名义逮捕你，"西蒙说，"儿童福利部门会带走露西和拉克伦。你将变得一无所有。"

"西蒙，西蒙，西蒙，"我边叹气边摇着头说，"你告诉我我是如何在刚做了手术后把孩子从医院带出去的？"

"也许你跟你妹妹虚构了这一切。对了，格雷丝找过我了。她威胁说会曝光我是个毒贩子。"

"这件事不对，我很抱歉。但如果你觉得是我做了这一切，简直就是发疯了。"

"是吗？也许你雇了某个人——你花钱让她把孩子带走，然后藏起来。"

"真的吗？我雇了谁？"

他耸了耸肩，仿佛觉得这并不重要。

"你觉得我花钱雇人扮成护士抱走了本。他们要照顾他多久——一周，一个月，还是一年？别犯傻了。"

西蒙的决心在动摇。

"你不能忽略我，梅格，你也不能把孩子永远藏起来。"

"滚出去！"

"你让我别无选择。我要把我的想法告诉警方。"

"他们会笑话你的。"

"杰克可不会笑。"

我狠狠地给了他一耳光。这是第二次。很显然，西蒙有一张欠扇的脸。我想再给他一耳光。我想抠他的眼睛。我想抹去他脸上得意的神情。

"出去！滚出去！"

莉萨–杰恩被我们的大声争吵吸引到了门口。

"没什么事吧？"

"我想让他离开我的家！"我尖叫。

"我正要走。"西蒙说着从莉萨–杰恩身边挤过去。他走进门廊，走到门外，我锁上门，拴上防盗链。然后，我走到厨房的工作台边。莉萨–杰恩给我倒了一杯水。我的双手在颤抖，水洒了出来。她在等着我解释。

"我想让他远离我……远离我的家人。"

"为什么？"

"他……他……他在敲诈我。"

"什么？怎么敲诈你的？"

"这不重要。"

"他为什么敲诈你？"

"算了。让他离我远点就行了。"

阿加莎

罗里一晚上都哭闹不停。他不饿，也没有尿，也不发烧，但我觉得他应该再多吃点。今天早上，我用浴室里的秤给他称了重。我知道那台秤不太准，不过我明天、后天都要称，直到让我知道他增重了为止。

我看起来糟透了。我的眼睛下面有眼袋，脸无缘无故地肿了。我讨厌这样。昨天我几乎没吃东西。我没有大吃蛋糕或是巧克力饼干。像这样的日子里，我就从镜子里看到了真实的自己，一个出现在怪胎秀上的怪物。我看到的不是光滑的皮肤，而是肉体上刻下或是凸出的疤痕、伤口和沟壑。

海登也没睡，因此情绪很差。他抱怨我把他的鸡蛋煮老了，面包烤焦了。后来，他又批评我没有把他的衬衫熨好。我知道蜜月总会结束。他已经对我感到厌烦了。一旦新鲜感褪去，他就会意识到他可以找到更好的。我们会为鸡毛蒜皮的小事吵架，我会检验他对我的爱，因为我心里怀疑这爱的力度。我会要求更多——每天的证据——而这会让他更加远离我。

我为什么会那样？我是自己最大的敌人。每当我冒险要幸福，那个魔鬼就蠢蠢欲动，破坏我的自信，提醒我过去的失败，我其他的孩子，在林间空地中安息的孩子。在内心深处，我知道自己不配被爱。

我的手机响了。我不认识那个号码。

"喂？"

"阿加莎？"

"是我。"

"我是尼基。"

我过了一会儿才把名字和声音对上号。我已经三年没有跟前夫说过话了。每年圣诞节他都会寄给我一封信，告诉我他的消息，我才知道他跟纽卡斯尔一个离异的女人结婚了，成了两个男孩的继父。

"尼基，这太意外了——你好吗？"

"挺好的。你呢？"

"我也是。"我头脑中立刻响起了警报。他为什么此时打电话？

我们都住了口，然后又同时开始说话。

"你先说。"我说。

"我来伦敦参加会议，昨天我碰到了萨拉·德里。你还记得她吗？她在你的短期工中介工作。"

"当然。"

他这是什么意思？

"我们在闲谈，然后她丢下了一个重磅炸弹。她说你生孩子了。恭喜你。"

"谢谢。"

"是个男孩。我大吃一惊。我的意思是，我觉得肯定是搞错了。"

"搞错了？"

他犹豫了一下，然后岔开了话题："太好了。你一定很开心。"

"是的。"

又是好长的停顿，这次更加别扭。

"我能请你吃午饭吗？"他问道。

"我现在很忙。"

"当然。去喝杯咖啡如何？我可以过去找你。我想看看孩子。"

我不想让他过来。海登还不知道尼基的事。他不知道我结过婚、离过婚，还花了数年尝试生儿育女。

我听到身后有声音。海登正站在厨房门口。他用嘴形问道："谁的电话？"

"没有谁。"我小声说。

尼基还在说："我想知道，在那么多次失败的尝试之后，你是如何怀孕的。记得最后那位生育专家——他说你再也不能受孕了。"

"他说错了。"

"当然。"

他不相信。

"我现在有空。我可以过去找你。我有你的地址。"

"我搬家了。"

"真的？你妈说你还在之前的地方。"

我心头一惊："你什么时候跟我妈联系了？"

"八月——她生日的时候。你还在富勒姆吗？"

"不。是的。"

海登在看着我。

"我改变主意了，"我说，"我们找个地方见见吧。"

"太好了。我在南肯辛顿有个会，结束之后见面可以吗？"尼基提议一个地方，我们约定了时间，"别忘了带罗里来。我想见见这个奇迹婴儿。"

"你怎么知道他的名字？"

"自然是萨拉告诉我的。"他笑着说。

我快速结束了通话。海登站在我身边。

"是谁？"

"一位老朋友。"

"前男友？"

"不，不是。"

"什么意思？"

"他是家里的一个朋友——我喊他叔叔。我已经好多年没见过他了。"

"所以你要去见他？"

"去喝杯咖啡。"

"我可以去吗？"

"你会觉得无聊的。你带罗里去你妈妈家怎么样？她会很高兴的。"

这是南肯辛顿一家简陋的餐馆，里面大，外面小，毫不理会物理规律。沿着一堵墙有个吧台，对面是几个小隔间。从正面往里，是一大片用餐区域，上方有个夹层。餐馆白天供应咖啡和奶油茶点，晚上就变身为小吃吧。

尼基没什么变化。他头上的白发多了些，人也胖了些。这增加的体重让他看上去更柔弱了，因为肉都长在了腰上。

"你没有带孩子来。"他说，话里有些失望。

"对。他昨晚没睡好。"

"真遗憾。"

尼基接过我的外套，替我挂起来，然后叫来一名女服务员点菜。过了这么久之后，坐在前夫面前，我感觉很奇怪——听着他的声音，依然那么熟悉，同时又那么陌生，因为它属于前世。不同于海登的安静和郁郁寡欢，尼基总是乐呵呵的，善于表达，十分坦率。

我们离维多利亚和阿尔伯特博物馆不远，路边停着几辆观光巴士。工人们在挂圣诞彩灯，连到头顶上方路灯和树木之间的电线上。傍晚，电线消失在夜幕中，彩灯给一切笼上了明亮喜庆的氛围。

"所以，你是怎么做到的？"尼基盯着我问。

"做到什么？"

"怀孕。"

"就是自然发生了。"

"真的？"

他的眼光那么专注，好像是化了妆一样。

"既然你非要知道，我是用了代孕。"我愤怒地说道，接着又道歉，"抱歉。我不想让别人知道。"

"为什么？"

我耸了耸肩："这样简单点。"

"你妈没说你怀孕了。"

"我到孕期的第三个阶段才告诉她。我不想让她抱太大的希望，鉴于上次的结局。"

尼基的眼睛里聚起了悲伤的泪水，他花了一会儿时间让自己恢复平静。我们的咖啡端上来了。

"你现在跟谁在一起吗？"他问道。

"我订婚了。"

"很好。"

我跟他讲海登，添油加醋，听起来他仿佛注定要当舰长或是舰队的海军中将。

"我们夏天要结婚了，然后去塔希提度蜜月。"

"塔希提？所以他是孩子的生父了？"

"是的。"我回答。

尼基叠好又展开他的餐巾："那个婴儿被抱走的事——真是太龌龊了。"

"我没有太注意。"

他扬起眉毛:"很难不注意。"

"我最近挺忙的。"我笑着说,避开他凝视的目光。

"是的,当然。"

尼基开始讲他驾车从我们位于海格特的旧房子前经过的情形。"我觉得他们改造了阁楼,"他说,"我们一直说要改……等有了孩子。"他用歉意的眼神看着我,希望能把刚才的话收回去,"你想过如果我们的克洛艾活下来了会是什么情形吗?她今年该四岁了。"

我没有回答。

"我一直都在想,"他说,"我在街上或是公园里看到一个小女孩,就想象着她可能是我们的克洛艾——健健康康的,由其他人抚养着。"

"如果我这样想,早就疯了。"

"你说得对。我们当时都有点疯癫,不是吗?我记得你说要偷个孩子。我知道你是在开玩笑,不过你说我们应该找到一对已经有了孩子的夫妇,然后抱走一个婴儿。"

"我当时太伤心了。"

"当然。"

我尽力直视尼基的眼睛,尽管我只想躲开。我体内的魔鬼又苏醒了。

他知道!他知道!

"你是在哪里生的孩子?"尼基问道。

"在伦敦。"

"哦,萨拉说是在利兹。"

"我的意思是,我是在利兹生的孩子,但之后立刻就回了伦敦。海登刚从开普敦飞回来。他在印度洋上打击海盗。"

尼基仰起头:"我几周前就在利兹。我去了你妈妈家,那地方看起来给锁起来了。一个邻居说她去西班牙过冬了。"

"她回来看孩子出生了。"

"然后又回了西班牙？"

"是的。"

他知道！他知道！

我看了看手表。但我并没有戴表。我看了看手机："我真的得走了。罗里要吃奶。"

"当然。没问题。"尼基站起身，举起我的外套，我把手臂伸进袖子。

"再见到你真好，阿吉。好好照顾孩子。"

"我会的。"

我们在外面的人行道上分开了。我走了二三十步，回头看去。尼基还在看着我。

他知道！他知道！

我朝他挥挥手，他也朝我挥挥手，然后穿过马路，朝最近的地铁站走去。等他走得够远了，我就转过身，跟了上去，低着头，在行人之间穿行。尼基很高，在人群里很显眼。

他知道！他知道！

他什么都不会说的。

他会告诉警方的。

他没有证据。

这不重要。

南肯辛顿地铁站总是很繁忙。多条通道通往不同的站台。我不让尼基离开我的视线，我戴上外套的帽子，遮住了脸，不让摄像头拍到。过了一会儿，尼基停下来给一个拉小提琴的街头艺人钱。我突然停下脚步，转过身，逆着人流往回走。过了几秒，我又转过身，继续跟着他。

他到了东行的区域线和环线站台上，那里挤满了从博物馆出来的观光客。我边小声道歉，边从人群中挤过，跟着尼基来到站台的尽头。

我看了一眼信息栏，下一趟车一分钟后到。尼基在看手机。

他在报警。

他可能是在看邮件。

或是发信息。

没事的。

你没能给他生孩子，他心生忌妒。

尼基是爱我的。

他知道！他知道！

地铁在驶近，在铁轨上击出有节奏的声响。重重画面在我闭着的眼前闪过。我看到警察到了公寓前。我看到他们抱走了我的孩子。我努力从他们手臂中挣脱，求他们把他还给我……让我抱着他。

尼基往前走了走，站在站台边缘。我就在他身后，能清晰地看到他后颈上向下的绒发和肩上的头皮屑。人们紧紧地站在我们周围。

他知道！他知道！

他能怎么样？

他可能报警。

不会的。

我的手碰到了尼基后背的中央。他刚要转过头，我用力地向前推，感觉到了他的体重。他纵身向前，快速挥动着双臂力求保持身体平衡，我一瞬间感到头晕目眩，低声笑了笑。有那么一瞬，他仿佛克服了重力，但接着就摔下去了，随着低沉的嗡的一声——地铁车轮驶过的声音，他消失在了地铁下面。

一个女人尖叫起来，接着另一个也叫起来。我也叫了起来。人们大声呼喊，车厢从我们面前快速驶过，减速，停了下来。乘客们站在里面，等着下车，丝毫未察觉他们脚下的状况。一个五六岁的矮胖小女孩盯着我。她臂弯里抱着一个玩偶，一只手拉着她妈妈的袖子。

她妈妈用手捂住她的眼睛，让她不要看。

"那个人怎么了？"女孩问道。

"嘘。"

"他去哪儿了？"

女孩从脸上拉开她妈妈的手，用指责的目光盯着我。我不敢直视她的眼睛。我转身，穿过人群。人们都在往前挤，希望看得更仔细些。其他人则想逃跑。我从他们身边挤过，左右腾挪闪过无数的肩膀，低着头，听着他们的对话。

"有人跳轨了？"

"他神志不清了。"

"该死！我们会迟到吗？"

我好像用了半天才到达出口处的楼梯。我的双手在颤抖。我头脑麻木。我必须保持清醒。如果我离开车站，会有些可疑。我应该坐地铁。选择另一个站台离开，掩盖我的行踪。

我体内的魔鬼安静了，但我知道它在想什么。

他知道！他知道！他知道！

梅　根

　　露西和拉克伦争先恐后地穿过大门，跑过小路，冲进我伸出的双臂。闪光灯闪烁，直播镜头抓拍到了这一刻。我们的家人团聚变成了公众的谈资，在每一个新闻频道上反复播放。我们是自己的真人秀的主角：肖内西一家。

　　杰克跟着他们走过小路，拉着他们的同款行李箱。摄影师们对我们大声发号施令，想让我们摆姿势拍照片，但我推着孩子们进屋，关上了门。

　　我又抱了抱孩子们，这次更从容了。露西滔滔不绝地说个不停，想把自己所有的事情都告诉我，最后拉克伦终于有时间插话。

　　"我觉得我长虱子了。我头上好痒。外婆给我用了一种特别的洗发水，可是那东西弄得我眼睛疼，我头上用了好久的护发素。她给我梳头的时候，我都哭了，可她一只虱子都没有找到。那我的头为什么这么痒呀？"

　　"我饿了。"拉克伦说。

　　"我在做点心。"我说。

　　露西爬到杰克的腿上。拉克伦走到我身边。

　　"你生了宝宝吗？"露西问。

　　"是的。是个小弟弟。"

　　露西皱起眉头："我还希望是妹妹呢。"

"可你早就知道是个弟弟。"

"是的，可我想你可能弄错了，或是改变了主意——比如那次我们从宜家订了一个台灯，可是拿错了，不过我们觉得错的那个比对的那个看上去更好，于是我们就没有拿回去换。"

"宝宝可不是宜家的台灯。"我说。

"那他在哪儿呢？"拉克伦问，"我们能见见他吗？"

"还不可以呢。"

"为什么？"

我看着杰克。我们已经讨论过如何应对这个问题了。

"本不见了。"我说。

"我就知道，"露西得意地说，"我听到外公和外婆说话了。他们说有人把他偷走了。"

"没错，"杰克说，"但我们会把他找回来的。"

拉克伦皱起眉头："他们为什么要偷走他？"

"他们一定是想要个孩子。"露西回答，好像很符合逻辑。

"可是你不能就去偷一个呀。"拉克伦说。他看着我寻求我的肯定。

"警方在找他了，"我说，"所以外面才有这么多人。他们都是记者。"

拉克伦睁大了眼睛，一只手捂住了嘴："万一'儿童捕手'抓到他了呢？"

"不是'儿童捕手'。"杰克说。自从看了《飞天万能车》以后，拉克伦就开始害怕"儿童捕手"了——一个用棒棒糖和糖果把孩子骗到笼子里的坏蛋。

他们又问了许多关于警察和外面的记者的问题。

看得出拉克伦是最困惑的那个："就是说他永远回不来了吗？"

"不是。"

"那他在哪儿？"

"他现在在别人家里。"

"就像在外面过夜。"露西说。

"不，不是的。"我的心都要碎了，"本有了个新家，有其他人照顾他。"

"可是为什么呀？"拉克伦问道。

我不知道该怎么回答。

"他不会想我们吗？"露西问。

杰克来帮我解围了："抱走本的人很伤心。她太伤心了，觉得一个孩子会让她开心起来——尽管是其他人的孩子。"

"她为什么不能自己生个孩子？"拉克伦问。

"不知道，"杰克说，"不过我们会把本找回来的。"

"什么时候？"

"很快。"

"明天？"

"明天可能不行。"

"吃点心了！"我拍着手说道，"谁要吃烤土豆条？"

"好耶！"他们齐声喊道。

杰克抱着露西去厨房，他已经很少这么做了，因为她个子已经那么高了。我抱着拉克伦，鼻子蹭着他的头发，把他的味道深深地吸进肺里，借此提醒自己，这两个孩子还很安全，是属于我的。

杰克白天在家，感觉很奇怪。他的上司给他放了无限期的长假，但杰克不知道该拿自己怎么办。我可以设法用各种各样的活计填充每一个小时——做饭、打扫、缀扣子——而杰克只是在房子里转悠，或是看着窗外，看邮件，然后又看着窗外。

通常，他都会去打网球或是跑步，但现在我们做任何事都被监控着，记录着，广播着。外面的记者们敲邻居的门，要求使用他们的洗手间，或是采访。与此同时，摄影师和录像师已经架起了梯子，好从树篱上方拍摄凸窗和前门。每过一小时，记者们都会以我们的房子为背景，上气不接下气地更新报道，亮光透过窗帘射进来，把影子投到墙上。

我们被困在这里了。我们就像笼子里的老鼠、碗里的金鱼。昨天晚上，杰克和我躺在床上，盯着天花板，形同路人。有一次，他的膝盖碰到了我的大腿，我就挪开了一些。他发出了轻微的鼾声，我更加怨恨他了。

终于，我睡着了。本出现在了我的梦里。我听到他的哭声，我的奶水流出来了，我不知道当我的心已经如此支离破碎时，它怎么还能有节奏地跳动。我每过四个小时都会泌乳，然后把母乳放到冰箱里，冰箱里的母乳越来越多，只希望到时能派上用场。

我被外面记者的笑声吵醒了。他们在开玩笑。杰克跟我说过记者是如何在最阴郁的故事中寻找幽默的，因为这让他们对悲剧产生免疫，或是消磨无聊的时光。他们会开吉米·萨维尔、罗尔夫·哈里斯、鲍里斯·约翰逊和唐纳德·特朗普的玩笑。没有什么是谈论禁区或"言之过早"。

我观看每一份播放的公告，电视上仿佛播放着同样的音乐，无数的育儿专家、医生、人质谈判专家和失去孩子的父母受邀对调查工作以及我和杰克的心理状态大加评论。我们的朋友也被请来发表评论，他们都是在步出汽车或是家门时遭到了记者的埋伏。他们被摄像机吓到了，说一些同情的陈词滥调，此外再无其他，以此填充广播时间。

全国上下有几十个未被证实的目击事件。新妈妈们抱怨在街上突然被陌生人拦下，窥探婴儿车，被人用怀疑的眼光扫视。

时不时会有新的发现。在国王十字车站的洗手间里找到了一张医院的毯子。那辆购物推车出现在了一趟到达爱丁堡的火车上。一名清洁工以为是被人丢弃的，就把它带回家了，但看到新闻上提到了推车，就把它交给了警方。

"所以本是在苏格兰。"我对安妮说。

"这点不确定。"

"可推车怎么会在那里?"

"可能是被丢在火车上的。国王十字车站和爱丁堡之间有七个车站。"

"所以他可能在任何地方?"

"我们正在查看监控录像和这些车站的购票记录。"

每次跟警方交流,我都努力保持乐观,压低自己的声音,让自己听起来通情达理,可我在内心深处大声尖叫,看在上帝的分上,去找到他!

同时,不断有卡片和信件寄来。邮递员一天来两次,每次送三摞。安妮建议由她先来读这些信件,以防其中有绑架者寄来的,但我觉得她是想为我们省去麻烦。网络上已经出现了阴谋论的观点。有人暗示绑架案是个骗局,目的是提高杰克的知名度。其他人说绑架案后有一个有组织的犯罪集团,把白人的孩子走私给中东的奴隶贩子。我不该读这些疯狂的想法的。我的想象力已经提供了足够的素材。

安妮建议我们去跟我的父母住。

"你说过绑架者可能会尝试联系我们?"

"我们可以给你们的手机做呼叫转移。"

"万一他们想把本送回家呢?"

安妮没有回答,但我知道她觉得我是在抓救命稻草。我不在乎。我有权不合逻辑或是乐观得不可思议。我拒绝失去希望。

露西今天去学校了,不过拉克伦在家里,因为我需要有人分散注意力。从昨天开始,他们就都没再提起本。我不觉得他们无动于衷或是漠不关心。这就是孩子和成人的区别——他们并不会把太多的精力放在伤心上。

我在厨房工作台上打开笔记本电脑,在网络上搜索其他孩子失踪案的信息。马德琳·麦卡恩失踪的时候，媒体的喧闹持续了几个月，然后是几年。当我提到这种事的时候，杰克就会发怒。"这不是一回事，"他说，"我们会找到本的。"

现在他在楼上，坐在密不透风的书房里，看球赛或是在电脑上玩纸牌。也许他也在网络上搜索，寻找慰藉或是线索。

"黑文医生想过来一趟，"安妮双手捧着手机说，"他做好心理特征描述了。"

"什么时候来？"

"他十五分钟后就能到。"

"好的。"我说，渴望得到任何信息。与其说是无聊，不如说是感到无力，我想做点有用或者积极的事，希望能帮上忙。

安妮在对着门廊里的镜子梳头发，涂润唇膏。我猜这是不是跟赛勒斯·黑文有什么关系。

"你对他了解多少？"我问。

"谁？"

"黑文医生。"

"不太多。"

"哦。我还以为你们是朋友呢。"

安妮脸上微微泛红，我知道自己猜的方向不错。不是她单恋赛勒斯，就是他们之前有过一段。

"你是怎么认识他的？"我问。

"他给那些开过枪或是在执行任务中负伤的警员做心理辅导。"

"也给你做过吗？"

她点点头："我不应该说这个的。"

她的遮遮掩掩让我更加好奇了："他这个人很有意思，黑文医生。是个很好的倾听者。我猜他不得不这样。但我觉得他也很忧郁。"

"可以理解。"安妮说。

"为什么？"

"他饱经摧残。"

"是怎么回事？"

"我真的不该说。"

我打开笔记本电脑，点开谷歌，输入"赛勒斯·黑文"。

"你什么都找不到的。"安妮说。

"为什么？"

她咬着脸颊的内侧："不要说是我说的，好吗？"

我点点头。

"搜索'伊莱亚斯·黑文-赛克斯'。"

几十条链接出现在屏幕上，标题都非常引人注目：

全家被砍死

最小的儿子发现全家惨遭屠杀

黑文-赛克斯被送入精神病医院

我点开其中一些链接，默默地读起来。

一九九五年，十八岁的伊莱亚斯·黑文-赛克斯在曼彻斯特用一把砍刀谋害了他的父母和两个妹妹。家中一名成员幸免于难——赛勒斯·黑文-赛克斯，十三岁，他参加完足球训练回家，发现他的哥哥在看电视，双脚放在父亲的尸体上。他们的母亲躺在厨房的地板上，死了。他的两个妹妹试图躲在一间卧室里，但也被从床底拽出来砍死了。

安妮在看着我默读。

"怎么了？"我小声说。

"伊莱亚斯被诊断患有精神分裂症。他从十六岁起就不断地进出精神病院了。"

"他现在在哪儿？"

"据我所知，在兰普顿。最高戒备。"

"赛勒斯会谈起他吗？"

"不会。"

我不想再读下去，合上电脑。我现在想起这个案件了，但不记得其中的人名了。只有一个图像闪入我的脑海——一个小男孩穿着黑色的西装，孤零零地站在家人的棺材中间。标题文字称他为"世界上最孤独的孩子"。

中午，赛勒斯到了。他是那么不引人注意，直到他快到前门了，记者们才注意到他。其中一个人喊了他的名字。其他人迅速从车里爬出来，但那时门已经关上了，赛勒斯正脱掉他的皮夹克。安妮替他把夹克挂起来。他们的手碰到了一起，两人看了对方一眼。

我煮了一壶茶，赛勒斯却不喝。他似乎只享受喝茶的仪式，而非茶的味道。

"杰克呢？"他问。

"在楼上。"

"他怎么样？"

他想让我说什么？杰克很受煎熬，而我不能帮他，我不知道自己是否想帮他。我知道责怪杰克对他不公平，也不合理，但生活什么时候公平过？这些话我一句都没说，但我觉得赛勒斯还是听到了。

说曹操曹操到，杰克来到厨房。他坐下来，接过一杯茶，盯着那混浊不清的棕色液体，仿佛在努力回想它叫什么。

赛勒斯从包里取出一张纸。他把纸放在桌子上，两肘的正中间，然后用食指往上扶了扶鼻梁上的眼镜。

"我是这么对警方说的，"他说，"他们要找的是一个三十多或者四十出头的女人，她在医院里很自如，能毫不引人注意、毫无障碍地融入其中，与病人和探视者交流。同时，她也很熟悉丘吉尔医院的结构布局——楼梯井、电梯和监控探头的位置——这意味着她曾经在这家医院工作过或是去探过路。警方正在查看雇员记录和更早之前的监控录像。"

赛勒斯的手指往下移。

"她善于撒谎，这可能听上去再明显不过，但是在风险很大的时候撒谎并不容易。大部分人都会露出紧张的迹象——脸红、结巴、出汗，或是烦躁，但这个女人在压力之下非常镇定。

"我觉得她的智商很高，她的教育水平可能反映不了这一点。"

"什么意思？"杰克问，他正在把一张纸巾叠成越来越小的正方形。

"高智商并不等同于好的学业成绩。她可能都没机会或者必要的条件上高中。但她确实非常聪明。看看她的整个计划——不同的伪装、预防措施、语言和非语言行为，以及和别人的交流，比如你。"

"所以我们在对付一个犯罪天才？"杰克讽刺道。

赛勒斯没有针锋相对："不是犯罪天才，只是一个聪明的女人，一个没有显示出迷惑、紧张或是害怕的女人。一个花了几个月的时间来筹划此案的女人。"

"你在为医院开脱，给他们一个借口。"

我打断了他："赛勒斯不是这个意思。"

"他说她是个天才。"

"我在给你们描述她的心理特征，"赛勒斯说，"我不会帮人找借口。我只是尽力去理解他们。通常情况下，当我看到一个犯罪现场时，我会看到作案者的局限性。他们的失败，大多是因为他们未能事先谋划。他们只把注意力集中在犯罪上，而不是他们的撤退策略。他们会失去耐心，未能想好下一步怎么办。而在这个案件中，这个女人把一切都计划得一丝不苟——如何把孩子藏起来，以及如何离开。她没有临时决定，或是说：'哦，好吧，如果我能走到那一步，我就临场发挥。'她又换了一个伪装。她拉着推车。她一定听到警报响了。她知道他们在找她。医院是个迷宫。出口全被封锁了，但她没有慌乱，没有跑，也没有吸引注意。警方花了好几天才发现她是如何把本带出医院的。"

他顿了顿，等着杰克回应或者置评。杰克没有说话，他继续说：

"作案者可能已婚或者处于恋爱状态，但不够稳定。这是她想要孩子的原因之一——来加固恋爱关系，把一个她害怕会离开的男人留在身边。

"她愿意冒险。随着绑架每向前一步，被发现的概率也会增加，但她依然继续——换了衣服，沿着走廊，深入医院的心脏。任何一名医院员工随时可能询问她的身份或是拉响警报。

"我相信她是个人作案，但她会为孩子准备一个地方，并且编造一个可信的故事。"

"什么故事？"我问。

"她很可能假装怀孕，让朋友和家人相信她随时可能分娩。"

"所以她在裙子下面塞了个枕头？"杰克问。

"我觉得她应该会比这个还要老道点，"赛勒斯说，"怀孕假体可以在网上买到。还有网站卖假的验孕试纸和超声图像。"

"她为什么不自己生孩子？"杰克问。

"也许她不能生育。试管婴儿技术很昂贵，成功率只有四分之一。根据她的年龄和背景，领养也可能有困难。我在工作中遇到过不少没有孩子的女人想过偷个孩子。有的恋爱不顺，其他的或者有妄想症，或者无法生育，或者渴求别人的爱，孩子成了她们的圣杯。"

"她会伤害本吗？"我问。

"在正常情况下，不会。"

"什么是非正常情况？"

"如果她害怕了，被逼到角落，或是急切地想避免被发现，她可能惊慌，但如果我们给她传递正确的信息，如果能让她保持镇定，她就会关爱并保护本。"

"你真的确定她在听吗？"杰克问道，"你有什么证据？警方现在是把她当成受害者，而不是罪犯，所有人都该同情她——可是我们呢？"

"他说得对，"我说，"把她当成受害者不管用。"

"她既不是罪犯也不是受害者，"赛勒斯说，"在她看来不是。到目前为止，她相信本是她的孩子，是我们想把他从她身边抢走。我们是罪犯。"

"这太荒唐了，"我声音颤抖着说，"他是我们的孩子。"

"当然，"赛勒斯说，"我们也会把他找回来的。"他摘掉眼镜，揉了揉鼻梁。"过去三十年里，英国有六十多个孩子被拐走了，只有四个没有被安全找回来。我知道这只是个数字，但希望你们能从这样的数字中得到一些安慰。"

答案是否定的。反而恰恰相反。统计上的例外并不能让人安心。就像得了一种罕见的疾病或是成为一场离谱的不幸事件的受害者——你不断地问自己，为什么是我？为什么不是其他人？

赛勒斯重新看着桌子上的那张纸："在研究了这场绑架案，特别是精细的计划和自信的执行之后，我开始怀疑这个女人之前可能做过这种事。"

"偷孩子？"杰克问。

"要不就是测试，或者一次失败的尝试。"

"什么时候？在哪里？"

"我已经让迈克提尔总警司重新查阅之前的诱拐案档案，以及孩子失踪、医院和学校出现安全漏洞事故的记录了。"

我看着杰克，想知道他是否跟我得到了相同的信息。

"还有一点，"赛勒斯谨慎地说，"我觉得我们应该考虑一种可能，本是被选中的。"

"被选中，是什么意思？"我问。

"那天晚上，产科病房里有十八个婴儿。这个女人从六个刚刚分娩的妈妈身边走过。她为什么没有选择其中一个呢？"

我不太理解这个想法："所以你觉得……"

"我在试图解释其中的矛盾。"

"她为什么要选本？"杰克问。

"她可能看到梅格到了医院，或者她可能从电视上认出了你，或者她之前就已经确认你们了。你注意到孩子出生之前的几周里有人跟踪你吗？陌生的汽车或是电话？"

我摇摇头，比之前更加没把握。

"还有多少人知道你生产的时间和地点？"

我努力回想。我的妈妈群，我的瑜伽教练、理发师、瑜伽课上的同学、露西的老师、拉克伦学校的教工……当然，我的医生也知道。我妈……

"那你的博客呢？"杰克问。

赛勒斯抬起头来："什么博客？"

"我有一个妈咪博客，"我解释道，"算是个业余爱好吧。"

"你都写些什么？"

我耸了耸肩，有些难为情："我的生活、孩子、杰克……"但我从未用过我们的真实姓名。

"她有六千名粉丝。"杰克帮腔道。

"你说过在哪儿生孩子吗？"

我的心一沉："我可能提到过……"

"你说过日期吗？"

我点点头。

"你提到过医院的名字吗？"

"可能吧。"

"你跟其中的人联系过吗？"

"她们会评论我的博文，或是给我发信息。"

"你会回复？"

"不是所有的都回复。"

我知道他在想什么。其中一些读者可能怀孕了，或是刚刚成家，或者孩子夭折了。

"有带有敌意或是恶意挑衅的吗？"他问道。

"可能吧。有几个。很少。几乎没有。我从未发布过我的住址或是提到街道和学校的名字。"我知道自己听起来像是在辩解。

"那我们怎么会收到那些免费产品？"杰克问道。

"那些公司知道都是谁写的博客，"我说，"我的朋友们也知道。"

我在为自己挖一个坑，但不是为了保护自己。我努力思考。会有人在跟踪我吗？我绞尽脑汁。几周前，一辆宝马汽车在哈默史密斯跟着我通过一个正要变红的交通灯。我和拉克伦喂鸭子的时候，在池塘旁边转悠的那个诡异女人呢？她一直在挠胳膊，自言自语。一旦开了头，就一发不可收拾。有一个流浪汉睡在教堂的过道里。他有时会去敲人家的门，找一些零活儿。图书馆还有个男人会趁女人坐在豆袋上给孩子读故事的时候偷看她们的裙底。

"有人对你怀孕这件事特别感兴趣吗？"赛勒斯问道。

"我觉得没有。我认识很多怀孕的女人。我在一个健身中心上孕妇瑜伽课，我的博客上也有许多新妈妈的评论。"

"有人比较特别吗？她们可能特别热情，或者问许多私人问题。"

"没有。"

杰克插进来说："那个丈夫在海军服役的女人呢？"

"阿加莎，"我说，"她没有很热情。"

"阿加莎是谁？"赛勒斯问道。

"她跟我一块上瑜伽课。"

"你认识她多久了？"

"差不多一个月了。她在附近工作。"

"她怀孕了？"

"她在我之前生的。"

赛勒斯在做笔记："你有阿加莎的住址吗？"

"我有她的电话和邮箱地址。"

我听到外面一阵骚动。叫喊声。脚步声。安妮打开前门。迈克提尔总警司刚下警车就被记者们团团围住。他由司机和其他警员护送着，一路挤过那群记者，毫不理会他们提出的问题。

我在门廊里迎接他们，那里一下子拥挤起来。迈克提尔看了一眼赛勒斯，点点头，没有握手。

"一个新生儿被遗弃在了什罗普郡小德雷顿的教堂外面。是个男婴，但我们还不知道是不是本。"他说。

我后退一步，身体摇晃着去扶墙。

"孩子被送去了最近的医院。我想强调的是，我不知道这与此案是否有关，但我觉得你还是应该从我这里得知此事，而不是从外面那帮人嘴里得知。"

我有个问题，可说不出来。

杰克说："我们知道什么信息？"

"初步报告显示，婴儿有可能刚出生几个小时。医生正在给他做检查。"

"是本！"我脱口说道，"是他！"

"我们还不确定，"迈克提尔说，"我们可能要做个DNA测试。"

"请让我见见他。我可以喂他。我还在泌乳。"

迈克提尔和赛勒斯交换了个眼色。他们觉得我不够理智。我开始吵闹。赛勒斯打断了我："求求你，肖内西太太。梅根。不要再把问题复杂化。"

迈克提尔拿出一个小塑料试管："我们想取一份DNA样本——只需要用棉签在口腔里擦一下。"

"当然。"杰克说着伸手去接试管。

"不，应该是我。"我脱口说道，我意识到DNA检测的危险以及可能揭露的罪孽。

"母亲父亲都可以，没什么区别。"迈克提尔说。

我拿起杰克手里的试管，用棉签在嘴里擦了一下脸颊内侧，然后放入试管。迈克提尔封住试管口，把它塞进内口袋里。"我们一有消息就会通知你们，"他说，"与此同时，希普韦尔警员会留下来应付媒体。在我们知道更多信息之前，我建议你们不要做任何公开声明。"

警员们走出房子，又引起了一轮问题。安妮和赛勒斯留下来。他问我杰克和我是否去过小德雷顿，我们是否认识那里的什么人。我们摇了摇头。

杰克打开电视。我们看到一个女记者站在斯托克的医院外面，尽力在风中按住头发。

"这个七磅重的男婴被发现躺在 个纸箱里，被遗弃在医院大厅的大门边。医护人员把他转移到了皇家斯托克大学医院。刚刚过去的半个小时里，一位医院发言人发布了一份简单的更新报告，男婴有脱水症状，但状态大体良好。

"这一发现引发了强烈推测，男婴可能就是六天前在伦敦一所医院中失踪的婴儿本·肖内西。警方拒绝对此置评，但不久之前负责调查该案的警员去了本宝宝的父母，杰克和梅根·肖内西位于伦敦的家里。"

镜头切换到迈克提尔总警司和他的同事走进我们家的画面。整个场景刚刚发生不到二十分钟，可已经上了电视新闻。

"是本。"我低声说。

"我们还不能确定。"杰克说。

"那还能是谁？"

"任何时候都有婴儿被遗弃。"

我摇摇头："不是任何时候。"

阿加莎

对讲机响了。我梦到了罗里的一岁生日派对。客人们带着礼物和气球来了。我做了一个泰迪熊蛋糕，盘子里盛着迷你香肠卷和手指三明治。蜂鸣器又响了，这个画面从我头脑里消失了。

我听到有人说话。海登在对讲机上跟谁说话。他在门外跟他们见面——是两个警察。我透过卧室门上的裂缝看着他们。

"抱歉打扰了，"那个警察说，"我们希望能跟阿加莎·费弗尔谈谈。"

"她在睡觉。"海登说。

"我醒了，"我从卧室里喊道，"等我几分钟。"

我边在门后听着，边整理一下裙子和头发，让自己正常呼吸，保持镇定。他们是来了解尼基还是孩子的？有什么关系吗？

你做得太过了。

那是个意外。

你杀了他。

没有！

你推了他。

我是爱尼基的。

两名警察坐在沙发的两头，一个穿着制服，另一个穿着一件肘部磨得发亮的丑陋的蓝色西服。他们礼貌地站起来。穿制服的警察将近三十岁，平头，一张圆脸，将来会有双下巴。另一位警探比他要大二十岁，酒糟鼻，头发逐渐稀疏。我说要给他们泡茶或者咖啡，他们拒绝了。我在扶手椅上坐下来。海登靠在扶手上。

"我能叫你阿加莎吗？"年纪大的问道。

我点点头。

"我不知道你有没有听到消息，"他说，"前天南肯辛顿地铁站发生了一起事故。一个人跌落轨道被撞身亡。"

"真可怕！"

"我们相信你可能认识受害人，"警探说道，"尼古拉斯·戴维·费弗尔。"

我尖叫一声，用手捂住了嘴："一定是搞错了。"

"为什么这么说？"

"我昨天刚见过尼基——还是前天？不，是昨天。我们一起喝了咖啡。"

"在哪里？"

"在维多利亚阿尔伯特博物馆附近。"

两个警察看了对方一眼。警探说道："你曾经嫁给费弗尔先生，这么说没错吧？"

"你搞错了，"海登说，"他是她的叔叔。"

我抓住他的手，对警探说："我们三年前离婚了。"

海登抽走了手。"你没跟我说你结过婚呀。"他的话像在指责我。

"我们在一起时间并不长。"我解释道。

"哈？但你说他是你叔叔。"

海登太小题大做了——让我在生人面前难堪。我知道他是个醋坛子，所以一开始才没有告诉他。

两个警察不自在地看了看对方，两人都不想陷入家庭纠纷。年龄大点的警探清了清嗓子："你跟费弗尔先生喝咖啡的时候，他看上去状态如何？"

"很好。还不错。他来伦敦参加一个会议。"我用纸巾擤了下鼻涕，然后抽了下鼻子。

"你觉得他的精神状态如何？"

"我不太明白这个问题。"

"他看上去对什么事情感到伤心或是沮丧吗？"

"沮丧？不，没有。他在谈论他的妻子和继子。我觉得他是有点想家了。"

"他这么跟你说的吗？"

"没有。我是说，他的言行这么暗示的。"

"他提到过什么婚姻问题吗？"

"没有。"

"那是什么？"

"他说自己没有达到'期望'。"我用手指比出两个问号。

"什么期望？"

"我猜他是说他妻子的。"

"是钱的问题？"

"他是个作家。"我回答道，仿佛这就能解释一切了。

穿着制服的警察开口了："所以你们的离婚是友好的？"

"没错。"

"而你保留了他的姓氏？"

"是的。"

"为什么？"

"我真的不知道。我就不用弄那么多文件，换驾照、护照、信用卡……"

海登在窗边走来走去，假装往窗外看，但他的眼睛在左右转动。

"你们在哪儿分别的？"警探问道。

我努力回忆。

"在街上，咖啡馆外面。"

"那是你最后一次见到费弗尔先生吗？"

我犹豫了一下，并不想被发现有纰漏。我回想着那个场景。我的脸被遮住了。如果摄像头拍到了我，他们就不会问这些问题了。

"我觉得可能在地铁站又看到了他一次，但他在我前面。"

"你当时在车站干什么？"

"我坐地铁去伯爵宫。尼基说他要去维多利亚区。"

"你是在站台上看到他的吗？"

"不是。我坐的是皮卡迪利线。"

"你们为什么没有一起去地铁站？"警探问道。

"尼基走了之后我才想起来。"

海登插进来说："所以，这家伙是自己跳下去的还是被人推下去的？"

"你为什么会觉得他是被推下去的？"年龄大点的警探问道，转过身审视海登，海登被他看得不自在了。

"没什么，"他说，"不过你们问了好多问题。如果那家伙是自己跳下去的，干吗还要问呢？"

我的身体为之一缩，然后抱歉地看了一眼两位警察。

警探看着我："我们询问过几位目击者，他们暗示费弗尔先生可能是被人从身后推或者撞下去的。监控视频也表明可能有非意外的身体接触。"

"是谁推的？"海登问。

"我们还无法确认此人的身份。我们相信此人穿着一件带帽子的长款外套。"警探仰起头，"你有一件这样的外套吗，费弗尔女士？"

"小姐。"我纠正他道。

"费弗尔小姐。"

"我没有推尼基！"

"我问你是否有一件带帽子的外套。"

"是什么样的？"

"黑色或者海军蓝——带个伞形风帽。"

我看了一眼海登，他在等着我回答。

"我之前有过一件这样的外套，但我把它捐给慈善机构了。"

"什么时候？"没穿制服的警探问道。

我顿了顿，仿佛在用力回想："已经几周了。我把衣服放在一个捐赠衣物箱里了。"

我能看到海登在玻璃上的影像。他在盯着我看。

"好了，"警探用手抚过裤子的正面，"我觉得差不多了。如果你还想起别的事……"

"我会跟你们联系的。"我说。

快到门口的时候，警探转过身来："纯粹出于好奇，是费弗尔先生联系的你，还是你联系的他？"

"他给我打的电话。"

"你们多久没联系了？"

"好几年了。"

"他为什么打电话？"

"他听说了孩子的事。"

"孩子？"

"我十天前生了孩子。"我指着壁炉架上的卡片，一些是朋友寄来的，其他的是我寄给自己的。

"祝贺你。"

"谢谢，"我说，"我和尼基没能生孩子。我们试过。我觉得这就是我们最后分手的原因——压力和失望。"

"我明白了。"警探说，但我不喜欢他的语气。我不知道他是否真的明白了，明白了多少，或者是否相信我。

"再见，科尔先生。"他对海登说，海登没有回应。我站在门口的楼梯平台上，看着他们走下台阶，振作起来，准备应对即将发生的事。

海登在沙发后面走过来走过去，拉拉耳朵，他想事情的时候就会这样。我坐下来，始终盯着他，保持眼神接触。

"你为什么要撒谎？你说他是个老朋友——一位叔叔。"

"我以为你会吃醋。"

"我？为什么？"

"男人在这种事上会变得很可笑。"

"是吗？谁跟你说的——你其他的丈夫？"

"就一个丈夫。拜托不要这样。"

"你们为什么要离婚？"

"我们不能生孩子。尼基的精子密度低。我们尝试了所有的方法，但始终没有成功。我们喝咖啡的时候谈的就是这个。"

"朱尔斯知道你结过婚吗？"

"不知道！知道。我可能跟她说过。"

"所以除了我，所有人都知道？"

"不，不是所有人。"

"你还有什么事瞒着我？"

"没有了。"

"那你的外套呢？你跟那两个警察说你把它捐了，可它现在就挂在你的衣橱里。"

"我说的不是那件。"

"什么？"

"是另外一件。"

"可看上去一样。"

"我喜欢那个款。旧的那件肘部磨损了，还掉了两颗纽扣。"

"你什么时候买的新外套？你几乎没有离开过公寓。"

"我在网上买的。你不在的时候他们送到家的。"

海登想相信我，但我看得出他还有些困难。他讨厌秘密，不喜欢意外。与此同时，他又很喜欢为人父，家庭幸福。当他说起罗里的时候，我能从他的眼神和声音里看到这一点。

我从后面抱住了他，把头靠在他的背上。他转过身，我们接吻了。我睁开眼睛，发现他在看着我。那个内心的魔鬼溜进我的内脏之间，缠住了我的心脏，慢慢地越来越紧。

愚蠢！愚蠢！愚蠢！

梅　根

　　那个婴儿不是本。根据医院的说法，他被遗弃时刚出生还不到六小时。他刚满十六岁的妈妈在卧室里生下了他，用书包把他偷偷运出来，放到了医院大厅门外的台阶上。孩子的妈妈和那个被遗弃的孩子已经团聚了。多感人啊。

　　我的第一反应是拒绝相信。我说孩子的妈妈在撒谎，还要求进行基因测试。多讽刺啊。同时，我的双肩颤抖，我知道是自己不讲理。那是别人的孩子，可这并不公平。她不想要孩子。她也配不上。

　　安妮告诉了我们这个消息。我感觉浑身无力，抓着一盒纸巾躺到床上。过了一会儿，杰克进来了，坐在我身边。我知道他想跟我说话，但我假装睡着了。说我是胆小鬼吧，但我知道任何讨论将会如何收场。我会责怪杰克从一开始就不想要本，建议我去流产，他就希望发生这样的事。然后他会像一只将被打晕的海狗一样眼巴巴地看着我，祈求我的原谅，我也会原谅他，我知道这不是他的错，但这原谅会很虚假，因为并非发自内心。

　　这件事拖得越久，情况越糟糕。起初，我有大家的支持和公众的好意支撑，但现在这些不够了。我的生活停滞不前。地球并不为我转动。我始终用安妮的话提醒自己，没有消息就是好消息，但真的是这样吗？我不确定了。与此同时，我既希望出现奇迹，又害怕是上帝为我对杰克不忠或是不信上帝而惩罚我。说到宗教，我是一个不断地要求证据的怀疑者，反过来又对笃信者宣称的上帝的美好和残酷心生敬畏。

我努力祈祷，但记不得在主日学校学的颂歌和诗章了。我唯一能记起的祷文是我们参加每周集会时念的祷文，我们按班级站立，允诺爱彼此，嘴里说着"众人出手建房子，众人同心成学校"。我闭上眼睛，说出自己的祷文。用心听着，希望能得到回音。

什么都没有。

上帝在接另一个人的电话。

我们今天下午开媒体见面会。迈克提尔总警司要求我们早点去，排练一下要说的话。我们两点刚过就出发了。这是我这么久以来第一次化妆，穿着怀孕前的裙子，最上面一颗扣子没系，藏在毛衣下面。

警察局比我预料的破旧。除了电脑和打印机，看上去并没有什么高科技、先进或是犯罪现场调查的迹象。事故处理室杂乱吵闹，里面放满了功能性家具，九十年代时应该非常时髦。穿着便衣的警员们在忙着打电话、敲键盘。这样怎么可能找到本？我想问。他们应该挨家挨户去敲门，去摇晃树木。

赛勒斯·黑文已经坐在媒体室的桌子边了，穿着熟悉的宽松牛仔裤和扣子扣到脖子的衬衫。我立刻放松下来。我不知道为什么，但他就是让我觉得应付得来这一切。

迈克提尔从口袋里拿出一片口香糖。他剥开箔纸，把口香糖放到舌头上，大声地嚼起来，用力吸着其中的味道。

"我已经让黑文医生采取新的策略。"

"我们为什么要用新策略？"杰克问道，他好像很渴望跟人吵一架。

迈克提尔直截了当地回应："因为现在的策略不管用。"

"情况发生了变化，"赛勒斯补充道，他的声音透着镇定，"本刚被人抱走的时候，我们采取的策略是直接向抱走他的女人发出呼吁。我们想让她看到她给你们带来的巨大的痛苦，并鼓励她主动交回孩子。我们已经过了这个阶段。本在她身边越久，他们之间的纽带就越紧密。如果我们还没有联系到她，肯定发生了两种情况中的一种：她要么不再听了，要么决定不予回应。"

"你的意思是她不在乎。"我说。

"我的意思是你们在她的心目当中并不重要。她在意的只有本。"

我感到恶心。

"所以我想改变我们的信息焦点。我们不再直接呼吁诱拐者，而是跟她身边的人谈——朋友、家人和邻居。我们给他们产生疑问的理由。我们帮助他们明白，抱走本的人误入歧途了，失去了辨别是非的能力。如果他们真想帮助这个人，就应该跟我们联系。"

"你觉得会有人告发她？"杰克说。

"如果我们给他们以正当的理由。"

"那他们为什么到现在还没有告发？"

"他们可能出于恐惧、困惑或是不愿插手。我们可以通过柔和的语气以及避免冲突来达到这一点。我们必须让公众明白，不论是谁抱走了本，她都没有被当成必须被逮捕并得到惩罚的罪犯。她是受害者。是发生了什么可怕的事，才促使她做出如此糟糕的决定。也许她曾失去孩子或是无法生育。她遭受了巨大的痛苦，所以我们要向她展示出同情和理解。我们必须敦促其他人也这样做，为了我们同时也为了她而行动起来。"

杰克咕哝着说："所以，我们失去了孩子还不够，她才是那个需要同情的人？"

"如果我们能找到她，就找到了本。"迈克提尔说，他似乎已经厌倦了杰克的暴脾气。

赛勒斯继续说道："现在，媒体控制着信息——每天都采访不同的人，不报道事实，只报道传言。是他们而不是我们在制订议程。我们必须改变这一点。从现在开始，我们要用一个声音说话，并定下清楚明确的目标。第一步就是让一个人专门发布信息。"

"好的，交给我吧。"迈克提尔说。

"不。不能是你，"赛勒斯说，"你是警察。你代表等式的惩罚性的那边。"

"那是谁？"

赛勒斯看着我。

"不，不，我不行。"我摇着头，并非因为害羞，而是出于恐惧，"我万一犯错了呢？我可能把她推下悬崖。"

"我给你写好了稿子，你只需要把它念出来。"

"为什么不让杰克来？他习惯了站在镜头前。"

"由你发声，更加有力。"

杰克碰了碰我的手臂："你可以的。我可以帮你。"

闪光灯闪烁，快门咔嚓，电视灯光把白光射到我低垂的脸上。这感觉像一场公开审判，而不是媒体会。电视摄像机在一个台子前面，呈月牙形排开，台子上放着一张长桌、几把椅子。媒体摄影师在两边，喊着我们的名字，让我们朝这边或那边看。

我眼含泪水对着灯光眨眼，低下头，以免被台阶绊倒。杰克就在我身边，可我有种孤身一人的奇怪感觉，感觉身边缺少一个人。我想伸出手，握住他的手，可什么东西阻止了我。

迈克提尔拉出一张椅子。我把裙子拢在腿下面，端正地坐下来，双膝并拢，目视前方，任由闪光灯在我的眼睑后面造成一个个白点。

等喧闹声停止，就轮到我了。我努力想着杰克对我说的——直视镜头，忘记有许多人在看。开头的几句话有些发抖，但慢慢我就更加镇定了。

"这是非常情绪化的九天，如此多的人给我们发来支持的信息、同情的信件和祈祷，让我们备受感动，"我顿了顿，抬起头来，"仿佛本被整个国家领养了，属于我们每一个人，这让我们感到非常欣喜。

"因此，我今天要亲自出来说话，因为我觉得没人能想象本对我们的意义。我们是一个坚强的家庭，但此刻我们的家庭并不完整。我们家里有一个儿子、一个女儿，他们都还没有见过他们的小弟弟。他们都很伤心，而我们又没办法向他们解释发生的事。我甚至都没办法跟自己解释。

"我知道一定有人知道本在哪里。也许你还没有意识到，或者还不确定，或者是害怕。你可能要怀疑你爱的人，所以才很难站出来。我懂得忠诚和爱。我知道家人之间的强大力量。"

我跟自己保证过不会哭，但我能感觉到泪水在眼眶里打转。我冷静下来，想着黑文医生说的话："绑架者可能不再听了，但她的朋友和家人会听到的。"我想象着他们的模样。

"如果你们真的有疑问，那么保持沉默不会帮助任何人。站出来，拨打电话，留言。至少，让我们知道本安然无恙。我别无他求——只要他平安无事。"

最后一句话哽在喉咙里，声音很小。杰克用手揽住我。我把头靠在他的脖子上，偎入他的怀抱。

记者们喊出各种问题。其中一个喊声最大。

"你们为什么不为那段时间出生的所有孩子做DNA测试？"

迈克提尔拿起麦克风。

"英国每天有两千多个孩子出生。我们不能强制孩子的父母提供DNA样本。即使可以，其花费将达到数百万英镑。"

另一个人喊道："那些所谓的目击事件都得到证实了吗？"

"我们在持续跟进数百条线索。"

又有一个人举手："你们为什么没有公开更多的医院监控视频？"

"视频画面质量太差，我们认为这只会把水搅浑，会阻碍调查，让我们的工作变得更难。"

"怎么说？"

"唯一能从监控画面中认出绑架者的人就是绑架者本人。公布画面，非但不会帮助我们找到她，反而会让她恐惧和焦虑。我们不是要惩罚什么人。抱走本·肖内西的人也需要帮助和支持，而这是我们能够提供的。我们可以帮她治疗。我们可以提供心理辅导。"

阿加莎

"关掉电视。"我说。

海登一脸惊讶地看着我:"你不感兴趣吗?"

"不。"

"为什么?"

"这会惹我伤心。"

这是真的,但我不能跟海登解释。我知道失去孩子的感受。我有过梅格此刻的感受,但她还有杰克、拉克伦和露西。她应该多想想他们。

海登把电视静音,拿起电视指南,随意地翻看着。"你觉得是谁抱走了他?"他问道。

"谁?"

"本宝宝。"

我耸耸肩,只想改变话题。

"我改变主意了。"他说。

"什么意思?"

"我原以为是某个想要孩子的富人,但现在我觉得很可能是个疯子。"

"你为什么觉得她是个疯子?"

"合乎道理,"他说,"你自己也说过,她可能没办法生孩子,或者曾经失去孩子,这让她有点疯疯癫癫的。"

"很多女人都曾失去孩子。"

"你知道我什么意思。"他把双脚放到咖啡桌上，我很讨厌他这样，"他们说她需要帮助，但是如果有人抱走我们的罗里，我会想杀了她的。我会追踪到她，把他找回来，然后就用我的双手杀了她。"

"你要勒死她。"

"是的。我可是受过训练的，你知道的，肉搏战。"他举起双手，"这可是致命武器。"

"你会杀死一个手无寸铁的女人。"

"如果她抱走了我们的孩子，没错。"

他挠了挠裆部，看了看手肘上的痂："她逃不掉的。"

"为什么？"

"有人会告发她的。合乎情理。她带回家一个婴儿，自己却不能给他哺乳，或者哭闹声把邻居吵醒了。万一孩子病了，或者要打针呢？他要上学了该怎么办呢？"

"那还早着呢。"

他不屑地朝我摆摆手："那国民保险号、出生证明、驾照呢？如果他要申请护照呢？"

"那时候大家早就忘了。"

"听起来你是想让她逃脱惩罚。"

"不，我只是说她有可能逃掉。"

海登发出一个嘲弄的声音，我在想他这样说是为了刺激我，还是他怀疑我。我内心的魔鬼又慢慢地伸展开来，在我体内上下翻腾。

他知道！他知道！

嘘！

他知道！他知道！

"你在对着谁嘘？"海登问道。

"没有谁。"

我开始为罗里冲奶。海登看着我一勺一勺地量出奶粉，倒进装了开水的奶瓶。

"我以为你还在泌乳。"

"这是做后备的。"

"你为什么不让他吸你的奶水？"

"我的乳头还是痛。"

"它们什么时候能好点？"

"我不知道。"

"那个偷孩子的女人——她会怎么做？"他问道。

"什么意思？"

"她会怎么喂本宝宝？"

"用奶粉喂吧，我猜。"

他知道！他知道！

"你怎么会认为她能侥幸逃脱？"他问道。

"我不知道。"

"也许她假装怀孕了，让所有人相信她要生孩子。"海登说。

"这不太可能吧，不是吗？我的意思是，一直假装九个月。"

他抠着指甲下面的污垢："我还以为警察来这里是为这件事。"

"什么意思？"

"那两个警察——我还以为他们是来调查过去两周里每一个生过孩子的人。"

"本被抱走前，我就生下了罗里。"

"是，你说得没错。"他含糊地说道。

他点着一支烟，打开客厅的窗户，跪下来，好把烟吹到外面。我还是能闻到烟味。我想让他去楼下抽，但什么都没说。相反，我在想警察是不是在调查我。我还没有为罗里做出生登记，但法律给了我一个月的期限。他不需要出生证明，所以，我能把这个往后推，谁都不会知道。

"你应该给那个女人打个电话。"海登说。他在窗台上把烟熄灭。

"谁？"

"本宝宝的妈妈——你应该问问她现在怎么样。"

"我不想打搅她。"

"可她是你最好的朋友。"他面露喜色，"他妈的！"

"怎么了？"

他站起身来："我们应该给报社打电话。我们可以把你的故事卖了。"

"我没有什么故事。"

"你当然有。你最好的朋友的孩子被人抱走了。他们会喜欢的——一个新妈妈谈论另一个新妈妈，她最好的朋友。伤心事。能值不少钱呢，我的意思是，至少一万英镑，可能更多。"

"她不是我最好的朋友。"

"他们才不知道这个。"

"不要！"

他不明白我的话："你可以上电视接受采访。那个节目叫什么来着——"

"我不要上电视。梅格算不上朋友。"

"可是你说过——"

"我们一起上过瑜伽课。"

"你还去过她家。"

"就一次。"

"孩子失踪后，你跟她聊过吗？"

"没有。我给她发了一条信息，说我在为她的孩子祈祷。我还想过给她寄张卡片，可不知道这样是否合适。"

海登一屁股坐在沙发上，为我不同意他的想法生气。

"我们需要那笔钱。"

"我们挺好的。"

接下来的十五分钟，他情绪一直很坏。最后，他说："我打赌他们会靠这个挣钱。他们会起诉医院，并把他们的故事卖给出价最高的人。你能想象吗——那对完美夫妻，一个电视明星和他美丽的妻子，还有他被偷走的孩子，他们会榨取其中所有的价值。"

"他们并没有那么完美。"我说。

"这是什么意思？"

"没什么。当我没说。"

梅 根

几小时前，杰克没给我任何理由就离开了家。我站在楼上的窗户边，看着他从记者身边大步走过，不理会他们提出的问题，坐进车里。昨天他也是这样做的，直到我上床睡了以后才回家。

"你去干什么了？"今天早上我问他。

"散步。"他说，仿佛这是个愚蠢的问题。

我知道他有压力。每天，他看上去都更加打不起精神，就像一头被关太久的北极熊，走起路来摇摇晃晃的。他不停地问警方为什么还没有找到本。他知道我没法回答这个问题，但他还是问，因为这能打破我们之间的沉默。

不再有警察一天不间断地待在我们家里了，但莉萨–杰恩或安妮每天都会来，告诉我们最新的进展。媒体会过去两天了，公众用数以千计的电话瘫痪了警方的热线，包括几十个新的目击事件，但没有一个得到证实。在海啸般的信息中，有浪费时间者、捣乱者、通灵者、预言家和阴谋论者。今天，我关闭了博客，因为其中一些信息毒性太强了。

与此同时，我还要做母亲该做的事。我做晚饭，掀开床罩，亲吻额头，唱安眠曲。我希望有人在为本做同样的事。

赛勒斯说抱走他的人很可能没有孩子，或者失去了孩子，或者是要稳固一段感情。我知道这样的婚姻。我很确定，我有两个最好的朋友为了让她们的男友承担义务才生的孩子——都是即将离她们而去的男人。这么做错了吗？他们的婚姻维持住了。他们又有了孩子，贷款买了房，还有种种圈套。如果我鼓起勇气去问，我敢肯定她们谁都不会后悔当初"完成交易"的做法。

九点钟，警方给我打来电话。富勒姆警长告诉我杰克因为攻击并试图抢走一个女人的孩子而被捕。

"哦，我的天哪！那个女人没事吧？"

"她没事，"警长说，"但她坚持让我们提起控告。我跟她解释了情况，但没办法说服她。"

"杰克在哪儿？"

"我们把他关在拘留室里了。"

"我要交保释金吗？"

"不需要，但得有人过来接他。"

"你能把他送上一辆的士吗？"

"我觉得最好能有人过来接他。"

我挂了电话，想着我能不能给我父母打电话，但我不想让他们知道这件事。我叫醒拉克伦和露西，给他们穿上便袍和拖鞋。

"我们要去哪儿？"露西问道。

"去接爸爸。"

"他在哪儿？"

"他去跟警方谈话了。"

气温已经下降了，外面太冷，记者和摄像师都没有站在外面。大部分都坐在车里，偶尔打开引擎取暖。趁着那群记者还没反应过来，我手脚麻利地让孩子们在座位上坐好。

"有什么消息吗？"当我走到驾驶室的车门边时，一个人喊道。

"没有消息。"

"你觉得本宝宝还活着吗？"

我心头一惊，转过身："你这话可真难听。"

他等着我回答。我坐到驾驶座上，关上门，摸索着找钥匙。更多的记者大喊着提问题。我毫不理会，把车开出去，差点撞到一个电视台摄像师，他及时躲开了。

"他为什么问本是不是还活着？"露西问道。

"他没有这样说。"

"本会死吗？"

"不会。"

"谁死了？"拉克伦问。

"谁都没死。"

我打开一段故事书广播，把车窗打开一条缝，想让冰冷的空气帮我保持清醒。我做了剖官产，不该这么早就开车。都怪该死的杰克！

警长瘦高个子，双肩下垂，头发像硬毛刷一样。他让我们在他的办公室里等着，好远离窥视的眼睛，杰克被从拘留室里带过来。

警方设法弄清楚了他的举动。他先是在富勒姆路上的皇家金斯阿姆斯酒店喝了许多啤酒和威士忌。在某个时间，他在国王路上的特拉法尔加喝完了酒，在他辱骂了一个酒吧招待以后，酒店老板拒绝再为他服务。在离此不到一个街区的地方，杰克遇到了一个牵着狗推着婴儿车的女人。她大声呼喊求救。两个男人前来帮助她。杰克打出一拳，但他们把他按到了地上。报了警之后，两个路人告诉女人说她要证实自己的说法，所以不能离开，这让她更加气愤。

"她现在在哪儿？"我问警长。

"我们送她回家了。"

"我想向她道歉。"

"也许你不去找她更好。"

杰克由两名警察押着，拖着脚走进来。他衬衫上有个扣子不见了，额头上擦伤了，泛着血丝。我不知道他裤子上的污迹是什么。我希望不是尿液。他签字要回钱包和手机时没有跟我们打招呼。

我们朝汽车走去的时候，露西和拉克伦都没有作声。他们谁都没有牵杰克的手，他们仿佛感觉到他受伤了。我想说点什么。我想指责他痛苦的自我沉溺和自怨自艾的狗屁男子气概。与此同时，我又想象着他走在街上，失去理智的画面。

我们默默地开车回到家。在面对房子外面向我们猛烈开火的镜头之前，杰克掖好衬衫，梳了梳头发。一进房子，他就上楼了，我听到淋浴声。我把孩子们放到床上，为自己冲了杯热巧克力。我端着杯子去了客厅，盘着腿坐在沙发上。

我听到楼梯的吱呀声。杰克去厨房和洗衣间找我，最后发现我坐在黑暗里。

"你在做什么？"

"思考。"

他坐在地上，头靠在我的大腿上。我的手悬在他的脑袋上方，但我没办法让自己抚摸他的头发。

"你得原谅我，梅兹。"他低声说。

"没什么需要我原谅的。"

他坐起来："停。停。求求你。你这样让我心碎。看着我。"

我做不到。

"我知道你在怪我。"

"我不怪你。"

"不，你责怪我。"他发出一声压抑的抽泣，"你觉得我不想再要孩子，你觉得这是我的错，可这不公平。"

"我知道。"

"我也很想他。"

"是的。"

我伸出手，撩起他的刘海，手指拂过他湿润的头发。他的身体颤抖着。

"我知道这样不公平，可我不知道还能怪谁。"我说。

"我不能这样生活下去，梅兹。你不能一直排斥我。"

"对不起。"

"我想让我们回到过去的样子。"

"我也想。"

他的眼睛闪着泪光："我不断地问自己，我们到底做了什么才遭受这样的痛苦。"

"没人应该遭受这样的痛苦。"

"是我，"他说，"我身上有毒咒。连西蒙都不跟我说话了。"

我全身的肌肉立刻紧张起来："你什么时候去见西蒙了？"

"今天我去了他那里。他说我沉迷于自怨自艾。我跟他说他根本不了解作为父亲丢失一个孩子是什么感觉。"

"他怎么说？"

"他说我是胡说八道，他很清楚那是什么感觉。他说，如果我能把家里的事处理得更好，这也许就不会发生了。我问他是什么意思，他说：'去问梅兹。'"

"问我？"

"是。"

"我不知道他在说什么。"

"发生了什么事吗？我的意思是，你和西蒙过去关系挺好的，但现在你都不想让他来家里。他说了或是做了什么吗？他碰你了吗？"

"我们已经谈过这个问题了。"

"因为，如果他真的——"

"他没有碰我。"

杰克叹了口气，指尖抠着额头："今天的事我很抱歉。"

"你该去睡了。"

"我睡不着。"

"吃一片我的安眠药。"

他在我的脸颊上亲了一下，我听到他走上楼梯。二十分钟后，我上楼，发现他正在床上微微打着鼾。我确定露西和拉克伦都睡着了，然后套上一件暖和的外套，系好运动鞋的鞋带。

我冒着严寒，打开玻璃门，用手电筒照着穿过后花园。草叶上的露珠在我前方闪光。到了棚屋边，我踩着格子爬到墙上，把腿跨到另一侧，落到一堆落叶和修剪下来的草叶上。

我不该在伤口愈合之前攀爬或是抬重物。手电筒照到了一棵倒了的树，我注意到一小片空地，有人来过这里。有空饮料瓶和巧克力包装纸。这里也许是小年轻幽会的地方，尽管不舒服，但很隐秘。

我回头看了一眼黑暗的房子。任何人坐在树干上，都能够越过我们的花园看到厨房和用餐区域，还能看到楼上窗帘上的身影。

我转过身，穿过黑莓树丛中一条杂草丛生的小路，来到火车轨道边，然后向东朝巴恩斯车站走去。在最近的铁道路口，我沿着人行道往前走，能听到远处火车的隆隆声。

在南环路上，我拦下一辆的士，告诉司机西蒙的住址。路上，有两次我都差点让他掉头。我很生气，这不是个好开端。

我们到了。房子里开着灯。我按了门铃，听着里面的脚步声。西蒙的女朋友吉娜来开的门，我没有料到这点……

"梅兹！你怎么来了？"

"我要跟西蒙谈谈。"

"当然可以。进来。你的手都冻僵了。"

她接过我的外套，朝楼上喊西蒙。房子里太热了，还有一股咖喱的味道。

"你要喝杯酒吗？"吉娜问道，"酒瓶打开了的。或者喝杯茶？"

"不用了。"

"你吃过饭了吗？"

"我不饿。"

"我很难过，对于……发生的一切。我想给你打电话的，可我猜你大概已经被电话和信息弄得不堪重负了。"

"我真的需要跟西蒙谈谈。"

"哦，好的，当然。"她又喊了他一声。

西蒙出现在楼梯上，穿着宽松的牛仔裤和运动衫。

"看看谁来了。"吉娜说。

"我要单独跟他谈。"我说。

吉娜的笑容消失了："当然，我就……我也要去楼上。"她从西蒙身边经过时，两个人互相看了一眼。

我站在过道里，往楼梯上看，确定她走了。西蒙跟着我走进厨房。

"你跟杰克说了什么？"我问。

"没什么。"

"他知道我们之间发生了什么？"

"他什么都不知道。"

"我跟你说过不要来烦我们。"

西蒙也发怒了："是你叫警察来这儿——问我问题的吗？"

"什么？"

"两个警察来找我。他们想知道本被抱走时我在哪里。他们还问了我跟你的关系。还提到了‘敲诈’这个词。”

　　“你跟他们说了什么吗？”

　　“没有。你说了我什么？”

　　“什么都没说。”

　　“胡说！”

　　“我当时很生气，说漏嘴了。我跟他们说当我什么都没说。”

　　“很明显他们没听你的命令，”他挖苦道，“多亏了你，我现在成了嫌犯。他们知道了我过去的事迹——持有和交易毒品。吉娜开始有疑问了。如果有什么流传到了网络上，我就得丢工作。”

　　“是我的错，我很抱歉。”

　　“这可让我感觉好了不少。”

　　“你答应过不告诉杰克。”

　　“那是在你把我拉下水之前。现在所有的协议都不算数了。”

　　“你不能这么做。”

　　“为什么不能？你并不在乎我。我觉得杰克应该知道他娶了个什么样的女人。”

　　“不要。拜托你。一找到本，我就去做DNA测试。”我一说出这句话，就想把话收回，可是太晚了。

　　西蒙抬起头，怀疑地看着我：“如果孩子是我的呢？”

　　“我就告诉杰克。但是，如果测试结果显示你不是孩子的父亲，我想让你不要再来烦我们。这件事就此打住。好吗？”

　　西蒙点点头，整个人放松下来。他的声音也柔和了：“对不起，我不该说绑架事件是你安排的。”

　　我不想原谅他。我想回家，睡在杰克身边。

　　西蒙靠近了些：“有什么消息吗？”

　　“没有。”

"我能帮什么忙吗？"

"不能。"

我的身体在颤抖。西蒙双手抱住我，有那么一瞬，我接受了他的拥抱，靠在他怀里，享受着这肌肤的接触。我推开了他，恨自己，也恨他。

"记住我说的话。"

阿加莎

罗里一夜没有安生。他哭闹了几个钟头，就是不喝奶。我想尽了一切办法。我摇他，晃他，安慰他，拍他的背。我用吊带把他吊在胸前，带着他在楼梯上走上走下。我还试了白噪声——洗碗机、洗衣机、流水声、音乐视频，还有广播。夜里三点，他终于蜷缩在我的胸口，在沙发上睡着了。

上午，我又给他称了体重——一次抱着他站在浴室的秤上，一次不抱他站在秤上，两次之差算出他的体重。根据结果来看，他的体重并没有增加。网络上称之为"发育停滞"。

到目前为止，我已经尝试过三种不同的奶粉了，可罗里每次喝的不超过三十毫升，有时还吐出来。他必须快点成长。他不能像其他的孩子一样。我最爱的孩子们都夭折了。我告诉自己，这样他们就永葆纯洁了，因为只有年幼的孩子才真正无罪。我的孩子们没有时间变成大人；变成了大人，只会失望或者让别人失望。这样，他们就会永远明亮而善良。

埃米莉是我上一个孩子。我是三年前失去她的。当时，尼基和我分居了，但还没有离婚。我去了布赖顿一周，本希望在夏天的人群中找到陪伴，但我丝毫没觉得舒适。我呼出的气息里都透着孤独。它像一片雨云或一股气味一样，跟我形影不离。

最后一天是周六，晚上，酒吧里挤满了听着电子音乐的醉酒狂欢者，抽烟者拥向大街。我要了一杯饮料，坐在码头的一张长椅上，看着约会的恋人在阴影里爱抚或是在水边玩水。白天非常炎热，所有人似乎都在盼望温度计的水银柱下降。

我打算搭乘晚班火车回伦敦，不要再在廉价宾馆过一夜。一位年轻妈妈推着一辆婴儿车从我面前经过。我不知道是受到了什么驱使，尾随她回了家。我没打算偷她的孩子。我只想看一眼。

那个女人住一套带花园的公寓，公寓所在街道很安静，后面有一条小巷，还有一个车库，车库上有个标志，写着"请保持入口通畅"。一小段旋转阶梯通到后门。我等待，等到所有的灯都熄了。

一扇窗户开着，方便通风，纱帘从里面鼓出来。我把手伸进去，打开窗闩，把窗户往上抬到足够我钻进去。那个小女孩睡在一张小床上。她看上去约莫三个月大。一个婴儿监控器在她脑袋上方闪烁。我把监控器关掉，红灯熄了。

我把她抱起来，放在一个枕头罩里，像一个从郊区的房子里偷银器的小偷一样抱着她爬出窗户。等有人发现埃米莉不见了的时候，我已经回到了伦敦。尼基从房子里搬了出去，而且我们本来计划把房子卖掉的，这样一来，这里只有我一个人。

埃米莉活了十二天。是我的错。她在我喂她的时候睡着了，我就直接把她放到了小床上，我本该让她在我肩膀上趴一会儿的。如果我当时等一会儿再把她放到床上，她就不会呕吐然后把奶吸入肺里了。

我五点钟醒来去看她。她已经没有了呼吸。她的皮肤发紫，脸上和脑袋后面的呕吐物已经干了。我把她小小的身体洗干净，用床单裹好，带到了我的特别之地。我让她在克洛艾和莉齐身边安息——两个从未长大的孩子，永远无辜纯洁。重获自由。

一大早，我就把罗里放进婴儿车，推着他走街串巷，希望新鲜的空气能让他感到饥饿。我坐上一辆开往哈默史密斯的巴士，然后又换了一辆，沿着肯辛顿商业街一直到地铁站。

我一直等到九点半，一个年轻的图书管理员才打开肯辛顿中心图书馆的大门。这时，排队的队伍里大部分都是想找个暖和地方消磨几小时的无家可归者。

"如果睡着了，我就把你们赶出去，"管理员说道，"这是个图书馆，不是收容所。"

我坐在一台电脑前，创建了用户名和密码，然后开始搜索。罗里在婴儿车里看着我。每过一段时间，我都停下来摸摸他的头，跟他解释我在做什么。

我搜索"母乳"，然后就显示出几十条分类广告：

健康母亲准备好售卖多余的母乳，新鲜出炉。

母乳待售，多余母乳（不含药物、酒精）。

优质母乳，伦敦西南1区——只食用有机食品！

同时，网上也有关于寻求母乳来源的政府警告信息，说母乳可能受到了污染或者可能致病。我在想他们会不会要求出具身份证明。他们会在意这个吗？

我想发邮件过去，但又想到警方可能在监控此类网站来找我。我不能冒险。

我删除关键词，并清除了历史记录，然后带着罗里去路对面的药店，看治疗腹痛的药以及我还没试过的婴儿奶粉。

我到家时，海登在等我。罗里睡着了。"我把推车放在楼下了，"我说着把罗里放到小床上，"我买了一些晚饭用的食材。你能把东西放到厨房里吗？"

海登没有动弹。我闻到了烟味。他答应过我不抽烟的。

我开始收拾食材，把需要放进冰箱的冷冻食品挑出来，打开橱柜。海登站在过道里盯着我。出问题了。

"你妈妈打电话来了。"他说。

我没有回应。

"她什么时候回的西班牙？"

"我不知道。"我说，继续收拾东西。海登拿起一罐番茄罐头，仿佛在用手称重。

"我提到罗里的时候，她真吃惊。你知道她说了什么吗？"

我没有回答。

"她说：'罗里是谁？'然后我说：'你的外孙。'然后她就大笑起来，好像我在开玩笑。'可孩子出生的时候你在场呀。'我说。然后她又大笑起来。"

我还是什么都没说。海登一把把那罐番茄罐头摔到台面上，在这个小小的厨房里，就像一声枪响。他又把它拿起来。我听到罗里哭了起来。

"我可以解释。"

"好的。"

"你先跟我说你跟她说了什么。"

"我跟她说了罗里。我说你在利兹生下的他，是家庭分娩。这些都是真的吗？"

"是的。"

"当时谁跟你在一起？"

"一个助产士。"我往电水壶里装满水，"你想喝杯茶吗？"

"喝个鬼茶！你为什么骗我？"

"我跟我妈合不来。我知道她会努力控制一切。她看不起我，老是对我发号施令。她千方百计毒害我生活中一切美好的东西。"

　　"那为什么去利兹？你可以在伦敦生孩子的。我本可以在场的。"

　　"我害怕了。"

　　"害怕什么？"

　　"我之前没有告诉过你，尼基和我失去过一个孩子。我当时怀孕七个多月了。她在我肚子里死了。我害怕这种事会再次发生。所以我不想让你在场。我不想让任何人在场——任何朋友或者家人。"

　　海登好像不知道该做何反应。他想相信我，我可以看出这一点，但他的信任已经动摇了。他问起那次小产。他想知道所有的细节——人物、地点、过程和原因。我一五一十地都告诉了他。

　　"我看到了失去孩子对尼基的影响。也是因为这个我们才离婚的。婚姻经不起这样的重击。"罗里还在哭，哭得越来越伤心，"所以尼基才会再次联系我。他听说我生了孩子。他为我感到开心，但也有点伤心。"

　　"他是因为这个才自杀的吗？"海登问道。

　　"我不知道，可能吧。"

　　我朝卧室走，想去安抚罗里。海登一把抓住我的腰，用力扭转，把我都弄疼了。

　　"为什么跟你妈撒谎？"

　　"我没有对她撒谎。我只是没有告诉她。这跟她无关。"

　　"你为什么这么恨她？"

　　"你不会懂的。"

　　"告诉我试试。"

　　"她疯狂，操控欲强，奸诈。她脑袋里有一千种陈词滥调，一张嘴，就都往外涌……我猜她说她爱我了。"

　　海登点了点头。

　　"她说我伤了她的心吗？"

　　"是的。"

"她喝醉了吗？"

"她听起来挺清醒。"

"她很擅长掩饰这一点。"

我从腰上掰开海登的手。他还没完："你还对我撒了什么谎？"

"没有了。"

"你骗了朱尔斯、我、我的家人……这样不对。你让我觉得自己是个傻子。"

"对不起。"我把头靠在他的胸口上。

他把我推开，跟我保持一臂的距离："你妈甚至都没听说过我。"

"因为我没有跟她说过话。"

海登没有回答。我绕过他，从卧室里抱起罗里，放在臂弯里摇晃他，直到他停止了哭泣。

海登还没有放弃："我想知道那个助产士的名字——帮你分娩的护士。"

"为什么？"

"我想跟她聊聊。"

"她能跟你说什么？"

"真相。"

"我说的就是真相。我为什么要编造她的谎言？"

"那就跟她打电话。"

他知道！他知道！

我拿起手提包，拿出手机，翻看通信录。海登在一边等着。

"我找不到。"

"你没有她的电话？"

"我有。我在努力回忆……我的手机没电了，还记得吗？我把她的电话写在什么地方了。"

"那纸质文件呢？肯定有点什么吧。"

"当然，有很多文件，"我说，已经有些慌乱了，"我不记得放在哪里了。"

他知道！他知道！

"所以你既没有电话号码也没有文件——真是一派胡言！"他抓起外套。

"你去哪儿？"

"我带罗里去散步。"

"不要！"我说得太急切了，"我的意思是，去哪儿？"

"我们可能去动物园。他还没去过动物园。"

"我能去吗？"

"不行！"

"为什么？"

"我暂时不想看到你。"

我给罗里沏了一壶奶，帮海登准备好。我还在找借口不让他们走。我告诉他我非常爱他，说我从未见过像他这么好的父亲，还说我不能没有他。我说明天就跟他在富勒姆婚姻登记处结婚，还说只要跟他在一起，我愿意跟他到天涯海角。

海登什么都没说。他不会听承诺之类的陈词滥调。他不再爱我了。

"不要告诉别人。"我恳求道。

"告诉别人什么？"

"我的意思是，不要告诉你父母我妈的事。他们可能不会理解。"

"你说得对，"他回答，"我都理解不了。你宁愿对我撒谎，也不做能帮助我们的事。"

"这是什么意思？"

"你本可以把你的故事卖给报社——你认识本宝宝的妈妈。我们本来可以挣一笔。"

"我不想跟记者说话。"

"肖内西太太天天跟记者说话。她整天都上新闻，朝着镜头哭泣。我厌倦了她的声音。"

"不要说这样的话。"

"为什么？"

"你不了解她。"

"我了解她这类人，完美的头发，完美的牙齿，完美的婚姻——现在还有完美的伤心故事。她让我觉得恶心。"

海登曾经同情梅格，现在他却因为生我的气而攻击她，或者他是在考验我。我必须让他看到我也能诚实。我必须赢回他的信任。

"他们并不完美。"我小声说。

"你说过这个，可这是什么意思？"

"杰克·肖内西出过轨。"

"你怎么知道？"

"我看到过他跟另一个女人在一起。他在超市里买避孕套。她当时在外面的车里。他跳上她的车。他们还接吻了。"

"她是谁？"

"一个房产中介。他们的房子就是从她那儿买的。"

海登吹了声口哨："肮脏的家伙！"

我不该跟他说的。我应该守口如瓶的。

"求你不要告诉其他人，"我说，"他们几周之前就结束了……"

海登没有回答。他抱着罗里下了楼梯，把罗里放到推车里，倒退着从楼梯下到街上。

我站在前面的窗户边，头靠着玻璃，看着他们慢慢走远，直到他们转过街角不见了。我想跟上去。我想把罗里抢回来。

　　我知道海登想相信我，因为他爱我们的小宝贝，但我给了他太多质疑的理由。他还没有指控我假怀孕、偷孩子，但他头脑里闪现过这个念头吗？不。他觉得我不够聪明，做不到这样的事。

　　但是，从现在开始，他会更加密切地观察我，严加核对我的一言一行。尽管我伪造了出生证明，但没法凭空造出一个助产士。

　　我妈为什么就不能别再来烦我？

梅　根

　　早上六点钟不到，门外就来了一群警察，车队堵住了外面的街道。车门齐刷刷地打开了，警察跨着大步从记者和摄像师面前走过。杰克穿着睡衣去开门。迈克提尔总警司递给他一张搜查令。

　　"是谁？"我站在楼梯顶上问。

　　一队警察从杰克面前走过。他们穿着工作服，戴着橡胶手套。

　　"我们得到授权搜查这所房子，"迈克提尔宣布，声音里没有了丝毫的慈祥和同情，"我可以允许你们待在这里，只要你们不干涉。会有警员陪着你们去穿衣服。我建议你们之后在厨房里集中。"

　　"孩子们呢？"

　　"他们也是。"

　　杰克不停地问是怎么回事。他们有什么消息？他们来这里是为了什么？他看着我，希望我跟他解释。我摇摇头。莉萨-杰恩陪着我回到厨房，看着我穿好衣服。我朝卫生间走去。她也跟着。

　　"我上厕所都不能自己去吗？"

　　她摇了摇头。

　　"你们为什么来这儿？"

　　她没有回答。

　　接下来的两小时里，我们坐在厨房里，警察则把房子从阁楼到楼梯下面的橱柜搜了个遍。我们的电脑和iPad都被没收了。我们被告知拷贝了硬盘之后就能拿回。所有的物品都被拿起、打开、检查，每一本书都被翻过，家具都被挪动，地毯也被掀起来露出下面光秃秃的地板。我在想他们觉得自己会发现什么：密室？秘密藏匿品？这真是疯了。

我们的问题都被忽视。警察都很礼貌，但坚持要求我们不要干涉。他们不再叫我们的名字。

杰克被激怒了："我们做了什么？他们有什么理由？他们在转移注意力。他们找不到本，所以现在要转而怪罪我们了。"

"这太荒唐了。他们为什么会这么想？"

"我不知道——可是看看他们在干什么。"

他直面迈克提尔，要求他给出解释，不接受被随便搪塞。警员解开制服上衣的扣子，一只手伸进口袋。

"我们收到了消息。"

"什么消息？"

"有人拨打了报警热线。"

"谁？他们说什么？"

"在本丢失的那天晚上，你在警方到达之前离开了医院。"

"我去找本了。"

"你不见了将近两个钟头。"

"我知道那个护士的长相。我以为她可能在附近……我已经跟你说过了。"

"你在那期间回家了？"

"什么？没有！"

"当晚别人看到你从家里带走了什么东西。"

"这太荒唐了。告诉你这个的人在撒谎。"

"你离开了现场，直接妨碍了调查。你没能给我们一个详细的描述。你衣服上可能留有织物纤维，或者DNA痕迹证物。"

"我没有想到这个。"

"你去哪儿了？"

"我跟你说过了。"

我看着杰克，突然也想知道问题的答案，仿佛我也是这讯问的一部分。杰克和我目光相对，他的眼里透着乞求，没有了怒气。相反，我还看到了另一种情绪：恐惧。

"我们需要律师吗？"他问。

"这完全取决于你，肖内西先生。"

迈克提尔总警司转向我："我想单独和你谈谈。"

我想告诉他我和杰克之间没有秘密，但这并不是真的——自从我跟西蒙上了床就不是了。

我让杰克跟孩子们留下，跟着警员去了客厅。他关上门。我注意到了搜查的痕迹。那些警察试图把东西放回原位，但还是跟之前不一样。壁炉架上照片的顺序错了，DVD光盘的顺序也乱了。这就如同一场除了我内心的平静什么都没有丢失的盗窃案。

迈克提尔走到沙发边。我选择站着。感觉房间太小了，我们两个在其中显得很拥挤。

"我要问你几个问题，"他说，"我希望你能如实回答。"

"我什么时候没有如实回答过？"我说，尽量显得不耐烦。

"你丈夫之前想要这个孩子吗？"

我犹豫太久了。

"不要把我当傻瓜，肖内西太太。我的人昼夜不停地调查此案，加班的时间长达数千小时。还有投入的资源、技术。回答我的问题。"

"他开始不太乐意，但后来改变态度了。"

"他曾经伤害过你或者你们的孩子吗？"

"没有。"

"你女儿两岁的时候被送去医院，眼睛上方有个伤口。"

"她从杰克的腿上滑下来，头撞在了窗台上。"

"他会在网上浏览色情图片吗？"

"不。从来没有。我的意思是，我觉得没有。"

"我们会调查他的电脑，也会调查你的。"

"我没什么好隐藏的。"

说这话的时候，我意识到它听上去多么老套，像是蹩脚电影里的台词。一位伟大的演员可以说出这样的对话，但我不是个好演员，而且撒起谎来更差劲。

迈克提尔直奔主题："两天前，你晚上十点离开了家。"

"我去散步了。"

"为什么？"

"我需要单独待一会儿。"

"你去哪儿了？"

"没什么特别的地方。"

"你是怎么出去的？"

我犹豫了一下，心想他到底知道多少："我从后院的栅栏上翻出去的，然后沿着铁路线走的。"

"你从灌木丛下面爬过。"

"我没有爬。"

"你刚生过孩子。你应该休息的。但你偷偷地溜出房子，翻过一道墙，非法穿越了铁路线。"

"我没有偷偷地溜。我本想从前门出去的，但也许你没有注意到外面有那么多记者。"

迈克提尔对此毫不买账："你从医院回家以后，有过一位访客。西蒙·基德。他是谁？"

"家里的一个老朋友。他是我们结婚时的伴郎，还是露西的教父。他跟杰克是同事。"

"之后你很生气。"

"没什么。"

"你告诉莉萨−杰恩·苏塞说西蒙·基德试图敲诈你。"

"那只是个误解。"

迈克提尔抿着嘴，露出一丝凶狠的笑容。

"肖内西太太，是否有过第三方私下联系过你或者你亲近的人，声称抱走了你的孩子？"

"没有。"

"因为，如果有人联系了你，而你在考虑向敲诈者支付赎金的话，你就会违法。"

"我明白。我向你保证，没有人联系我们。"一阵奇怪的解脱感传遍全身。我马上就没事了。

迈克提尔拿起帽子，朝门口走去。他一只手握着门把手。

"最后一个问题：本是你丈夫的孩子吗？"

"你说什么？"

"是杰克的吗？"

一阵短暂的停顿——一段时间的空白——可能也就一秒钟，但我感觉要漫长得多。

"你怎么敢说……我爱我丈夫。"我的愤怒听起来很不自然，正式得可笑，"这话真让人震惊。"

迈克提尔点点头，但并没有道歉。他戴上帽子，碰了碰帽檐，算是简单的告别。

"保重，肖内西太太。一个秘密的价值取决于你隐瞒的对象。你可能觉得它价值连城。我可能觉得它一文不值。总有人要付出代价。"

阿加莎

我一直很清楚，我妈可能知道罗里的事。我本希望那会在几个月之后，那时人们已经忘却了他出生的细节，而他已经完全融入了我的生活。

现在，她不停地给我打电话、发信息，问我她什么时候能过来看她的外孙。我一个电话都没接，让它们转入语音信箱，但我不能一直骗她。

我输入她的号码，听着手机里的响声。

她接了电话："阿加莎？我一直坐在这里，希望你能打电话过来。"

她的声音带着颤抖的脆弱，我不记得她这样过。也许是装模作样吧，为了获取同情。

"生了孩子，"她兴奋地说，"杰登告诉我的时候我都不敢相信。"

"是海登。"我说。

"哦，对不起，是海登，是的。"

"我们订婚了。"

"太好了。我为你高兴。罗里好吗？"

"很好。"

"他是个好孩子吗？"

"是的。"

"你是喂他母乳吗？他们说母乳最好。我知道我没有用母乳喂养你，但我们那时候对母乳喂养的了解不够。"

"而且你还想保持身材。"我嘟囔道。

"你说什么，亲爱的？"

"没什么。你给我打电话干吗？"

"妈妈给女儿打电话，不需要理由。"

"你怎么会有我的电话？"

"我给你之前工作过的临时工中介打了电话。"

"所以你想干吗？"

"我想过去……看看我的外孙。"

"不行。"

"求求你，阿吉，不要这么残忍。我知道我犯过错。我知道我对你的关爱不够，但我跟你道歉了，而且那些事都是很多年以前发生的了。"

"你昨天为什么给我打电话？"

"什么？"

"你跟海登聊了。你一定有什么原因才会打电话。"

"是的，我打了电话。是关于尼基的。我在报纸上看到了，我从伦敦订购的。一条只有几段的新闻说他掉到了地铁轨道上。你知道的，是吗？我的意思是，关于尼基的事。"

"知道。"

"我不确定。他们说可能是自杀。"

一段停顿。

"我一直都很喜欢尼基。"她说。

"你都不怎么了解他。"

"你们结婚以后，他每周都会给我打电话。"

"骗子！"

"他真的打了！我保证。即使在你们离婚后，他还会给我寄圣诞卡片，我生日的时候还会给我打电话，比你做的好多了。"

"他并不像我一样了解你。"

她没有理会我的话:"可怜的尼基,多好的一个人。对他那可怜的妻子来说一定糟糕透了。"

我没有回应。

"你和尼基真的很合适。真遗憾你们没能生孩子。我知道你们试过。"

又一阵沉默,这一次漫长得令人痛苦。

"你是怎么怀上孕的?"她问道。

"用正常的办法啊。"

"尼基一直说……我的意思是……我原以为……"她没有把话说完。不断的停顿让她有些口吃了。

"好了,如果就这些的话。"我说着准备挂断电话。

"可你还没说。"

"说什么?"

"我什么时候能去看罗里。"

"永远都不行。"

"求求你,阿吉。"她泣不成声了,"我没有其他亲人了。我想做外婆。我想赎罪。"

"太晚了。"

"不要这么无情。"

我听着她的抽泣声,很想挂断电话,但电话还在手里。"你什么时候回利兹?"我问。

"三月底。"

"也许你到时可以过来看他。"

梅 根

　　警察又来了。这次，他们要彻底搜查花园墙后面挨着铁轨的树木和灌木丛，因为我告诉了他们我溜出去找西蒙的时候发现的藏身地。

　　起初，迈克提尔总警司排除了有人暗中监视我们家的想法，但赛勒斯·黑文说服他要严肃对待这个问题。此刻，穿着白色工作服的法医正在往潮湿的泥土里楔桩子，做一个围栏。

　　我听到杰克正往厨房走来。自从警方搜查了房子，带走了他的电脑，他就安静了。开始，他责骂他们的无能，指控他们试图转移责任或是"遮丑"。与此同时，他还试图找出是哪个邻居报警，说本失踪的那天晚上看见他从家里带走了什么东西。他的怀疑最终落到了普林格尔一家头上，他们跟我们隔了两家，他们家年幼的儿子去年被杰克看到在街上破坏汽车，之后就因故意毁坏他人财物被逮捕了。

　　我站在后面的玻璃门边，看着在花园后面工作着的法医。杰克来到我身边。

　　"警方跟你问起西蒙了吗？"

　　"是的。"

　　"你觉得他们为什么想这么深入地调查他？他肯定不会是嫌疑人吧？"

　　"我不知道。"

　　杰克顿了一下，咬着脸颊内侧："那天晚上——我被拘留的那晚，你去见西蒙了。"

这不是一个问句。

"是的。"

"为什么？"

"我很担心你。"

"担心我？"

"你刚被拘捕。你攻击了一个可怜的女人。你喝醉了。我以为你失去理智了。"

"为什么去找西蒙？"

"你跟我说那天早些时候你去见他了，他提到了我。"

杰克把大拇指按在手腕上，好像在测脉搏。他抬起手指，看着那个白色的手指形状的轮廓慢慢恢复血色。我感觉他在酝酿另一个问题。

"你为什么要爬后墙出去？"

"为了避开记者。"

"你可以给西蒙打电话的。"

"我想当面见他。"

杰克的视线越过我，落到花园里。法医四肢着地，刮擦、采样、拂尘——把食物包装纸和饮料瓶放进塑料袋里。

"至少你让他们有了事做。"他说。

前门的门铃响了。我去开了门。本区的牧师乔治神父来了。自从绑架事件后，他隔三岔五地来，坐在客厅里，喝着茶，对我施以同情和可以依靠的肩膀。我还没利用过这个肩膀，但还是很感激他的好意。

杰克找借口溜了，留下我独自处理我们心灵的福祉。乔治神父六十多岁，声音低沉洪亮，是我们通常在励志磁带或者深夜广播上听到的那种。他的来访开始让我厌烦了，因为他待我的方式，就好像我还是露西的年纪，刚刚失去了宠物，而不是一个孩子。与此同时，我每次见他都觉得内心愧疚。

　　当我们想送露西去圣奥斯蒙德天主教小学的时候，我们知道这并不容易。通常会有九十份申请竞争学前班的三十个学位。申请表的部分内容就是教区神父出具的声明，说露西已经受洗，并且我们经常参加礼拜。一连六个月，我们每周日都全家出动参加弥撒，一定要趁着他在门口问候大家的时候跟他问声好。刚开始，还感觉挺有异国情调的，祈祷，赞美，称谢，浅尝虔诚、超自然现象以及来世。当然，一旦乔治神父在申请表上签了字，露西被学校接收了，我们每周一次的弥撒就逐渐减少为复活节和圣诞节象征性的露面。

　　我为曾经利用过他道歉。

　　他大笑："你没有利用我。"

　　"我们骗了您。"

　　"大多数家长也都一个样。"

　　"这会让您沮丧吗？"

　　他苦笑："他们都是忙碌生活的好人。我相信总有一天他们会浪子回头，你也一样。"

　　乔治神父和教区委员会组织了一场烛光守夜活动，时间是明天晚上，我坚持要求不限于特定的宗教派别。我还没答应要参加，但我知道他希望我参加。仿佛猜透了我的想法，乔治神父从扶手椅里探过身来，紧握着我的双手。

　　"我们想让你知道，你不是孤身一人。你知道，我们都在祈祷。我敢说整个国家都在祷告。"

　　"不是所有人，"我回答，眼睛里闪过一丝愤怒，"抱走本的那个人没有祈祷他平安归来。"

　　他露出安详的笑容，丝毫不为我的仇恨所动，这让我禁不住想发火。什么样的上帝会这么做？什么样的上帝会创造一个有这么多痛苦、不公和疼痛的世界？

我什么都没说。乔治神父打开他的《圣经》："你现在可以跟我一起祈祷吗？"

"我不擅长祈祷。"

"我来起头。"

我安静地坐着，他画了个十字，开始跟上帝单边对话，替我向他祈求力量、指引和爱。

"帮助梅根不去责怪她自己或是她亲近的人，"他说，"帮助她永不放弃希望。你知道失去儿子的感受。你派耶稣来到人间，他为我们的罪孽付出了生命的代价。求求你，用你的爱和指引帮助梅根克服这个考验，帮助她的心灵愈合。"

乔治神父走后，我发现他把《圣经》忘在咖啡桌上了。有些页面用红色布条做了标记。我打开其中的一段，读了几行，是关于上帝治愈破碎的心灵、愈合伤口的，但我没看到任何有关找到失踪孩子的内容。

圣徒安东尼是失物的守护神。其中包括孩子吗？可能吧。大部分事物都有守护神——水手、学者、新娘和妓女。连毒贩子都有守护神——耶稣·马尔贝尔德，我在《绝命毒师》某一集中看到过。

阿加莎

　　昨晚，我两次喂罗里，他都吐出来了。我只好换了两次床单，给他换上干净的衣服。今天早上，我又给他称了体重，过去几周里他的体重一直没有变化。我知道浴室体重秤不是很精确，但不需要机器我也看得出他病了，在苦苦挣扎。

　　没有了大大的笑容和欢快的叹息，但当他用大眼睛看着我时，仿佛在说："求求你，妈咪，不要放弃我。我会好起来的。"

　　现在他睡着了，挨着海登躺在床上。

　　我打开电视，调到静音，看到一名记者站在一条铁路线旁边。镜头转向左侧，在树丛间拉近，接着出现了一栋熟悉的房子。然后，镜头又拉回来，穿着白色工作服的男男女女在铁轨边的灌木丛中进行搜查。

　　我按下音量按钮。

　　"今天一早，法医队伍就出动了，去搜查后花园及其周边区域，获取了样本，并测量了脚印。警方并未说明他们在寻找什么，但穿过这些树木，越过那道墙，就是本宝宝的父母杰克和梅根的房子。"

　　我认出了那棵倒下的树……我的林间空地……我的藏身之地。我能留下什么呢？有一些饮料罐和巧克力包装纸。有几次憋不住，我在那里撒了尿。他们的档案里没有我的指纹和DNA信息。

　　你被看到了。

没人看到我。

那些邻居呢？

我很小心的。

他们会追踪你的手机。

每天有几百部手机从那里经过。

我关掉电视，告诉自己放轻松。我必须保持镇定，照顾好罗里。我如果想让他变得健康强壮，就需要把全部注意力放到他身上。

这能让我忙碌起来。有两袋垃圾要拿出去。海登昨晚就应该做的。我把垃圾拿到一楼，走下台阶，朝垃圾箱走去。一辆汽车里下来两个人。其中一个是女人，穿着高腰的宽松长裤和同样的深蓝色上衣。那个男的年纪轻些，但还假装出厌世和老练的样子。

"你是阿加莎吗？"女人用中性的语气问道，既不友好也没有敌意。

我点点头，注意到我身后就是门。

"我们是调查本·肖内西失踪案的警员。"

我头脑里响起一个声音，它让我丢下垃圾就逃跑，然后锁上房门。

"我们能跟你谈一谈吗？"

他们有搜查令吗？

"什么事？"

"我想你应该认识梅根·肖内西。"

"我们是朋友。"

要求他们出示搜查令。

我强迫自己把垃圾拿到垃圾箱边，丢到里面。我在牛仔裤上擦了擦手。

"你们找到本宝宝了吗？"我问。

"还没有。"

"可怜的梅格，"我说着用手拢了拢一绺盖住眼睛的头发，"她一定悲痛欲绝了。我给她发了信息，但很难知道该说什么好。"

"你自己也刚生了孩子。"男人说。

"没错。"

"外面很冷。你能让我们进去吗？"

"我不想吵醒孩子。"

"我们会很小声的。"

我领着他们进入公寓，让门开着："要喝杯茶或者咖啡吗？我只有速溶的。"

"不用了。"女警员说道，递给我她的名片。我端详了片刻，为了拖延时间，然后大声念出她的名字："侦缉警长艾莉森·麦圭尔。"

"这是保尔森警员，"她说，眼睛看着壁炉架上那沓祝福贺卡，"你生了个儿子。"

"是的。"

"他叫什么名字？"

"罗里。"

这个女人眉毛浓密，橄榄色皮肤，如果把头发放下来，再多点笑容，大概会很好看。她坐下来。海登正巧露面了。他穿着四角裤，正用手挠肚脐眼下面那道黑色体毛。他对着两个警察眨了眨眼，并没有显得很惊讶。他走到厨房，打开水龙头，装了一大杯水，迅速地喝下，水滴滴到了胸口上。他擦了擦嘴。

"我们在调查本宝宝失踪案。"保尔森警员解释道。

海登就在我的扶手椅边上。他的胸毛上还沾着水珠。

"你可能需要穿上点衣服。"警长说道。

"我刚确认了一下，这是我的地盘。"海登回答。

她点点头，表示接受他的规则："你妻子在给我们介绍你们刚出生的儿子。"

"我们还没结婚。"

"哦，我知道了。"

海登好像不喜欢她是个女人这一事实。

"我们订婚了。"我说。

"你是罗里的父亲吗？"

"是的。"海登回答。

保尔森警员拿出了一个笔记本，手里握着铅笔。

"你们的孩子是什么时候出生的？"他问。

"差不多三周前。"我给了他具体的日期。

"你在哪里生的？"

"在利兹——那是我的家乡。我妈住在那里。"

我主动说得太多了。我应该等他们问问题。

麦圭尔警长把玩着上衣袖口的线头。男人就直接扯断或者咬断了，女人则会等着用剪刀。

"我在北部住过一段，"她说，"你选了哪家医院？"

"我是在家生的。我想要熟悉的环境。"

一个棘手的问题，被轻易地避开了，现在她不知道该如何往下问了。

海登一只手放在我的肩头，仿佛在给予我支持。

"你当时在场吗？"她问他。

"没有，我刚好错过了，"海登解释道，"我在皇家海军服役，我从约翰内斯堡飞回来。晚到了一天。"

"我提前分娩了。"我说。

"那是谁陪着你分娩的？"

"一个助产士。"我说。尽力保持镇定。

"还有你妈。"海登替我撒谎。

他为什么要这么做？

"我给梅根发了照片，"我说，"她为我感到兴奋。现在我感觉很愧疚。"

"愧疚？"

"因为发生的一切。我在庆祝，感到满足，可两天之后，梅格的孩子却被人偷走了。"

"你也没法知道。"海登说。

"我懂，可是……"

"你有孩子出生时的照片吗？"保尔森警员问道。

"当然。"我拿起手机，翻看相册，找到了我在楼上利奥的卧室里拍的照片，"我没拍几张。我妈妈的拍照技术不好。"

我把手机递给他。他又递给自己的同事。

"你认识肖内西太太多久了？"麦圭尔警长问。

"不太久。我们一起上过瑜伽课。我在巴恩斯的超市上班时经常见到她。她还给了我一些婴儿服。"

我又说多了。警员缓慢地环视整个房间，仿佛在记录家具的破旧和廉价。

"你上次见她是什么时候？"

"几周前——在我去利兹之前。"

"你知道她会在十二月七日生孩子？"

"是的，她跟我说过。"

"你见过她丈夫杰克吗？"

"没有。我在电视上见过他。他是个体育记者。"

别说了，阿加莎！

麦圭尔警长把手机还给我："你们上瑜伽课的时候，你注意到什么人在附近转悠，或者问问题吗？有什么人可能对肖内西太太怀孕一事有特别的兴趣吗？"

"特别的兴趣？"

"比普通人更感兴趣那种。"

我想了想，开口，又停住，摇了摇头。

"怎么了？"保尔森警员问道。

"可能没什么。"我说。

"说来听听。"

"嗯，有个女人……我和梅格当时在巴恩斯喝咖啡。我要走的时候，她走过来问我在哪儿生孩子。"

"她跟肖内西太太说话了吗？"

"我不确定。"

"这个女人什么模样？"

"身高跟我相仿，黑头发，挺壮实，但并不胖，"我说，然后停下来集中精力回忆，"她看上去好像刚做过头发——可能在附近的一家理发店。"

"你怎么知道？"

"刚剪过被吹干的头发，看得出来。"

"她多大岁数？"

"三十多四十出头的样子。"

"她怀孕了吗？"

"不太明显。我猜是她的衣服比较宽松吧。"

铅笔在纸上移动。

"她怀不怀孕有什么关系吗？"我问。

"我们认为抱走本的女人用假装怀孕来掩盖自己的罪行。"

"真的？"

"你听上去不太相信。"

"这可能吗？那些身体检查呢？肯定会有人发现的。"

麦圭尔警长想回去继续讨论那个女人："你之前见过这个女人吗？"

"没有。"

她打开一个文件夹，拿出一张医院里的人像拼图："是这个人吗？"

"很难分辨。"

下一张照片同样是医院监控探头拍到的。我看到自己打扮成长头发深色皮肤的照片。那张模糊的图像是从头顶拍的，第二张是从身后拍的。那件制服显得我真胖。

"可能是她，"我说，"我不太确定。"

厨房椅上的婴儿监控器叫了一声。罗里醒了。他咕哝着，然后发出了更加响亮的哭声。

"他饿了，"我说着站起身来，用手托着胸脯，"我还是搞不懂他是怎么做到的——他一哭，我的奶水就开始往外流。"

海登已经去抱罗里了。他从卧室里出来，抱着裹在毯子里的罗里。他已经完全清醒了，看着两个警员，两个人都不像爸爸或妈妈。

"你们可以留下，"我说，"不过我要袒胸露乳了。"年纪轻些的警员想去别的地方。我把他们送到门口。

"见到梅兹，告诉她……告诉她……我在想她。另外，如果有什么我能帮上的……"

我在楼梯转台上看着他离开，听着内心的魔鬼的声音。万一他们去找罗里的出生证明呢？万一他们给你妈打电话呢？万一他们去找那个助产士呢？

海登正坐在沙发上，轻轻摇晃臂弯里的罗里："他们不太友好。"

"他们还不错。"

"我不喜欢警察。"

"为什么？"

他耸耸肩："你知道的，他们中很多人都有点希特勒综合征，喜欢摆布人。"

　　我想问他为什么替我撒谎，但又害怕听到他的回答。我希望他还站在我这一边。没人能像我一样把假怀孕装得那么逼真。警方应该去问梅根。她会告诉他们的。她不会怀疑我。

梅 根

　　拉克伦和露西洗了澡，穿着他们最好看的衣服，头发洗过也梳好了，鞋子也擦过。我要他们在我做准备的时候不能把衣服弄脏。关于要不要去烛光晚会，我不停地改变主意，可杰克说我们应该感谢大家并对他们的支持当面致谢。

　　我没有衣服穿。我不想穿孕妇装，怀孕之前的衣服大多又穿不上，只有一件让我显得很臃肿的紧身羊毛衣。

　　杰克在楼梯转台上擦鞋。我跟他说过不要在那里擦鞋，因为他会把鞋油弄到地毯上，可他就是不听。我在镜子前面转过来转过去，浑身上下没一处喜欢的地方，但同时也不在乎。我只想把这件事做完了事。

　　我下楼，穿上外套，喊其他人。拉克伦顺着过道跑过来。他的裤腿太短了。我发誓几天前刚往下放过裤腿。我想在他的脑袋上放块砖头，不让他再长了。

　　露西穿着一条格子裙，红色的打底裤，黑色的漆皮鞋，看上去很漂亮。她还戴着相配的红手套，因为外面很冷。

　　"准备好了吗？"杰克问道。

　　"我想是吧。"

　　"我们可以的。"

　　我努力朝他笑了笑。

等我们走出房子，走到大门口时，防盗灯开启了。两名警察正等着陪我们去圣奥斯蒙德教堂，离家大约半英里。他们提出载我们去，但我们要进行烛光游行，一路上不断有人加入。电视台摄影机和摄影师都被挡在路障外面。明亮的灯光照白了每一张面孔，把呼出的气息变成了灰白的雾气。

我挽着杰克的胳膊，我们一人拉着一个孩子的手。街坊邻居都出来了，手里拿着灯、手电和在纸盒里闪烁的蜡烛。他们在我们经过时点点头，然后在后面跟上，我们的队伍经过狭窄的道路，穿过巴恩斯绿地，沿着教堂路走，然后左转进入卡斯泰尔诺路，朝哈默史密斯桥前进。

很快，我们就知道教堂不够大。有的人站在过道里，有的人贴着墙壁，还有人站到了外面的台阶上。前排给我们预留了座位。露西和拉克伦坐在我们中间，两个人的脚都碰不到地面。我父母和格雷丝坐在我旁边。杰克的弟弟和弟媳也从苏格兰赶了过来。

人群中有妈妈，有朋友，有邻居，有同事，有保姆，还有只是点头之交的人，比如屠夫和帮我做指甲的韩国女人。我的瑜伽教练生了孩子，却已经瘦得让人不敢相信。露西学校的校长在指挥人们入座，并确保他们为别人腾出一些位置。我的两个大学挚友也从莱斯特和纽卡尔斯跋涉而来。

一个声音动听的女人在合唱队里领唱，这首歌恳求大家把心交给上帝。大多数人都在默默地动着嘴假唱。唱罢歌，乔治神父做了一段精彩的布道，讲的是有时上帝看起来不在，但我们必须坚信，否则就有陷入恐惧深渊的危险。

他叫杰克说几句话。我心头一紧。我压根没想到他有这个计划。杰克走上台阶之上的讲台，先是顿了顿，调整了一下麦克风，用手指敲了敲，接着向大家道歉。

"自从本被人抱走之后，我问过自己无数次：为什么？为什么是他？为什么是我们？没有答案，但这并没有阻止我继续寻找。在英国，每三分钟就有一个孩子被报失踪。在欧洲，这个数字增加到每两分钟一个。在美国，是接近每分钟一个。我知道，这样的数字听起来很令人震惊，但我们只听到这些案件中的很小一部分，因为大部分孩子都安全回到家，或者被迅速找回了。我们有各种各样的安保措施，还有安珀警报[①]、数字广告牌、儿童救助组织、脸书、推特、"警惕陌生人"活动、监控探头……然而还是有孩子失踪。直到两周之前，我还以为自己懂得有孩子失踪是什么感受。我在电视上看到过其他家长。我把自己放到他们的位置上。我错了。失去孩子的感受没人能够理解。它违背生物学理论，超出了人类的常识，违反了自然规律。

"像很多人一样，我有时也没能意识到自己多么幸运，拥有这么好的妻子和家庭、一份好事业，有好朋友，还有，如今晚所表明的，一个关系非常融洽的社区。我常常忘记表达谢意，而觉得理所当然。我不会再这样了。对这个坐在前排的我深爱的女人，我没办法满足你的愿望——一个抱着小儿子的机会。我亲眼见到你对露西和拉克伦无私的奉献，我知道本的失踪对你的打击有多大，没有什么伤痛能与母亲失去孩子的伤痛相比。

"在这过去的两周里，每当我不知道自己该如何熬过这一关时，我都会看着你。你的坚韧、毅力和决心给了我极大的鼓舞。我爱你，梅根·肖内西。我爱你们，露西和拉克伦。还有本，不论你现在在何处，我都爱你。"

听到这里，我泣不成声。烛光集会的余下部分在一片模糊中度过。我发现自己站起来，在人群中走动，感谢大家，跟大家握手致意。

我注意到了阿加莎。那一定是她的未婚夫，海登。他正抱着他们的孩子，孩子在育婴袋里，紧贴着他的胸口。

[①] 当确认发生儿童绑架案时，透过各种媒体向大众传播的一种警示，得名自美国得克萨斯州1996年遇害的9岁小女孩安珀·海格曼。

"我不知道自己应不应该带他来。"阿加莎说，她不知道是该拥抱我还是跟我握手。我吻了她的双颊。"我觉得这样可能太无情了。"

"不，没事的。"

"这是海登。"

"很高兴见到你。"我说。他点点头，看上去有点不自在，仿佛伤心也能传染一样。

我凑近了些，看着他们的孩子，孩子的脸有一部分被海登的衬衫遮住了。

"他可真漂亮。"我艰难地说。

"关于本，我很难过，"海登说，"我希望他们能找到他。"

我没有回答，继续往前走了。

我转过身对阿加莎说："照顾好他。"

她没有明白。

"你的孩子，"我解释道，"永远不要让他离开你。"

阿加莎

到处都是记者、摄影师和录像师。肯定有更大的事件可以报道。战争、恐怖袭击，或者是溺水的难民？公众的注意力应该换地方了。应该让某个更加新鲜的事件占据头条。

记者们和人群混在一起，问着同样的问题："你有什么感受？你感到震惊吗？害怕吗？"

他们期望大家说什么？陈词滥调的问题只能得到陈词滥调的回答。"这里从没有发生过这样的事。"一个人说。"这个世界会变成什么样？"另一个人说。"这会让你不禁产生疑问，不是吗？"另一个人补充道。

疑问什么，我想大喊。疑问为什么坏事会发生在好人身上？疑问我们能不能回家赶上看《名人交谊舞大赛》？

大家为什么就不能接受本不在了的事实？罗里才重要。把他送回去就太残忍了。孩子的利益永远是第一位的——这是在儿童监护权案件中法官始终考虑的问题。罗里有妈妈。他有家。本已经不存在了。

在杰克讲话之前，梅格一直都没事，此刻她的睫毛膏抹了一脸，变成了熊猫眼。露西和拉克伦看上去应对得很好。在这种情况下，人们往往会忽视家里其他的孩子。就像伊莱贾死去时我的遭遇一样。我被忘记了。没人爱，也没那么重要。这就是我想对梅兹说的话："爱你其他的孩子，把精力集中在他们身上。"

人们在教堂外面没有散去，彼此拥抱，互相递纸巾。偶尔会有陌生人摸一摸罗里的头，脸上露出微笑，仿佛又安心了，世界还会继续。牧师在罗里的额头上画了个小十字，说了句祈求保佑的祷告。

我转过身，差点跟梅兹撞了个满怀。她看着罗里，我立刻感到一阵恐惧。

万一她能分辨出来呢？有些动物能辨别它们幼崽的气味或者认出它们的哭声。我不知道梅兹跟罗里待在一起的时间够不够让她知道这些东西，但她可是在子宫里怀了他九个月之久。

"他真漂亮。"梅格说。

"我觉得不该带他来。"我结结巴巴地说。

"你当然应该带他来。他是个好孩子吗？"

"所有的孩子都是好孩子，"我回答，然后才意识到这话听起来多么伤人，"对不起。我不该说这个的。"

她抱了抱我，看着海登。

"很高兴终于见到你了。"

"我也是。"他说。

"你回家赶上孩子出生了吗？"

"没有。"

"嗯，不过你现在在他身边了。"

"我确定他们会找到你儿子的。"海登说。

"谢谢。"

梅兹在一个警察的陪同下走开了，后者把记者挡开。

"我们走吧。"海登说，他好像跟我一样，也有些不自在。

一名摄影师走到我们中间，她二话不说就开始给罗里和海登拍照。

"我们能采访一下你们吗？"她问道，"我们在做烛光集会的报道。你们认识肖内西一家吗？"

"认识。"

"你能把他从育婴袋里抱出来吗？对了，抱得稍微高点，贴着脸颊。"

闪光灯闪个不停。一个录音设备伸到了我的下巴下面。

"你为自己的孩子担心吗？"一名记者问道。

"不会。怎么了？"

"这很令人震惊，不是吗？谁能想到竟然有人偷婴儿？"

"确实。的确出乎意料。"

"你想对抱走本宝宝的人说什么吗？"

"不，真的没有，我觉得能说的都说了。"

梅 根

早晨，六点十五。无线电时钟上的红色数字发着光。我的手滑过凉爽的床单，但床上是空的。杰克一定是醒得早，已经起床了。昨晚，烛光集会结束后我们做爱了。我的缝线还未拆，但我们找到了其他亲热的办法，而这比十次心理咨询更能愈合我们之间的裂痕。

但他在我的手里和嘴里动作的时候，我感觉杰克像闹钟发条一样慢慢没劲了。我把他的脸拉近，看到了泪水。他紧闭双眼，想把泪水藏起来，然后动得更快了，低声叫着我的名字。

我又睡着了。第二次醒来时，我打开手机。有几十条新信息——询问一篇新闻报道的。我打开一条链接，但这时楼下的门铃响了。我听到了安妮和迈克提尔总警司的声音。我跳下床，迅速穿上晨衣，把头发扎起来。

他们在厨房里——安妮、杰克和迈克提尔。露西和拉克伦在客厅里看动画片。工作台上摊着报纸。杰克低头看着报纸，一脸震惊，脸色苍白。

我走过去，看了一眼报纸，注意到一张我和杰克的照片。第二张照片是一个迷人的女人，头发凌乱，牙齿白皙，穿着低胸衬衣。我认识她：卖房子给我们的房产中介。

文章标题赫然写着：我没有偷本宝宝。

下面的副标题是：但我爱上了他爸。

杰克试图合上报纸。我放下手，然后把他推开，开始读开头的几段。

　　一位伦敦房产中介否认与本·肖内西绑架事件有任何瓜葛，但承认和孩子的父亲，著名的体育记者杰克·肖内西，有一腿。

　　雷亚·鲍登声称，当他们在她负责销售的位于南伦敦的几十套房产中做爱时，她和杰克"几乎要把房子晃塌了"。这些房子就包括去年十二月她卖给杰克和梅根·肖内西的位于巴恩斯的那栋，三个月后，她和杰克就有了风流韵事。

　　杰克想把我的手指从报纸上掰开。"求你了，梅兹。"他说，声音里透着……什么呢……愧疚？羞愧？懊悔？

　　我继续往下看。

　　"我们是在当地的一家名叫'太阳酒家'的酒吧的问答之夜遇上的，杰克提出给我买杯酒。他买了一杯香槟。"雷亚·鲍登告诉《每日镜报》。

　　"我们边调情边说笑，喝到第二瓶的时候都醉得不行了。我们最后在门口亲吻，在我的办公室里做爱。我当然知道他结婚了，但我不知道他老婆怀孕了。

　　"从那以后，一旦下午有空，他就给我打电话。我们要么在我家碰头，要么就去我在销售的一处房产。我知道这样不对，但不论大家怎么看我或说我，我没有偷走本宝宝。我爱杰克。我永远不会伤害他的家人。"

　　杰克把报纸从我握着的拳头下面拽走的时候，报纸裂开了。眼泪在眼眶里打转，但我拒绝哭泣。我看着其他报纸的头版。上面的故事都一样，加粗放大的标题，非常显眼。我想象着全英国的人边吃玉米片或牛奶什锦早餐边窃笑，或者站在照片复印机、花园栅栏或收银台边说长道短。我们不再是那个失去了一个孩子的家庭。我们成了花边报纸的素材。我们是一出肥皂剧。杰克不仅不忠于我，还羞辱了我；他让我们的婚姻以及我们之前说过的一家人相亲相爱的话成为笑柄。我们不配得到大家的同情。我们不配把本找回来。

我上楼了。杰克想跟上来，迈克提尔拦住了他。他还有问题要回答。

"不能等等吗？"杰克恳求道。

"不行。"

我从衣橱里拿出一个小旅行袋，随便往里塞了几件衣服。我换好衣服，拉上靴子的拉链，走下楼梯，走到房子外面，沿着小路往前走。我的钥匙从手里滑落了。我弯腰捡起来。一群人把我团团围住了——摄像机和记者——大声问着问题。

"你知道他们的婚外情了吗？"有人喊道。

"你要离开他吗？"另一个人问。

我回答不上来。我锁上车门，按下点火开关，把车开出去的时候从侧面撞上了一辆警车，把一个后视镜撞碎了。我不在乎。我要把他们都撞趴下。他们可以把我关起来，然后扔掉钥匙，只要他们别再来烦我。

阿加莎

　　我的孩子在慢慢死去。我知道这已经好几天了，但一直告诉自己他会好起来并变得更强壮的。是的，他在挣扎，可所有的孩子都有不舒服的时候。他们会不想吃饭、发烧，或者无缘无故地哭。

　　我从来没有为自己害怕过什么，即使还是孩子的时候，但我为罗里担心。万一我没能用他应得的方式保护他呢？万一我失败了呢？

　　昨天夜里，我挨着他的睡篮睡着了。醒来时快被冻僵了，我伸出手碰了碰罗里的额头。他的小身体热得发烫。我用毛巾给他擦身子，喂他吃了药。等到他睡着了，我全身不自主地颤抖起来，我知道那件事又要发生了。我将要失去一个我爱的人。他在慢慢逝去，一点一点地消失。

　　我苏醒过来。外面天亮了。我一个人躺在床上。海登一定是早起了，让我继续睡。我走到罗里的床边。他的身体苍白，没有血色，我屏住了呼吸。我吓坏了，伸出手抚摸着他的胸口。他的肺部隆起了，心脏还在跳动。他还活着，但奄奄一息。

　　发烧还未退去。我喂他吃了扑热息痛，又给他擦身子。我让他抓着我的食指，我自己则努力为他呼吸，吸气，呼气。

　　他要死了。

　　还没呢。

　　他需要去看医生。

我不能带他去。

我脱掉睡衣，打开衣橱，发现里面有异样。我的衣服被挪动了——衣服被推到了两端，露出后面的架子。中间的架子上放着一个有金属镀层的蓝盒子，带铰链盖和挂锁。里面放着过去为数不多的纪念品——值得保存的东西——书法比赛第二名的获奖证书、拼写比赛的奖杯、我的出生证明、一本过了期的护照、几张婚纱照，还有一张在照相亭打印的相片，我当时十六岁，坐在一个我喜欢的男孩的腿上，名字我不记得了。

盒子的朝向错了。我仔细看了看，发现盒子的漆上有铰链被卸下来然后又装回去的痕迹。

我抱着盒子走到厨房，海登正在吃一碗燕麦片。

"你翻我的东西了吗？"

"什么东西？"

"我的盒子。"

"我翻你的盒子干什么？"

"这个盒子是我的私人物品。"

"为什么？"

"没有为什么。"

"我不喜欢秘密。"

"不是秘密，是隐私。你不相信我吗？"

"你隐瞒了自己结过婚，关于你妈的事也撒谎了，还说把外套捐了，连年龄都骗了我。"他指着盒子说，"我看到了你的出生证明。你跟我说你二十九了，实际上已经三十八了。"

海登面无表情。他不觉得我有趣了。

"我打了你给我的助产士的电话，是一段语音。她外出了，到一月才回来。"

"这不能怪我。"

我松了一口气，但没有表现出来。我整整用了一天才想到这个计划——买一张手机卡，预先用变声软件录好一段语音信息："您已接入约克郡家庭分娩服务处的贝琳达·华莱士的语音信箱。我现在不在办公室，直到一月七日。祝您圣诞新年双节快乐！"

海登还不罢休："而且，我给你的医生打了电话——我在你的手机里找到了他的号码——但他并不知道你怀孕了。"

"我换了医生。朱尔斯帮我注册了她的全科医生。"

"是的，这样一切就都解释得通了。"他讽刺地说道。

我假装他在说笑："这是在干吗，西班牙宗教法庭吗？"

"我还不确定，"海登说，声音略微柔和了一点，"我想相信你，阿吉，但我害怕你可能做过的事……以及你伤害了谁。"

我赤脚站在地板上，身体开始发抖，我咽下了一口有铜味的液体，可能是血。所有的声音都被放大了。我听到外面湿漉漉的街道上车辆驶过的声音，一趟区域线地铁驶入了普特尼桥站。

我环顾厨房，看着茶壶、早餐麦片、松木餐桌上沾着牛奶的碗。我必须告诉他。我必须请求他原谅我。我们都爱罗里，谁都不想失去他。这可以成为我们共同的秘密。

我开始说起来，但我的大脑不起作用，因为我昨晚几乎没怎么睡。万一他不同意呢？万一他报警呢？

"我很担心罗里，"我说，"他就是不吃东西。他从昨天到现在几乎没吃什么东西。"

海登一点都没犹豫。问题可以以后再问。他走进卧室，罗里正躺在我们的床上，嵌在两个枕头中间。他的两腿被纸尿布撑开着，体重看上去降得更严重了。

海登摸着他的额头："他发高烧了。"

"可是你摸摸他的手脚——都是冰凉的。"

"醒醒，宝贝。"他边说边轻轻地摇着罗里。他的眼睛闪着泪光。

海登把他抱起来。罗里瘫在他的手里，脑袋歪到一侧。

"他整个人都软了。"

"他只是累了。"

"不，他要去看医生。"

"或者我可以再给他吃点扑热息痛。"

"他昨天吃了多少东西？"

"一直到他不吃为止。有时他还没吃完就睡着了。"

"你的新全科医生叫什么？"

"我们再等等。"

"不行，我要你给那个医生打电话。"

我的手机就在厨房桌面上。我翻看电话簿，假装给一个人打电话。

"是科尼布尔医生的诊所吗？"我对空气说，"我是阿加莎·费弗尔……是，没错，也祝你圣诞快乐。我几周前生了宝宝，他现在发烧了。"

海登用力对我耳语："跟他说很严重。"

我盖住手机："我在跟他的前台说话。"

"你说得好像没什么事一样。"

我继续假装打电话："他吃不下东西，睡眠也不好。是的，我已经做了……四小时一次……我明白了。所以，在那之前你们都没空？好的。记录一下。他叫罗里·费弗尔，不，我的意思是，罗里·科尔。他现在十六天大。"

"什么时候？"我挂了电话，海登问道。

"明天。"

"什么！"

"这是最早的时间。"

"等太久了。"

海登拿起手机。

"你要干什么？"

"给我妈打电话。她知道该怎么办。"

"不要。他会没事的。"我抓住他的胳膊。他把我甩开。

"我不在乎你做过什么，阿吉，但罗里病了。我们不能干等着。"

十分钟后，我们给罗里穿上袜子，戴上手套和毛线帽。科尔太太给她的全科医生打了电话，设法预约了时间。我知道其中的风险，但海登拒绝袖手旁观。他把推车抱下楼，推着车走在我前面。

"快点，快点。"

"我在快。"

医生的诊所在北线的布伦特十字站。我们得换乘两次才能到达那里。在站台上等车的时候，我不停地查看罗里，祈祷他能露出笑容、哭出来或者做点有活力的动作。相反，他看上去无精打采，几乎没什么意识。我用瓶子喂了他一小口水，可是都顺着下巴流出来了。

我得做好准备。我得表现出自信。那个医生会问一些问题。我的回答要张口就来，就好像一切都很平常一样。我是个新妈妈，孩子生病了。呼吸。放松。我可以的。

我们到达诊所时，科尔太太为罗里而大惊小怪。在他身边，她的举止完全变了样。她兴奋起来了。有了孙子仿佛给了她精力和活力，好像她在完成自己的使命。

候诊室看起来就像班尼顿的广告。巴基斯坦人。非洲人。一个蹒跚学步的孩子抓着一个埃塞俄比亚女人色彩斑斓的裙子。这个女人不会说英语。我忌妒她。我希望自己能假装是个外国人，听不懂问题。

我被要求填一份详细介绍我的医疗史的表格。

"罗里在哪儿出生的？"前台接待问道。

"在利兹。"

"你带他的个人健康记录了吗？"

"我忘在家里了。抱歉。"

"你的健康随访员叫什么？"

我编了一个名字。

"你手机里有她的电话吗？"

"没有，她给了我她的名片。我把名片贴在冰箱上了。对不起。我帮不上多大忙。我现在脑子里一团乱。"我挤出几滴眼泪。前台接待让我不要担心。我们可以晚点再把表格填完整。

"你在哺乳吗？"她问道。

"我用母乳喂了他一段时间，但我感觉很困难。"

"你还在泌乳吧？"

"啊，是的。"

"罗里出生时体重是多少？"

"六磅三盎司。"

"是顺产吗？"

"是的。"

"其间有什么状况吗？"

"没有。"

每个新的谎言好像都在我胸口缠了一条线，越来越紧。我体内的魔鬼扭动翻滚，喊着我的名字，让我快逃跑。

我坐回到椅子上，等着。十分钟后，我们被叫了进去。

"你不用留在这里，"我对科尔太太说，但听起来很忘恩负义，"我的意思是，如果你忙的话，我不想耽搁你。"

"我不忙，"她说，"我把活计带来了。"她举起毛线针上织了一半的羊毛衫。

舒尔医生六十多岁了，一头饱满的白头发，梳成了近乎符合空气动力学的波浪造型。他见到海登格外高兴。

"考虑到给你缝针的次数，我没想到你能活这么久。"他说完笑了起来。

"把小家伙放到这里，"他指着诊疗台说，"给他脱了衣服。"

之后的几分钟里，他一言不发地做着常规检查——眼睛、耳朵、鼻子、心脏和肺。他拿起罗里的小胳膊小腿，挨个弯曲又拉直。他转了转罗里的髋部，看了看口腔，摸摸脑袋。

"他严重脱水。他呕吐了吗？"

"没有。我一直喂他喝白开水。"

"你在哺乳吗？"

"没有一直哺乳。我的健康随访员说我应该让他喝几天奶粉，他看上去还挺喜欢的。"

"可你还在泌乳？"

我迟疑地点点头。

"我们这里有个护士非常善于处理哺乳方面的问题，但我更担心他的体重和持续性发热问题。"

"我在给他吃扑热息痛。"我说。

"吃多久了？"舒尔医生问。

"从昨天早上开始……四小时一次。"

医生继续检查罗里，拿着他的胳膊和腿，翻来覆去地检查他的肘部和膝盖后面。

"谨慎起见，我想让你带罗里去医院。"他说。

"为什么？"我听出自己声音里的恐慌。

"尽管可能性极小，但我宁可选择谨慎而为。"

"什么可能性？"海登问。

"脑膜炎非常少见，特别是在几周大的婴儿身上，但他确实在发烧，右大腿内侧有皮疹，这都是相应症状。我会立刻给他注射广谱抗生素，以防万一——到医院能确诊。我会提前打电话过去，你们不用等。"

舒尔医生走到办公桌边，在电脑上输入文字，嘴里哼着小曲。他打开一个柜子，拿出几包密封好的药，记下序列号。他给罗里注射了第一剂。

"你可以给他穿上衣服了。"他对海登说，然后转身面向我。

"轮到你了，年轻女士，我给你检查一下，好吗？"

我后退一步："不要！"

"我想确认你的子宫收缩进盆骨了。"

"我没事。"

"你出现过宫缩或者产后疼痛吗？"

"没有。"

海登停止给罗里穿衣服，盯着我看。

"只要脱掉裤子，坐到台子上，几分钟就好了。"

他知道了！他知道了！

"我不想让你看我下面，不能是你……我……我不习惯男医生。我小的时候发生过一些事……我只让女医生碰我。"

"我可以叫黑兹尔伍德护士进来。她可以给你检查，跟你谈谈哺乳问题。"

他知道了！他知道了！

"不，谢谢你，"我说着拉紧了外套，"你对我很有帮助，但我不想做检查。"

舒尔先生看着我之前填写的表格："你还没有告诉我们你的健康随访员的名字。"

"我把她的名片忘在家里了。"

"或者你的全科医生——她叫什么？"

"我晚点会去见她。"

他知道了！他知道了！

"你在哪里生的孩子？"

"在利兹，"我不耐烦地说道，"我告诉过前台接待了。她写下来了。"

"利兹的什么地方？"

我的舌头好像肿了，堵住了喉咙。

"你很不安，阿加莎。我觉得你该镇定。"

"我很镇定。"

"你坐下，我们可以解决这个问题。"

"没什么要解决的问题。我要走了。"我抱起罗里，从海登身边挤过去。

舒尔医生走到门前面："我们需要谈谈。"

"没什么要谈的。"

他一只手放在我的肩膀上。我身体里的魔鬼出来了，挣脱了锁链，爬出了我的喉咙。

"拿开你的脏手！"

我不认识这个声音。仿佛一个完全不相干的人，一个冒名顶替者，暂时占据了我的身体。舒尔医生后退半步，我走到了门边。门向外开着，我继续往前走，穿过候诊室。科尔太太站了起来。

"离我远点，臭女人，否则我就把你的眼睛抠出来。"

她张大了嘴，向后退去。

海登朝我大喊，让我停下。我扭过头，看到舒尔医生在跟前台接待说话。她拿起了电话。

我继续往前走，跑起来。

他们知道了！他们知道了！他们知道了！

梅 根

这个浑蛋！该死的浑蛋！

杰克搞婚外情。他带另外一个女人上了我们的床，许多其他的床，或者地板、沙发、厨房工作台。我禁不住想象他和雷亚·鲍登在南伦敦那些门外竖着"待售"牌子的房子里的情形。这让我想吐。

我刚把这些画面赶走，它们就又回来了。在所有他可以上床的女人里，他偏偏选了一个蓬头乱发、涂脂抹粉、漂白了的美洲豹模样的房产中介。她还比我老。这个该死的浑蛋！

他一直给我打电话、发信息，我听都不听就删了。我让我父母不要接他的电话。后来，我听到杰克敲门，我爸跟他说"给她一点空间"。杰克用鞋堵住了门，我爸提高了嗓门。

我恨他。我恨他恨到再也不想见他，不想再跟他说话。我就是这样告诉自己的，我也对此深信不疑。我没有歇斯底里。我再镇定不过。我在练习告诉他我们的婚姻结束了、我打算离婚时要说的话。杰克会呆若木鸡。他会悲痛欲绝。他会求我再给他一次机会。

与此同时，我在愤怒和伤心、爱和恨之间拉扯——危险的二分法——因为我也并不无辜。我跟西蒙上了床。一次一夜情，永远挥之不去。五分钟的酒后放纵，一时的软弱，我的不忠行为。杰克跟雷亚·鲍登搞了几个月，他的背叛当然比我的更大，更严重。

报纸上说，一个人在杰克的雨刷下面塞了一张字条，警告他停止鬼混，之后，他们就结束了。很明显，有人知道他结过婚了。可能是我的一个朋友。我被这个念头吓住了。我的朋友都是出了名的大嘴巴，什么秘密都保守不住，特别是像这样的丑闻。一传十，十传百，很快，整个巴恩斯的人就都知道了，除了我。

她们一定在我背后窃窃私语，指着我，露出心怀鬼胎的笑容。真正的朋友会告诉你实情。真正的朋友会帮助你掩埋尸体。真正的朋友会带上自己的铁锹，什么问题都不会问。

也许我活该如此，但我真的没想跟西蒙上床，也不想再次怀孕。杰克则是有意地不忠于我。这个愚蠢、软弱、可怜的浑蛋活该孤独一生。这些想法在我头脑里不停地跳动，仿佛我是陪审团团长，衡量着证据，努力做出裁决。

我独自躺在儿时的卧室里，后来卧室里重新装饰过，但我还记得以前墙上贴了哪些海报，当时我的床所在的位置，躺在床上能看到路对面的屋顶。当时房间的一角有一张桌子，第二个抽屉后面有个秘密的架子，我经常在里面藏烟，那儿还有我的第一支大麻烟，但我当时害怕所以没敢抽。

我的思绪继续向前飘移。我记得怀上了露西，杰克和我是多么兴奋。我们花了无数个小时讨论要做的事情。在她出生的前一天晚上（她比预产期晚出生了十天），我们吃了咖喱，然后做了爱，想看看能不能引起分娩。

她出生后，我睡了好几小时。我记得醒来看到杰克抱着露西，盯着这个我们刚刚创造的完美的小人。他抱着她走到我的单人病房的窗户边，给她指出各种各样的东西。"那是一辆双层巴士，"他说，"有一天我会带你去坐巴士。你会爱上伦敦的。"

之后，我又想起杰克的父亲去世的情形。我们去了救济院，坐在他的床边，看着终点随着每一次呼吸越来越近。就是在那天，我意识到生活就是一系列的告别，我必须确保自己不会浪费时日，或者过早地用光。

两天之前，杰克刚在教堂里发表了一场让我感动落泪的演讲。他说他爱我，还说我让他变得更坚强。我得相信这一点是真的。我生他的气。我想惩罚他。我想掐他，直到他尖叫。我想让他知道自己干了什么，但我不想说再见，不想失去他。

门铃响了。我爸去开门，我听到他在楼梯上的脚步声，然后是轻轻的敲门声。

"警察来了，"他说，声音里透着担忧，"他们一直在设法联系你。"

迈克提尔总警司正和赛勒斯·黑文站在门廊里，外套都没脱。我心头一惊。迈克提尔建议我坐下来。

"不，快告诉我。"

"案情有了进展，"他说，"我们可能知道绑架者的身份了。"

"是雷亚·鲍登吗？"

她被捕了吗？我希望他们在镜头前把她押到警局。本在哪儿呢？

迈克提尔问："你认识一个叫阿加莎·费弗尔的女人吗？"

"什么？认识。"

他开始跟我解释，但我打断了他："不可能是阿加莎。她在我之前生了孩子。"

他们两个人都没回答。

"你是怎么遇到她的？"警员问道。

"她在当地的超市上班——就在公园对面。我们一起上瑜伽课。"

"她怀孕了吗？"

"是的。"

"她去过你家吗？"

"去过一次，我给了她一些婴儿服。"

"她可能是假装怀孕吗？"赛勒斯问道。

"不会。她在我之前生了孩子。我还看到了照片。"

"你手上还有照片吗？"迈克提尔问。

"在我手机里。"

我翻着邮件，给他们看阿加莎抱着孩子的照片。赛勒斯仔细地看了看。

"这些照片在任何地方都能拍。"

"她是在家生的孩子。"我说。

"这些可能是摆拍。"迈克提尔说。

"怎么会？她可是抱着个孩子。"

"她楼上的邻居一个月前生了孩子，是个女儿。"

我摇摇头，努力理清思绪。阿加莎来到我们家。我们两个都被雨淋透了。她用了我的浴室，借了我的衣服。我没有看到她脱衣服。

迈克提尔继续说："阿加莎·费弗尔今天早上去北伦敦见了一名医生。她没有孩子的任何相关文件，也无法向医生提供她的健康随访员和助产士的具体信息。"

"她说她母亲陪着她的。"

"她母亲自从十月初就去西班牙了，"赛勒斯说，"我一个小时前刚跟她通过话。她一周前跟她女儿的未婚夫打电话时，才知道阿加莎生孩子的事。"

她母亲怎么会不知道呢？

我又回忆过去的细节。阿加莎来参加烛光集会。她抱着孩子。我摸了摸他的头。我当时应该知道那是不是本啊，我应该能认出他的。这时，我听到自己说："你们必须逮捕她。"

"我们必须确保无误。"迈克提尔说。

"可是如果你们逮捕了她，她肯定会带着孩子的。你们就可以做DNA测试。"

"必须要有逮捕令。我们需要证据。"

我因为恐惧而提高了嗓门："你说她带着他去看医生了。他病了吗？"

"他有点发烧，"赛勒斯说，"那位全科医生给他用了抗生素，并建议做进一步检查。阿加莎趁他不备逃走了。"

"病得严重吗？他怎么了？"

"他有很小的可能性得了脑膜炎。"

我将拳头举到嘴边，用力咬着指关节，想吸出血来。

"我们在监视阿加莎的公寓，"迈克提尔说，"她一回家，我们就去见她。"

"万一她不回家呢？"

"我们也在监控火车站、机场和码头，以及她可能联系并收留她的朋友。"

"那她妈妈在利兹的房子呢？"赛勒斯问道。

"也包括在内。"迈克提尔说。

"像昨晚那样的天气，本在外面一夜都熬不过去。"我说。

"我知道，但是如果我们公开阿加莎的名字和照片，我们可能置本于更危险的境地。记住我们的策略。我们必须让她保持冷静。"

去你的策略！我想大喊。我的孩子病了！

赛勒斯又问了我许多问题，他想知道阿加莎具体多大程度上暴露了自己。我知道他在干什么——评估她的心理状态。他想知道阿加莎是不是那种在压力之下会惊慌失措的人。我不知道我是不是最适合询问的人选。我当阿加莎是朋友。我邀请她到家里来，还送了她婴儿服。我们坐在厨房里，谈论怀孕、孩子和未来。

什么样的女魔头会偷走另一个女人的孩子？

阿加莎

他们要来抓我了。他们会包围公寓，从前门破门而入，撞碎门头，弄弯铰链。他们会冲上楼梯，挨个房间搜寻我们。

我应该想到会有这一天。我本该在有机会的时候带罗里出国。打包好东西，把他偷偷带出海关检查站。我可以带他去……去……哪里？我既没有钱，也没有联系人和出逃所需要的经验。

那个魔鬼在责怪我——罗列我的错误、我的愚蠢。我没用，可悲。我又失败了。我还能期盼什么？我将失去所有的一切——孩子、未婚夫、自由……我没有幸福的权利。像财富和美丽一样，幸福都是别人的，没有我的份。

愚蠢！愚蠢！傻姑娘！

我低头看着臂弯里睡着了的罗里，我的胸口随着一阵阵被压抑的抽泣起伏着。这过去的几周是我生命中最幸福的时光。我实现了自己的梦想。那是轮到我了……该我了。我被爱过。我的生命完整了。

我应该知道这不会长久，但我不会哭泣。不是在这里。不是现在。

我在布伦特十字站坐上的士，车在北环路慢了下来。我快到奇西克了才发现钱包里只有二十英镑。计价器上的数字已经超过了二十。

"你能在这里靠边吗？"我问司机。

"在富勒姆可以吗？"

“不。就在这里。”

我掏出所有的纸币和硬币，数着，司机都等得不耐烦了。

“很抱歉，我带的钱不够，差五英镑。”我一脸期待地看着他。

“你哭了吗？”他问道。

那句话让我哽咽了。

他看着我的孩子：“给我二十吧。我不想要零钱。我们扯平了。”

的士开走了。我冒险看了看手机。海登打了好多电话，有好几条语音留言和短信。也许我应该给他打回去。我可以告诉他实情，并求他帮助。他跟我一样很爱罗里。我们可以一起想个计划逃跑，换个地方重新开始。

这时，我想警方可以追踪到我的手机。我把手机关机，取出SIM卡，扔进了排水沟。我站在奇西克环岛旁边，闻着汽车尾气，看着穿行的车辆。丘大桥站就在前面。我可以去坐火车。去哪儿？我不能回公寓。我身上既没有信用卡也没有借记卡，我把它们落在罗里的妈咪包里了，包挂在推车后面。我没有想到这一点。我当时也没有时间。

我把手放在罗里的额头上。烧已经退了，他脸上也有了血色。我还带着医生给的抗生素。再过几个小时，我可以再给他吃一剂。我怎么喂他呢？怎么给他换尿片呢？

在车站，我找到一个公共电话亭，拨通了海登的电话。刚响一声，他立刻就接了。

“阿加莎！你在哪儿？我担心死了。”

“你在公寓吗？”

“是的。”

“警察在那里吗？”

“谁？没有。”

“往窗外看。”

“怎么回事？你在哪里？”

这次我说得更急切了："往窗外看。"

"好，好。我要找什么？"

"你能看到什么人吗？"

"看不到。"

我听到背景里对讲机的声音。"等一下。"海登说。

"是他们吗？"

他没有回答，但我听到他用对讲机跟一个人说话："她不在。你是谁？"

我没有听到回答。那时我已经挂了电话。

我看看周围，确定自己被监视了。我尽量不跟人有眼神接触，走下车站楼梯去站台。一位穿着制服的列车员在楼梯底部，他一边看一份免费报纸，一边等车。他的两脚之间放着一个运动包。他抬起头，注意到了我怀里的罗里。

我继续往前走到站台的远端，躲在一个漆了油漆的混凝土柱子后面。在对面的西行站台上，一名工作人员正在用带爪子的棍子捡垃圾。他在用耳机听音乐，耳机线从长头发下面垂下来。他可能是监视团队的一员。我沿着站台往远处看。两个亚裔女人在聊天。她们都不会往我这里看。她们不会，对吗？她们会主动避开我。

罗里呜咽起来。他饿了。我没东西喂他，只有水。他们能别来干涉我们吗？他们为什么一定要不停地寻找本宝宝？他们把他描绘成一个童话中被狼群偷走或者被遗弃在荒郊野外的婴儿。他一直很安全，一直被人爱着。如果他们能放过他，我们就会过得很好，就会幸福了。

我一直尽量不去想这样的时刻。失败的阴影盖住了我，但我拒绝扭过头去。我来过这里。就好像我要从一栋着火的大楼里往外跳，既害怕坠落，又害怕大火，知道自己两条路都活不了，但不得不选一条。

那个魔鬼低声对我说我输了。他是个残忍的野兽，千方百计要动摇我，让我丧失信心，永不原谅，永不忘记。我还能奢望什么？我害死了好几个孩子。我只要碰碰他们，他们就会死去。克洛艾、莉齐、埃米莉、伊莱贾，他们全被我害死了。现在，我又要失去罗里了。

下一趟地铁快到了。往前跨一步一了百了是多么简单啊。如果他们把罗里从我身边抢走，活着还有什么意义？我会看不到色彩，尝不出甜味，感觉不到温暖。我会变得微不足道，或者更糟。

我的脚尖在站台边缘上。我听到铁轨的震动声，身体前后摇摆着，感受着从侧面扑来的空气。

你是个胆小鬼。

我不是胆小鬼。

那就跳下去！

种种画面在脑海中闪过。我的葬礼。谁会参加呢？没有人——在我做了这么可怕的事之后，除非我的母亲出现，打扮成一个西班牙孀妇，伏在棺木上恸哭，用她瘦削的拳头捶打锃亮的棺盖。

我的生命容易被人忘记，但我的死可以补偿。它可以令人震惊和恐惧。它会被广泛报道，会成为新闻。地铁驾驶员永远不会忘记。梅根和杰克，他们都会做噩梦，夜里惊出一身冷汗，嘴里喊着我的名字，脑海里想着我的容貌。

我前后摇摆着，每一次都往外探得更远。看尼基死得多么简单啊。他没有时间后悔。他眼前什么都没有闪过，只有将他碾碎的列车。我的生命也可以那样迅速结束，包括我的痛苦，我的疑问。

跳啊！现在就跳！

那罗里呢？

带他一起走。

他不该落得这个下场。

你会永远拥有他。

怎么会？他理应得到更多。

自杀是最自私的行径，但如果我们还要拉上另一人的生命，就更加自私了。就好像在说："我应付不了这个世界，所以我选择去死，但我也应付不了死亡，所以我选择带走一个人。"多么懦弱，多么自私。呼救变成了恶劣行径，无法被原谅，要背上永恒的诅咒。

站台震动起来。列车笛声轰鸣。我向后退去，仿佛被这声音吹得后退了，把罗里紧紧地抱在胸口。列车开始刹车，减速，停住了，车门开了。

列车员来到我身边。"你没事吧？"他问道。

"我没事。"

"你摔着了吗？"

"没有。谢谢你。没什么事。"

"你的孩子在哭。"

他指着罗里，孩子一脸痛苦，五官缩成了通红的一团。

我抱着他上了车。列车员坐下来，看着我。我站在门边，等着车门要关上时的哗哗声。最后门即将关上的时候，我后退一步，回到了站台上。他顺着移动的列车往回走，努力把我留在视线里，但列车载着他飞驰起来。

罗里安静下来了。他充满期待地看着我。天快要黑了。我们需要住的地方，还有食物。超市！我知道帕特尔先生把钥匙放在哪里。我还知道警报器的密码——除非我离开后他更换了密码。那地方九点钟关门。我可以得到尿片和奶粉。我们今晚可以睡在那里，只要我们能在早上六点之前离开。

我坐在金属长椅上，把罗里放在腿上。"我们会没事的，"我低声说，吻了吻他的脸颊，"今天不属于我们，但总会有明天。"

梅 根

一个深色皮肤、穿着椰子比基尼和草裙的夏威夷女孩在仪表板上扭来扭去。是杰克把这个玩偶放在那里的，他觉得她很好玩，有点复古的男性至上主义的感觉，此刻她却让我想起了雷亚·鲍登，抖动着臀部，一副淫荡的模样。我用手背打了一下她。她弹过去又弹回来，抖得更厉害了。

"你有什么想谈的吗？"赛勒斯问道，他坚持由他来开车。

我没有回答。

"我看到报上的新闻了。"

"所有人都看到了。全世界的人都在笑话我。"

"他们为你感到难过。"

"这样更糟。"

"我能说——"

"不！我不想谈这个。"

我们默默地向前行驶，穿过普特尼桥，转入下里士满路。

"我就说一点，"赛勒斯说，"然后就闭上嘴。"

他顿了顿，好像在等我争辩。我没有争辩。

"我曾经对一个人不忠——一次毫无意义的一夜情，但它葬送了我跟一个我深爱的女人的感情。"

"她不原谅你？"

"我无法补偿她。"

他的眼睛里流露出痛苦。他的声音变低了："我努力让她明白，恨我是对我们两个人的惩罚。让你原谅杰克可能不公平，但原谅本身就没有公平可言。有个人必须做出更大的牺牲。必须有人先迈出这一步。"

"你是说这个人应该是我？为什么一直是女人做出让步？"

"不是这样的，我向你保证。我跟杰克谈过了。他悲痛欲绝。"

"太好了！"

"他觉得失去你了。"

"更好了。"

我双手交叉在胸前，眼睛看着窗外。

"你还爱他吗？"赛勒斯问。

"这个问题不公平。"

"你说得对。我应该问你能不能原谅他。"

"我怎么原谅他？"

"跟他谈谈，听他解释。"

我不想听细节。我不想想象着他跟雷亚·鲍登在一起。想到他做过的事，去过的地方，我受不了碰他的想法。我想切掉他的阴茎。

赛勒斯还在说："这并不容易。首先，你得回头看看你们共同经历过的，然后你要往前看。你要把精力集中在重建之上，而不是责怪对方。"

"你就是这样做的吗？"我问。

"差不多，"他说着把车开上我们所在的街道上，"我的努力程度不够。"

杰克在门廊里，不知道该拥抱我还是该退开。他伸手去接我的包。我在最后一刻扭过头，手放在他的头后面，吻了他。他身体颤抖着拥我入怀。我能尝到他嘴唇上的咖啡味。

"对不起。"他低声说。

"我知道。"

"以后再也不会发生了。"

"不，不会了……"

我又吻了他，因为我不想谈起雷亚·鲍登，不愿想起西蒙·基德。我婚姻的命运可以晚点再谈。我要把所有的精力用在找回本上。在此之后，我再决定还想不想要杰克。

索萨警官被重新任命为我们的家庭联络官。她跟迈克提尔保持联系，后者在警局指挥特遣队。阿加莎还没有回她富勒姆的公寓，快到两点的时候，她的手机信号也在西伦敦的奇西克消失了。二十分钟后，她用丘大桥站的付费电话给她的未婚夫海登·科尔打了电话，后者否认知道本宝宝和绑架案的任何信息。他声称自己被阿加莎耍了，她趁着他在海上服役期间假装怀孕。

警方在查阿加莎的通话记录和邮件账户，以寻找她可能去的地方的线索。与此同时，迈克提尔总警司决定不公开她的姓名和照片，以免逼迫她做出傻事。我能理解其中的逻辑，母性却让我想把她的照片贴在每一根路灯柱子上，站在屋顶上呼喊她的名字。

电话响了。杰克接了电话，打开免提。总警司听上去能量满满，仿佛之前的几周只是热身，现在我们要进入游戏的主要部分了。

"我们得知阿加莎·费弗尔十二月四日乘火车去了利兹，但没有发现任何她生了孩子的证据，"他说，扬声器中他的声音听起来空洞而且带着点金属质感，"十二月六日中午，她从利兹火车站坐巴士去了伦敦维多利亚车站。监控视频显示她当时带着一辆婴儿车，但没有看到孩子的影子。按她未婚夫的说法，她当晚没有住在位于富勒姆的公寓里，这意味着她可能去了其他地方——朋友的房子或者住处，也可能是旅馆或酒店。于是，她在你去医院之前就回到了伦敦。"

"她当晚给我打了电话，"我说，"说她在利兹。"

"当时是晚上七点五十五分。技术人员定位了阿加莎的手机信号。电话是从伦敦打的——一个离你挺近的地方。"

"多近？"赛勒斯问道。

"最可能的估计是，在后花园里。"

仿佛什么东西松动了，掉进了我的胃里。我透过玻璃门往外看，想起了当时通话的情形。我在厨房里泡茶。阿加莎跟我详细地介绍了孩子和出生的情形。我想着她在利兹她母亲的房子里，但实际上她就在外面，透过玻璃门看着我。我们听到了同一列火车的声音。

"为什么是我们？"我低声说。

"她自己不能生孩子，"总警司说，"她母亲确认了这一点。"

"可为什么是我们？"我问道，这次声音更大了，"我两个月前才认识她。"

"我认为她第一次见到你的时候比这个早多了。"赛勒斯说，"我怀疑阿加莎非常仔细地考虑过她想要什么样的孩子，这帮助她把自己计划要做的事合理化。"

"这件事里面根本没有任何合理的地方。"杰克说，他蔑视任何给阿加莎找动机和理由的做法。

"她崇拜你，"赛勒斯说，"你成功，富有，受人欢迎。你已经有两个孩子了——一对儿女。阿加莎觉得你过着理想中的生活。"

如果她知道真相就好了。

迈克提尔的电话被打断了。他向我们道歉，让我们稍等，他好听取汇报。我们听不到他那头的对话。

"你确定？多少个？好的……派法医过去。我要你立刻封锁现场。"

他回来继续通话，但我听出了他声音里的异样，这新增加的沉重让我害怕。

"我们的技术人员一直在追踪阿加莎·费弗尔在绑架案前几天的行

踪。她在十二月四日乘火车去了利兹，去了她母亲的房子。第二天，她一早醒来，去了郊区，然后沿着一条运河进了树林。技术人员通过定位她的手机信号，确认了她最后停下的地点。警方的一队人马二十分钟前到了现场——一栋位于水坝上方的空地上的破败农舍。"警司迟疑了一下，"他们在空地周围发现了三个并排的石冢。"

我用手捂住了嘴，理智像被一扇打开了的门引诱的纸牌屋一样向内崩塌了。

"坟墓。"我低声说道。

"现在做推测为时尚早……"迈克提尔说，"法医队伍已经在路上了。"

"她还偷过其他的孩子，"我看着赛勒斯说，"你预料得对。"

"我们不要急着下结论。"

我嘴里发干："她会害死本吗？"

"他们可能是小产的孩子。"

"三个都是？"

"天哪！"杰克头顶着墙说。

我的情绪在兴奋和绝望之间剧烈摇摆。突然，我又感到心头一沉。我们必须找到他。我们必须把本找回来。

与此同时，我又在两种相反的愿望之间左右为难。我身体的一部分想逼着阿加莎快跑，让她无处藏身，另一部分又希望她找到一个温暖安全的地方，好让我的孩子度过今晚。

我被困在这两个想法之间——希望她继续向前，但又希望她失败。

阿加莎

在十二月的严寒中，我浑身颤抖着挨过最后一个小时，把罗里紧紧地抱在胸前，给他温暖。我蹲在垃圾箱后面，看着帕特尔先生锁上超市的门，从后面离开了。他一边沿着巷子往他的奔驰车那儿走，一边用食指转着钥匙串。

一只黑猫从垃圾箱后面蹿出来，追着一个小点的黑东西。我差点尖叫起来，把罗里摔到了地上，他睁开了眼睛，但没有哭。真是个好孩子。我又给他吃了一剂抗生素，把药喷射到口腔的最里面，这样他就不会把药呛出来。他饿了，但我在进入超市之前没东西喂他。

我始终躲在阴影里，来到上了锁的门边，抬起墙根上一块松动了的砖。钥匙系在一根塑料带子上，是给被指派早上开门的雇员用的。

我摸索着把钥匙往锁眼里插，我知道，一旦进去，我有将近二十秒钟的时间冲到控制面板边，输入密码，关掉警报。

钥匙插入了锁孔，转动了。门开了，我听到了第一声尖锐的预警报声，声音随我接近控制面板越来越大。我的手冻僵了，按错了密码。我删除密码，再次尝试。我还有多长时间？十秒？五秒？莫非密码换了？

我刚输入一半，警报声在我周围响起，灯光闪烁着，照亮了超市的每一条通道。我输入最后一个数字，确认，瞬间安静了。我一定把半个巴恩斯的人都吵醒了。

我顺着一条通道，透过前面的窗户看外面的街道。一辆红色巴士驶过。一对老夫妇在外面遛狗，他们朝超市看了一眼，然后继续走开了。

罗里从我外套下面发出一声低沉的哭声。我抱着他走进超市，锁上门。暖气已经关了，但超市还有余热可以让我脱掉外套。我把罗里从吊带里抱出来，轻轻地摇着他，嘴里发出嘘声，跟他说没事了。他咬着我的小指安静下来了。

超市的通道被低瓦数的安全灯照亮了，一切都笼罩在淡淡的黄绿色中。从外面经过的人都能看到我。我换上一件被一个员工留下的工作服，沿着通道走动，拿起尿片、湿巾、婴儿爽身粉、奶粉和奶瓶。直到看到摆满了薯片、饼干盒、巧克力棒的货架，才意识到自己也饿了。

我用员工水壶烧水，给两个奶瓶消毒，冲好奶粉，把其中一瓶塞进冰箱里的冻豌豆和烤土豆条中间，来给它降温。我每隔几分钟就看一下，试试温度。

与此同时，我给罗里清理了身体，换了尿片，看他身上有没有皮疹。舒尔医生说他体重不足，营养不良，但这不是我的错。我尽力喂他了。我尝试了书上所有的方法。

我坐在成袋的大米上喂罗里，他喝下了一整瓶奶，最后把瓶子吸得呱呱响。我把他放在肩膀上帮他打嗝，希望奶粉不要呛出来。他没有立刻睡着。他看着我又冲了两瓶（以防我们不得不匆匆离开）。

我在冰箱里找到了一个牛排蘑菇馅饼，用储藏室里的微波炉解了冻。我把它和一包冷冻蔬菜一起加热了，用塑料餐具把这份大餐盛到一个纸盘上。我浏览了货架，找到了那瓶最贵的红酒，打开，为帕特尔先生的慷慨举杯。

"这就是生活，不是吗？"我对罗里说，他看着我吃东西，"永远待在这里不好吗？"

我知道这不可能。早上六点就会有人过来开门，陆续会有人送货——

面包、牛奶和报纸。六点半，超市就会开始营业，早起的人会进来，在上班的路上买点吃的。

"我想吃点甜的。"我对罗里说，他的眼皮开始变沉了。我走到冷柜边，打开滑动盖，看着那些价格昂贵的成桶的冰激凌。

"是吃本和杰瑞、哈根达斯，还是贝赞特和德鲁里呢？何不都试一试呢？"

我先吃这三桶，每一个都尝一下。我正打开第四桶时，有人敲了敲前门。一对情侣，是两个十几岁的孩子，在给我打手势。他们都喝醉了，彼此搀扶着。

"关门了。"我喊道。

"我们要买烟。"男孩说道，手里挥舞着一张二十英镑的钞票。

"去酒吧试试。"

"他们把我们赶出来了。"

"那就不是我的问题了。"

女孩皱起脸："不要这么讨厌。你只要开一分钟就好。"

"没办法。收银台关了。"

男孩用力拍了一下门，把门震得发颤。他又拍了一下，我只好警告他我要报警了。

他向后退去，看看四周，最后看到了一个塑料牛奶箱。他捡起来，朝玻璃窗扔过来，但箱子弹回去，打到了他的小腿上。一定很痛，因为他跳个不停。他的女朋友踢了一下门。

"我要报警了。"我举着手机说道。

"肥猪！"她回答。

女孩拉着男朋友走了，踉踉跄跄地朝巴士站走去，朝一个经过的司机打V字手势，司机直按喇叭。

我又倒了一杯酒，看着杂志封面上精心修过的美女图片和生活光鲜的名人夫妇，他们都会笨拙地变老，徒留其名。其中一个是白色沙滩上穿着比基尼和纱笼的女人，碧蓝的海水跟她的眼睛一个颜色。一个小男孩拿着一个小桶和铲子在她脚边玩耍。我问过海登他会不会带我去塔希提，但他只是笑着说我会晕船。那是在有罗里之前。

我想回家。我想睡在床上。我想让海登抱着我，想听到他说他爱我。我们在一起那么幸福。我们本可以做很棒的夫妇，像杰克和梅根一样，让人艳羡。我现在意识到，尽管不完美，但值得维护。婚姻中应该有孩子。没有孩子，我不知道婚姻能否延续。我和尼基见证了这一点——当他被迫往杯子里射精，而我双腿架在镫具上，被戳来戳去，进行人工授精，还被一个陌生人的手触碰时，快乐、自发自愿和笑声都从我们的婚姻中消失了。

罗里睡着了。我用食指顺着他的脸颊，滑过他微微张开的嘴唇，我知道我们剩下的时间不多了。我们无处可藏。我既没有钱，也无法隐藏身份。我甚至没有了精力。

我挨着罗里蜷缩在地板上，把外套当成毯子，努力入睡并梦到塔希提——温暖的海水和轻柔的微风，我的小宝贝在沙滩上玩耍。所有的一切都让我害怕——外面的车辆、屋顶的嘎吱声，还有那寂静。魔鬼赢了。他知道这一点。他在我的内脏里尽情吃喝，享受着他最后的晚餐。

梅 根

我辗转反侧，被困在清醒和噩梦之间，偶尔睁开眼睛，希望早晨出现在窗外。但窗帘上依然漆黑一片，城市还在沉睡。

不知过了多久，我下床，在安静的房子里走来走去。杰克睡在刚装修好的婴儿房中的一张小床上。

"你醒了吗？"我小声问道。

"嗯哼。"杰克对着枕头含混地说。

我坐在他身边，床往下一沉："你在想什么？"

"跟你想的一样。"

"你觉得他会没事吗？"

"希望如此。"

窗帘是开着的，树枝的影子投射到墙上。

"你确定我们能渡过这一关吗？"我问，"也许我们注定不能在一起。"

"不要这样说。"

"你为什么跟雷亚·鲍登上床？"

"因为我愚蠢至极。"

"这都算不上回答。"

他深吸一口气。我感觉到他的胸部扩张又收缩："我真希望能告诉你。"

"我可以把它变成一个多项选择题。这是中年危机吗？因为厌倦了？你不爱我了？"

"不，不，从来都不是。"

"她并不比我年轻。她也没有我漂亮。"我的声音越来越刺耳，"能给我解释一下吗？"

"她在那儿。"他低声说。

"什么？"

"雷亚·鲍登。她始终都在。"

"珠穆朗玛峰也始终都在。你可以爬到它上面去。"

"我不爱她。我从来没有爱过她。"

"噢，所以那只是性爱。"我的挖苦刺痛了他。他不自在地动了动身子。我闻到了他身上除臭剂的味道和身体散发的热气："我在给你解释的机会。"

他翻身面向我，头枕着我的手："开始很兴奋，担惊受怕，新鲜。你跟我已经停止交谈了。"

"我们一直在交谈。"

"我们谈论的是账单、花销和孩子，但不是对方。我们不再分享自己的私密想法了。我们不再谈论未来或者嘲笑过去了。我过去相信生活有目标有方向，但现在不是了，对吗？就是这样！我们只是活着而已。"

"而雷亚·鲍登改变了这一点？"

"没有。我原以为她可以，但我太愚蠢了。"他的手滑过床单，碰到了我的手。我抽走了手。

"每次我想到你跟那个女人……"

"那就不要想。"

"我们怎么能翻过这道坎？"

"我们重新开始。为了露西、拉克伦和本。这是我们欠他们的。"

他伸出手要握我的手。我让他握住："我在教堂里说的每一句话都是实话。我觉得你是真的不同凡响。无论发生什么，无论我们在一起还是分开，我都会永远爱你。"

我掀开被子，靠着他在那张窄床上躺下。他紧紧地抱着我，我们的身体紧贴在一起，仿佛要合二为一。

"这并不意味着我原谅你了。"

"我知道。"

我注意到地板上的行李箱，还有一叠杰克的衣服。

"你要离开我吗？"

"我不知道你想不想让我留下。"

"我原以为你的心已经不在了。"

"没有。"

"你确定？"

"确定。"

阿加莎

我猛然惊醒，害怕自己睡过了。微波炉上的时钟显示现在是五点十四分。我摸了摸罗里的额头。他没有乱动，烧退了。我僵硬地站起身来，穿上外套，用微波炉热了一瓶奶。

一碰到奶嘴，罗里就张开了嘴，他自动吮吸起来，喝光了一整瓶奶。我又给他换了尿片，然后打包了几个备用。时钟上显示五点四十，我还有十五分钟。

帕特尔先生的秘密地点是收银机下面的抽屉。他在里面放着手机SIM卡、彩票刮刮卡以及收银台的储备金。他把一把备用钥匙放在扫帚间里，这样每天早上来开门的员工就有钱收银。

我打开抽屉，抓了一把SIM卡和一捆纸币，把硬币留下。我把手往里伸，触到了一个沉重、用油布包裹着的东西。那把枪，帕特尔先生拿来吹嘘和向新员工显摆以哗众取宠的手枪，那把他并不喜欢使用的枪。我的手指握住了枪把。我把枪掏出来，打开油布，在手里掂量了一下。我花了一会儿时间确认手枪的保险栓，以及如何装卸弹匣。我胸口的结扣似乎松开了。我现在可以选择了。我不会被人欺凌或者催促了。将由我决定事情的结局。

我把手枪塞进包里，上面盖上尿片和湿巾，以及两瓶冲好的奶。时钟显示五点五十五分——该走了。

去哪儿？

离开这里。

愚蠢。愚蠢。

闭嘴！

如果你没有这么懦弱，昨天就能了结这件事。

我有计划。

塔希提！这是你的计划吗？傻姑娘！

我把罗里放到吊带里，调整好绳结，让他紧紧地贴在我胸前，然后在他外面扣上外套扣子。我从后面离开，沿着巷子，经过露西的学校，然后穿过巴恩斯公园的一角，朝火车站走去。我从一个开着厢式货车、戴着无指手套兜售自制小松饼的男人那里买了杯咖啡。他快活地开着没有恶意的玩笑，但我没心情闲聊。

成捆的免费报纸堆在车站入口边。我看了看头版，发现没有提到本或者我。我看着第二和第三版面。还是没有。我原以为现在我的照片已经到处都是了——偷走了本宝宝的女人。相反，报纸还对雷亚·鲍登和杰克的婚外情念念不忘。可怜的梅格。丈夫暗地里偷腥已经够糟糕了。我怪罪于海登。他一定觉得自己很聪明，把这个故事卖给了报纸，但他所做的只是在破坏一桩婚姻。

你应该恨她。

为什么？

她拥有你想要的一切。她让你雪上加霜。

这不是她的错。

给她点颜色看看！让她知道是什么滋味。

什么的滋味？

失去所爱的人的滋味。

我在东行的站台上等着，身边来了一群早起的通勤者，呼着白气，跺着脚以抵抗严寒。火车在远处转个弯，出现在雾气中，缓缓地停下。门开了。我在一个安静的角落里坐下，然后拿出手机，塞入一张新的SIM卡。

海登可能还在睡觉，或者已经被捕了，也可能两者都是。不管怎么样，他们都在监听他的电话。

他迷迷糊糊地接了电话。

"是我。"我说。

"阿吉？"

"对。"

一阵长久的沉默。他盖住了手机，仿佛在跟什么人说话。电话里传出另一个人的声音。

"阿加莎，我是伦敦警察厅的布伦丹·迈克提尔。"

"我想跟海登说话。"

"你可以跟他通话，但我要先问你本宝宝是否跟你在一起，还有他是不是安好。"

这个问题让我气不打一处来。他为什么要问本？一直都是本，而不是罗里。我想朝他大叫。他怎么敢忽视我的孩子！

"让海登接电话。"我咬着牙说。

"听我说，阿加莎。我知道你很害怕，但我可以帮你。我们都不想看到有人受到伤害。"

"现在就让海登接电话，否则我立刻挂断电话。我再也不会打来。你有三秒钟的时间。"

"阿加莎，请你听我说。"

"两秒。"

"我想帮助你。"

"一秒。"

"我是海登。"

电话被递了过去。

"是我。"他说。我听到背景里有人提到了"火车"一词。他们要来抓我。

我结结巴巴地说:"我猜你现在已经明白了。"

"刚弄明白。"

"对不起,罗里不是你的孩子。"

"现在这不重要了。罗里怎么样?他还发烧吗?"

"不,他好多了。"

"他可能得了脑膜炎。"

"我觉得没有。他又饿了。"

"很好。"

背景里有人在给海登提示,努力让我一直说,好让他们寻找我的位置。

"你呢?"海登问道。

"我没事。"泪水模糊了我的视线,鼻涕开始往下流,"我不是故意骗你的。我想着如果你跟我和罗里生活一段时间,就会爱上我们两个。"

"你想得没错。"海登断断续续地说道,"当你第一次告诉我你怀孕了的时候,我并不想成为孩子的父亲。我没有准备好。即使是回家看孩子出生的时候,我也跟自己说不会改变主意,但我错了。看到罗里的那一刻,我就知道我的生命从此被改变了。"

"你说的是真的?"

"嗯哼。有件事我没跟你说。我本来要当成圣诞礼物送给你的。我上周给海军写信,申请退役。我准备在离家近点的地方找份工作,离你和罗里近点。"

"对不起。"我抽泣着说,感觉更痛苦了。

我看着窗外的工厂和仓库,想象着警察在千方百计地找我。要多久才能追踪到一个电话呢？现在有他们调来的卫星对着我吗？你在所有的谍战片里都能看到——卫星摄像机能拉近镜头，拍到车牌号码或者人群中的一张脸。列车停靠在了克拉珀姆枢纽站，站台上没有警察。

"是你把杰克和雷亚·鲍登的事告诉报社的吗？"我问。

"不是，我发誓。一定是她自己把故事卖给报社的。"海登说。

我想相信他。

"放弃吧，阿吉。告诉我们你在哪里。我过去找你。"

"我做不到。"

"罗里不是我们的。"

"我知道。"

"你打算怎么办？"

"我会把孩子还给梅根。"我低声说，用袖子擦了擦鼻子。

海登没有立刻回答。

"我知道警察在听。告诉他们我会把孩子交给梅根。只给她。明白吗？"

"我觉得警方不会赞成这个办法的。"

"还记得我们第一次一起过周末时你带我去的地方吗？你想让我学点海军的知识。"

"记得。"

"就是那里。"

"什么时间？"

"今天上午。我也不知道几点。记住我说的话，必须是梅根，不能是警察。告诉他们我有枪。如果我看到一个警察，就杀了罗里。"

"你不会伤害罗里的。"

"你怎么知道？我之前就杀害过孩子。"

"不要这么说，阿吉。过来找我们。"

"这次不行。"我用手捂住嘴，不让自己哭出来，"海登？"

"我在。"

"过去的几周……跟你和罗里一起……是我生命中最幸福的时光。"

"我也是。"他说，我也相信他。

梅 根

　　到了奇西克警察局后，我们直接被带到了迈克提尔在三楼的办公室，被告知稍等片刻。我透过百叶窗看到事故调查室里，几十位警员或在打电话或盯着列车时刻表和监控画面。这忙碌的场面应该让我感到宽慰，但我一点都放不下心。

　　迈克提尔的声音在房间里回荡。

　　"这座城市里有三百万个摄像头，你现在跟我说一个摄像头都没有拍到她？"他对着一把椅子踢了一脚，椅子在地上滚动起来。警员们都低着头，不想跟他有目光接触。

　　总警司在下命令："告诉帝国战争博物馆，我们需要全权访问他们的控制室和监控探头。一线的服务人员全部换成便衣警察，公众必须远离大厅。"

　　"我们怎么能在不惊动她的情况下做到这一点呢？"一位警员问道。

　　"我不在乎，只要做就好了。"

　　迈克提尔边走边说："我们需要尽快开始监视她，这意味着要在最近的火车站和公交站安排便衣警察。他们要从远处跟踪。任何人，我重复一遍，任何人在突击小组到位之前都不能靠近她。清楚了吗？"

　　大家不约而同地点头。

　　迈克提尔来到了办公室。他跟杰克握了手，对我笑了笑，尽力让我放心。

"感谢你们能来。"就好像我们有的选一样,"你们知道多少了?"

"阿加莎给她未婚夫打了电话。"杰克说。

"我们追踪到手机信号是从旺兹沃思站和克拉珀姆枢纽站之间一列西南铁路公司的火车上发出的,时间是今天早上六点二十四分。当我们拦截住火车的时候,它已经到达了滑铁卢站。她没在车上。"

"那本呢?"杰克问。

"我们相信他跟她在一起。"

"她会把本还给我们吗?"

"她说她会把本当面还给你。她没有说明具体的时间,但我们相信她正赶往帝国战争博物馆。"

"为什么去那里?"我问。

"那是他们第一次约会时海登·科尔带她去的地方。"

迈克提尔看了一眼手机上的信息:"我们会让一个女警员穿上你的衣服——跟你同等身材、相同发色。"

"可是阿加莎知道我长什么样。"我说。

"我不能让你冒险。"

"如果出现的不是梅根,她难道不会生气吗?"

"这不是问题。"

"你怎么能这么说?"

我看着杰克,希望他能支持我。说话啊!他保持着沉默。

迈克提尔继续说:"我们相信阿加莎·费弗尔在位于巴恩斯的超市里过的夜。她在超市关门之后进去,关闭了警报系统。今天早上六点,一位雇员到了以后报警说有人非法进入了超市,偷走了尿布、奶粉和食物。超市经理有把枪锁在收银机下面的抽屉里。这把枪现在不见了,所以我不能冒险让你接近这个女人。"

"阿加莎不会杀我的。"

"谁也说不准。"

我想争辩，但迈克提尔阻止了我："五年前，阿加莎因为一起发生在布赖顿的女婴绑架案被警方询问过。尽管从未被当成重要嫌疑人，但她还是被警方用住宿记录追踪到了，她那个周末也去了布赖顿。"

"孩子再也没有找到。"我说，这句话仿佛塞在嘴里的一团棉花。

"你怎么知道？"杰克问。

"我在广播上听到了对孩子母亲的采访。埃米莉，这是孩子的名字。"

焦虑像一个气球，在我的胸口膨胀。我想象着在利兹郊区的运河旁边发现的石冢。阿加莎做了什么？她是因为惊慌失措而急于掩盖证据吗？如果我没有现身，她会怎么做？

有人敲门，迈克提尔去开门。一辆车准备好载他去帝国战争博物馆。

"求你让我去吧，"我请求他，"本会需要我的。"

"你待在这里更安全。"他说。

"你要么带我去，要么拘捕我。"

警员看了看杰克，希望得到他的支持。

杰克摊开双手，好像不愿插手："如果我是你，我不会跟我老婆争论。"

阿加莎

在克拉珀姆枢纽站，我坐火车去了西萨塞克斯的三桥站，然后换乘一趟伦敦方向的列车去了维多利亚。城市从窗外飞驰而过——铁路车间、污迹斑斑的砖墙、坑坑洼洼的沥青停车场，接着是成排的连栋房屋和一幢幢公寓楼。模糊不清的蓝色、白色和黄色向后奔去，车窗咯吱作响，气压也随之改变。

我拿出一张新的SIM卡，塞进手机里，按下开机键，屏幕亮了。我拨通了另一个号码。电话里传出幽灵般的嘀嗒声。一个女人接了电话。

"我找梅根·肖内西。"我说。

"你是记者吗？"

"不是。"

"你是她的朋友吗？"

"她认识我。"

"肖内西太太现在在忙。我可以帮你捎口信。"

"告诉她我是阿加莎。"

电话那头的女人好像被自己的唾液噎住了。

"请等一下。"她说，然后盖住了电话。我还是能听到她在说什么。"是她！追踪信号。通知老大。"

她拿开捂住话筒的手："她马上就到。"

"你在撒谎。让她接电话，否则我就挂了。"

"她在楼上。"

"不，她不在。"

电话又被盖住了。我听到了低声说话声，是一些指令。

"她来了。"那人说。

梅格大口喘着气："是我。"

"他们在听吗？"

"没有。"

"不要骗我。"

"是的。对不起。本还好吗？"

"他很好。"

"他们说他病了。"

"他现在好多了。"

一阵沉默。这沉默对梅格的影响更大："警方说你会把孩子还回来。"

"只还给你。"

"可以是其他人吗？"

"不行。"

"他们说你有枪。"

"我不会杀你。"

"警方可不知道。"

又是一阵沉默。我深吸一口气，开始跟她解释。梅格打断了我。

"你在火车上。你可以把本放到售票处或者把他交给列车员。"

"不行。"

"可是如果你这样做了——"

"你没在听我讲话。"我厉声说道。

她向我道歉。我重新开始说，但不知道该从哪儿开始。也许这已经不重要了。也许梅格永远不会理解我的感受。她在一个充满爱的家庭里长大，上最好的学校，然后上大学。她得到了一份理想的工作，为一本女性杂志工作，她可以跟裘德·洛边吃午饭边调情。她嫁给了一个英俊成功的男人，然后立刻就有了身孕。她怎么能理解我的生活呢？生活在一条狭窄、会让人患上幽闭症而且每年都会变得越来越小越来越黑暗的隧道里是什么感觉？尽头没有光明——没有天堂，永无安宁。我被困在这个肮脏、散发着恶臭的洞里，身体里还盘踞着一个魔鬼，跟我说我配不上光明，我不是一个真正的女人，就因为我生不了孩子。

我不知道自己有没有把其中的什么话大声说出来，但我意识到自己还在说，而火车穿过泰晤士河，下面的水在切尔西大桥的桥墩周围打转，奔流而去的水面上泛起泡沫。

广播中传来一个短促而清晰的女人的声音："列车即将到达伦敦维多利亚站。"火车刹车了，金属车轮发出尖锐的声音。

梅格一定听到了。警方也听到了。我感觉自己被困在了两个世界之间——过去和现在。我看不到今天之后的明天，因为其他人，那些比我幸运的人，夺走了我的未来，没给我留下一丝空间。

"如果想要孩子，你必须过来抱走他。我不会把他交给别的任何人。"

梅　根

　　警方到达维多利亚站的时候，阿加莎已经溜走了，消失在了通往换乘线路或者出站口的拥挤的通道、走廊和出口里。现在，他们正在查看几十个摄像头的监控画面，希望能发现她往哪个方向走了。三条地铁线在维多利亚站交汇，此外这儿还有陆上交通，每天把数万人运往伦敦西区。

　　雨刷猛烈地摆动着，警笛呼啸。在警车里，声音变得不可思议地柔和，我过了一会儿才意识到我们正是这声音的来源，引得行人侧目，汽车避到了路边。

　　整个车队长达半英里，沿着威斯敏斯特大桥路浩浩荡荡地朝帝国战争博物馆进发。我们前后都有骑警疏通路口，在拥挤的车流中找出一条路。

　　莉萨-杰恩开车，赛勒斯在副驾驶座上。杰克和我坐在后排。他握住了我的手，和我十指相扣。

　　我不停地回想跟阿加莎的通话，查找可能有所帮助的新的细节。她说了对不起，这是个好兆头。

　　"她听上去头脑清醒吗？"杰克仿佛看透了我的心思。

　　"我觉得她没有发疯。"

　　"她当然没疯——她假装怀孕，还偷走了一个孩子。"

　　"而且骗过了所有人。"

"聪明人可能有点疯狂。"

赛勒斯没有置评，但我怀疑他是同意我的观点的。我们打交道的过程中，他从未用过"疯狂""精神错乱"或者"妄想"来形容绑架本的人。在赛勒斯看来，阿加莎一直是个受害者，这点杰克永远无法接受。他一直在抨击发明了"受迫害情结"一词的心理学家和精神病学家，这使得所有人都把别人当成自己的问题的借口，而不是承担起自己的责任。

"我们需要谈谈下一步怎么办，"赛勒斯从座位上转过身说道，"迈克提尔总警司不会让你去冒险——这比他的工作更重要——但阿加莎可能坚持要跟你面谈。如果这样的话，你需要准备好应对方法。"

"什么应对方法？"

"她可能想试探你。她可能改变主意。你必须准备好说服她。"

我点点头。

"首要一点——你要求见本。这叫生命的证据。你必须确定她带着孩子。"

"好的。"

"阿加莎可能会焦虑、恐惧。她可能表面镇定，但内心斗争激烈，特别是在交还孩子的时候。当看到孩子被人抱起的时候，她可能意识到自己再也见不到他了。这时她就可能改变主意。"

"那我该怎么办？"

"稳住她。跟她交谈。听她说话。让她看到你是理解她的。阿加莎会想要支配，但你可以慢慢说动她。"

"怎么做？"

"通过赢得她的信任，"赛勒斯说，"如果你能把孩子叫作罗里，而不是本，会有所帮助，因为对她来说，孩子就叫罗里。自从他出生，她就开始照顾他了。让她放弃他非常困难。"

"我要问她关于枪的事吗？"

"不要。"

"万一她不想放弃孩子呢？"

"鼓励她，不要操之过急。问问孩子的情况——他睡觉吃奶情况如何？跟她说她做得很棒。"

我点点头。

"警方会有狙击手的枪口对准阿加莎。如果他们找到了良好的射击时机，并且看到她发怒了，他们可能决定击杀她。你不能干涉这件事。"

"我不想有任何人被射杀。"

"所以，你必须稳住她。"

"万一她不愿把他交给那个警察呢？万一必须给我呢？"

"迈克提尔总警司会做决定的。在某个时刻，她一定会把本交回来的。那是最为重要的时刻。要么阿加莎的决心土崩瓦解，要么她会殊死反抗。"

"她会伤害他吗？"杰克问。

赛勒斯摇摇头："但她可以为他而死。"

警车在兰贝斯路上停下了。一位警员为我打开车门，帮我撑着伞。透过树上光秃秃的枝条，能看到一架警方的直升机在我们头顶盘旋。我听到一个高音喇叭在通知大家博物馆关闭了，并请他们撤离该区域。

我们被带着走过一条小路，走上一小段台阶，台阶两边各有一门朝北指向泰晤士河的巨型大炮。迈克提尔总警司正在大理石门厅里等我们。我的视线越过他，看到一个巨大的房间里，旧式战机从屋顶上吊下来，仿佛在飞行途中突然僵住了。我认出了V-1型和V-2型导弹，还有从空中猛扑下来的喷火战斗机，仿佛准备好扫射不受欢迎的侵略者。相互连通的大厅足有一百英尺高，直通穹顶，周围是曲折往复、逐渐升高的楼梯。

我被带进一个接待室，然后又被带入一间办公室，这里已然成了控制室。赛勒斯正在跟一个头发与我相仿，穿着短裙、衬衫和外套的女人交谈。她身材跟我相当，肤色也一样，但没人会把我们两个搞混。

"她骗不了任何人。"当迈克提尔从一群便衣警察身边走过来的时候，我对他说。

"这位警官是一名训练有素的谈判专家。"

"万一你们惹怒了她呢？"

"我知道自己在做什么。"

迈克提尔把手伸进一个箱子，拿出一件防弹背心。

"有这个必要吗？"

"每个人都要穿。"

背心比我预料的要轻。我把它套在衬衫外面，他缩短束带，用力拉紧。

"你能呼吸吗？"

我点点头："难道阿加莎看不到这些警车和直升机吗？"

"我不能让任何人冒生命危险。"

"万一她逃跑呢？"

"我们正在封锁这一区域。"

一个人走过来。他一身黑色的工作服，身上布满了防弹衣，我都怀疑他的手臂已经不能动弹了。透过一扇开着的门，我注意到至少还有八个同样装束的人。他们开始行动了，有的走楼梯，呈"之"字形爬上更高的楼层，其他人则占据了柱子后面或者靠墙的位置。

突击小组组长向迈克提尔做汇报。

"我让一个分队在衣帽间里保护正门，另一个分队保护门厅和大厅。"

"外面呢？"

"我们在房顶上布置了携带轻武器的警察，地面上还有警员伪装成园艺工人和地方议会办事员。他们默认的瞄准位置是上半身——躯干中部——但是，如果她把孩子抱在胸前，我们也可以选择射击头部。"

我不假思索地大喊："请不要射杀任何人！"

他们转过身。"回到你丈夫身边，肖内西太太。"迈克提尔说。

"让我跟她谈，"我恳求道，"不一定要有人受伤。"

"一切都在我们的掌控之中。"

莉萨-杰恩奉命带我回到接待室，在那里我跟杰克吵了起来。他似乎并不在乎阿加莎会落个什么下场。

在发生这一切之前，在本被偷走、刺眼的媒体闪光灯照亮我们的小世界之前，我的生活一直很舒服，没有烦恼，但可能有点乏味。我怎么能抱怨呢？我在合适的时间、合适的地点出生在了合适的家庭里。我遇到了一个男人，我们一起开创了生活。但是，有时连最令人陶醉的生活也能眨眼间烟消云散。比如片刻的优柔寡断，一个癌细胞，一个流氓基因，一次错误的转弯，一个红灯，一个醉驾司机，一次残酷的不幸。

每当我闭上眼睛，眼前就会浮现阿加莎朝博物馆走来的画面，她知道自己被监视着。她用吊带把我的孩子抱在胸前。门厅里空无一人。她看到一个远看有些像我但很快就变成了另外一人的女人。她们吵了起来。我的替身让阿加莎冷静。阿加莎叫我的名字。她双臂紧紧地抱着本。她的脸颊上出现一个红点，顺着鼻子移动到了她的额头上。

随着鲜血四溅，她在重力的作用下旋转，倒下，头重重地摔在大理石地面上。我看到本的脸上溅满了血。我没听到他的哭声。

我睁开了眼睛。时钟仿佛并没有转动。防弹衣下面，我全身是汗。莉萨-杰恩给我端来一杯水，但我喝不下去。

时间缓缓地过去：11:04……11:05……11:06。她在哪儿？外面的警员都没有看到阿加莎。

迈克提尔已经跟警察局局长通过两次话了，后者想知道行动要持续多久。他又接了一个电话。我只能听到一半的通话，其中包括很多咒骂和威胁的话。

"怎么回事？"他挂了电话后，杰克问道。

"四十分钟前，海登·科尔从富勒姆宫路上的警车里跳了下去。"

阿加莎

　　车厢里坐满了西装革履的男人和穿着大衣和冬靴的女人。上白班和下夜班的人混在了一起。有的精神焕发，有的一脸疲惫。有的刚洗过澡，有的则满身污渍。对面一个男孩穿着英格兰队球衣和有油漆斑点的牛仔裤。他无精打采地靠在座位上，轻轻地打着鼾，膝盖向两侧分开，脑袋从一边转到另一边。

　　我看着窗外，意识到世界已变得了无生气，灰暗，浮夸，平淡无奇。它无忧无虑地只顾向前，毫不理会我的困境。因为我无足轻重。人们是怎么做到的呢——继续前行——他们为什么要付出努力呢？

　　我把罗里放到腿上看，让他睡在我左臂的臂弯里。我的右手放在外套口袋里，那里放着那把枪。车厢里温度太高了，我都出汗了，但我不能脱掉外套，因为我不相信警方会按我说的做。

　　那个魔鬼醒了。

　　傻姑娘，傻姑娘，傻姑娘。

　　我在做正确的事。

　　放弃孩子。

　　我不是他的母亲。

　　他只知道你这一位母亲。

　　他不是我的。

他可以是。转过身。跑。

去哪儿?

大多数乘客都在金丝雀码头和喜朗船坞站下车了。等我们从泰晤士河下穿过时,车上只剩下游客了。地铁又减速了。停止。我把那个鲜艳的棉质吊带套在脖子上,让罗里紧紧地贴着我的胸口,然后踏上拥挤的站台,搭乘一台长长的扶梯来到了地面上。

天下着雨。我没带雨伞。我仰起脸,感到有一千个刺一般的雨滴落到了我的脸上,沾在了头发和睫毛上。我用外套的一侧衣襟盖住罗里,低着头,戴着帽子,挤过人群,继续往前走。

沿着林荫大道往前走时,我注意到两侧的树枝几乎在路中间碰到了。隔着鹅卵石铺就的前院,我透过栅栏瞥了一眼国家航海博物馆。粉刷成奶油色和粉红色的外墙已经被岁月磨得发暗,显得阴郁,而不再宏伟。透过柱廊,刚好能看到格林尼治天文台赫然立在一片灰色之上。海登曾给我照过一张相,我两脚跨在本初子午线两侧,那是东西半球的分界线。他告诉我,我正站在时间的中心。

警察在哪儿,我在想。我原想他们已经在等我了。也许他们躲起来了。我想象着躲在黑暗的窗户后面的突击小组和房顶上的狙击手。

刚过十一点,我穿过正门,经过询问处和衣帽间。有几批学生在排队,穿着颜色鲜丽的运动上衣,戴着硬草帽,脚上穿着擦得锃亮的皮鞋。一定要点数,还要点名。那位喜欢指手画脚的带队老师是一个穿着黑色波浪裙和厚袜子的表情忧郁的女人。她把他们当成罪犯对待,而不是学生。

我停下脚步,环顾四周,好像没人在监视我。我看了一眼正在吮吸拇指的罗里。

"我为什么要把你还回去呢?"我低声说,"他们甚至都没来。"

我筋疲力尽,在一把长椅上坐下来,拿出手机,拨通了梅根的电话。

她着急地接通了电话。

"你在哪儿？"我问。

"在等你。"

"我也是。"

接着是一段沉默。她让我等一下。我能听到她走路的声音，然后打开一扇门，又关上，小声说：

"你在帝国战争博物馆吗？"

"没有。我在格林尼治……国家航海博物馆。"

梅根不安起来："我们以为……你应该……我们一直在等……"

海登为什么要把他们送到一个错误的地方呢？

"我一直都在这里。"我告诉她。

"求你不要走，我这就过去，"她说，"哪里都不要去。你会在什么地方？"

"有一幅我喜欢的画。在特别展览厅里。我会在那儿等你。"

正在这时，我听到身后有说话声，就立刻挂了电话。

"嘿，阿吉。"

我慢慢转过身，手往口袋里摸枪。

"你在这里干什么？"

海登的眼里透着不安。他穿着牛仔裤和皮夹克，戴着一顶还未剪掉价签的棒球帽。他胡子拉碴，眼睛通红，看上去好像没有睡觉。他视线下移，看到了刚好从我外套后面露出的罗里的头顶。

"他好吗？"

"好点了。"

"很好。"

"你怎么在这儿？"

"我们能去散散步吗？"他问道。

"为什么？我不明白。"

"求你了，阿吉，到了外面我会解释的。你先走。"

我按照他说的，迈步走上台阶，走出正门，然后左转走上一条小路。我回头看到海登在我身后二十码的位置，双手插在口袋里，领子竖着。

我在一簇光秃秃的树枝下等他。他走近了，两手捧着我的头。我身子一缩，以为他可能生气了，但他凑过来，温柔地吻了我，直到我喘不过气来才分开。他抱住了我，我把头靠在他的胸口。

"你在这里干什么？"

"我过来帮你。"

他后退一步，解开我外套的扣子，把手伸进去，用大拇指蹭了蹭罗里的脸颊。他的手指冰凉。罗里睁开了眼睛，然后又闭上了。

"我会想他的。"海登不舍地说道。

"警方会起诉你吗？"

他耸耸肩。

"我会告诉他们这不是你的错。"

"没关系。"

"请转告你父母，我很抱歉。"

"你给了他们一个孙儿。你给了我一个儿子。"

"但现在我要把他还回去了。"

"这就是我来这里的原因。"

"我不明白。"

他不安地回过头去，仔细看了看公园入口以及周边的道路："时间紧迫。我让警察去了另外一个博物馆，但他们很快就会发现的。"

他双手伸到我的脖子后面，解开了吊带的结扣。

"你要干什么？"

"我要带罗里走。"

"你为什么要这样做？"

　　"好让你跑。"

　　"往哪儿跑？"

　　"你可以离开这里。"他从口袋里掏出一捆现金，"这是五千英镑。我只有这么多。"他把钱递过来，想让我收下。

　　"我跑不掉。我的相片会出现在所有的电视和报纸上，他们还会监视港口和机场。"

　　"我有一位海军的战友，跟我在同一艘军舰上服役。他要到一月中旬才会回家。我有他在朴次茅斯的房子的钥匙。我可以在那里躲几周。我可以给你带吃的。"

　　"几周不够长。"

　　"我们可以趁着这段时间另做打算。"

　　"他们最后总会找到我的。"

　　海登的脸扭曲了："我在努力帮你，阿吉。我知道你做的事不对——但你要把罗里还回去。他倒没事。可你不该为此受到惩罚。"

　　"可我就该受到惩罚。"

　　"不，不。你当时很伤心，孤独。警方告诉我你曾经遭受虐待——小小年纪就怀了孕，孩子被领养。那不是你的错。"

　　"我还做过其他的事。"

　　海登在雨中仰起头，发出一声呻吟，仿佛由于受挫而想大声喊叫。

　　"我偷走过别人的孩子。"我小声说，"这不怪你。我骗了你。对不起。现在，我要把他还回去。"

　　"好的，但让我帮你吧。"他恳求道。

　　"这不是你的错。"

　　"我爱你，阿吉。我没想爱上你，但我情不自禁。我知道你觉得这只是因为罗里以及我做了父亲，但这只是其中的一部分。我爱上你了。"

　　我想说话，但他没给我机会。

"你觉得警察问的时候，我为什么没说你妈妈不在孩子出生的现场呢？当我联系不上助产士的时候，我就知道你做了什么。我知道罗里不是我们的孩子，但我也不想失去他。我本希望你能早点告诉我，可那时他病了，我们别无选择。当你从诊所逃走的时候，我努力阻止舒尔医生报警。我为你担保。我说我看过你给孩子哺乳……还说我们有一份出生证明。我为了你撒谎。我为了我们撒谎。可还是没能阻止他。"

他哽咽了："他们会把你送进监狱，阿吉。你不该落得这个下场。拿着钱，快跑，去我战友家。过几周，我会找到其他的地方。"

"我逃不掉的。"我小声说。

"你当然可以。一直都有人逃跑。他们都消失不见了。我可以把你藏起来。我们会失去你的小宝贝，阿吉，但我们不必失去彼此。"

海登顿了顿，寻找合适的词汇。他伸手去抓，可抓了个空。他又试了一次："这不一定就是终点。我们会把孩子还回去。你可以承认有罪，告诉陪审团你渴望孩子，渴望到迷了心智，发了疯。法官会法外开恩的。你最多服刑两三年，然后就又自由了。我们还年轻。我们可以结婚，生自己的孩子。"

我伸出手，抚摸着他胡子拉碴的脸颊，说他是个傻小伙："我生不了孩子。"

"没错。好的。但我们可以领养。我不在乎。罗里不是我的，但我还是爱他。"

"在我做了这样的事以后，没人会让我领养孩子的。"

海登左右摇晃身子，拉着耳朵，急切地寻找答案。是我给他造成了这样的痛苦。

"回家吧，我的爱人。他们很快就来了。"

"可是没人知道你在哪里。"

"我告诉他们了。"

"什么？"

"我给梅格打了电话。我告诉她他们去错了地方。"

海登回过头去，这次更加不安了。

"快！把罗里给我。我们还来得及。"

"不。"

他不顾我的反对，脱掉右臂的袖子，把罗里抱在胸前，然后重新系好扣子，把孩子完全包在里面。

"他们会认为你也参与了，"我说，试图阻止他，"警方会起诉你的。你会失去津贴。你的生涯……我已经伤你伤得够深了。"

"我不在乎。反正我要离开海军了。这些都不重要了。"

"不，重要。"

泪水在他的眼眶里打转："求你了，阿吉，你为什么不跑呢？"

"这是我的错，不是你的。我不能让你为了我冒险失去一切。"

他不听。他不明白我做过什么——其他几个孩子的遭遇，以及我对尼基做的事，我夺走的生命。我伸手去抓他的手臂，抓着了皮夹克空荡荡的袖子。他甩开我的手。我又去抓，嘴里喊着罗里的名字。

"把他还给我！"我大喊。

"让我帮你吧。"

"没人能帮我。"

那个魔鬼又现身了。

愚蠢，愚蠢，傻姑娘！他要偷走罗里！

他不会那么做的。

他想把罗里据为己有。

他爱我。

他在撒谎。

我的手指触到了手枪。我把枪掏出来。泪水模糊了我的视线，我几乎认不出自己的声音了，这声音发自胸腔深处，透着失落或伤心。

把他还给我！

海登犹豫了，眼睛盯着枪："不要这样，阿吉。"

杀了他！

他爱我。

没人会爱你。

你错了。

海登什么都没再说，把罗里递给了我。他转身走了，用手擦了擦眼睛。

梅 根

雨变成了雨夹雪，像被风吹到的唾沫一样斜着打到车窗上。轮胎在我下面嗖嗖作响，广播里放着古典音乐，维瓦尔第的《四季》之《冬》。另一场风暴在我胸中肆虐。我们去错了地方。海登·科尔是故意的，还是他搞错了？

我一个人在的士里，但他们很快就会意识到我不在了。他们会去洗手间找我，或者杰克会拉响警报。我没有跟别人说过阿加莎的号码。我趁着迈克提尔解除了战备状态，找借口甩掉了莉萨–杰恩。

当海登·科尔告诉警方他要呕吐了的时候，他正坐在一辆警车的后座上，去帝国战争博物馆。负责陪同的警员打开了车窗。海登趁他们不注意，从窗户爬了出去。警方去追了，但在富勒姆宫路的公墓把他跟丢了。我不知道海登为什么逃跑，但他已经跟阿加莎一样成了逃犯。

现在，我只确定一件事——我的孩子在格林尼治。我答应了阿加莎会独自前往。我信守诺言，是因为我不想让任何人受伤，但心里也慢慢开始打鼓。万一我错了呢？万一阿加莎和海登设好了局呢？

的士正驶过伦敦南部。我看到窗外深灰色的店面和再多的圣诞装饰和彩灯也无法装点得活泼的公寓楼。我曾经很爱这座城市——悬铃木、桥、教堂和名胜古迹。我爱它狭窄的街道、古雅精致的店铺和气派的公园。这点没有变，但我可以明天就离开伦敦而且不会想念它，只要有家人陪在我身边。让生命完整的是人，而不是地方。

我的头靠着车窗。

"你没事吧，姑娘？"司机问道。

"没事，谢谢。"

"你看上去很眼熟。"

"我就是个普通人。"

司机在罗姆尼路上把我放下来，我跨过水洼走到人行道上。尽管下着雨，还是有成群的游客排队参观"卡蒂萨克号"帆船。一个日本旅行团从我身边走过，那些人撑着同一种颜色的雨伞，跟着导游走进了格林尼治皇家公园。

我的手机响了。

"你跑哪儿去了？"杰克问道。

"我来接本。"

"你疯了吗？"

他在对着谁大喊——很可能是迈克提尔——那人的血压肯定直线上升。"你在哪儿？快告诉我！"

"我会没事的。阿加莎想把他还回来。"

"她有枪，看在上帝的分上！"

"没人要受伤。"

"听我说，梅格，不要这么做。告诉我你在哪里。"

"等结束了我给你打电话。"

我挂了电话，关了机。

售票处的女士要给我一张博物馆的参观指引图，但我想问怎么去特别展览厅。

"在地下楼层，"她说，然后打断了自己，"你是电视上的那个女人——孩子被偷走那个。"

"不，那不是我。"

我双膝颤抖着走下楼梯，经过大理石地面，在柱子与海军制服和工艺品的展览柜之间搜寻。一个人正坐在一个洞穴状的房间中央的长椅上。我的鞋子在光滑的地面上吱吱作响。阿加莎抬起眼，眨着眼睛忍住泪水。我注意到她胸前的吊带，但是没看到本。

"怎么这么久？"她问道，同时看着我身后，仿佛希望看到警察。

"出了点误会。"

"海登让你们去错了地方。"

"为什么？"

"现在已经不重要了。"

让我感到沉重的是沉默，而不是伤心，因为我的眼里只有阿加莎胸前的吊带。她伸出手，把吊带拉向一边。我看到一张苍白的小脸，大大的眼睛，好像一听到我的声音就睁开了。婴儿就是这样俘获我们的——只要一个眼神，他们就抓住了我们的心，因为我们丝毫抗拒不了这样的美和脆弱。

本发出一声虚弱的叫声，如魔术一般，我的乳房立刻疼了起来，奶水流了出来。我完全忘记了赛勒斯叮嘱我要保持距离的话，跌跌撞撞地往前走去，然后在阿加莎身边跪下来。

"他饿了，"她说，"我没有奶粉了。"

"我可以喂他。"我满怀期望地看着他。

她想了想，点点头。

我站起身，开始解外套的扣子。阿加莎看到了防弹背心，但没说什么。

"你能帮帮我吗？"我问。

她解开绑带，我把背心脱下来，扔到地上。这时，我瞥见了她外套口袋里的手枪。

我看着阿加莎，等着她的信号。

她解开脖子后面的结扣，把本放到腿上："你抱着他吧。"

我解开衬衣扣子，解开哺乳胸罩，从她腿上把本抱到胸前，看着他张开了嘴。他没有立刻就咬住。我用乳头摩擦他的上唇，让他把嘴张大点。

"可能要一点时间。"阿加莎说，她握着手枪的手放在大腿上。

第四次的时候，本咬住了，用力吸起来。他的嘴唇几乎不动，但我能看到他在吞咽。出于快乐和欣慰，我的眼里噙着泪水。我没有思考，不敢抱有希望，我祈祷，盼望，没有放弃，可现在那一刻的情绪淹没了我。

阿加莎手伸进包里，给我找了一张纸巾。

"我想为我的所作所为表达歉意，"她说，"我不奢望你能原谅我，但你应该知道我像一个母亲一样爱着他。对了，我并不是针对你。我不是想伤害你或者杰克才抱走他的。我是崇拜你。我想要过跟你一样的生活。"

"我们的生活没那么完美。"

"对我来说是完美的。"

"我和杰克也总是让对方失望。"

"你原谅他跟雷亚·鲍登的事了吗？"

"我在努力，"我说，"是你在他的风挡玻璃上放的字条吗？"

阿加莎点点头，低头看着本："我小的时候经常跟小伙伴们坐在一起，讨论我们想嫁给谁。我们决定自己想要多少个孩子，还给他们起了'雅辛塔'和'罗科'之类的小名。我们都理所当然地认为我们会结婚生子。觉得这是一个自发过程——学校、事业、男朋友、婚姻、按揭、孩子。

"我甚至还会给自己的完美家庭画素描，或者从杂志上剪下图片，贴到剪贴簿上。我给自己画一个别致的发型和心满意足的表情；英俊潇洒的丈夫，一个儿子，一个女儿，一栋位于伦敦或者周围各郡的漂亮房子。"

她可能在描绘我的生活。

"那是我的童话，我从不怀疑它将变为现实，但我错了，而且怪不了任何人。不是我的错，也不是尼基的错。"

阿加莎在手里把玩着手枪："并不只是没有孩子——而是与之相关的一切。为人父母的仪式——妈妈群，在学校门口聊天，周六在场边观看孩子运动，同班同学聚餐，学校募捐活动和毕业典礼。对你来说，这些东西是那么稀松平常，你都不会多考虑。对我来说，它们是我永远无法拥有的东西。我是一个局外人。我是那个正在消失的不可思议的女人。我没有孩子，低人一等，在群体之外。你觉得这些都理所当然。"

"不，我不觉得。"

"我听过你跟其他主妇的抱怨。你们都一个样。你们彼此诉说着日常的趣事、夜不能寐的晚上、懒惰的丈夫、挑食的孩子、脏乱的房间以及食物过敏。我曾经为此而恨你。"她顿了顿，"不，对不起——恨字是说重了。我觉得你不懂感恩。"

"大家就是闲聊，"我说，"谁都会抱怨。我知道自己很幸运。我也知道自己不应该觉得生活理所当然。"

"可是你就是这么觉得。我打赌，当你看到一个我这个年龄还没有孩子的女人，一定会想是不是她拖得太久了或者以事业为先。你觉得她也许太自私了，或者太挑剔了。"

"我不这么想。"我说，但我心里知道她说得对。

我感觉好快乐，让本换个奶头吃。他轻轻地打了个嗝，在我皮肤上留下了一点奶水。

"我生孩子不是要惹你生气，阿加莎。你不能生孩子，以及失去孩子，也不是我的错。我知道这很痛苦。我知道你感觉自己被欺骗了。但你不是第一个不能生育的女人，而且不孕并不是世上最糟糕的事。我可以告诉你什么更糟。有孩子丢了更糟。夜里躺在床上睡不着，不知道他是死是活。你有个空荡荡的子宫。我有一个空荡荡的摇篮。我的更糟。"

阿加莎眨着眼睛："你愿意跟我交换吗？"

我摇摇头。

"我想也是。"

我用拇指抚过本的额头。他睁开眼睛盯着我看，已经爱上了我。

阿加莎说得对。直到几周以前，我还不知道无法生育或者失去孩子是什么感受。现在我明白了。

"你打算怎么办？"我问。

阿加莎看着腿上的手枪："我还没有决定。"

"你可以把那个给我。"

她摇摇头。

"求你了，不要做傻事，阿加莎。"

她疲惫地叹了口气："我一辈子都在做傻事。"

阿加莎

梅格重新整理好胸罩，扣上衬衣扣子。罗里在她腿上睡着了，肚子吃得鼓鼓的。

"你该走了。"我跟她说。

"你呢？"

"我要再待会儿。"

"你可以跟我一起走。"

"不。"

梅格犹豫了，她想争辩，但她已经达到了此行的目的。她说她理解我的感受，但我知道这不可能。她可以同情我，但无法体会。很少有人能真正领会舍弃孩子的感受。我那时只有十五岁，我并不只是舍弃我出生的孩子。我还舍弃了一岁的她，两岁的她，三岁的她，以及之后每一岁的她。我放弃了每一个圣诞日早晨，牙仙子的每次来访，学校音乐会，每个母亲节、生日和吻安。

梅格怎么可能理解呢？也许如果她小产了，或是在小女儿冰凉的尸体边醒来，或者身体里盘踞着一个残忍的魔鬼，她才会明白吧。

凭什么她有三个孩子，而你一个都没有？

是她运气好。

她也是他们中的一员——合唱队的一员。

梅格不是那样的人。

她是你讨厌的一切。写着自以为是的妈咪博客，享受着广告商和政客的追捧。

不！

她说空荡荡的摇篮比空荡荡的子宫更糟。她是在说"你不会明白的，因为你没有当过母亲"。傲慢的丑女人！

梅格在穿外套。

她觉得自己的经验比你的更有价值。她觉得她比你优秀。

不！

拦住她！

太晚了。

"我要走了，"梅格说，把本抱在胸前，"谢谢你把他还回来。"

我点点头。她盯着那把枪。

"你想跟我道别吗？"

我摇摇头。一滴泪水顺着脸颊流下，滴到了我握着手枪的指关节上。那滴清澈的泪水仿佛一颗宝石，放大了下面的皮肤，映出一个小小的弧面的天花板。

梅格越走越远。

她不像你一样深爱罗里。她不认识他。把他要回来！

我不能。

不，你可以的。举起手枪，扣下扳机。就这么简单。

她走到了柱子边，转弯，朝楼梯走去。

我低头看着手枪。那滴泪水顺着我的食指，滚过了扳机。

我们的生活真奇怪。我们在寻找幸福，可大部分时间是关于生存的。活下来。我们尽力达到预期，但实际上是停滞不前，荒废时日，或者盘算着我们可能过的生活。很快，我们就会像其他人一样，没有信仰，嗜钱如命，阴险狡诈，疲倦不堪，忌妒他人，唯愿自己更富有，更漂亮，更年轻，更幸运，甚至从头来过。

对我来说，从未有忘却这回事。我以前每周都去看心理治疗师——这是尼基的主意——医生跟我说，我必须把所有的消极想法和不自信都锁在一个金属盒子里，像海盗的箱子一样，加上好多铁链和挂锁。我必须把这个盒子埋葬在沙漠深处，这样我哪怕挖上一万年也找不到。我努力这样做，但记忆还是像半衰期长达几千年的核废料一样泄露出来。

无论我怎么努力，那个魔鬼一直缠着我，偷偷地躲在空地的边缘，等着火堆燃尽或者灯熄灭了，就朝我爬过来。我甚至不知道这些是我的想法，还是魔鬼在替我思考。我不知道还剩下多少自己。

我放下握着枪的手，缓慢地穿过展览厅，走到我最爱的《再访塔希提》前面，看着那些棕榈树、温暖的河水和岩石山峰。我记得曾经问海登有一天他会不会带我去那儿，但那一天永远不会到来了。

我盯着那幅画，想象着自己融入了画布，出现在画布的另一面。三个波利尼西亚女人在河里沐浴。可能是朋友，也可能是姐妹。一个在水里游泳，眼睛看着天空，另外两个则在岸上擦干身子，毛巾搭在一座石雕上。最近处的女人背对着我，她的屁股很大，乳房被遮住了，皮肤上有文身。慢慢地，逐渐地，我想象着自己进入了她的身体。我感觉到水珠在皮肤上变干，温暖的阳光照在肩膀上。我看了一眼不远处的茅草屋，然后抬眼看着阳光下的岩石山峰。

稍远的地方，若隐若现的，我的孩子们在碎珊瑚沙上玩耍，捡贝壳、在波浪上漂树枝。每个孩子都在：莉齐、埃米莉、克洛艾和罗里——生活在天堂里，长大老去，没有寒冷、饥饿、孤独和恐惧。如果爱不是光之诡计，那是什么？

我听到身后有沉重靴子踏在楼梯上的声音，但我不愿离开我的小岛。我想闻那些热带花朵的芳香，品尝水果，感受沙子钻到脚趾之间的感觉。

我走进温暖的河水，感觉它漫过我的膝盖、大腿……

"放下武器！"一个人用扩音器说道。

漫过胸口，淹没了我的肩膀，抚摸着我的皮肤……

"放下武器！"

"你是说这个老东西，"我说着，把枪举到太阳穴边，"我永远都不会——"

梅 根

圣诞日早上，我们穿过巴恩斯绿地，去圣奥斯蒙德教堂参加了弥撒。并不是我们突然变虔诚了，或者经历了某种思想转变，只是我想对乔治神父和社区表达谢意，感谢他们的祈祷和祝福。

也许这就是阿加莎给我带来的变化——她给了我一个相信的理由。我曾经排斥信仰，因为我是从理智的角度看待它的，但信仰跟理智没有任何关系。同样，下跪和喃喃自语无法保证与上帝的联系。我们无法像邮寄包裹一样邮寄自己的祷告，然后让上帝签字确认收货。

结束了圣诞节的祷告，我们沿着那次烛光集会的路线走回家，沿着教堂路走到巴恩斯绿地。杰克用推车推着本，拉克伦和露西在前面跑。

我们在家里过圣诞，房子里满是欢声笑语和撕开了的包装纸。我的父母都来了，还有格雷丝和她的新任男友。西蒙和吉娜也来了，带着给孩子们的礼物。

我在烤火鸡，还有各种配菜：红莓果酱、烤栗子、芽菜、橙色胡萝卜、培根香肠卷以及烤土豆。我用手撩起贴在额头上的一根湿头发，朝本笑了笑，他正坐在工作台上的摇篮里，看着我做面包酱。

他们在客厅里玩字谜游戏。轮到露西了，我知道她要表演"冻僵"，因为她每次都会做这个，拉克伦一下就猜到了。他跑进了厨房："妈妈，妈妈，我猜到了，我猜到了！"

"真厉害。"我在围裙上擦了擦手，"过来，亲爱的。我想让你张大嘴。"

"为什么？"

"我要用这个棉签在你嘴里蹭一下，不会痛的。"

他让我看到了他所有的牙齿，我用棉签在他的脸颊内侧擦了两次，然后放进一个塑料管里，拧上盖子。

"这是干什么用的？"他问道。

"为了好运，"我说着用手拨了拨他的头发，"你想吃薯片吗？"我递给他一个碗。"记得跟大家分享。"

过了一会儿，西蒙过来找我。我知道他想要什么。他探到摇篮上方，伸出一个指头，本伸出手，紧紧地抓住了。

"抓得可真紧。"他盯着孩子说，仿佛看到自己的影子或自己是父亲的证据。

我又拿出一根棉签，放到本花蕾般的嘴唇上。他自动张开了嘴，我用棉签在他的脸颊内侧擦了一下。我转过身背对西蒙，把棉签藏到手心里，然后把稍早时收集的拉克伦的样本递给了他。

"给你，"我说，"记住我们的协议。如果孩子是你的，我就告诉杰克实情。如果不是你的，你再也不打扰我们。所以，在冒破坏我的婚姻和你的友情的危险之前，仔细想一下。"

"我已经想过了。"西蒙说，举起那个样本对着光，仿佛惊奇于一个这么小而普通的东西竟有如此强大的力量。

"你决定怎么办？"我问。

"我会努力让吉娜怀孕，但我也可能保留这个。"

"好吧，我不知道样本能保留多久，但这是仅存一次的机会。"

西蒙看着我，眼睛里泛着泪光，可能是香槟的缘故："你已经知道了吗？"

"我知道了。"

"所以，他不是我的。"

"不是。"

西蒙把试管塞进了口袋，这时，杰克戴着一顶圣诞帽走了进来，帽子太小了。他一只手放在我的背上。以前，他会拥抱我，但现在他还在慢慢摸索着赢回我的感情，在越界之前都会征得我的允许。"你们两个在说什么悄悄话呀？"他问。

"孩子。"我说，扭过头亲了他的脸颊。

"我们不会再生了吧。"他假装恐惧地问道。

"不是我们。"我朝西蒙点点头。

"真的吗？吉娜有……"

"没有。"西蒙说。

"不过你们……"

"正在努力。"

"太好了，"杰克说，"怎么这么久？"

"我一直在等那个合适的女人。"西蒙对我苦笑着说。

我把他们赶出厨房，看了看火鸡，然后翻了翻土豆。本咕噜了一声，脸上露出了灿烂的笑容，这是他第一次笑，眼睛里都放着光。他是一件珍贵的礼物，一个意外怀上的孩子，跌跌撞撞地来到世界上，吸引了举国上下的注意，让我们渺小平凡的生活短暂地处在了聚光灯下。我不知道他们发现了什么，但肯定不是完美的婚姻。那样就太无聊了。我们需要黑暗来让我们懂得感激光明，需要路上的磕磕碰碰来防止我们在驾驶座上睡着。

杰克和我能长久吗？我不知道。我们现在在一起，依然相爱，还有三个漂亮的孩子，所以我打赌即使没有金的，也会有银的吧。我是说结婚纪念日。

　　无论发生什么，我们都会有露西、拉克伦和本。孩子们就像我们射入未来的太空舱，希望还会有一个值得他们继承的世界。我不知道他们是否脱胎于同一个模子，还是其中有一个像苹果一样落到了远处，但这重要吗？

　　他们有人爱，有人疼。他们是我们的。

阿加莎

自杀后的第一天早上，我睁开眼，看到光线透过窗帘射进来，感觉到床单挨着皮肤，以及从鼻孔吸入的冰冷的空气。

有人敲了敲门，然后推开了。

"早上好，阿加莎，我叫科林。"他端着一个早餐托盘，白色大褂仿佛被他黑色的肌肤衬得发亮。托盘上放着烤面包，还有掺了很多荷兰芹的鸡蛋碎和一团奶油。

"我在哪儿？"我问道。

"你在医院里。"

"我病了吗？"

"你的头脑需要修复。"

后来，他们让我进入一个休息室，医院工作人员在里面放了一棵圣诞树，上边装饰着色彩鲜艳的饰物和闪烁的灯串，树顶上立着一个小天使。我透过窗户上纵向的金属杆往窗外看，看到了外面的冬日。

下午，有人来探望我——一个名叫赛勒斯的好人，他让我握着他的手，向他讲述我的人生。没人像这样听过我说话——我母亲、继父、鲍勒先生、尼基、海登、不孕不育科医生，抑或是希望怀上孕而带回家上床的男人。

"你去过塔希提吗？"我问他。

"没有。你去过吗？"

"是的。"

"什么时候？"

"我经常去那里。"

"跟我说说你其他的孩子。"

"你永远都不会理解的。"

"我想试试。"

那天晚上，我坐在电视机前的轮椅里，听着一支合唱队唱圣诞颂歌，很高兴自己没死。

"你明天想做什么，阿加莎？"科林问道，"我们有瑜伽和普拉提课，或者你可以在温室里种点东西。"

"哦，我不能去，"我说，"我女儿要来看我。她一路开车从利兹赶过来。"

"她叫什么名字？"

"我不知道，但她很漂亮，很聪明，她到了以后就会告诉我她的名字。"

在我自杀后的那个早上……之后一天的早上……再之后一天的早上，这天是圣诞节……我学会了等待。

致谢

在写了十二部小说之后，重新面对空白页时，依然能怀着二〇〇二年开始创作《嫌疑人》时的那份兴奋和惊奇，真算是一件美事。常常会有读者问我最爱这些书中的哪一本，我总是回答，这就像选最爱哪一个孩子一样。（它们各有千秋。）

我要说的是，作为作家，我努力鞭策自己，永远不要依靠公式，或是重复写过的故事。《她和她的秘密》这本小说更是如此，其结构、主旨以及两人交替讲述的写法，都是我最新的尝试。如果幸而成功，那要归功于几位出色的编辑，特别是马克·卢卡斯、露西·玛拉格尼、丽贝卡·桑德斯、厄休拉·麦肯齐、科林·哈里森和理查德·派因。

感谢小布朗图书集团（英国）、阿歇特（澳大利亚）出版公司、德国的戈德曼出版社以及美国著名的斯克里布纳之子公司的优秀出版团队，这是他们首次出版我的作品。我希望这能开启一段美好的伙伴关系。

最后，我要感谢我美丽而富有才华的女儿们、亚历克斯、夏洛特和贝拉，还有她们最像的女人，她们的母亲维维恩，我的妻子，我的唯一。她知道她是我的最爱。